Rae Carson

STAR WARS™: DER AUFSTIEG SKYWALKERS

Rae Carson

STAR WARS™

Der Aufstieg Skywalkers

Der Roman zum Film

Basierend auf Charakteren von George Lucas
und dem Drehbuch von Chris Terrio & J.J. Abrams
(Story: Derek Connolly, Colin Trevorrow,
Chris Terrio & J.J. Abrams)

Deutsch von Andreas Kasprzak

penhaligon

Die Originalausgabe erschien 2020
unter dem Titel »Star Wars™ – The Rise of Skywalker«
bei DelRey, an imprint of Random House,
a division of Penguin Random House LLC, New York.

MIX
Papier aus verantwortungsvollen Quellen
FSC® C014496

Verlagsgruppe Random House FSC® N001967

2. Auflage

Redaktion: Rainer Michael Rahn
Umschlaggestaltung: Isabelle Hirtz, Inkcraft,
nach einer Originalvorlage

HK · Herstellung: sam
Satz: Uhl + Massopust, Aalen
Druck und Bindung: GGP Media GmbH, Pößneck
Printed in Germany
ISBN 978-3-7645-3245-1

www.penhaligon.de

Es war einmal vor langer Zeit
in einer weit, weit entfernten Galaxis …

Die Toten sprechen! In der Galaxis war eine mysteriöse Übertragung zu vernehmen – die Androhung von RACHE in der unheilvollen Stimme des verstorbenen IMPERATORS PALPATINE.

GENERAL LEIA ORGANA hat Geheimagenten entsandt, um Informationen zu sammeln, während REY, die letzte Hoffnung der Jedi, für den Kampf gegen die diabolische ERSTE ORDNUNG trainiert.

Währenddessen wütet der Oberste Anführer KYLO REN auf der Suche nach dem Phantom des Imperators, entschlossen, jede Bedrohung für seine Macht zu vernichten …

1. Kapitel

Rey saß im Schneidersitz da und hielt die Augen geschlossen. Sie konnte sich nicht erinnern, vom Boden abgehoben zu haben, registrierte jedoch vage, dass sie schwebte – genau wie die Kiesel und die kleinen Felsbrocken um sie herum, die sie umkreisten wie ein Asteroidenfeld eine Sonne. Die Macht durchströmte sie, gab ihr Auftrieb und verband sie mit allem. Auf dem üppig wuchernden Dschungelplaneten Ajan Kloss wimmelte es nur so von Leben. Sie konnte jeden Baum und jeden Farn spüren, jedes Reptil und jedes Insekt. Einige Schritte entfernt putzte eine kleine, pelzige Kreatur in ihrem gut verborgenen Bau die vier Jungen ihres jüngsten Wurfs.

»So ist es gut, Rey«, vernahm sie Leias Stimme, so tief und beruhigend wie immer. »Sehr gut. Deine Verbindung zur Macht wird mit jedem Tag stärker. Kannst du es fühlen?«

»Ja.«

»Jetzt strecke deine Machtsinne aus. Wenn dein Geist dazu bereit ist, wirst du imstande sein, jene zu hören, die vor uns da waren.«

Rey atmete durch die Nase ein und drang mit ihrem Bewusstsein in die Leere vor, wobei Ruhe und Gelassenheit unerlässlich waren, wie Leia stets betonte. Rey ließ ihre

Sinne schweifen, sie suchte, sie fühlte die Brise auf ihren Wangen, sie roch lehmige Erde, noch klamm vom letzten Regenschauer.

»Seid mit mir, seid mit mir, seid mit mir«, murmelte sie. Doch sie hörte … nichts außer dem Wind in den Bäumen und dem Zirpen der Insekten.

»Rey?«

Sie wollte nicht eingestehen, dass es ihr trotz aller Bemühungen nicht gelang zu tun, was Leia von ihr forderte, deshalb sagte sie stattdessen: »Warum habt *Ihr* aufgehört, mit Luke zu trainieren?« Ihre Worte kamen so schroff über ihre Lippen, dass sie fast wie eine Herausforderung klangen.

Doch Leia ließ sich davon nicht aus der Fassung bringen. »Weil ein anderes Leben nach mir rief.«

Ohne die Augen zu öffnen, fragte Rey: »Woher wusstet Ihr das?«

»Durch ein Gefühl. Durch Visionen. Ich wollte der Galaxis auf andere Weise dienen.«

»Aber woher wusstet Ihr, dass diese Visionen real sind?«, drängte Rey.

»Ich wusste es einfach.« Sie hörte das Lächeln in Leias Stimme.

Rey war außerstande zu begreifen, wie Leia sich dessen so sicher sein konnte. Und auch in allen anderen Dingen.

»Jeder Augenblick, den ich mit meinem Bruder verbracht habe, ist mir lieb und teuer«, erklärte Leia. »Das, was er mich gelehrt hat … Darauf greife ich jeden Tag zurück. Sobald du die Macht einmal berührt hast, ist sie ein Teil von dir – immer. Im Laufe der Jahre habe ich weitergelernt. Ich habe mich weiterentwickelt. Es gab Zeiten im Senat, da waren die Meditationsmethoden, die ich mit Luke trainiert hatte, das Einzige, was mich davon abhielt, einen galaktischen Zwischenfall herbeizuführen.«

Rey runzelte die Stirn. Leia brauchte keine Geduld. Mit der Macht hätte sie jeden dazu bringen können, das zu tun, was immer sie wollte. Hatte dieser Gedanke sie denn nie in Versuchung geführt?

»War Luke wütend? Als Ihr alles hingeworfen habt?« Sie hoffte, Leia würde bemerken, dass sie inzwischen gleichzeitig reden *und* schweben konnte. Das war immerhin schon ein Fortschritt, richtig?

Leia schwieg einen Moment, um darüber nachzudenken. »Er war enttäuscht. Aber er hatte Verständnis für mich. Ich glaube, er hat gehofft, dass ich eines Tages zurückkommen würde.«

Fast hätte Rey gelacht. »Das hätte er eigentlich besser wissen müssen.« Sobald Leia einmal eine Entscheidung getroffen hatte, war sie nicht mehr davon abzubringen.

»Ich gab ihm mein Lichtschwert, um ihn vom Gegenteil zu überzeugen. Ich sagte ihm, er solle es eines Tages an einen vielversprechenden Schüler weitergeben – oder an eine Schülerin.« Doch Leias Stimme klang jetzt schroff und knapp. Rey spürte, dass sie mit etwas hinter dem Berg hielt.

»Wo ist Euer Lichtschwert jetzt?«

»Ich habe keine Ahnung. Jetzt hör auf, mich abzulenken«, sagte Leia. »Übe weiter!«

Rey zwang sich wieder zur Konzentration und leerte ihren Verstand von allen Sorgen, so wie Leia es sie gelehrt hatte. Sie schickte ihr Bewusstsein auf die Reise, öffnete sich allem, was die Macht ihr vielleicht mitteilen wollte. Zögernd rief sie nach ihm: *Meister Skywalker?*

Nichts, nichts und wieder nichts.

»Ich kann niemanden hören, Meisterin Leia.«

»Lass all deine Gedanken los. Entsage der Furcht. Strecke deine Sinne aus. Lade die Jedi der Vergangenheit ein, zu dir zu kommen … mit dir zu sein.«

»Seid mit mir ... Seid mit mir ...« Sie wartete eine, vielleicht zwei Sekunden. »Sie sind nicht mit mir.« Rey schnaubte verbittert, ehe sie einen geschmeidigen Salto vollführte, um wieder auf dem Boden zu landen. Rings um sie prasselten Felsbrocken auf die Erde.

»Rey«, sagte Leia. Der General konnte so viel in ein einziges Wort hineinlegen: Strafe, Akzeptanz, Belustigung, Zuneigung. Vielleicht war sie deshalb eine so mächtige Anführerin geworden. »Hab Geduld.«

»Ich glaube langsam, es ist unmöglich«, sagte Rey, während sie mit großen Schritten auf Leia zustapfte. »Die Stimmen der Jedi zu hören, die vor uns hier waren.«

Irgendwie schaffte ihre Meisterin es stets, gepflegt und ordentlich auszusehen, ganz egal, wie dreckig es in ihrem provisorischen Hauptquartier sein mochte. Ihr Haar war zu einem Reif aus Zöpfen geflochten, und sie trug eine Steppweste über einer braunen Uniformjacke. Wie immer baumelte alderaanischer Schmuck an ihren Ohrläppchen, zierte ihre Handgelenke und ihre Finger. Ihre Augen strahlten klar und wissend wie immer, aber Rey war aufgefallen, dass ihre Bewegungen in letzter Zeit ein wenig langsamer geworden waren, so als würden ihr die Knochen wehtun.

Auf Leias Antlitz zeigte sich die Andeutung eines Lächelns. »*Nichts* ist unmöglich.«

Rey schnappte sich ihren Helm und sprang auf die Füße. »Nichts ist unmöglich ...«, wiederholte sie und versuchte daran zu glauben, dass es tatsächlich so war. »Ich gehe jetzt auf den Trainingsparcours. Zumindest *das* kriege ich hin.« Rey *musste* jetzt einfach laufen. Entweder das, oder auf irgendetwas einschlagen.

Leia hielt ihr Lukes Lichtschwert hin. Rey nahm es ehrfürchtig entgegen. Dann rannte sie los, hinein in den Dschungel. BB-8 rollte ihr hinterher.

Leia sah zu, wie Rey davonsprintete, und der Hauch eines Lächelns lag auf ihren Lippen. Das Mädchen zu trainieren erfüllte sie stets mit Stolz, zugleich aber auch mit Zweifel. Rey war eine wundervolle Schülerin, doch gleichzeitig ließ sie Leia fast verzweifeln. Sie war frustriert wegen all dessen, was sie nicht auf Anhieb beherrschte, ohne sich zuzugestehen, dass sie die Dinge in Wahrheit binnen kürzester Zeit lernte.

Doch es stand Leia nicht zu, sie dafür zu verurteilen. Schließlich hatte Leia Luke genauso zur Verzweiflung getrieben. Abgesehen davon hatte das Älterwerden ihre Verbindung zur Macht irgendwie noch stärker werden lassen. Im selben Maße, wie ihr Körper verfiel, ging ihr Verstand auf die Reise, frei von physischen Einschränkungen. Die Wahrheit war: Selbst wenn sie es gewollt hätte, wäre Leia nicht mehr imstande gewesen, durch den Dschungel zu laufen. Sie war innerlich so ruhig und gelassen, weil ihr Leib sich danach sehnte auszuruhen.

Andererseits: Vielleicht war sie ja überhaupt nie wirklich jung gewesen. Immerhin hatte sie in dem Alter, in dem Rey jetzt war, bereits eine Rebellion angeführt.

Rey besaß das Potenzial, eines Tages eine große Anführerin zu sein, und soweit es Leia betraf, würde sie es irgendwann auch sein. Gewiss, dem Mädchen wohnte auch Dunkelheit inne, genau wie Ben. Doch Leia würde den Fehler, den sie bei ihrem Sohn gemacht hatte, nicht wiederholen. Sie würde sich nicht der Angst ergeben – weder der Angst davor, dass die Finsternis in ihrer Schülerin wuchs, noch der vor ihrer eigenen fragwürdigen Qualifikation als Lehrmeisterin. Aber was am wichtigsten war: Sie würde Rey niemals fortschicken.

Leia wandte sich um und machte sich auf den Rückweg zur Basis. Sie streckte eine Hand aus und fuhr mit den

Fingern durch die Farne und über die breiten Blätter der Schlingpflanzen, die ihren Weg säumten. Ajan Kloss barg so viele gute Erinnerungen. Vor vielen Jahren hatte sie hier mit Luke trainiert, der den Planeten als »Dagobah in hübsch« bezeichnet hatte. Er meinte, Ajan Kloss sei genauso feucht, warm, grün und voller Leben wie die Welt, auf der er von Yoda ausgebildet worden war – nur mit dem Unterschied, dass es hier nicht so streng roch.

Sie trat auf eine Lichtung. Rechts von ihr streckte sich ein großer Baum mit einem gewaltigen Stamm dem Sonnenlicht entgegen; die Äste überschatteten die freie Fläche und hinderten alles mit Ausnahme von Kriechfarnen und niedrigem, spärlichem Gras am Wachsen. Genau hier hatte Leia damals trainiert, an ebendieser Stelle. Sie streckte die Hand aus und berührte ehrfürchtig den Baumstamm. Rings um eine alte »Wunde« hatte sich ein dicker Wulst gebildet. Das Loch war inzwischen fast vollständig wieder zugewachsen.

Es war Leia gewesen, die den Baum verletzt hatte. Sie hatte mit ihrem Lichtschwert nach Luke geschlagen und ihn verfehlt, sodass sich die Energieklinge stattdessen in den Stamm gegraben hatte. Dieser Baum war seit über zwei Jahrzehnten dabei, sich selbst zu heilen.

Oh, Luke, ich hoffe, ich mache alles richtig, dachte sie. Leia war vielleicht keine Jedi-Meisterin, aber sie hatte von den Besten gelernt. Nicht bloß von Luke; im Laufe der Jahre hatte sie durch die Macht gelegentlich die Stimme von Obi-Wan Kenobi gehört, und bei noch selteneren Gelegenheiten die von Yoda. An manchen Tagen hatte es sich angefühlt, als hätte sie von der Macht selbst gelernt. Sie war vielleicht zuerst und vor allem Politikerin und General, doch sie hatte ihr Jedi-Vermächtnis akzeptiert und so gut wie möglich angenommen.

Und womöglich war das ja genau das, was Rey brauchte: *nicht* von einem richtigen Meister in der Macht unterwiesen zu werden, sondern vielmehr von jemandem, der mit den eher alltäglichen Elementen von Leben und Überleben vertraut war. Obi-Wan war es nicht gelungen, Vader von der Dunklen Seite fernzuhalten. Luke hatte bei Ben auf dieselbe Weise versagt. Doch sie, Leia, würde Rey nicht enttäuschen.

Insektengesang begleitete ihren Weg. Über ihr zwitscherten Vögel, und winzige Amphibien stießen ihre trillernden Paarungsrufe aus. Schon merkwürdig, wie solch ein rauer Ort so friedvoll sein konnte. Die Geräusche waren so laut, so allgegenwärtig und so beruhigend, dass sie fast so willkommen wirkten wie Stille.

Vor vielen Jahren, nicht lange nach der Schlacht von Endor, hatte sie die meditative Wirkung von Geräuschen entdeckt. Sie und Luke hatten sich vom Training fortgeschlichen, und irgendwie war sie dann später im Handstand gelandet, während Luke sie fröhlich verspottete. Selbst mithilfe der Macht dauerte es nicht lange, bis ihre Schultern brannten und ihre Arme zittrig wurden. Sie hatten die letzte Stunde über mit ihren Lichtschwertern geübt, und ihr Körper war erschöpft.

»Weißt du«, hatte Luke in selbstgefälligem Ton gesagt, »als ich das hier auf Dagobah gemacht habe, hockte Yoda auf meinen Füßen.«

So etwas sagte er damals ständig. *Als ich das auf Dagobah gemacht habe …* Das war nervtötend und so gar nicht hilfreich. Dementsprechend meinte Leia zu ihrem Bruder: »Du nervst und bist absolut nicht hilfreich.«

»Außerdem hab ich's einhändig gemacht«, fügte er hinzu.

Natürlich versuchte er bloß, sie zu provozieren, ihr eine Lektion über Zorn und Ungeduld und all diesen Unfug zu erteilen. Luke hatte ganz vergessen, dass seine Schülerin eine geniale Strategin war, die noch dazu eine königliche Ausbildung und Erziehung genossen hatte. Leia ließ sich nicht provozieren.

Stattdessen dachte sie nach. Sie öffnete sich der Macht und ließ sie durch sich hindurchströmen wie das Blut in ihren Adern. Ein winziges Insekt begann, seine Mandibeln aneinanderzureiben, um ein süßes, hohes Lied zu pfeifen.

Irgendein Instinkt in ihr regte sich und brachte Leia dazu, sich auf das Geräusch zu konzentrieren. Das Lied des Insekts war wunderschön, rein, ätherisch – vollkommen frei von Sorgen über Führerschaft und Lehren, über Versagen und Lernen.

Fokussiert und voller *Freude* sorgte Leia dafür, dass sie sich vom Boden löste und in die Höhe stieg. Sie schwebte kopfüber, die Füße gen Himmel gerichtet. Nach einem Moment hob sie ihre Arme und hielt sie parallel zur Erde.

In Wahrheit war auch *sie* eine Schülerin, neu in den Wegen der Macht, und als sie wieder zu sich kam und vollends realisierte, was sie tat, riss sie die Hände wieder nach unten, um ihren Sturz abzufangen.

Sie schaffte es gerade noch rechtzeitig. Ihr Körper sackte zusammen, und dann kniete sie im Matsch. Egal. Nächstes Mal würde sie es besser machen.

Als Leia aufschaute, stellte sie fest, dass Luke sie mit offenem Mund anstarrte.

»Hast du *das* je mit Yoda gemacht?« Diese Frage konnte sie sich einfach nicht verkneifen.

Er schüttelte schweigend den Kopf.

»Ich kann es besser«, beharrte sie. »Länger schweben.«

Luke fand seine Stimme wieder. »Durch dich werde ich ein besserer Lehrer«, sagte er.

Das war nicht die Reaktion, die sie erwartet hatte. »Was meinst du damit?«

Er hielt ihr die Hand hin und half ihr auf. »Deine Beinarbeit ist grässlich«, sagte er. »Versteh mich nicht falsch, mit dem Lichtschwert wirst du langsam immer besser, aber… andere Dinge beherrschst du ganz von allein. Instinktiv.« Seine Miene wurde reumütig. »Was ich damit sagen will: Du bist ein Ausnahmetalent. Einfach… anders.«

Dann hatte er gelächelt, mit diesem breiten Farmjungengrinsen, das bis zu der Nacht von Bens Verrat so etwas wie sein Markenzeichen gewesen war.

Leia schüttelte die Erinnerung mühsam ab. In letzter Zeit suchte die Vergangenheit sie lebhaft und plötzlich heim.

Gleichwohl, über diese spezielle freute sie sich. Diese Erinnerung würde der Schlüssel für Reys Ausbildung sein. Leia und Rey waren beide anders, die letzten Überlebenden eines toten Ordens, und gemeinsam würden sie einen *neuen* Pfad beschreiten.

Dichtes grünes Blattwerk peitschte an Rey vorbei, als sie durch den Dschungel lief. Bei jedem Auf und Ab ihrer Arme blitzte der rote Stoffstreifen in ihrer Hand auf. Sie sprang über verknäuelte Farne hinweg, wich herabhängenden Ranken aus. Schweiß tränkte ihren Kragen, und ihre Oberschenkel brannten von der Anstrengung.

Trotzdem war es nicht schwerer, durch den Urwald zu laufen als durch knöchelhohen Wüstensand. Sie hätte es den ganzen Tag lang tun können.

Rey hatte bereits die beiden ersten Trainingssonden ausgeschaltet und sich die Bänder geschnappt, die sie bewacht hatten. Sie war über einen gähnenden Abgrund hinweggesprungen, hatte »blind« über einer Schlucht gekämpft, während sie auf einem Seil aus Lianen balancierte, und hatte einen schmalen Felsrücken hoch über den Wipfeln der Dschungelbäume überwunden. Jetzt führte der Parcours sie wieder zurück, in die Richtung, aus der sie kam. Dort traf sie auf BB-8, der ihr etwas entgegentrillerte.

»Noch eine«, sagte sie. »Komm mit!«

Die letzte Sonde schaffte es, ihr auszuweichen, weil sie schneller war als die anderen. Und gerissener. Mehr Droide als Trainingsgerät. Sie hatte Leia gebeten, sich heute einer *richtigen* Herausforderung stellen zu dürfen, und Leia war ihrem Wunsch nachgekommen.

BB-8 sauste ihr hinterher und beschwerte sich jedes Mal piepsend, wenn er einer Baumwurzel ausweichen musste. Rey verkniff sich ein Lächeln. Sie war immer wieder beeindruckt, wie großartig der kleine Droide mit ihr mithielt, egal ob sie durch den Sand von Jakku liefen, über die felsigen Pfade von Takodana oder durch den Dschungel von Ajan Kloss. Seine enorme Manövrierfähigkeit machte ihn zum perfekten Trainingspartner.

Dann fiedelte er unvermittelt eine Warnung.

»Ich sehe sie, Bebe-Acht.« Sie kam schlitternd zum Stehen.

Die kugelrunde Sonde verharrte ebenfalls und schwebte jetzt mitten in der Luft, als würde sie auf Rey warten oder sie verhöhnen. Die Sonde unterschied sich von den anderen beiden, die sie unschädlich gemacht hatte; diese hier besaß eine fies aussehende rote Panzerung und war umringt von einem Kreis schimmernder metallischer Schubdüsen. Ihr Brummen war dunkel und so dumpf, dass Rey es tief in ihrer Brust spürte.

Rey hakte Lukes repariertes Lichtschwert von ihrem Gürtel und aktivierte es. Bläuliches Licht geisterte über die Blätter rings um sie her, während sie die Trainingssonde anstarrte. Sie würde dieses Ding *zerstören*!

Plötzlich schoss ein Blasterstoß aus einer der Düsen. In ihrem Oberarm explodierte stechender Schmerz. Rey widerstand dem Drang, ihren Arm zu umklammern oder auch nur vor Pein zu ächzen. Schließlich hatte sie es nicht anders verdient. Denn sie war nicht bereit gewesen. *Entschlossen zu sein ist nicht dasselbe, wie bereit zu sein,* hätte Leia gesagt.

Nun, sie hatte nicht vor, denselben Fehler zweimal zu machen. Als die Sonde das nächste Mal feuerte, riss sie ihr Lichtschwert hoch, um den Schuss abzuwehren und die Blastersalve in die Bäume zu lenken.

Doch ihr blieb keine Zeit, sich darüber zu freuen, denn schon traf sie der nächste Schuss direkt in die Brust. *Natürlich* bedeuteten mehrere Düsen auch mehrere Schüsse. Sie musste sich *konzentrieren.*

Sie atmete tief durch die Nase ein und öffnete sich der Macht.

Die Trainingssonde begann, um sie herumzuschwirren. Sie glomm in einem wütenden Rot, während sie in schwindelerregender Schnelligkeit schmerzhafte Salven abfeuerte, doch Rey ließ sich von ihrem Instinkt leiten und schwang ihr Lichtschwert in gleichermaßen wahnwitzigem Tempo, um geschickt jeden einzelnen Angriff abzuwehren.

Es fiel ihr neuerdings ausgesprochen leicht, mit der Macht in Kontakt zu treten. Tatsächlich war es für sie so einfach wie atmen. Doch die Gelassenheit und die innere Ruhe, von denen Leia ständig sprach, stellten sich bei ihr nicht ein, mit der Folge, dass sie zwar jede Attacke der Sonde blockieren konnte, in der Verteidigung des Trainingsgeräts aber keine Öffnung für einen eigenen Angriff fand. Sie stellte sich vor, wie Leia sagte: *Geduld. Warte auf deinen Moment …*

Die Sonde war hinter ihr, dann vor ihr, dann hoch über ihrem Kopf. Sie sauste durch die Luft wie eine brummende Fliege. Hätte Rey sie doch nur genauso mühelos erschlagen können …

Die Sonde schoss davon, und sie rannte ihr nach. Dann

stoppte die Kugel wieder und feuerte ein paar Salven ab, wie um sie anzustacheln. Mit zusammengebissenen Zähnen schwang Rey ihr Lichtschwert. Die Sonde wich der Energieklinge aus, und ihr Schlag ging ins Leere, um stattdessen einen Baumstamm zu zerteilen; Funken und Blätter und Splitter von Borke regneten herab, als der Baum umstürzte und auf seinem Weg nach unten durch das Laubwerk krachte.

Rey sprang über den Baumstamm hinweg und sprintete der Sonde hinterher. Wieder schlug sie zu, doch dann wich die Sonde aus, als hätte sie den Schlag vorhergesehen, und entkam erneut, als das Lichtschwert durch einen weiteren Baum schnitt, als wäre er aus Butter.

In ihrem Innern baute sich eine brodelnde dunkle Wolke der Frustration auf.

Sie gewahrte kaum, was sie tat, als ihr bloßer Instinkt die Kontrolle übernahm. Rey schleuderte ihr Lichtschwert davon, warf es wie einen rotierenden Propeller durch die Luft nach der roten Trainingssonde. Die Kugel wich aus, und das Lichtschwert fällte noch einen Baum. Die Sonde kreischte, als sie in den Sturzflug überging und auf Reys Kopf zuschoss, aber *diesmal* war sie bereit.

Mit der Macht griff sie nach einem am Boden liegenden Ast, der sogleich in ihre Hand flog. Sie schätzte den exakten Angriffswinkel der Kugel ab, und dann riss sie den Ast hoch… und stieß ihn mitten durch die Sonde hindurch, um das Gerät damit wie mit einem Speer am nächstbesten Baumstamm festzunageln.

Mit einem befriedigenden Klatschen kehrte ihr Lichtschwert in ihre Hand zurück.

Die zertrümmerte rote Sonde ruckte und zuckte an dem Baum. Funken sprühten.

Rey starrte sie triumphierend an. Vielleicht wurde Geduld trotz allem ja doch überbe…

Flüstern erfüllte ihre Ohren. Nein, ihren Geist! Rey wirbelte herum, auf der Suche nach der Quelle des Flüsterns, als ihr eine Erkenntnis dämmerte: Es passierte schon wieder.

Der Dschungel um sie herum verblasste. Tödliche Stille senkte sich herab, während drückende Dunkelheit heraufzog, die sie zu verschlingen drohte. Ein Bild schoss durch ihren Kopf, und sie zuckte zurück, doch es war unmöglich, dem schrecklichen Anblick zu entkommen: Kylo Ren, schwarz gekleidet und fuchsteufelswild, der mit seinem knisternden roten Lichtschwert gnadenlos Gestalten in weiten Gewändern niedermetzelte. Sie hörte ihre Schreie, roch ihr Blut, musste mit ansehen, wie sie zu fliehen versuchten oder um ihr Leben flehten – beides vergebens. Nichts konnte Kylo aufhalten. Er war ein Moloch der Vernichtung, eine zerstörerische Naturgewalt, monströs und unaufhaltsam.

Eine Welle der Erleichterung überflutete sie, als das Bild wechselte, doch diese Erleichterung verwandelte sich schlagartig in völlige Verzweiflung, als sie sich selbst erblickte, allein und vom Wind gepeitscht, inmitten einer endlosen Einöde aus rissigem, aufgesprungenem Boden. Die feinen Härchen auf ihren Armen sträubten sich, und die Luft knisterte vor Elektrizität. Vor ihr ragte ein gewaltiger Monolith in die Höhe, fast so hoch wie der Himmel. Er war schwarz und schimmernd und warf einen mächtigen Schatten.

Der Monolith verschwand … machte Platz für ein gigantisches Gesicht aus Stein, umhüllt vom Bösen …

Nein, das war überhaupt kein Stein, sondern irgendeine Gestalt, teils menschlich, teils Maschine. Schläuche gingen davon aus wie Tentakel, allesamt gefüllt mit einer merkwürdigen Flüssigkeit. Lebte diese Kreatur? Oder war sie …

Flüchtige Impressionen von Lukes Gesicht durchzuckten ihren Geist … dann welche von Kylo … dann von Han Solo, der seine Hand auf Kylos Wange legte … Eine Frau mit einer Kapuze … ein Frachtraumer, der von Jakku wegflog …

Und schließlich eine schneidende Stimme in ihrem Kopf, so klar und unerträglich wie eine Wüstensonne: *»Exegol.«*

Mit zittriger Stimme, im Flüsterton, wiederholte sie das Wort: »Exegol …?«

Und mit einem Mal stand sie vor einer anderen riesigen Steinstruktur, die wie eine gigantische Klaue geformt war, mit kräftigen, gekrümmten Fingern, die sich für alle Ewigkeit greifend in die Höhe reckten. Ihre Beine zuckten, als wollten sie instinktiv fliehen, doch etwas an diesem Konstrukt lockte sie an, lud sie zu sich ein. Sie ertappte sich dabei, dass sie sich diesem monströsen Klauending nähern wollte, dass sie wissen wollte, wie es sich wohl anfühlen würde, mit ihren Fingern über diese raue schwarze Oberfläche zu streichen.

Das schwarze Klauending war ein Thron; das erkannte sie jetzt.

Sie trat einen Schritt vor, doch da ertönte unmittelbar neben ihr ein Piepsen, und sie zögerte. Das Piepsen ging weiter, wurde zusehends durchdringender. Dann traf sie die Erkenntnis mit der Wucht eines Kampfstabs. Natürlich durfte sie diesen Thron nicht anfassen – er gehörte zum Bösen, zur Dunkelheit. Und sie hatte bereits einen anderen Pfad eingeschlagen, oder nicht?

Noch mehr Gepiepse. Etwas erschien auf dem Thron. Eine vertraute Gestalt. Rey blinzelte vor Überraschung und Entsetzen.

So schnell, wie sie gekommen war, löste sich die Vision auch wieder auf, verflüchtigte sich wie Morgennebel. Rey stand da, starrte mit offenem Mund und weit aufgerissenen

Augen in den Dschungel. Sie war so erleichtert, das Leben, das Licht und das üppige Grün um sich her wahrzunehmen, dass sie einen Moment brauchte, um wieder ganz zu Sinnen zu kommen, um das Piepsgeräusch bis zu einem gefällten Baum zu verfolgen – unter dem ein überaus empörter BB-8 lag.

Rey eilte zu ihm hinüber und stieß einige Äste aus dem Weg. »Bebe-Acht, das tut mir so leid!«, sagte sie.

Er brabbelte wütend auf sie ein, während sie ihn unter dem umgestürzten Baumstamm hervorzog. Es erforderte ein wenig Unterstützung durch die Macht, um den Droiden vollends zu befreien.

Eine der orangefarbenen Scheiben, die sein Modulwerkzeugset schützten, war abgerissen, um einen dunklen Schacht ins Innere seines Bewegungsapparats freizulegen.

Sie hatte ihrem Freund Schaden zugefügt. Poe würde stinkwütend auf sie sein – allerdings nicht wütender, als sie auf sich selbst war.

Der kleine Droide trillerte.

»Ja, Bebe-Acht, es ist wieder passiert.«

Er stieß einen surrenden Laut aus, teils Frage, teils Ausdruck seines Mitgefühls.

»Nein, ich weiß immer noch nicht, was die Macht mir zu zeigen versucht, aber diesmal war es … noch schlimmer als sonst.« Viel schlimmer. Unaussprechlich viel schlimmer. Sie starrte die Bäume an, ohne sie wirklich zu sehen. Einige dieser blitzartigen Visionen waren Erinnerungen gewesen. Ihre und … die von Kylo Ren? »Gehen wir zurück.«

Vielleicht sollte sie dem General erzählen, was geschehen war. Vielleicht aber besser nicht. Leia hatte auch so schon genug um die Ohren, genügend Dinge, um die sie sich Gedanken machen musste, und Rey wollte, dass Leia an sie glaubte, ihr vertraute. Was würde sie wohl sagen, wenn sie erfuhr, wie Reys Frust und Zorn Visionen von tödlicher, düsterer Macht heraufbeschworen hatten?

Sie brauchte einfach mehr Training. Mehr Zeit, um mit der Macht zu meditieren, mehr Zeit, um in sich die Ruhe und die Gelassenheit zu finden, die Leia ihr beizubringen versuchte. Sie konnte es schaffen. Sie *musste* es schaffen!

Wäre sie doch nur imstande gewesen, Stimmen durch die Macht zu hören, so wie Leia es konnte. Dann hätte Luke sie gewiss leiten können. Während sie und BB-8 sich dem Lager näherten, beschloss sie, es noch einmal zu probieren. *Nichts ist unmöglich*, hatte Leia gesagt.

»Meister Luke«, sagte Rey. »Ich habe Angst.« Rey schaute sich um, um sich zu vergewissern, dass BB-8 der Einzige war, der mitbekam, dass sie mit jemandem sprach, der gar nicht da war. Rey dehnte ihre Machtsinne aus und fuhr fort: »Ihr wusstet es bereits, bevor *ich selbst* es gespürt habe. Die Dunkle Seite zieht mich an. Oder vielleicht ziehe ich auch sie an. Keine Ahnung. Was immer es ist, es ist jetzt stärker, und ich kann mich ihm nicht entziehen, sosehr ich es auch versuche … Ich verstehe das alles nicht.«

BB-8 piepte.

»Psst, stör mich bitte nicht … Meister Luke? Ich glaube, Ihr könnt mich hören. Ich brauche Euren …«

BB-8 piepte erneut, beharrlicher diesmal.

Mittlerweile hatten sie den Rand des Lagers erreicht. »Ganz im Ernst, langsam nervst du. Geh da rüber«, sagte Rey. Sie deutete auf einen großen Frachtcontainer.

Er tat wie geheißen, was ihn jedoch nicht daran hinderte, seiner Empörung lautstark Ausdruck zu verleihen.

»Doch, *genau so* funktioniert das«, konterte Rey. »Sie sind Machtgeister; Luke hat in den Jedi-Texten etwas über sie geschrieben. Sie kommen zu einem, wenn man sie am nötigsten braucht.«

Der Droide tat weiter seine Skepsis kund. Rey ignorierte ihn. »Meister Luke«, versuchte sie es von Neuem. »Ich habe Visionen von Dingen, die mich ängstigen. Ich will das alles hier nicht verlieren ... Leia ist so, wie ich mir eine Mutter immer erträumt habe ... Ich will sie nicht im Stich lassen.«

Das war ihre größte Angst. Mehr als alles andere hatte sie Angst davor, die Leute zu enttäuschen, die ihr so viel bedeuteten ... sie vielleicht sogar zu verletzen ... Sie war so lange Zeit allein gewesen ... Sie konnte den Gedanken nicht ertragen, auch nur einen von ihnen zu verlieren.

»Aber niemand hier versteht das ... mit Ausnahme von Kylo Ren. Wenn sogar der Sohn von Han und Leia von der Dunklen Seite verführt werden kann, welche Chance haben dann wir anderen, ihr zu trotzen?«

Ein Zweig knackte, und Rey schaute auf. Snap Wexley und Rose Tico kamen näher, die Fragen standen ihnen ins Gesicht geschrieben.

»Wie viel davon habt ihr gehört?«, sagte Rey.

»Wovon?«, entgegnete Snap und versuchte erfolglos, unschuldig dreinzuschauen.

»Ach, nichts«, murmelte Rey.

Rose' Gesicht wurde weicher vor Mitgefühl. Die Leiterin des Mechanikertrupps hatte etwas ungeheuer Entwaffnendes an sich. Wann immer sie mit Rey sprach, hatte Rey alle Mühe, sich zusammenzureißen und ihrer Freundin nicht all ihre Ängste und Sorgen anzuvertrauen. »Geht's dir gut?«, fragte Rose.

»Ja, natürlich. Ich habe bloß ...«

»... Jedi-Zeug gemacht«, beendete Rose den Satz für sie.

»Genau.«

Glücklicherweise beschloss Rose, es damit auf sich beruhen zu lassen. Stattdessen sagte sie: »Der General hat nach dir gefragt.«

Rey atmete tief ein. Es war an der Zeit, eine Entscheidung zu treffen. Sollte sie Leia von ihrer düsteren Vision erzählen oder sie lieber für sich behalten?

2. Kapitel

Aus sicherer Entfernung beobachtete General Armitage Hux, wie der Oberste Anführer Kylo Ren und ein Bataillon Sturmtruppler eine Schneise aus Blut und Vernichtung durch die armseligen mustafarianischen Kolonisten zogen. Sie kämpften sich durch die düsteren Wälder von Corvax Fen, einen der wenigen Orte auf diesem höllengleichen Lavaplaneten, an dem es kühl genug war, um der Natur Wachstum zu ermöglichen – jedenfalls soweit von »Wachstum« und »Natur« überhaupt die Rede sein konnte. Auf dem giftgeschwängerten Marschland standen kahle Bäume, und die Luft war trüb von Nebel. Die barbarischen Kolonisten waren keine ernst zu nehmenden Gegner; ihre altertümlichen Hellebarden und Breitschwerter hatten der technischen Überlegenheit eines Blasters nichts entgegenzusetzen und einem Lichtschwert schon zweimal nichts, wie Hux zugeben musste.

Ren war ein stumpfes Werkzeug, ein geistloser Hund, dessen gegenwärtige Obsession dafür gesorgt hatte, dass die eigentlichen Pläne der Ersten Ordnung mittlerweile hinter dem Zeitplan zurücklagen. Fast war der General versucht, sich selbst mit in die Schlacht zu stürzen, um die Dinge zu beschleunigen, und wenn auch nur, damit sie diesen grässlichen Planeten endlich wieder verlassen konnten. Oder zumindest wäre er fast versucht gewesen, das zu tun, wenn seine Fähigkeiten anderswo nicht dringender gebraucht worden wären. Sollte Ren ruhig die Drecksarbeit erledigen; Hux' Leben indes war zu kostbar, als dass er es aufs Spiel setzen durfte.

»Es hat fast etwas Sinnliches, ihm zuzusehen«, sinnierte Ehrengeneral Pryde, der in seiner ganzen bemerkenswerten Größe neben ihm aufragte. Der ältere Mann hatte arrogante blaue Augen und einen hohen Haaransatz, der selbst in einem Höllenklima wie diesem immun gegen jede Art von Transpiration zu sein schien. »Finden Sie nicht auch?«

Hux weigerte sich, darauf etwas zu erwidern, zumal er der Ansicht war, dass wahre Sinnlichkeit, wahre *Schönheit*, aus Disziplin erwuchs, aus *Ordnung*. Dementsprechend musste er sich praktisch gegen seinen Willen eingestehen, dass ihn der Anblick faszinierte, als er verfolgte, wie Ren mit wehendem Umhang geradewegs auf die barbarischen Angreifer zustürmte, während der Nebel um ihn herum wogte und wirbelte. Gelegentlich spielte das Glühen seines Lichtschwerts über die Narbe auf seiner Wange, sodass es aussah, als wäre sein Gesicht von einem Riss durchzogen, aus dem rot glühende Lava quoll. Es hatte fast etwas von einem Traum – oder eher: von einem Albtraum –, als der Oberste Anführer die lodernde Parierstange seines Lichtschwerts in den Bauch seines Widersachers rammte, ihn damit vom Boden hochhob und dann brutal auf den Rücken schleuderte. Kylo Ren würdigte seinen niedergestreckten Gegner keines einzigen Blickes; stattdessen stürmte er einfach weiter durch den Wald, auf der Suche nach seinem nächsten Opfer.

Aber es war keines mehr übrig. Leichen lagen auf der Erde verstreut, im Zwielicht des Forsts kaum mehr als schattige Haufen. Die Luft stank nach Ozon und versengter

Vegetation. Es war unheilvoll still, als Ren sich – ein wenig nach Atem ringend – umschaute. Selbst aus dieser Entfernung konnte Hux seine Enttäuschung darüber spüren, dass das Massaker vorüber war, dass es niemanden mehr gab, an dem er seine Wut auslassen konnte.

Kylo Ren sammelte sich und marschierte mit großen Schritten durch den Wald, die Schultern entschlossen gestrafft, das flammende Lichtschwert in der Hand. Das geheimnisvolle Objekt, dessentwegen er hergekommen war – dessentwegen er sie alle quer durch die Galaxis geschleift hatte –, war für ihn jetzt fast zum Greifen nah.

»Er ist verrückt geworden«, sagte General Hux, und die Verachtung in seiner Stimme war nicht zu überhören. »Überall in der Galaxis brennen die Feuer der Rebellion, und Ren jagt einem *Geist* nach.«

»Nein«, entgegnete Ehrengeneral Pryde ruhig, aber nachdrücklich. »*Irgendjemand* steckt hinter dieser Übertragung. Und Anführer Ren wird sich niemandem beugen.«

Hux kniff die Augen zusammen. Doch, eines Tages würde Ren sich definitiv jemandem beugen. Eines Tages würde er sich für seine Taten verantworten müssen. Er wusste es nur noch nicht.

Kylo Ren ließ nichts und niemandem gegenüber Gnade walten, doch er hegte eine widerwillige Wertschätzung für Dinge, die um ihr Überleben kämpften. Obwohl der nächste Lavastrom viele Klicks entfernt war, schien es, als wäre die Luft trotzdem viel zu heiß, viel zu chemisch verseucht, als dass hier irgendwelches Leben hätte gedeihen können. Bei ihrer Landung hatte Hux den Planeten als »desolaten Höllenpfuhl« bezeichnet, doch Kylo hatte sich nicht die Mühe gemacht, ihn zu korrigieren. Denn in Wahrheit wimmelte es auf Mustafar nur so von Leben – und alles war durch die

Macht verbunden. So wie diese unglückseligen Kultisten, die er gerade getötet hatte, die so erpicht darauf gewesen waren, Vaders Vermächtnis zu beschützen. Oder wie dieser Wald aus verkrüppelten Eisenbäumen, die taten, was sie konnten, um an diesem ungastlichen Ort zu wachsen. Oder wie die Mikroorganismen, die sich in den Lavaströmen tummelten. All dieses Leben – fragil, aber entschlossen; verstümmelt, aber unbeugsam.

Kein Wunder, dass sein Großvater diese Welt sein Zuhause genannt hatte.

Kylo marschierte durch die Bäume, ohne sein Lichtschwert zu deaktivieren. Vor ihm lauerte Bosheit, zusammen mit einer Dunkelheit, die nichts mit dem Tag-und-Nacht-Zyklus des Planeten zu schaffen hatten. Das war allerdings nicht der Grund, warum er seine Waffe gezückt ließ. Nein, er weigerte sich, sie wegzustecken, weil er *sie* wahrgenommen hatte, als er die Mustafarianer niedergemetzelt hatte, und wenn auch nur für einen einzigen, flüchtigen Moment. Er hatte gespürt, wie sie ihn beobachtete. Jetzt war er auf der Hut, und das würde er auch bleiben, bis er hatte, weshalb er gekommen war.

Wie auf einen stummen, einvernehmlichen Befehl hin waren die Sturmtruppler, die ihn begleiteten, zurückgeblieben, anstatt ihm durch den Wald zu folgen, was ihm nur recht war. Er zog es ohnehin vor, hierbei allein zu sein.

Nach einigen weiteren Schritten wurde der Boden matschig. Der Nebel verdichtete sich. Ein leises Platschen verriet ihm, dass seine Anwesenheit nicht unbemerkt geblieben war. Schließlich öffnete sich das Dickicht der Bäume und gab den Blick auf einen kleinen Brackwassersee frei, der zu allen Seiten von Wald und großen schwarzen Brocken umgeben war, die wie Felsen aussahen und in seltsamen, schrägen Winkeln aus dem Boden ragten. Nein, das waren keine Felsen, erkannte er, als er genauer hinschaute. Das waren die eingestürzten Überreste von Darth Vaders Burg.

Auf der unbewegten Oberfläche des Sees lag ein glänzender, öliger Film. Doch als Kylo näher kam, begann das Wasser in der Mitte des Gewässers zu blubbern, und winzige Wellen schwappten gegen seine Stiefel.

Dann erhob sich eine monströse Kreatur aus den Fluten, ein gänzlich haarloses Geschöpf, das vor Nässe glänzte. An seiner teigigen Haut klebten Laub und halb vermoderte Pflanzen. Das Ding hatte die Augen fest zusammengekniffen, doch in gewisser Weise konnte es trotzdem sehen, denn auf seinem riesigen, kahlen Schädel und quer über einer Schulter kauerte eine zweite Kreatur mit langen, spinnenartigen Tentakeln. Die beiden waren symbiotisch miteinander verbunden. Kylo fühlte den Schmerz des großen Wesens, als wäre es ein Sklave des Spinnendings, das sich an ihm festklammerte. Doch keins der beiden Geschöpfe konnte allein überleben. Sie brauchten einander.

»Ich bin das Auge des Nebelsumpfs«, sprach die Spinnenkreatur. »Ich weiß, was du suchst.«

»Dann gib es mir«, entgegnete Kylo.

Das Auge legte seinen Kopf schief und stieß einen unheimlichen kreischenden Laut aus. Kylo brauchte einen Moment, bis ihm klar wurde, dass die Kreatur ihn auslachte. »Dazu besteht kein Anlass«, sagte das Auge. »Glaubst du ernsthaft, mein Lord hätte es der Obhut von jemandem überlassen, der sich mit einem simplen Machttrick überlisten ließe?«

Nein, vermutlich nicht, dachte er.

»Du suchst schon eine ganze Weile danach, nicht wahr? Ich muss dich warnen: Unser feuriger Planet brennt jede Täuschung hinfort wie Dunst. Wenn du diesem Pfad weiter folgst, wird er dich zu deinem wahren Selbst führen.«

Allmählich verlor Kylo die Geduld. Er starrte das Geschöpf schweigend an.

»Also, gut«, sagte die Kreatur, offenkundig enttäuscht darüber, dass Kylo keinen Wert auf irgendwelche feierlichen Zeremonien legte. »Du hast meine Beschützer besiegt. Gemäß Lord Vaders Wünschen hast du ihn dir damit verdient: seinen Wegfinder.«

Der blinde Riese unter dem Auge hob seine gewaltige Hand aus dem Wasser und wies auf eine kleine Insel im See. Darauf befand sich eine steinerne Struktur, ähnlich einem Altar.

Kylo deaktivierte sein Lichtschwert und hakte es an seinen Gürtel. Er watete durch das flache Wasser, das sogleich seine Stiefel und seinen Umhang durchnässte. Der See war warm und der Grund so schlammig, dass er kaum einen Fuß vor den anderen setzen konnte. Doch er ignorierte alles um sich herum und griff nach dem pyramidenförmigen Objekt, das auf dem Altar thronte. Es schmiegte sich nahtlos in seine Handfläche, schwer und heiß, und er starrte es einen Moment lang an, verloren in seinem roten Schein. Die Seiten des Objekts bestanden aus geätztem Glas, eingefasst und umrandet von einem dunkelgrauen, an Kunstharz erinnernden Granulat. Das karmesinrote Licht im Innern schien schwach zu pulsieren. Ren hatte einen weiten Weg hinter sich gebracht, um diesen Gegenstand in seinen Besitz zu bringen; dennoch zögerte er jetzt und musterte die Pyramide voller Misstrauen.

»Dies wird dich durch die Unbekannten Regionen leiten«, erklärte das Auge. »Zur verborgenen Welt Exegol. Zu *ihm.*«

Wer immer *er* war. Die angeblich von Palpatine stammende Übertragung war bis in die fernsten Winkel der Galaxis vorgedrungen. Kylo kannte sie auswendig:

Endlich ist das Werk von Generationen vollendet. Der große Fehler wurde korrigiert. Der Tag des Triumphs steht bevor. Der Tag der Vergeltung. Der Tag der Sith.

Er war sich nicht sicher, was davon man für bare Münze nehmen konnte, doch es gehörte nicht viel dazu, sich auszurechnen, dass Kylo nicht der Einzige war, der nach Antworten suchte. Früher oder später würden andere derselben Fährte folgen, die ihn hierhergeführt hatte, und auf der Suche nach ebendiesem Objekt nach Mustafar kommen.

Hätte sein Großvater es einem da nicht schwerer machen müssen, diesen »Wegfinder« in die Hände zu bekommen? Diese Kultisten zu töten war zu leicht gewesen. Diese Kreatur hatte sich zu einfach überzeugen lassen. Doch andererseits war er Vaders Erbe. Das Objekt gehörte ihm.

Jetzt, wo er es aus der Nähe in Augenschein nahm, bildeten sich in den Ätzungen im Glas Muster. Sternkarten. Richtungsmarkierungen. Tief in seinem Innern regte sich etwas, das uraltes Wissen und Macht versprach, und ein Gefühl des Triumphs überkam ihn. Letzten Endes waren all die Mühen und Opfer die Sache wert gewesen: Aufklärungsschiffe umzuleiten, Spione auszusenden, alte Aufzeichnungen aufzuspüren. Und auch die selbstgefällige Missbilligung dieses Schwachkopfs Hux zu ertragen – das alles hatte sich ausgezahlt.

Kylo schaute auf und stellte überrascht fest, dass das Auge des Nebelsumpfs verschwunden war. Die Kreaturen waren wieder unter die Oberfläche des Sees geglitten, der so still und reglos dalag, dass es schien, als würde überhaupt nichts darin leben.

Wie lange hatte er die Pyramide angestarrt?

Egal. Kylo Ren vergeudete nicht noch mehr Zeit. Getrocknetes Blut ließ seine Gesichtshaut jucken, seine Stiefel und sein Umhang waren vollgesogen von Seewasser, doch anstatt zu seinem Kommandoschiff, der *Steadfast*, zurückzukehren, befahl er allen, sich wieder ihren regulären Pflichten zu widmen, und sprang in seinen modifizierten TIE-Whisper-Abfangjäger, um die nächste Etappe dieser Reise allein anzutreten.

Niemand erhob dagegen Einspruch.

Er verband die Pyramide an den Stellen mit seinem Navigationscomputer, an denen die Markierungen im Glas auf so etwas wie Ports hinwiesen. Neue Daten scrollten über den Navschirm, zugleich ertönte ein Warnsignal.

Denn diese Koordinaten würden ihn über die Grenzen der Westlichen Bereiche hinausführen, in die Unbekannten Regionen. Kylo überbrückte die Warnung und sprang mit seinem TIE in den Hyperraum. Die Sterne verwandelten sich in helle Streifen.

Aufgrund des Umstands, dass ein chaotisches Netz kosmischer Anomalien eine nahezu undurchdringliche Barriere bildete, die eine umfassende Erkundung des Sektors unmöglich machte, waren die Unbekannten Regionen bis heute nicht kartografiert worden. Nur die Törichtesten, die Tollkühnsten und die Verzweifeltsten wagten sich dorthin – Kriminelle, Flüchtlinge und, wenn die Berichte stimmten, auch Überlebende der alten Imperialen Flotte, die sich geweigert hatten, die Herrschaft der Neuen Republik anzuerkennen.

Zwar waren inzwischen einige Planeten in den Regionen entdeckt worden, doch die Bevölkerungsdichte dort war weiter gering, und das Navigationsrisiko, wenn man dorthin gelangen wollte, gestaltete den Handel mit dem Rest der Galaxis ausgesprochen schwierig. Gleichwohl, die Sith und die Jedi hatten schon Wege zu noch gefährlicheren, noch versteckteren Welten gefunden – jedenfalls gab es Legenden, die davon berichteten –, und die speziellen, sorgsam geplanten Koordinatensprünge, die erforderlich waren, um die Anomalien sicher zu passieren, gehörten zu ihren bestgehüteten Geheimnissen.

Doch die Reise würde das Risiko wert sein. Irgendjemand war dort draußen, der behauptete, der Imperator selbst zu sein, und Kylo konnte bereits erste Spuren des Zweifels in den Reihen der Ersten Ordnung ausmachen. Nach allem, was er getan hatte, nach allem, was er geopfert hatte, um der Oberste Anführer zu werden … wer würde es da *wagen,* ihn jetzt noch herauszufordern?

Doch was ihn vor allem anderen mit vollkommenem, weißglühendem Zorn erfüllte, war der Gedanke, dass Snoke – sein Meister; derjenige, der ihn dazu gebracht hatte, dem scheinheiligen Licht den Rücken zu kehren; der Mann, zu dem er mehr aufgeschaut hatte als zu irgendwem sonst – die ganze Zeit über die Marionette eines anderen gewesen war.

Kylo hatte genug von Meistern. Er würde niemandes Lakai mehr sein. Er würde vernichten, wen oder was immer er in den Unbekannten Regionen vorfand. Dann würde niemand mehr sein Recht auf die alleinige Herrschaft über die Galaxis in Frage stellen.

Und Vader hatte ihm einen Wegweiser hinterlassen, einen Kompass.

Der TIE fiel mit einem rauen Rucken aus der Lichtgeschwindigkeit; es fühlte sich an, als würde er durch Schotter fliegen. Er überprüfte den Navcomputer – der TIE war weiterhin auf Kurs. Er musste darauf vertrauen, dass Vaders Wegfinder ihn sicher ans Ziel bringen würde.

Er musste auf den Wegfinder vertrauen – und auf die Macht. Kylo Ren zog seine Kraft aus all der Wut und der Frustration der letzten paar Tage und umklammerte mit kühler Konzentration die Steuerkontrollen. Sobald sich der Flug des Raumjägers stabilisiert hatte, steuerte er mit seinem TIE die nächsten Koordinaten an.

Diesmal erwartete sein Schiff statt der Sternstreifen des Hyperraums ein Netzwerk aus glühend roten, sechseckigen Rauten. Er hatte Geschichten über die »Honigwaben-Zone« irgendwo im fernen Raum gehört – manche nannten das Gebiet das Blutnetz, andere den »Schiffsfresser« –, doch bis zu diesem Moment war er sich nicht sicher gewesen, ob er etwas davon glauben konnte. Angeblich handelte es sich hierbei um eine der wenigen bekannten sicheren Passagen durch die Anomalien der Unbekannten Regionen, doch die Route wirkte unheilvoll und gefährlich, und die Sensoranzeigen an seiner Konsole blinkten hektisch, da das System nicht wusste, was es von alldem halten sollte.

Die meisten Piloten, die für längere Zeit mit Überlichtgeschwindigkeit reisten, nutzen die Zeit, um sich zu recken, die internen Systeme zu überprüfen, Wartungsarbeiten vorzunehmen oder sogar zu schlafen. Doch Kylo war nicht bereit, das Risiko einzugehen, unachtsam zu werden. Er musste auf alles gefasst sein. Abgesehen davon waren ihm auf seiner Jagd nach Vaders Wegfinder Gerüchte zu Ohren gekommen, dass Zeit und Entfernung in diesem bizarren Raum praktisch bedeutungslos waren. Er hatte nicht die geringste Ahnung, wann er wieder in den Realraum zurückkehren würde oder was ihn erwartete, wenn er es schließlich tat.

Es schien, als wäre nur wenig Zeit vergangen, bevor sein TIE die Rote Zone mit einem erneuten Ruck verließ und langsamer wurde. Kylo war darauf vorbereitet, anzugreifen oder auszuweichen, doch der Anflugvektor auf den Planeten Exegol, der vor ihm das Sichtfenster füllte, war vollkommen normal.

Vom Weltall aus wirkte die Welt tot und grau, eingehüllt von mächtigen dunklen Unwetterzellen. Als er näher kam, durchzuckten Lichtblitze die dichten Wolken. Ihm stand ein holpriger Flug nach unten bevor.

Kylo Ren entfernte sich von seinem TIE-Whisperer und marschierte über eine schier endlose Fläche rissigen Bodens. Der Anflug war nicht einfach gewesen, doch die Landung ging mühelos vonstatten. Die Oberfläche des Planeten war eine einzige riesige Landezone – eben und leer. Als er seine Machtsinne ausstreckte, konnte er in der näheren Umgebung ein gewisses Maß an Leben ausmachen – das meiste davon tief unter der Erde –, doch verglichen mit diesem Planeten wirkte Mustafar wie ein blühendes Paradies.

Die Luft war trüb und heiß und trocken, und Blitze spalteten den Himmel in endloser Wut. Er trat mit dem Stiefel gegen einen kleinen Siliziumdioxid-Baum, wo ein Blitzeinschlag Schotter und Sand zu einem verästelten Glastumor gebrannt hatte. Einen Moment lang dachte er besorgt an seinen TIE, der schutzlos in der Einöde stand, und ihm wurde klar, dass er schleunigst irgendwo Schutz vor den Elementen suchen musste.

Die Atmosphäre des Planeten war so trüb, dass er kaum die Hand vor Augen sah. Deshalb entdeckte er die Zitadelle erst, als er schon fast davorstand; sie ragte über der trostlosen Landschaft auf, ein grobschlächtiges Bauwerk aus Stein, das sich so weit in die Höhe erhob, dass sich die Spitze fast im Nebel verlor. Er aktivierte sein Lichtschwert.

Kylo brauchte den Eingang nicht zu sehen, um zu wissen, wo er sich befand, denn er konnte fühlen, wie die schwarze Zitadelle ihn lockte, ihn willkommen hieß. Doch es war nicht das süße, warme Willkommen eines Zuhauses, das einem Geborgenheit und Sicherheit versprach, sondern vielmehr der Ruf von Verheißung und Notwendigkeit. Seine Haut kribbelte. Die Macht war hier sehr stark. Allerdings fühlte sie sich anders an als sonst, irgendwie verdreht und verdorben, wie durchtränkt vom Pesthauch des Verfalls.

Er zwang sich, nicht zu vergessen, dass neue Dinge aus Moder und Verfall erwuchsen.

In der Lücke zwischen dem Boden und dem Bauwerk, das ein Stück über dem Boden schwebte, zuckten Blitze. Kylo hatte gerade genügend Platz, um aufrecht marschieren zu können. Er spürte das Gewicht des massiven Baus, als er darunter entlangging, und vertraute darauf, dass es nicht plötzlich nach unten krachen und ihn zerquetschen würde.

Es erforderte Macht, um etwas derart Ehrfurchtgebietendes zu erschaffen. Und diese Macht würde ihm gehören.

Kylos Schritte erzeugten Echos, und die nackte Steindecke schien im Licht seiner Energieklinge rötlich zu glimmen. Ein dumpfes, metallisches Klappern war zu hören, wie von einem gigantischen Zahnrad, das sich in die richtige Position bewegte. Mit einem Mal löste sich der Bereich, auf dem er stand, vom Boden, um sich in eine schwebende Scheibe zu verwandeln, die ihn in die Untiefen der Zitadelle hinabsinken ließ.

Während er nach unten glitt, musterte er fasziniert die Wand vor sich, in die gigantische Steingesichter gemeißelt waren, allesamt bis ins kleinste Detail dargestellt. Mächtige Eisenketten baumelten von der Decke herab, als würden sie die Statuen an Ort und Stelle halten. In Kylos Innerem regte sich etwas Dunkles und Unausweichliches, und ihm wurde klar, dass er ein Denkmal vor sich hatte. So viel Geschichte und Erinnerung an einem einzigen Ort, und er war zwischen Ehrfurcht und Wut gefangen. Das hier war sein Erbe – das wusste er mit absoluter Sicherheit. Doch Denkmäler dienten dazu, die Vergangenheit zu erhalten, und wenn er in letzter Zeit etwas gelernt hatte, dann, dass die Vergangenheit sterben musste.

Die Scheibe kam in einem riesigen Gewölbe, das Kylo unwillkürlich an eine Kathedrale denken ließ, sanft zum Stillstand. Die steinernen Gesichter waren jetzt hoch über ihm, zierten die gigantischen Statuen uralter Lords. Der Boden zu seinen Füßen war von finsteren Abgründen durchzogen, die so tief waren, dass sich unmöglich sagen ließ, wie weit es dort noch hinunterging. In den Klüften zuckten Blitze, die ihn blendeten und sein Sehvermögen beeinträchtigten, als wäre ein Stück vom Himmel des Planeten hier, weit unter der Oberfläche, gefangen.

Er war nicht allein. In den Schatten bewegten sich Gestalten, schwächlich und gebeugt. Sie stellten keine Gefahr dar – noch nicht, jedenfalls – und gingen weiter unbeirrt ihrer Beschäftigung nach, wie immer diese auch aussah. Sie trugen schwarze, fadenscheinige Gewänder, und ihre Gesichter waren von Bandagen verhüllt.

»Endlich«, ertönte eine Stimme. Ren wirbelte herum und suchte nach dem Sprecher. Die rasselnde Stimme wirkte halb mechanisch, gequält, als litte ihr Besitzer Schmerzen. Und doch ließ ihr Klang sein innerstes Selbst erzittern. »Snoke hat dich gut ausgebildet«, sagte die Stimme – eine Stimme, die Kylo *kannte*. Er hatte sie schon sein ganzes Leben lang gehört. Als er noch ein junger Mann gewesen war, war sie ihm vorgekommen wie das Wispern eines Traums, den er nicht recht zu fassen bekam. Dann war die Übertragung des Imperators in der ganzen Galaxis zu empfangen gewesen, und da wusste Kylo mit vollkommener Gewissheit, dass Palpatine irgendwie überlebt hatte; dass die flüsternde Stimme, die ihn so viele Jahr lang ermutigt, geleitet und *gepeinigt* hatte, die des ehemaligen Imperators gewesen war.

»Ich habe Snoke getötet«, erklärte Kylo. »Jetzt töte ich *Euch*!«

»Mein Junge, *ich* habe Snoke erschaffen! Ich bin jede Stimme gewesen, die du je in deinem Kopf gehört hast.« Er sprach langsam und bedächtig; das Timbre seiner Stimme veränderte sich, wurde erst zu der von Snoke, dann zu der von Vader und schließlich zu Palpatines. »Ich war schon immer dein Meister!«

Vor ihm begann sich eine Gestalt zu materialisieren, noch immer in Schatten gehüllt, ein dunkler Umriss vor den zornig zuckenden Blitzen der Abgründe ringsum. Die Bewegungen der Gestalt wirkten merkwürdig mechanisch, fast wie bei einer Maschine. Wäre die Macht nicht gewesen, die von der Kreatur ausging, wäre Kylo Ren sich nicht sicher gewesen, ob das Ding – was immer es war – überhaupt lebte.

Ein Blitz erhellte einen großen Glastank, in dem drei Kreaturen trieben; mechanische Versorgungsschläuche pumpten flüssiges Leben durch ihre Adern. Nein, nicht drei Kreaturen, erkannte Ren verblüfft – es war dreimal *dieselbe* Kreatur, mit verschrumpelter Haut und einem übergroßen, kahlen Schädel, die Gesichtszüge in einem Zustand ewig währender Qual verzerrt. Alle drei waren Snoke.

Snoke stammte von diesem Ort. Doch Kylos einstiger Meister hatte ihm nichts davon erzählt. Was hatte er seinem Schüler wohl sonst noch alles verschwiegen?

Als Kylo nicht reagierte, fügte die Kapuzengestalt hinzu: »Weißt du, wer ich bin?« Er beugte sich vor, was genügte, um seinen weiten Ärmel verrutschen zu lassen, sodass Kylo einen flüchtigen Blick auf seine Hand erhaschte – sie war halb verfault, nur ein paar Finger waren noch mit Haut überzogen wie mit geschmolzenem Kerzenwachs.

Kylo packte sein Lichtschwert fester. »Ich weiß, dass Ihr die Erste Ordnung ins Leben gerufen habt«, sagte er. »Und ich weiß, dass ich nicht Euer Handlanger sein werde, so wie Snoke es war.«

»Snoke.« Die Stimme troff vor Schadenfreude. »Er war nichts weiter als deine *Prüfung*. Du hast gut daran getan, ihn zu vernichten.«

Kylo Ren war der Oberste Anführer der Ersten Ordnung. Davor war er der Anführer der Ritter von Ren gewesen. Und *davor* war er der vermeintliche Erbe des Skywalker-Vermächtnisses gewesen, und der Sohn einer Prinzessin. Mit anderen Worten: Er hatte sich sein ganzes Leben mit falschen Schmeicheleien und kriecherischen Komplimenten herumschlagen müssen, daher wusste er, was er von dergleichen zu halten hatte. Er würde sich davon nicht beeindrucken lassen, vor allem nicht hier und jetzt. »Wer seid *Ihr* schon, so von *mir* zu sprechen?«

Die Stimme wurde tiefer, vibrierend vor kaum gezügelter Energie. »Ich bin der, der dich hierhergeführt hat. Der, der dein Schicksal vorhergesehen hat …«

Die Gestalt kam näher. Der Mann war unvorstellbar gebrechlich; sein Körper hing an einem gewaltigen Mechanismus, der in der Dunkelheit weiter oben verschwand. Kylo hatte so etwas schon einmal gesehen, bei seinen Studien über die Sith, und dann noch mal, als er Nachforschungen über Vaders Wegfinder angestellt hatte. Es handelte sich dabei um einen sogenannten Ommin-Harnisch, ein mechanisches Rückgrat, das einst ein alter Sith-König getragen hatte.

Ohne diesen Harnisch konnte der Imperator nicht leben.

Doch die Macht selbst strafte jeden Eindruck von Schwäche und Gebrechlichkeit Lügen, da von der Kreatur eine Woge der Dunkelheit und Gier ausging – und eine Kraft, so gewaltig, wie Kylo ihr noch nie zuvor begegnet war. Es war erhebend.

»Die Erste Ordnung war nur der Anfang«, sagte die Kreatur. »Ich werde dir so viel mehr geben.«

»Vorher werdet Ihr sterben!«, grollte Kylo.

»Ich bin schon gestorben. Die Dunkle Seite der Macht ist der Pfad zu mannigfaltigen Fähigkeiten, welche manche für ... unnatürlich halten.«

Kylo wusste es besser, als so etwas wie ein Gefühl der Verbundenheit mit dieser Kreatur zu empfinden, doch er konnte nicht leugnen, dass die Jedi ihn, Kylo Ren, ebenfalls als unnatürlich betrachteten. Als Abscheulichkeit. Als *Monster*, wie die Schrottsammlerin gesagt hatte.

Er hob sein Lichtschwert, um die Spitze der Energieklinge vor das Gesicht der Kreatur zu halten, und zum ersten Mal sah er die Züge des Imperators klar und deutlich vor sich. Die Augen des uralten Mannes waren mit milchiger Blindheit geschlagen, und Schläuche steckten in seinem Hals.

All diese Schläuche waren leer, bis auf einen, in dem sich eine Flüssigkeit befand, die jedoch fast aufgebraucht war. Kylo schaute genauer hin. Auch diese Apparatur hatte er schon einmal gesehen, damals, als er in seiner Jugend die Klonkriege studiert hatte. Die Flüssigkeit, die in den leibhaftigen Albtraum vor ihm strömte, focht einen vergeblichen Kampf darum, das faulige Fleisch des Imperators am Leben zu halten.

»Was könntet *Ihr mir* geben?«, fragte Kylo. Imperator Palpatine lebte – jedenfalls in gewisser Weise –, und in seinem tiefsten Innern konnte Kylo fühlen, dass dieser geklonte Körper tatsächlich das Bewusstsein des Imperators beherbergte. Doch dieses Gefäß war unvollkommen, fehlerhaft, außerstande, seine immense Macht aufzunehmen. Deshalb zerfiel sein Körper; er konnte der Belastung einfach nicht mehr länger standhalten.

»Einfach *alles*«, entgegnete Palpatine. »Ein Neues Imperium.«

Die Kreatur hob ihre knochige Hand. Kylo spürte, wie Palpatine auf die Macht zurückgriff, doch bevor er reagieren konnte, löste sich seine Umgebung in Wohlgefallen auf, wie verschlungen von Nebel, um einer Vision Platz zu machen.

Er sah eine schwarze Leere, wie das Weltall ohne Sterne. Dann zuckten Blitze, die rissigen Boden offenbarten. Die trostlose Landschaft erbebte, um dann explosionsartig zu zerbersten. Der Grund tat sich auf, und ein Berg schob sich durch die Oberfläche in die Höhe. Dreck und Erdbrocken fielen in die Tiefe, um schließlich den Blick auf dunkles Metall freizugeben, in dem rote Augen glommen. Ringsum durchbrachen noch mehr Berge die Planetenkruste, um sich einer nach dem anderen als mächtige Sternzerstörer zu erweisen, jeder einzelne doppelt so groß wie die Zerstörer aus den Tagen des Imperiums. Auch ein einzelner gigantischer Obelisk drängte sich durch den Boden, ein Navigationsturm, von dem aus ihr finaler Aufstieg koordiniert werden würde. Der Turm entfaltete sich wie eine metallene Blume, um seine blütenartige Antenne dem tosenden Himmel entgegenzurecken.

Immer mehr Schiffe stiegen auf – immer mehr und noch mehr –, bis Zehntausende Sternzerstörer in der Atmosphäre schwebten.

»Eine Generation lang haben meine Anhänger an dieser Armada gearbeitet«, erklärte Imperator Palpatine mit dunkler, tiefer Stimme.

Kylos Herz raste. Solche Macht… Ein ganzes *Sternenfeld* voller Zerstörer… die größte Flotte, die die Galaxis je gesehen hatte. Dann stimmten die Gerüchte also. Exegol war *tatsächlich* eine Welt, bevölkert von den Wahren Sith, loyalen Anhängern der Dunklen Seite der Macht, die ihr ganzes Leben *dem hier* gewidmet hatten.

»Sie haben eine Flotte gebaut, die der galaktischen Rebellion ein für alle Mal ein Ende bereiten wird.«

Die Vision veränderte sich, um Platz für Hunderttausende Sturmtruppler in schimmernden purpurroten Rüstungen zu machen. Der Lärm unzähliger marschierender Soldaten erfüllte seine Ohren, laut wie Donnergrollen, begleitet von einem schwachen, kaum wahrnehmbaren Geruch, den er nur zu gut kannte … dem Geruch von blasterversengtem Fleisch.

Es kostete Kylo enorme Anstrengung, die Vision zu verdrängen. Alles, was er gerade gesehen hatte, würde ihm gehören. Doch er war kein Narr. Nichts war jemals so einfach.

Kein Sith wäre jemals bereit, auf den Thron zu verzichten.

»Die volle Stärke der Letzten Ordnung wird bald erreicht sein«, fuhr der Imperator fort; jetzt klang seine Stimme auf unheimliche Weise fesselnd. »Sie soll dir gehören – wenn du tust, wonach es mich verlangt. Töte das Mädchen!« Kylo wusste genau, wen der Imperator damit meinte. »Vernichte die Jedi! Und werde zu dem, was dein Großvater Vader nicht erreicht hat. Du wirst über die gesamte Galaxis herrschen – als der neue Imperator!«

Sein Atem wurde zu einem mechanischen, pfeifenden Röcheln, ehe er vollends verklang. Die Gestalten in den Roben eilten herüber und machten sich an der Maschine zu schaffen, an der der Körper hing. Eines der Wesen tauschte rasch einen Filter am Ende eines Schlauchs aus. Ein anderes injizierte mit einer Spritze ein Additiv in die verbliebene Regenerationsflüssigkeit. Kylo verfolgte alles mit gleichgültigem Interesse, während er versuchte, die Stärken und Schwächen der Palpatine-Kreatur einzuschätzen.

Schließlich fand der Imperator seine Stimme wieder. »Wie du siehst, drängt die Zeit. Du musst *jetzt* handeln – bevor ich meinen letzten Atemzug tue.«

Kylo fühlte Täuschung in seinen Worten, aber auch Wahrheit. »Und wenn ich mich weigere?«, sagte er herausfordernd.

»Dann wird das Mädchen eine Jedi. Die Erste Ordnung wird fallen. Und du wirst sterben.«

Diesmal keine Täuschung; bloß die Wahrheit.

»Doch das weißt du ja bereits«, setzte die Kreatur nach. »Du hast es gespürt.«

Kylo hatte schon einmal versucht, sie auf seine Seite zu ziehen. Tatsächlich war es sein zweites schweres Versagen gewesen, dass es ihm nicht gelungen war, Rey davon zu überzeugen, sich ihm anzuschließen.

»Aber nimm dich in Acht! Sie ist nicht die, für die du sie hältst!«

Kylos Augen verengten sich zu Schlitzen. Nun endlich ließ er sein Lichtschwert sinken.

In einer Vision hatte er ihre Eltern gesehen, ein armseliges, verängstigtes Paar, das ein Leben am Rande der Verzweiflung führte. Als er Rey gesagt hatte, sie seien ein Nichts gewesen, niemand von Bedeutung, war das nicht gelogen gewesen.

Doch Machtvisionen steckten voll trügerischer Wahrheiten und möglicher Realitäten. Vielleicht war ihm irgendetwas entgangen.

Kylo Ren legte die ganze Stärke der Macht in seine Worte und sagte: *»Wer ist sie?«*

Imperator Palpatines fauliger Kadaver lächelte.

3. Kapitel

Letzten Endes erzählte Rey Leia doch, was geschehen war – jedenfalls einen Teil davon –, und sie war froh darüber, dass sie sich noch dazu durchgerungen hatte. Der General glaubte, dass ihre Vision möglicherweise irgendwie mit der geheimnisvollen Übertragung zusammenhing, die von den Unbekannten Regionen aus gesendet worden war, und das sollte für Rey Grund genug sein, aufzubrechen und nach einer Bestätigung für diese Annahme zu suchen, sobald der *Falke* zurück war. Zumindest zog Leia das in Erwägung.

Auch wenn sie beide wussten, dass Rey eigentlich ihr Training nicht unterbrechen sollte.

Gerade kniete Rey neben ihrer Werkbank auf dem Boden, um vorsorglich schon einmal zu packen. Leia und BB-8 schauten zu, wie sie Nahrungsrationen in ihre Tasche stopfte. Ihre Freunde vom Widerstand beschwerten sich ständig über das Essen; sie fanden es fad und nicht besonders schmackhaft. Rey hingegen hatte nicht die geringste Ahnung, was das ganze Gemaule sollte. Denn sie hatte nie zuvor in ihrem Leben so gut gegessen, oder so häufig. Allerdings hatte sie trotzdem immer ein paar Rationen unter ihrer Pritsche verstaut. Nur für den Fall.

Sie musterte das Lichtschwert auf ihrer Werkbank. Das Schwert war noch nicht fertig, und das, das sie mühsam repariert hatte – Lukes –, gehörte ihr nicht. Deshalb musste ihr Kampfstab als Waffe ausreichen. Doch das war ihr nur recht. Der Stab hatte ihr auf Jakku jahrelang gute Dienste geleistet. Tatsächlich überlegte sie sogar, eines Tages, wenn sie den Lichtschwertbau wirklich beherrschte, vielleicht eines zu entwerfen, das mehr wie ein Kampfstab in ihrer Hand lag. Vertraut und klobig. Mit zwei schlagkräftigen Enden. Vielleicht mit einem Scharniergelenk in der Mitte, damit man es besser transportieren konnte.

Durch das Reparieren von Lukes Waffe hatte sie eine Menge über Lichtschwerter gelernt. Seine Jedi-Schriften hatten ihr dabei bis zu einem gewissen Grad als Anleitung gedient – zum Beispiel die Passagen darüber, wie man den Kyberkristall wieder instand setzte –, und ihre Erfahrungen mit dem Bauen von Alltagswerkzeugen aus geplünderten Bauteilen halfen ihr mit dem Rest. Rey war zuversichtlich, dass sie irgendwann ein ganz und gar eigenes Lichtschwert bauen würde, auch wenn niemand da war, der ihr zeigen konnte, wie.

»Weißt du, woher die Vision stammt?«, fragte Leia, als Rey gerade einen weiteren Rationsriegel in ihrer Tasche verstaute.

»Ich wünschte, ich wüsste es … Aber ich bin mir nicht wirklich darüber im Klaren, worum es in der Vision wirklich ging. Sie war …« Ihr fehlten die Worte. Wie ließ sich so etwas Eindringliches angemessen beschreiben? Etwas, das auf so seltsame Weise persönlich war?

Rey nahm ihre Tasche und trat auf Leia zu, wobei sie sorgsam einer Energieleitung auswich, die sich quer über den nackten Boden schlängelte. Ihre Basis auf Ajan Kloss war ein einziges Provisorium. Draußen im Freien standen

Computerkonsolen, den Elementen ausgesetzt. Eine große Höhle bot ihnen einen gewissen Schutz, um zu rasten, und ein alter Rebellenblockadebrecher mit der Kennung *Tantive IV* – der momentan fluguntauglich war, da sie auf die erforderlichen Ersatzteile warteten – diente gleichzeitig als Kommunikationszentrum und als Leias Quartier. Rey hingegen hatte sich genau wie viele der übrigen Widerstandskämpfer entschieden, auf einer Pritsche zu schlafen, dicht beim Eingang, dem dichten Grün des Dschungels den Rücken zugewandt. Ansonsten bestand ihr »Wohnquartier« aus einer Truhe, einer Werkbank und jeder Menge Matsch. Allerdings war Matsch immer noch besser als Sand. Abgesehen davon schlief sie gern im Freien; auf diese Weise konnte ihr Unterbewusstsein das Kommen und Gehen konstant »im Auge« behalten. Rey mochte diese Geschäftigkeit und die Leute rings um sie. Es erinnerte sie daran, dass sie Teil von etwas war. Dass sie nicht mehr länger allein war.

»Ich höre«, sagte Leia mit sanftem Nachdruck.

»Ich konnte mein Training nicht beenden. Ich habe mich von den Visionen ablenken lassen. Ich fühle mich … einfach nicht wie ich selbst. Ich weiß, wie sich das anhört … Es hört sich an, als würde ich Ausreden erfinden.«

Leias Augen wurden schmal. »Sag mir nicht, wonach es sich anhört. Sag mir, wie es *ist.*«

Vielleicht war es trotz allem doch ein Fehler gewesen, Leia von ihrer Vision zu erzählen. »Ich bin nur erschöpft. Das ist alles.«

Leia bedachte sie mit einem argwöhnischen Blick, der dafür sorgte, dass sie sich wie die mieseste Lügnerin fühlte, die jemals beim Lügen ertappt worden war.

Dementsprechend froh war Rey, als die Stimme von Lieutenant Connix sie unterbrach: »General?«

Leia schaute zu ihr hinüber. Kaydel Connix trug ihr Haar

mittlerweile zu Zöpfen geflochten, die einer Krone gleich um ihren Kopf gewickelt waren – genau wie bei Leia. Viele der jungen Frauen hier hatten diese Frisur, doch Rey hätte darauf wetten mögen, dass der Prinzessin nicht einmal aufgefallen war, dass ihre alderaanische Haartracht einen Modetrend geschaffen hatte.

»Der *Falke* ist immer noch nicht eingetroffen«, erklärte Connix. »Der Commander bittet um Anweisungen.«

Da der General sich um diese Angelegenheit kümmern musste, löste Rey Lukes Lichtschwert von ihrem Gürtel und hielt es ihr hin. Sie gab Leia das Lichtschwert stets zurück. Der General hatte zwar gesagt, dass sie es Rey eines Tages überlassen würde, aber Rey wusste nur zu gut, wie schwer ihr das fallen würde. Das Lichtschwert war das Einzige, was Leia von ihrem Bruder geblieben war. »Ich *werde* mir das Lichtschwert Eures Bruders verdienen«, versicherte Rey ihr. »Eines Tages.«

BB-8 piepste eine Frage, die Rey ein Lächeln entlockte.

»Nein, das kannst du nicht für mich machen.«

»Unterschätze niemals einen Droiden«, sagte Leia. Die Andeutung eines Lächelns umspielte ihre Lippen. Dann eilte sie Connix hinterher, Lukes Lichtschwert in der Hand.

Rey sah ihr nach. »Ja, Meisterin«, murmelte sie.

BB-8 brabbelte etwas, und sie kniete sich vor ihm hin.

»Ich hab's versucht«, sagte sie, ihre Stimme kaum mehr als ein Flüstern. »Aber … ich konnte ihr einfach nicht die ganze Wahrheit sagen. Wer weiß, was sie von mir denken würde, wenn ich es täte?« Rey hatte es *tatsächlich* versucht. Allen Ernstes. Sie hatte den Mund aufgemacht, aber dann waren ihr die Worte im Halse stecken geblieben. Wie konnte man etwas so Grauenvolles laut aussprechen?

BB-8 piepste von Neuem, ein bisschen drängender diesmal.

»Nein, *dir* erzähle ich immer alles. Jetzt lass uns dich reparieren.«

Rey marschierte durch die Basis in Richtung Werkstatt. Als Erstes würde sie nachsehen, ob Rose Zeit hatte, sich um den Droiden zu kümmern. Falls Rose nicht verfügbar war, würde sie BB-8 selbst wieder in Ordnung bringen – falls es ihr gelang, die nötigen Ersatzteile dafür zu beschaffen.

BB-8 rollte ihr hinterher und zwitscherte betrübt.

»Ach, mach dir um die keine Sorgen. Die holen bloß Bauteile ab. Ich bin sicher, unseren Freunden geht es bestens.«

Es ging ihnen *nicht* bestens. Unwillkürlich wappnete Poe sich für den nächsten Schlag. Sie waren dabei zu verlieren, ihre Soldaten vom Ansturm des Feindes vernichtet, während der Feind ihnen schadenfroh ins Gesicht grinste. Er liebte es, sie leiden zu sehen. Er bedachte sie mit einem verschlagenen Blick, als er sich anschickte, seinen Zug zu machen ... und es sich im letzten Moment noch mal anders überlegte.

»Spielst du jetzt weiter?«, sagte Poe zu Chewbacca, während der Wookiee das Holoschachbrett studierte. Sie saßen um den Tisch herum, Chewie auf der einen Seite, Poe und Finn auf der anderen. Der Flug im *Falken* zur Sinta-Gletscherkolonie war verdammt lang, und sie mussten irgendwie die Zeit totschlagen. Dies war ihre dritte Partie. Auf ihrer letzten Mission hatten sie zwei Runden gespielt. Und davor ... Na ja, wie oft sie davor gegeneinander gespielt hatten, vermochte Poe schon gar nicht mehr zu sagen.

»Er kann uns nicht *jedes Mal* schlagen«, sagte Finn.

»Offensichtlich doch«, brummte Poe.

Finns Augen verengten sich zu Schlitzen. »Wie macht er das nur?«

»Er ist ein Schlitzohr«, sagte Poe. »Er mogelt.«

Chewie brüllte verärgert.

»Das war ein Scherz!«, wandte Poe ein und hob die Hände, wie um sich zu ergeben. »Du bist zweihundertfünfzig Jahre alt. Natürlich bist du besser als wir.«

»Ach, komm schon. Mach einfach deinen Zug«, sagte Finn.

Mit einem Mal schrillte das Warnsignal des *Falken*, um sie darüber zu informieren, dass sie sich ihrem Ziel näherten.

Chewbacca erhob sich vom Holoschachtisch und grollte grimmig.

»Wir werden es nicht abschalten«, sagte Poe, der so tat, als würde allein dieser Gedanke ihn in seiner Ehre kränken.

»Keine Sorge«, versicherte Finn dem Wookiee.

Chewie eilte davon und machte sich auf den Weg zum Cockpit.

Sobald er außer Hörweite war, murmelte Poe: »Er mogelt.«

»Auf jeden Fall«, pflichtete Finn ihm bei.

Beide streckten gleichzeitig die Hand aus und schalteten das Brett ab.

Poe folgte Chewie. Auf dem Weg zum Cockpit kam er an R2-D2 und Klaud vorbei. »Klaud, hast du den Kurzschluss behoben?«, sagte Poe im Vorbeieilen.

Sie taten ihr Bestes, um einen nervigen Kurzschluss zu reparieren, der seit ihrer letzten Mission immer weitere Bereiche der Elektronik des *Falken* befiel. Poe hatte nicht die geringste Ahnung, welcher Spezies Klaud angehörte oder woher er ursprünglich stammte. Tatsächlich war ihm der Gedanke gekommen, dass General Leia den Verstand verloren haben musste, als sie ihn Rose' Mechanikertruppe zugewiesen hatte. Denn erstens hatte Klaud keine Arme; Poe fand, dass er wie eine Riesenschnecke mit Flossen aussah. Und zweitens kommunizierte er in einer Sprache, die nur die Droiden verstanden. Letzten Endes jedoch erwies sich Leias Entscheidung als die richtige, da Klaud imstande war, Gegenstände mit seiner Greifantenne zu manipulieren, und sein scharfer Verstand die meisten technischen Probleme binnen kürzester Zeit löste. Er und R2-D2 arbeiteten gut zusammen.

Poe erreichte das Cockpit genau in dem Moment, als der *Millennium Falke* den Hyperraum verließ – unmittelbar vor einem massigen Asteroiden aus Eis, der einem Gebirge gleich vor ihnen im All hing. Er nickte Chewie zu und ließ sich in den Pilotensitz fallen. Durch das Sichtfenster studierte er die unebene, pockennarbige Oberfläche des Asteroiden, die auf seinen Ursprung als Komet hinwies. Gas stieg von dem Eisblock auf wie Nebel. Der Asteroid wirkte relativ klein; die Schluchten, die ihn durchzogen, wirkten fast wie Haarrisse in der schimmernden weißen Fläche. Genau wie er gehofft hatte, registrierte der *Falke* keine Hinweise darauf, dass sie verfolgt wurden. Poe steuerte den Frachtraumer in Richtung Treffpunkt und setzte zum Sinkflug auf die Bergbaukolonie an.

Finn ging an der Cockpittür vorbei und steuerte auf die Deckenluke zu, um alles für die Warenaufnahme vorzubereiten.

Den Funken nach zu urteilen, die aus der Schalttafel stoben, an der sich Klaud zu schaffen machte, waren sie bei ihrem letzten Auftrag noch mal mit einem blauen Auge davongekommen. Hätte der *Falke* auch nur einen einzigen weiteren Treffer einstecken müssen, wären sie bloß noch ein Haufen brennender Trümmer gewesen.

Doch eigentlich hatte das nichts mit Glück zu tun gehabt. Er und Poe und Chewie waren einfach ein gutes Team. Sogar ein großartiges Team, jedenfalls bei den seltenen Gelegenheiten, bei denen Rey sie begleitet hatte. Doch Rey musste sich im Augenblick um wichtigere Dinge kümmern. Um »Machtdinge«, und obwohl Finn sich alle Mühe gab zu verstehen, was das tatsächlich bedeutete, überstiegen diese Sachen seinen Horizont. Er hatte gesehen, wozu Rey imstande war, hatte gespürt, wie wichtig sie für ihr großes Ziel war. Doch wenn er hier draußen war und sie auf Ajan Kloss, konnte er nicht umhin zuzugeben, dass er sie vermisste.

Mittlerweile hatte Poe den *Falken* in die Sinta-Eistunnel gesteuert, in denen Wasserdampf und Bergbauarbeiten ein gewisses Maß an Atmosphäre erzeugten. Das Schiff unter Finns Füßen fühlte sich wackelig an, als wäre es kurz davor, ins Schleudern zu geraten. Allerdings war er sicher, dass das nicht Poes Schuld war. Diese Asteroiden waren tückisch.

Der *Falke* kam ruckartig zum Stillstand.

»Ich öffne jetzt das Schott!«, rief Finn Poe zu.

Finn betätigte den Schalter, und die runde Luke über ihm öffnete sich, um – begleitet von einem Schwall kalter, feuchter Luft – den Blick auf einen dämmerigen, vereisten Korridor und das grünlich gelbe Gesicht eines Ovissianers freizugeben, der von einem Horn zum anderen grinste.

»Boolio!«, sagte Finn. Boolio war ein Minenaufseher, der seit Monaten überschüssige Mineralien für den Widerstand abzweigte, die sie hier regelmäßig mit ihren Transportern abholten. Finn selbst hatte bislang zwei dieser Ladungen befördert. »Schön, dich zu sehen! Du hast was für uns? Den Regulator, um den wir gebeten haben?«

Leia benötigte diesen Regulator dringend, um die *Tantive IV* wieder flugtauglich zu machen, doch es war schwierig, Ersatzteile für so alte Raumschiffmodelle zu beschaffen, und der Regulator war eines der wenigen, die sie überhaupt ausfindig machen konnten. Außerdem war es das billigste.

Boolio schüttelte den Kopf. »Keine Ersatzteile«, sagte er.

»Einen neuen Verbündeten. Ein Spion bei der Ersten Ordnung!«

Finn fiel vor Überraschung die Kinnlade herunter. »Ein Spion? Wer?«

»Weiß ich nicht«, sagte Boolio; von dem Regulator war keine Rede mehr. »Aber die Neuigkeiten, die er hat, sind mies. Übertrage die Nachricht des Spions auf euren Droiden! Bring sie zu Leia. Schnell!«

Boolio warf ein Datenkabel zu ihm runter.

Finn packte das Kabel. »Hast du irgendeine Ahnung, wer …«

»Das wollten sie mir nicht sagen. Aber nach der letzten Inspektion durch die Erste Ordnung hat jemand einen Datenstick in meinem Büro hinterlegt.« Er warf einen nervösen Blick über die Schulter.

Finn wies auf R2-D2, der auf ihn zurollte. Er schob das Kabel in die Datenbuchse des Droiden. Die ganze Zeit über rasten seine Gedanken.

Also darum hatte Boolio darauf bestanden, dass sie einmal quer durch die Galaxis flogen. Deshalb hatte er ihnen gesagt, die Sache sei von extremer Wichtigkeit – und dass es nicht lange dauern würde. Sie hatten angenommen, dass es um den Regulator ging, ein sehr seltenes Bauteil, praktisch eine Antiquität. Doch tatsächlich wäre Boolios Drängen selbst in diesem Fall übertrieben gewesen, besonders im Hinblick auf den niedrigen Preis, der dafür verlangt wurde. Jetzt ergab plötzlich alles Sinn. Irgendwie hatte ein Spion der Ersten Ordnung ihm eine Nachricht zugespielt. Und als einfacher Minenaufseher hatte er keinen Zugriff auf eine sichere Übertragungsfrequenz. Dementsprechend bestand seine einzige Option darin, sie dazu zu bringen, persönlich hierherzukommen – indem er sie mit einem Ersatzteil geködert hatte, das er in Wahrheit überhaupt nicht zur Verfügung hatte.

»Bitte, beeil dich«, drängte Boolio. »Wenn dieser Jemand bei der Ersten Ordnung wusste, dass ich seine Nachricht an euch weitergeben kann, dann könnten auch andere Wind davon bekommen haben, dass ich mit dem Widerstand in Verbindung stehe.«

Was bedeutete, dass die Erste Ordnung jeden Moment zurückkehren konnte. Finn ertappte sich dabei, wie er gegen die Seite seines Oberschenkels trommelte, als könnte er den Datentransfer so irgendwie beschleunigen. Alte Technik, geringe Übertragungsgeschwindigkeiten ... Wer wusste schon, in welchem Zustand dieses Datenkabel war? Vielleicht saßen sie noch stundenlang hier fest ...

Poe rutschte nervös im Pilotensitz umher. Er hatte keine Ahnung, was bei Finn so lange dauerte. Sie mussten nichts weiter tun, als ein Ersatzteil entgegenzunehmen, Boolio dafür zu bezahlen und dann schleunigst wieder von hier zu verschwinden. Das war alles.

Der Warnsensor des *Falken* schrillte eindringlich und ließ Poe ruckartig aufschrecken. Er starrte die Konsole mit weit aufgerissenen Augen an. Deutete er die Anzeige richtig? Der Bildschirm zeigte über zwanzig Objekte, die aus allen Richtungen auf sie zuflogen. Ausgehend von ihrer Größe und Geschwindigkeit konnten das nur TIE-Jäger sein.

»Finn!«, brüllte er nach hinten. »Wir werden gleich gegrillt!« Er begann, Schalter umzulegen, um den *Falken* auf einen Schnellstart vorzubereiten.

»Wir sind fast fertig«, rief Finn zurück.

Mach schneller, dachte Poe, während er verzweifelt nach einer Möglichkeit suchte, aus dieser Falle zu entkommen. Ihre Optionen waren ziemlich beschränkt, und mit jeder Sekunde wurden es weniger. Wie kompliziert konnte es sein, ein einzelnes Ersatzteil an Bord zu nehmen?

R2-D2 verkündete mit einem Piepen, dass die Übertragung abgeschlossen war. Finn riss das Kabel aus der Datenbuchse des Droiden.

Boolio zog es hastig nach oben, Hand um Hand, und sagte: »Sie haben mich gefunden! Verschwindet! Sofort!«

»Wie können wir dir danken?«, fragte Finn. Auf Leias Drängen hin hatten sie nicht zurückverfolgbares Geld dabei. Der Widerstand war dafür bekannt, immer fair zu bezahlen, und der General wusste, wie wichtig ein solcher Ruf in den entsprechenden Kreisen war. Allerdings war das, was sie zahlen konnten, nicht annähernd genug, um Geheiminformationen direkt von der Ersten Ordnung kaufen zu können.

»Gewinnt den Krieg!«, sagte Boolio. Dann knallte er die Luke zu.

Genau in dem Moment vernahm Finn das vertraute Kreischen rasch näher kommender TIE-Jäger.

Er hastete an R2-D2 und Klaud vorbei und stürmte ins Cockpit. »Ich habe schlechte Neuigkeiten!«, sagte er zu Poe.

»Meine sind noch schlechter«, entgegnete Poe. »Los, an die Kanone mit dir!«

Finn eilte zu den Geschützen.

Poe manövrierte den Falken durch die breiten Schluchten der Sinta-Gletscherkolonie. Blauschwarzes Eis huschte verschwommen an ihnen vorbei, hier und da unterbrochen von mächtigen Maschinen. Die Tunnel stellten seine Fähigkeiten auf eine harte Probe, doch zugleich eröffneten sich ihnen dadurch auch gewisse Möglichkeiten. Bislang war es ihnen nicht gelungen, die TIEs abzuschütteln, die ihnen auf den Fersen waren, doch Poe war der bessere Pilot. Er und Chewie mussten einfach lange genug durchhalten, bis die TIEs einen Fehler machten und gegen eine Wand krachten oder, noch besser, bis Finn sie mit dem Geschütz unschädlich gemacht hatte.

Wäre doch nur Rey bei ihnen gewesen. Dann hätten sie mit zwei Geschützen feuern können anstatt nur mit einem, und die TIEs hätten nicht die geringste Chance gehabt.

Eine Blastersalve traf den *Falken* und schleuderte Poe fast aus seinem Sitz. Chewbacca ächzte.

»Finn!«, rief Poe. »Sieh zu, dass du die Dinger loswirst!«

Ein TIE trudelte aus seiner Flugbahn und krachte gegen die Eiswand, um in einem Feuerball zu explodieren.

»Einer weniger!«, meldete Finn.

Chewie brüllte.

»Was meinst du damit, *beide* Heckschilde sind hinüber?«, fragte Poe ungläubig.

Im Cockpit begann ein Warnsignal zu heulen. Poe streckte die Hand aus, um den Alarm abzuschalten. Chewie knurrte ihm etwas zu.

»Was?«, sagte Poe.

Chewie deutete nach vorn, etwas zur Seite, wo ein riesiges Bergbaugerüst aus der Eisdecke ragte. Sie waren nur noch wenige Sekunden davon entfernt. Das war die Gelegenheit, auf die Poe gewartet hatte.

»Gute Idee, Chewie!«, sagte Poe und leitete alle noch verfügbare Schildenergie zur Oberseite des Schiffs. Damit das Ganze funktionierte, durften sie das Hindernis nur haarscharf verfehlen. »Finn, wir zerquetschen die Jäger!«, rief er nach hinten zur Geschützkanzel.

»Das hab ich auch gerade gedacht«, gab Finn zurück.

Bei der geringen Schwerkraft eines kleinen Himmelskörpers ein solches Flugmanöver durchzuziehen war alles andere als ein Kinderspiel, doch er war Poe Dameron, der berühmte Widerstandspilot, oder nicht? Er legte den *Falken* geschickt auf die Seite, um in Schussposition zu kommen. Finn drehte das untere Geschütz nach vorn, um direkt vorauszufeuern. *Noch ein bisschen, Kumpel… Das Timing muss genau stimmen…*

»Jetzt!«, brüllte Poe.

Finn schoss. Metall kreischte über Metall, als sich die Maschine von der Decke löste. Der *Falke* sauste genau in dem Moment darunter hindurch, als das massive Konstrukt in die Tiefe stürzte – und geradewegs auf die drei TIEs krachte. Auf allen Seiten erhellten Explosionen den Tunnel. Feuer leckte über die Eiswände.

Finn jubelte. »Und jetzt zurück zur Basis!«

Gleichwohl, ihre Freude war nur von kurzer Dauer. Denn schon tauchten im Cockpitfenster weitere TIE-Jäger auf. Zu viele. Ein Stück weiter vorn befand sich eine senkrechte Wand aus Eis, rostigen Maschinen und Schlacke. Sie konnten nirgendwo hin. Nirgendwo außer…

Poe kam eine verwegene Idee.

»Was glaubst du, wie dick diese Eiswand ist?«, fragte er.

Chewie brüllte ungläubig und ließ keinen Zweifel daran, was er von Poes Plan hielt.

Finn stützte sich so gut wie möglich im Sitz des Geschützes ab, als Poe vollen Schub gab. Die TIEs hatten sie jetzt fast eingeholt. Direkt voraus ragte die Eiswand vor ihnen auf. Was zur Hölle glaubte Poe, wohin sie jetzt sollten? Keine Frage, sie würden sterben. Definitiv.

Die Triebwerke des *Falken* brüllten auf, und Finn kniff die Augen fest zusammen. Sein letzter Gedanke, bevor sie in die Eiswand krachten, war, dass er wenigstens nicht als Sturmtruppler draufgehen würde.

Der Aufprall fuhr ihm durch Mark und Bein. Metall kreischte, Klaud kreischte, und der Frachtraumer erzitterte wie ein Blatt im Sturm. Dann durchbrachen sie die Wand –

und schossen, begleitet von eisigen Splittern, ins Freie hinaus. Finn blieb keine Zeit, erleichtert aufzuatmen, denn sofort aktivierte Poe den Hyperantrieb. Die Sinta-Gletscherkolonie verschwand in einem Mahlstrom aus Licht.

Die TIEs würden ihnen folgen; dazu waren sie mittlerweile technisch imstande. Es gab kein Entkommen.

Chewie brüllte etwas, so aufgeregt, dass Finn Mühe hatte, ihn zu verstehen.

»Poe hat *was* vor?«, rief Finn in Richtung Cockpit.

Chewie erklärte, dass der Pilot nichts Gutes im Sinn habe.

»Keine Sorge, Kumpel«, sagte Poe; Finn war sich nicht sicher, ob er mit ihm sprach oder mit dem Wookiee. »Wir haben noch genug Treibstoff dafür. Außerdem hat Rose Gravimetriekompensatoren eingebaut, um diese kurzen Sprünge sicher zu machen.«

»Sicher*er*«, korrigierte Finn. »Die Kompensatoren machen Hyperraumsprünge nur *unwesentlich sicherer.*«

»Hab ich doch gesagt«, entgegnete Poe. »Festhalten!«

Der *Falke* sprang in den Hyperraum. Finn kletterte aus der Geschützkanzel und betrat das Cockpit.

Sekunden später verließ das Schiff den Hyperraum wieder – und tauchte in einer riesigen Höhle wieder auf, in der es von funkelnden, mörderischen Stalagmiten nur so wimmelte. Ein heller Stern sorgte dafür, dass das Licht, das sich auf den Kristallsäulen brach, Finn blendend grell in die Augen stach, aber Poe flog geschickt zwischen ihnen hindurch. Die TIEs, die neben ihnen aus dem Hyperraum auftauchten, hatten weniger Glück. Mehrere explodierten, bevor Poe sofort den nächsten Hyperraumsprung machte.

Finn drehte sich fast der Magen um.

Der *Falke* gelangte auf eine weite Ebene voller schimmernder weißer Türme, die das Display als die Spiegelsäulen von Ivexia identifizierte. Die reflektierenden Oberflächen der

Türme machten es Finn schwer zu bestimmen, wie viele TIEs sie nach wie vor verfolgten oder welche von denen, die er in den Spiegeln sah, echt waren. Poe schaffte es gerade so, Zusammenstößen mit den riesigen Spiegeln zu entgehen, während um sie herum weitere TIEs abstürzten.

Noch ein Sprung. Diesmal landeten sie mitten im Typhonischen Nebel.

Vor ihnen ragte das gigantische, zähnestarrende Maul einer riesigen Weltraumschnecke in die Höhe. »Woher kannst du denn so was?«, fragte Finn.

Chewie verkündete brüllend sein Missfallen.

»Ja, aber Rey ist nicht hier, oder?«, gab Poe zurück. »Okay, letzter Sprung – vielleicht für immer!«

Klaud kreischte. Der *Falke* trat genau in dem Moment in den Hyperraum ein, als der letzte der TIE-Jäger im Schlund der monströsen Kreatur verschwand.

Jetzt war Finn wirklich übel.

»Habe ich dein Wort?«, sagte Kylo Ren zu Albrekh.

»Sie wird widerstandsfähiger sein als je zuvor«, entgegnete der Angesprochene zischend.

Albrekh war der erste Symeong, dem Kylo jemals begegnet war. Er war klein und dürr, mit einem weit vorstehenden Kiefer und langen, spitzen, weit auseinanderliegenden Ohren, die bei jedem Geräusch oder Lufthauch zuckten. Doch noch viel wichtiger war: Er war ein Sith-Alchimist, ausgebildet in klassischer Metallurgie, imstande, Wunderwerke zu schmieden, von denen die moderne Galaxis nicht die geringste Ahnung hatte. Er stand vor einem wuchtigen Steintisch und wartete auf die Metallbruchstücke, die Ren ihm versprochen hatte.

Kylo dachte noch einen Moment länger nach. Bislang hatte er allein gearbeitet. Er hatte den Wegfinder ohne die

Ritter aufgespürt, ohne die Maske. Doch jetzt brauchte er sie, damit sie ihm dabei halfen, die Schrottsammlerin möglichst rasch zu finden.

Die Ritter hatten sich hinter ihm versammelt; er registrierte Trudgen und Kuruk, die dicht neben ihm standen. Sie wieder zusammenzurufen hatte sich auf unerwartete, fast schon unheimliche Weise einfach erwiesen. Sie waren seinem Befehl ohne zu zögern gefolgt mit dem Hinweis darauf, dass sich in den Jahren, die seit ihrer letzten Zusammenkunft vergangen waren, nichts geändert hatte. Er war nach wie vor ihr rechtmäßiger Anführer.

Jetzt ging es darum, das Symbol seiner Herrschaft neu zu schmieden.

Und danach Rey zu finden.

Er ließ die Scherben – allesamt in mühevoller Kleinarbeit aus dem Wrack der *Supremacy* geborgen – auf den Steintisch fallen. Er war sich nicht sicher, wie der Alchimist sie wieder zusammenfügen wollte. Es waren einfach zu viele kleine Bruchstücke, einige davon bis zur Unkenntlichkeit verbogen.

Albrekh rieb erwartungsvoll seine behandschuhten Hände und machte sich ans Werk. Das Ganze würde eine Weile dauern. Aber das war schon in Ordnung. Kylo mochte vielleicht nicht unbedingt für seine Geduld bekannt sein, doch sogar er fand, dass einige Dinge es wert waren, darauf zu warten.

Der Alchimist breitete alle Teile auf dem Tisch aus. Mit verblüffender Präzision und Schnelligkeit fügte er die Scherben zusammen wie ein Puzzle und legte sie so zurecht, dass Kylo allmählich zu erkennen begann, wie die Stücke am Ende wieder eine Maske ergeben würden.

Der Alchimist verwendete Schweißzangen und einen speziellen Hammer, um die verbogenen Fragmente wieder in

Form zu klopfen. Der ganze Raum war erfüllt vom roten Schein des geschmolzenen Metalls, das in einem Kessel an der Seite köchelte. Sarrassianisches Eisen, hatte Albrekh ihm erklärt. Das härteste Erz in der Galaxis.

Mit ruhigen Händen fügte der Alchimist die zusammengehörenden Stücke nach und nach zusammen und fixierte sie dann mit Magnetklemmen an Ort und Stelle. Dann nahm er ein langes Verarbeitungswerkzeug zur Hand, das aussah wie eine metallene Schlange, und goss damit blutrotes Eisen in den Spalt zwischen den Bruchstücken. Das Eisen kühlte sofort ab und bildete dabei einen roten Klebstoff, der widerstandsfähiger war als Durastahl.

Macht und Stärke übten eine große Faszination auf Kylo Ren aus. Extreme Kompetenz war auch eine Art von Macht, und so verfolgte er gebannt, wie Albrekh den Vorgang wiederholte, um immer mehr Stücke zusammenzusetzen und sie mit geschmolzenem rotem Erz aneinanderzuheften, wieder und wieder, mit grenzenloser Geduld, Konzentration und Genauigkeit. Derweil ballte Kylo die Hände zu Fäusten und fragte sich, warum die Handflächen des Alchimisten sich nicht vor Schmerz verkrampften, warum sein Fleisch nicht zu Asche verbrannte. Zweifellos schützten ihn seine Handschuhe, deren Material offenbar ein weiteres Sith-Geheimnis darstellte, das dem Rest der Galaxis verloren gegangen war.

Schließlich platzierte der Alchimist die Maske auf einem Ständer und griff nach einer großen Kelle, um Wasser über den neu geschmiedeten Helm zu gießen. Das Wasser zischte, als es zu Dampf wurde, der Kylos Blickfeld trübte. Albrekh wiederholte das Prozedere wieder und wieder, bis die Maske vollends abgekühlt war.

Der Alchimist streifte seine Handschuhe ab. Mit seinen bloßen, haarigen Händen nahm er die Maske und hielt sie

Kylo Ren hin. »Ihr könnt sie gefahrlos aufsetzen«, erklärte er.

Er nahm sie entgegen und bewunderte sie. Die Maske war ein Meisterwerk, eine schartige Schönheit. An ihrer Form hatte sich nichts geändert, doch jetzt war sie durchzogen von roten Bruchstellen wie von purpurnen Blitzen.

Zerbrochen und neu geformt. Wie die Ritter. Wie sein Großvater.

Die Ritter von Ren hoben ehrerbietig ihre Waffen, als Kylo die Maske über seinen Kopf stülpte. Sie war schwerer als zuvor und stank nach geschmolzenem Metall. Und sie passte perfekt.

Kylo Ren und seine Ritter marschierten schnellen Schrittes einen Korridor an Bord der *Steadfast* entlang, eine Phalanx wehender schwarzer Umhänge und schwarzer Masken. Sturmtruppler und Offiziere gleichermaßen wichen hastig zurück, als sie vorbeieilten. Kylo würdigte sie kaum eines Blickes. Ihm war zu Ohren gekommen, dass ein Spion gefasst worden war. Und er wusste genau, wie man mit Spionen umging.

Vor Admiral Griss blieben sie stehen, einem dunkelhäutigen Mann, der seine Uniform stets in makellosem Zustand hielt. Sein Blick schweifte über den Schlamm, den Kylo und seine Ritter im ganzen Schiff verteilten, doch er war klug genug, kein Wort darüber zu verlieren.

Hinter Admiral Griss näherten sich zwei Sturmtruppler, die jemanden zwischen sich vorwärtsschleiften: einen Fremdweltler mit gelbgrüner Haut und vier Hörnern; zwei breite, große Hörner standen weit vom Kopf ab, während die beiden kleineren wie Mandibeln unter seinem Kinn saßen. Er trug einen orangefarbenen Bergarbeiter-Thermalanzug, und seine Miene wirkte trotzig.

»Oberster Anführer«, begrüßte Admiral Griss ihn. »Den haben wir in der Gletscherkolonie geschnappt, Sir. Er ist ein Verräter.«

Kylo zögerte nicht. Er aktivierte sein Lichtschwert und ließ es in einer einzigen fließenden Bewegung nach unten sausen. Der Kopf des Verräters löste sich vom Rumpf. Eines seiner Hörner schlug mit einem widerhallenden *Tschunk* auf den Boden des Korridors.

Als der Oberste Anführer Kylo Ren mit großen Schritten in den Konferenzraum des Oberkommandos marschierte, hatten seine Offiziere – Quinn, Pryde, Hux, Parnadee, Engell und eine Handvoll weitere – bereits alle rings um den Tisch Platz genommen.

Er knallte den Kopf des Verräters auf den Tisch. Alle zuckten vor Schreck zusammen, wie er mit einiger Zufriedenheit sah, sogar Pryde. Kylo kehrte ihnen den Rücken zu und ging zum Sichtfenster hinüber. »Jetzt dürfte es ihm deutlich schwerer fallen«, sagte er, während er seinen Blick über die Sterne draußen schweifen ließ, »dem Widerstand Nachrichten zukommen zu lassen.«

Kylo wartete, bis all seine Offiziere einen langen Blick auf den abgetrennten Schädel geworfen hatten, bevor er hinzufügte: »General Pryde hat Sie bereits mit den Einzelheiten meiner Reise nach Exegol vertraut gemacht.« Nun, natürlich nicht mit *allen* Einzelheiten. Über die Schrottsammlerin wussten sie so gut wie gar nichts. Aber man hatte sie über die Flotte unterrichtet, auf die sie dort gestoßen waren, und darüber, dass Kylo Ren mit den Überbleibseln von Palpatine und seinen Wahren Sith ein Abkommen geschlossen hatte, um alles dem Kommando der Ersten Ordnung zu unterstellen. »Nach dem, was ich auf Exegol sah, steht die Erste Ordnung kurz davor, ein wahres Imperium zu werden.«

Am Tisch herrschte Stille. Grüne Flüssigkeit sickerte aus dem Kopf des Fremdweltlers und sammelte sich in einer Lache auf der Tischplatte. Hux vermied es, den Schädel anzusehen; stattdessen konzentrierte er sich ganz auf Kylo und seine Maske.

An Hux gewandt erklärte Ren: »Ich spüre Unbehagen aufgrund meiner Erscheinung, General Hux.«

Hux blinzelte. »Wegen der Maske? Nein, Sir. Gut gemacht.«

»Mir gefällt sie«, pflichtete General Parnadee ihm bei.

»Verzeihen Sie, Sir, aber diese Verbündeten auf Exegol«, meldete sich General Quinn zu Wort. »Offenbar handelt es sich um einen Kult … Sie erwarten die Rückkehr der Sith … Geisterbeschwörer und Wahrsager …« Seine Stimme triefte vor Verachtung. Quinn war alt genug, um in den Tagen des Imperiums als Junioroffizier gedient zu haben, und hatte nur wenig für alles übrig, was auch nur entfernt an Religion oder Mystizismus erinnerte. Wenn er seine Position behalten wollte, würde er seine Einstellung diesbezüglich schleunigst überdenken müssen.

Kylo musterte seine Offiziere. Quinns Worte schienen bei den anderen für Unbehagen gesorgt zu haben, insbesondere bei Hux, dessen Gesicht jetzt sogar noch angespannter war als zuvor, auch wenn das kaum möglich schien.

»Sie beschworen Legionen von Sternzerstörern herauf«, wandte General Pryde ein. »Die Sith-Flotte erhöht unsere Ressourcen auf das Zehntausendfache.« Er wandte sich an General Hux. »Ihre Reichweite und Feuerkraft werden das Versagen der Starkiller-Basis vergessen machen!«, sagte er zu Hux und ließ damit keinen Zweifel daran, wen er für dieses Debakel verantwortlich machte.

Pryde gehörte zu den wenigen Offizieren, die niemals Angst vor Kylo Ren zu haben schienen, und das gefiel Ren gar nicht. Wäre der General nicht so kompetent gewesen, hätte er ihn sich längst vom Hals geschafft. Darüber hinaus förderte es Hux' Unsicherheit, wenn der wesentlich klügere, weisere und ranghöhere General zugegen war, und *das* war Kylo gerade recht. Es mochte vielleicht kleinkariert von ihm sein, aber dadurch, dass er dafür sorgte, dass seine Offiziere miteinander im Clinch lagen, hinderte er sie daran, sich gegen ihn zu verbünden.

»Wir müssen die Rekrutierungen erhöhen«, erklärte General Parnadee General Engell mit mehr als nur einem Hauch von Schadenfreude. »Mehr Kinder in der Galaxis einsammeln …«

Engell nickte. Nachdem Phasmas Tod in diesem Bereich der Verantwortlichkeit eine Lücke gerissen hatte, hatte sie die Anzahl der Rekrutierungen bereits verdoppelt. Kylo gefiel ihr Enthusiasmus.

»Und diese Flotte«, sagte General Quinn. »Was ist sie? Ein Geschenk?«

Das war genau die Frage, die Kylo nicht beantworten wollte.

»Was verlangt er dafür?«, drängte Quinn. »Im Gegenzug?«

Unvermittelt streckte Kylo den Arm aus und gab sich ganz seinem Zorn und seiner Ungeduld hin. General Quinn flog hoch in die Luft und krachte gegen die Decke. Etwas in seinem Körper brach mit einem vernehmlichen Knirschen. Allerdings spielte es keine Rolle, ob seine inneren Verletzungen tödlich waren oder nicht, da Kylo ihn unbeirrt weiter gegen die Decke drückte, wo er würgend und keuchend hing wie ein Fisch auf dem Trockenen, während Ren ihn langsam erwürgte.

Kylo starrte seine Offiziere nieder. Jux war sichtlich erschüttert. Gut. »Bereiten Sie sich darauf vor, jede Welt zu zerschmettern, die uns trotzt!«, befahl er. »In der Zwischenzeit gehen meine Ritter und ich auf die Jagd nach der Schrottsammlerin!«

Der Imperator wollte die Schrottsammlerin tot sehen. Doch Kylo hatte andere Pläne. Er wollte die Vergangenheit töten, ja. Und er strebte die Alleinherrschaft über die Galaxis an. Und die mächtige Flotte auf Exegol würde ihm dabei helfen, diese Ziele zu erreichen.

Doch insgeheim war es der Gedanke an sie, der ihn antrieb – der Gedanke daran, *Seite an Seite* mit ihr zu herrschen.

Sie waren miteinander verbunden. Sie hatten Snoke bezwungen. Gemeinsam würden sie unbesiegbar sein.

4. Kapitel

Die Jedi-Schriften waren überall auf ihrer Werkbank verstreut. Mittlerweile ging Rey sie zum hundertsten Mal durch. Die Notizen, die Luke beim Thema Ausbildung hinzugefügt hatte, hatten sich für sie und Leia als unschätzbar wertvoll erwiesen. C-3PO hatte einen Großteil der Texte übersetzt, was Rey dabei geholfen hatte, mehr über die Geschichte der Jedi und der Sith zu erfahren. Einige der Schriften stellten sie jedoch noch immer vor Rätsel; die Sprache, in der sie verfasst waren, war entweder zu alt oder zu geheim, um in den Datenbanken des Protokolldroiden gespeichert zu sein.

Das Seltsame daran war, dass einige dieser mysteriösen Passagen in Lukes Handschrift verfasst wurden, was bedeutete, dass sie absichtlich so sorgsam verschlüsselt worden waren. Reys Freund Beaumont – ein ehemaliger Historiker, jetzt Nachrichtenoffizier des Widerstands – arbeitete gegenwärtig daran, diese Abschnitte zu dekodieren, weshalb Rey hoffte, schon bald einige Antworten zu finden.

Doch bis es so weit war, suchte sie in den übersetzten Texten nach einem Hinweis, nach etwas, das ihr vielleicht dabei half, ihre Vision zu deuten. Oder, noch besser, nach etwas, das ihr dabei helfen würde, Frieden zu finden. Jetzt, wo die

Macht in ihr erwacht war, quälten sie mehr Fragen als je zuvor – über Luke, über ihre Verbindung zu Kylo, über die Jedi der Vergangenheit, über die albtraumhaften Visionen, die sie heimsuchten. Sie war überzeugt, dass ihre Visionen aufhören würden, wenn es ihr gelang, die gleiche innere Ruhe und Ausgeglichenheit zu entwickeln wie Leia. Dann würde sie besser schlafen, erfolgreicher trainieren und schließlich eine Jedi werden, auf die Leia und Luke – wo immer er auch sein mochte – stolz sein würden.

Hin und wieder vernahm Leia die Stimme ihres Bruders; das hatte sie Rey erzählt. Rey hingegen offenbarte er sich nie. Sie wollte nicht zu sehr darüber nachgrübeln, welche Gründe es dafür vielleicht gab. Ja, sie war sich nicht einmal sicher, ob sie überhaupt wusste, was der Tod eines Jedi-Meisters bedeutete. Etwas von Luke war zurückgeblieben; das konnte sie spüren. Aber sie verstand nicht, was genau und wie alles miteinander zusammenhing. Manchmal war der gähnende Abgrund dessen, was sie *nicht* wusste, einfach überwältigend.

Alles in ihr drängte danach, in den Kampf zu ziehen, doch in ihr steckte auch immer noch das Mädchen von Jakku, und dieses Mädchen wollte vor allem anderen *überleben*. Leia hatte recht: Sie musste sich so gut vorbereiten wie möglich. Doch wie sollte sie alles, was sie wissen musste, rechtzeitig lernen? Denn zumindest etwas machten ihre Visionen unmissverständlich deutlich: Es würde nicht mehr lange dauern, bis der Krieg sie fand, ganz egal, ob sie nun bereit dafür war oder nicht.

»Rey!«, rief Nimi Chireen und riss sie damit aus ihren Grübeleien. »Der *Falke* ist zurück!«

Nun, das war zumindest mal eine gute Nachricht. Rey hatte bereits angefangen, sich ernsthafte Sorgen um ihre Freunde zu machen.

»Danke, Nimi.« Nimi war eine neue Pilotin, der erst kürzlich das Kommando über ihren eigenen Raumjäger zugeteilt worden war. Poe war der Ansicht, dass sie großes Potenzial besaß.

Rey eilte zur Landezone hinüber, bei der es sich in Wahrheit um kaum mehr als eine gerodete Fläche mitten im Dschungel handelte. Glücklicherweise konnte der *Falke* selbst auf einer Credit-Münze landen.

Gleichwohl, als sie ihr Schiff erblickte, blieb sie abrupt stehen, und ihr Herz verkrampfte sich. Von den Triebwerken stieg schwarzer Rauch auf. Die Außenhülle war von Blastertreffern übersät. Die Sublichtgeneratoren waren ein einziges Gewirr aus verkohlten Kabeln und verbogenem Gehäuse. Was hatte Poe nur getan?

Der Pilot stapfte just in diesem Moment die Rampe hinunter, und für einen kurzen Moment vergaß sie ihren Ärger. Sie war einfach nur froh, dass er wieder mit heiler Haut zurückgekehrt war.

»Die Mühle brennt!«, rief Poe, während Droiden und Mechaniker bereits begannen, die rauchenden Stellen mit Löschwasser abzuspritzen. »Das ganze Ding steht in Flammen! Komplett! Das *ganze Schiff* steht in Flammen!« Er sah Rey auf sich zukommen. »Hey!«

»Hey«, entgegnete sie. »Ich habe gehört, es gibt einen *Spion*?«

Poe wirkte ein wenig mitgenommen. Schweiß schimmerte auf seiner Stirn, und sein Hemd war mit Ölflecken besudelt. Offensichtlich hatte er sein Möglichstes getan, auf dem Rückflug irgendwelche Notfallreparaturen durchzuführen. »Wir hätten da draußen deine Hilfe brauchen können«, sagte er.

»Wie ist es gelaufen?«, entgegnete Rey.

»Richtig schlecht«, sagte Poe. »Wirklich, richtig schlecht.«

Irgendetwas an der Unterseite des *Falken* schlug Funken. »Hans Schiff…«

Als er BB-8 und den abgerissenen Deckel des Modulwerkzeugsets entdeckte, fiel Poes Gesicht noch mehr in sich zusammen. »Was ist mit dem Droiden?«

»Was ist mit dem *Falken*?«, gab sie zurück.

»Der *Falke* ist in viel besserem Zustand als er!«

»Bebe-Acht steht nicht in Flammen.«

»Was von ihm *übrig* ist, steht nicht in Flammen!«, hielt er dagegen.

Worüber regte Poe sich eigentlich so auf? Schließlich ging es hier nur um eine Werkzeugabdeckung! »Erzähl mir, was passiert ist«, sagte sie, in dem Versuch, das Thema zu wechseln.

»Erzähl du's mir zuerst!«

Sie schenkte ihm ein humorloses Lächeln. »Weißt du, was du bist?«

»Was?« Er hob herausfordernd eine Augenbraue.

»Du bist schwierig. Sehr schwierig. Du bist ein schwieriger Mann.«

»Und du bist…« Poe stieß ein genervtes Schnauben aus.

»Rey!«, ertönte in diesem Moment Finns Stimme.

»Finn! Du hast es zurückgeschafft!«

Finn kam gerade die Rampe herunter, und seine Miene hellte sich auf, als sie näher kam. »Gerade mal so«, sagte er. Wie um sich den strengen Vorschriften der Ersten Ordnung nachträglich zu widersetzen, hatte Finn sein Haar in letzter Zeit etwas wachsen lassen, was ihn wesentlich lockerer und entspannter wirken ließ als früher. Tatsächlich hatte er in den Monaten nach der Schlacht um Crait sich immer wohler in seiner Haut gefühlt.

BB-8 plapperte piepsend auf Poe ein, um ihm von dem Missgeschick beim Training zu erzählen, während Rey die

Arme um ihren Freund schlang und ihn fest umarmte. Finn allein davonfliegen zu lassen, in dem Wissen, dass er sich in Gefahr brachte, ohne dass sie an seiner Seite war, gehörte zu den schwierigsten Dingen in der Jedi-Ausbildung. Sie war stets zutiefst erleichtert, wenn er gesund und munter zurückkehrte.

»Sieh dich nur an, Kumpel!«, sagte Poe fassungslos, während er das beschädigte Gehäuse von BB-8 in Augenschein nahm.

»Miese Laune?«, fragte Rey Finn.

»Ich?«

»Nein, er«, sagte sie mit einem Nicken in Poes Richtung.

»Dauerzustand«, erklärte Finn, der das Wort extra in die Länge zog, wie um ihm noch mehr Gewicht zu verleihen.

»Wir haben einen Spion?«, fragte sie.

Bevor Finn ihr darauf antworten konnte, unterbrach Chewie sie mit einem aufgeregten, mehrsilbigen Brüllen.

Reys Augen wurden groß. »Stotternde Lichtgeschwindigkeit?«

Finn zuckte zusammen. »Oh, Mann ...«

»Hat uns hierhergebracht«, sagte Poe.

»Aber der Kompressor ist hinüber!«, sagte Rey. Die Worte klangen vorwurfsvoller, als sie eigentlich beabsichtigte.

»Oh, ich weiß«, sagte Poe. »*Ich* war dabei.«

»Lichtgeschwindigkeitsstottern mit dem *Falken*?«, sagte Rey, außerstande, sich zu zügeln. Wie konnte Poe den kostbarsten Aktivposten des Widerstands nur einem solchen Risiko aussetzen? Abgesehen davon *liebte* sie dieses Raumschiff ...

»Und es hat geklappt«, entgegnete Poe ungerührt.

»Leute«, sagte Finn, bemüht, vernünftig zu klingen. »Wir sind gerade erst gelandet ...«

»Was ist passiert?«, fragte Rey.

»Schlechte Nachrichten«, sagte Poe. »Das ist passiert.«

Rey spürte, wie ihre Frustration wuchs. Ihr war durchaus bewusst, dass Poe gerade einiges durchgemacht hatte, aber sie brauchte Informationen. Sie wandte sich an Finn. »Hatten wir nun Kontakt mit einem Spion oder nicht?«

»Ja, hatten wir«, bestätigte Finn. »Ein Informant bei der Ersten Ordnung hat uns eine Botschaft geschickt.«

Rey und Finn blieben stehen. Poe hingegen marschierte einfach weiter. Allerdings konnte er es sich nicht verkneifen, Rey über die Schulter hinweg noch mit einigen letzten Worten zu bedenken: »Du hast einen *Baum* auf ihn fallen lassen!«

»Du hast *beide* Subgeneratoren hochgehen lassen!«, gab sie zurück.

»Leute«, sagte Finn.

Poe wirbelte zu ihr herum. »Vielleicht hättest du einfach bei uns sein sollen!«, blaffte er. Er war stinksauer und außer sich, aber Rey konnte spüren, dass das nur wenig mit BB-8 zu tun hatte.

»Du weißt genau, dass ich lieber mitgekommen wäre!«

»Rey …«, sagte Finn.

»Ja, aber das bist du nicht«, sagte Poe. »Du bist lieber hiergeblieben und hast trainiert. Wofür?« Er atmete tief ein, als würde er seine nächsten Worte mit großem Bedacht wählen. Rey konnte ihm förmlich ansehen, wie er beschloss, ihr seine Meinung direkt ins Gesicht zu sagen. »Du bist die beste Kämpferin, die wir haben. Wir brauchen dich … da draußen, nicht hier.«

Rey wusste nicht, was sie darauf erwidern sollte. Poe hatte recht. Doch das Gleiche galt auch für Leia. Rey brauchte alles an Training, was sie kriegen konnte, um für alles Zukünftige gewappnet zu sein. Sie wünschte bloß, es hätte eine Möglichkeit gegeben, dafür zu sorgen, dass *beide* zufrieden waren.

Poe entdeckte jemanden, und Rey war erleichtert, nicht länger seinem gnadenlosen Blick ausgesetzt zu sein. »Junior!«, rief er.

Aftab Ackbar, der Sohn des verstorbenen Admirals, kam mit schnellen Schritten zu ihnen herüber. Der junge Mon Calamari war ein respektabler Pilot und zeigte zudem das gleiche geniale Geschick für Strategie und Taktik, das seinen Vater ausgezeichnet hatte. Leia hatte ihn so schnell wie möglich auf den neuesten Stand gebracht, förderte ihn nach besten Kräften und war erfreut über seine Fortschritte.

»Bring R2 zur Wartung und sorg dafür, dass die Daten aus seinem Speicher übertragen werden«, befahl Poe.

»Ja, Commander«, sagte Ackbar. Er marschierte mit dem Droiden davon, während sich Poe und BB-8 auf den Weg zu Rose' Werkstatt machten.

Rey und Finn gingen auf die *Tantive IV* zu; dabei passierten sie die riesigen Kufen des Blockadebrechers.

»Wie lautet die Nachricht?«, fragte sie Finn.

Alle hatten sich für die Einsatznachbesprechung unter dem Bauch von Leias Schiff versammelt: Reys Freunde, Leias Ratgeber Maz Kanata und Commander D'Acy, sogar die Droiden.

Poe richtete das Wort an die Gruppe: »Mithilfe von C-3PO und Beaumont haben wir die Nachricht des Informanten von der Ersten Ordnung entschlüsselt. Sie bestätigt unsere Befürchtungen.« Er wartete einen Moment, als würde es ihm widerstreben fortzufahren. Schließlich atmete er tief durch und sagte: »Irgendwie ist Palpatine zurückgekehrt!«

Rey keuchte genauso überrascht wie alle anderen.

Rose runzelte die Stirn. »Rey … Kann das wirklich wahr sein?«

Rey dachte an die Übertragung, die in der ganzen Galaxis

zu empfangen gewesen war, erinnerte sich an ihre eigenen finsteren Visionen. »Wir glauben, dass es stimmt«, sagte sie.

Aftab Ackbar schüttelte den Kopf. »Das ist nicht möglich«, beharrte er. »Der Imperator ist tot ... umgekommen an Bord des zweiten Todessterns.«

»Dunkle Wissenschaft ...«, murmelte Beaumont. »Klonen ... Geheimnisse, die nur die Sith kannten ...« Er starrte gedankenverloren in die Ferne. Sein Wissen über die Legenden der Sith war gewaltig, und wenn er es für möglich hielt, dass es dem Imperator irgendwie gelungen war, dem Tod ein Schnippchen zu schlagen, dann konnte Rey nicht anders, als ebenfalls daran zu glauben.

Abgesehen davon erwähnte Luke in seinen Aufzeichnungen, dass Sheev Palpatine vom Gedanken an die Unsterblichkeit besessen gewesen war. Anakin gegenüber hatte er behauptet, von seinem Meister, Darth Plagueis, das Geheimnis des Ewigen Lebens erfahren zu haben – unmittelbar bevor er Plagueis verraten und ermordet hatte. Luke hatte angenommen, dass das eine Lüge gewesen war, die Anakin auf die Dunkle Seite ziehen sollte. Aber was, wenn es *doch* stimmte?

»Er hat seine Rache geplant«, fuhr Poe fort. »Seine Anhänger haben jahrelang daran gearbeitet – an der größten Flotte, die die Galaxis je gesehen hat. Er nennt sie die Letzte Ordnung. In sechzehn Stunden beginnen die Angriffe auf alle freien Welten.«

Chewie knurrte etwas.

»Der Imperator und seine Flotten verstecken sich in den Unbekannten Regionen«, entgegnete Poe. »Auf einer Welt namens Exegol.«

Reys Augen wurden groß. *Exegol.*

R2-D2 wackelte aufgeregt hin und her und verlangte von C-3PO, ihnen alles zu sagen, was er über Exegol wusste.

»Exegol ist nirgendwo verzeichnet, auf keiner Sternkarte«, begann der Protokolldroide, doch Rey beachtete ihn kaum. Sie hatte diesen Namen in ihrer Vision gehört. Sie hatte diesen Planeten schon einmal *gesehen,* davon war sie überzeugt. »Einer Legende zufolge handelt es sich um eine verborgene Welt der Sith.«

Rey musste sich unbedingt noch einmal die Jedi-Schriften vornehmen. Während die anderen weiter aufgeregt diskutierten, schlich sie sich davon und sprintete den Hang zu dem kleinen Felsen hinauf, auf dem sie ihr »Quartier« aufgeschlagen hatte.

Sie war gerade bei ihrer Werkbank angelangt, als sie Commander D'Acy sagen hörte: »Dann steckt also er hinter der Ersten Ordnung – Palpatine.«

»Er war die ganze Zeit da draußen«, bestätigte Poe. »Hat die Fäden gezogen.«

»Immer«, sagte General Leia. »Aus den Schatten heraus. Von Anfang an.«

»Wenn wir ihn aufhalten wollen …«, sagte Maz; ihre sanfte Stimme durchdrang mit ruhiger Autorität den Lärm. »… müssen wir ihn finden. Wir müssen Exegol finden!«

Rey wühlte in der Kiste, in der sie die Jedi-Schriften aufbewahrte. Wo war das Buch nur?

»Ist das alles?«, fragte Rose.

»Ich wünschte, es wäre so«, sagte C-3PO. »Doch ich fürchte, Kylo Ren hat den Imperator bereits aufgespürt. Jetzt sind die beiden drauf und dran …«

»*Was* zu tun?«, forschte Connix.

Rey schaute zu den anderen hinüber, während C-3PO den Schalter einer Holodisc betätigte, um sie zu aktivieren, und erklärte: »Sofern meine Entschlüsselung korrekt ist, sind sie drauf und dran, ein neues Imperium zu begründen.«

Über der Holoscheibe manifestierten sich Miniaturraumschiffe. Sie waren winzig und bläulich und ließen ihre wahre Größe nur erahnen. Aber es waren viele – so viele wie Sterne am Nachthimmel.

»Sie werden uns zerschmettern!«, sagte Aftab. »Mein Vater hat uns davor gewarnt, dass dieser Tag kommen wird!«

Rey wühlte weiter in der Kiste herum. Das Buch, nach dem sie suchte, hatte ein großes rundes Siegel vorne auf dem Umschlag ... Da! Sie packte das Buch und eilte wieder zurück zu den anderen.

Die Rebellen nahmen ihre Rückkehr kaum zur Kenntnis. Wohin sie auch sah, erblickte sie nur eingefallene Gesichter. Alle dachten sie das Gleiche.

»Einem solchen Großangriff sind wir nicht gewachsen«, sagte Beaumont. »Allenfalls die Hälfte unserer Schiffe ist einsatzbereit. Und wir haben keine wirklich durchschlagkräftigen Waffen.«

Rose hob ihr Kinn. »Dann sollten wir die Schiffe reparieren. Und zwar schnell.«

»Freunde«, sagte Leia in einem Tonfall, der nach der Aufmerksamkeit aller Anwesenden verlangte. »Die Zeit ist gekommen. Jetzt kommt es drauf an. Alles, wofür wir gekämpft haben, steht auf dem Spiel.«

»Wenn diese Flotte startet«, sagte Beaumont düster, »wird die Freiheit in der Galaxis sterben ...«

Leise warf Rey ein: »General. Kann ich Euch sprechen?«

Leia hätte zwar nichts dagegen einzuwenden gehabt, wenn Rey entschieden hätte, unverzüglich allen von ihrer Entdeckung zu erzählen, doch die Jedi-Schriften hatten zuletzt Luke gehört, und das Mädchen behandelte sein Andenken und sein Vermächtnis stets mit dem allergrößten Respekt.

Deshalb waren sie jetzt allein in Leias Quartier. Eines der Bücher lag aufgeschlagen vor ihnen.

»Ich weiß, wie man nach Exegol kommt«, sagte Rey, während sie mit dem Finger eine Seite entlangfuhr. »Euer Bruder hat in den Jedi-Schriften davon berichtet.«

Leia horchte auf. »Erzähl mir!«

»Luke hat danach gesucht. Sehr lange sogar. Und er war kurz davor, es zu finden.« Rey fand, wonach sie suchte, und zog das Buch näher zu sich heran. »Hier sind Chiffren, die ich nicht lesen kann, doch er schreibt, um dorthin zu gelangen, braucht man einen von diesen … einen Sith-Wegfinder.« Sie deutete auf die Zeichnung eines pyramidenförmigen Objekts. Dann blickte Rey mit großen Augen zu Leia auf. »Das ist ein Kompass, der den Weg nach Exegol weist.«

Leias Atmung beschleunigte sich. Wenn Luke bereits danach gesucht hatte, dann brauchten sie einfach bloß die Spur zu finden, die er verfolgt hatte, und da weiterzumachen, wo er aufgehört hatte. Dann hatten sie zumindest eine Ausgangsposition, etwas, wo sie anfangen konnten.

»Wenn wir diese Flotte finden wollen«, fuhr Rey fort, »wenn wir aufhalten wollen, was da auf uns zukommt, dann muss ich beenden, was Luke begonnen hat. Exegol finden. Den Imperator finden.«

Jetzt ging Leias Atem aus einem anderen Grund schneller als eben. »Nein«, brachte sie mühsam hervor. Für so etwas war Rey noch nicht bereit. Das Mädchen hatte noch so viel zu lernen! Wenn Rey zu früh aufbrach, würde sie der Dunklen Seite anheimfallen. Leia hatte gespürt, wie sehr die Macht der Dunklen Seite sie anzog, genauso wie sie es vor all diesen Jahren bei Ben gespürt hatte.

Gleichwohl, während Reys Augen sie weiterhin anflehten, ihr ihren Segen zu geben, hatte Leia keine andere Wahl, als der Wahrheit ins Gesicht zu sehen: Rey brauchte noch mehr

Ausbildung, das stimmte. Doch der wahre Grund dafür, dass sie es nicht ertragen konnte, das Mädchen gehen zu lassen, war der, dass Rey ihr unglaublich ans Herz gewachsen war. Luke hatte ihr zwar gesagt, dass das Band zwischen einem Meister und seinem Padawan stark war. Aber er hatte sie nicht davor gewarnt, dass sie in ihrer Schülerin am Ende womöglich die Tochter sehen würde, die sie sich immer gewünscht, aber nie gehabt hatte.

»Wofür habe ich trainiert, wenn nicht hierfür?«, sagte Rey. »Ich möchte nicht ohne Eure Zustimmung gehen – aber ich werde es tun.«

Leia schüttelte noch immer den Kopf.

»Ich *tu's*«, beharrte Rey. »Ihr würdet es auch machen.«

Darauf fiel Leia keine Erwiderung ein.

Nachdem Rey gegangen war, ließ Leia sich schwer aufs Sofa in ihrem Höhlenquartier sinken. Die Probleme kamen gerade aus allen Richtungen. Die mächtige Flotte, die Ben – für sie würde er immer und für alle Zeiten Ben sein – entdeckt hatte, konnte das Ende des Widerstands bedeuten, das Ende der Hoffnung für die Galaxis. Schlimmer noch: Die Galaxis würde in die Fänge von Palpatine selbst geraten.

Wenn der Widerstand ihn nicht aufhielt, würden sich die Sith von Neuem erheben.

Zweifellos hatten die Sith dies alles seit vielen Jahren geplant. Vielleicht sogar seit Generationen. Der Imperator und ihr Vater, Darth Vader, hätten eigentlich die letzten Sith sein sollen. Aber wenn ein Sith fällt, steigt ein anderer auf. So war es immer. Zuerst war es Snoke gewesen, und jetzt schien ihr eigener Sohn dazu bestimmt zu sein, diese Rolle zu übernehmen.

Sie hätte wissen müssen, dass Palpatine einen Notfallplan im Ärmel hatte. Schließlich hatte Palpatine in ihrem früheren Leben stets eine große Rolle gespielt, von den Tagen an, als sie noch ein Kind gewesen war, als Prinzessin auf Alderaan. Wieder und wieder war sie Zeugin geworden, wie er mit Rückschlägen konfrontiert wurde, bloß um immer noch mächtiger als zuvor daraus hervorzugehen. Er war gerissen, entschlossen und für alle Eventualitäten gewappnet gewesen. Allen anderen immer zwei Schritte voraus.

Leia vermochte nicht zu sagen, wie dieser Notfallplan genau aussah, doch sie hätte Hans Orden darauf verwettet, dass noch wesentlich mehr dahintersteckte als nur eine gewaltige Flotte von Sternzerstörern.

Ihre Gedanken kehrten zurück zu Rey, zur niedergeschlagenen Miene des Mädchens, als sie versucht hatte, Leia ihre düstere Vision zu beschreiben. Rey verschwieg ihr etwas, doch Leia war niemand, der in solchen Fällen Druck machte, um mehr zu erfahren. So etwas tat eine gute Anführerin nicht. Wenn sie dazu bereit war, würde Rey ihr schon sagen, was sie jetzt für sich behielt.

Andererseits … falls Rey irgendetwas mit dem Auftauchen der Sith-Flotte zu tun hatte, sollte sie vielleicht lieber eine Ausnahme machen und der Sache auf den Grund gehen.

So oder so, sie mussten etwas unternehmen. Jetzt. Bevor Ben ein für alle Mal in Darth Vaders Fußstapfen treten konnte.

Doch sie war so müde. Sie hatte gehofft, dass ihr noch etwas mehr Zeit bliebe … um Rey in den Wegen der Jedi zu unterweisen … um Poe beizubringen, wie man Verantwortung trug … um zu sehen, wie sich Finn und Connix und Rose zu den großartigen Anführern entwickelten, für die sie sie hielt.

Doch bedauerlicherweise blieb ihr der Luxus der Zeit ebenso verwehrt wie der, sich auszuruhen oder sich auch nur in Bedauern zu ergehen.

Leia spürte Commander D'Acy hinter ihrem Rücken. »Wir müssen etwas unternehmen«, sagte sie zu ihrer Freundin.

D'Acy war eine blonde Frau in mittleren Jahren, die eigentlich viel zu qualifiziert war und zu hoch im Rang stand, um die Plackerei zu übernehmen, die nötig gewesen war, um ihre Basis einsatzfähig zu machen, doch sie hatte sich dieser Aufgabe ohne Wenn und Aber gestellt. Außerdem war sie für Leia inzwischen zu einer Freundin und Ratgeberin geworden. Wenn sie mit D'Acy und Maz Kanata zusammen war, gab es Momente, in denen sie ihren Kummer über den Verlust von Amilyn Holdo fast vergaß. Fast.

»Wir werden uns etwas überlegen«, sagte D'Acy, die Stimme voller Verständnis.

»Als wir das letzte Mal um Hilfe gebeten haben, ist niemand gekommen«, sagte Leia. »Niemand hat auf unseren Ruf reagiert.«

Doch noch während die Worte über ihre Lippen kamen, musste sie sich eingestehen, dass die Sache nicht ganz so einfach war. Dank einiger riskanter Missionen, die Poe, Rey, Finn und Snap geleitet hatten, konnten sie in Erfahrung bringen, dass die Erste Ordnung die Sympathisanten des Widerstands systematisch verfolgt, ihre Möglichkeiten zur Kommunikation eingeschränkt, ihre Versorgungslinien abgeschnitten und Verbündete gefangen genommen oder sogar eliminiert hatte. Oder anders ausgedrückt: Nach ihrem Hilferuf war niemand zu ihrer Unterstützung herbeigeeilt, weil nur ganz wenige ihre Übertragung überhaupt empfangen hatten.

Jener Tag auf Crait war Leias dunkelster Moment gewesen. Da hatte sie wirklich gedacht, der Funke der Hoffnung sei endgültig erloschen. Sie entsann sich, wie sie in dem alten Rebellenaußenposten gesessen war, erschöpft, am Ende ihrer Möglichkeiten, während die Erste Ordnung eine Geschützramme in Stellung brachte, die mit den gepanzerten Hangartoren kurzen Prozess machen würde. Sie würden alle sterben und der Widerstand mit ihnen.

Und dann war aus heiterem Himmel ihr Bruder aufgetaucht. Luke hatte die Erste Ordnung lange genug abgelenkt, dass sie alle fliehen konnten. Ihre kleine Schar hatte überlebt, um weiterzukämpfen. Seitdem hatten sie den Kontakt zu alten Verbündeten wiederhergestellt, Hilfeleistungen eingefordert und jeden rekrutiert, der für ihre Sache Sympathien hegte. Dass Maz Kanata sich ihnen angeschlossen hatte, war ein großer Gewinn gewesen – Maz hatte mehr Verbindungsleute an mehr Orten als der Rest von ihnen zusammen. Ihre Reihen wuchsen. Sie waren fast schon eine Streitmacht, mit der man rechnen musste.

An jenem Tag war es falsch von ihr gewesen, die Hoffnung zu verlieren. Diesen Fehler würde sie nicht noch einmal machen.

Leia stand auf. Es gab einiges zu erledigen.

Rey hatte gerade fertig gepackt, als Maz sich an der Werkbank zu ihr gesellte. Maz war winzig und bescheiden, doch ihre großen, warmen Augen und ihre angenehme Stimme sorgten dafür, dass Rey bereit gewesen wäre, alles zu tun, worum Maz sie bat. Jetzt wappnete sie sich vor dem, was kommen würde.

»Leia und Rose bleiben hier, um den Angriff auf die Flotte zu planen«, erklärte Maz ihr. »Doch dieser Angriff ist erst dann möglich, wenn du Lukes Mission zu Ende gebracht hast. Du musst Exegol finden.«

Reys Herz raste. Sie wusste, dass das ihre Aufgabe war, und sie *wollte* sie erfüllen. Aber zugleich wusste sie auch, dass sie noch nicht bereit dafür war.

»Maz, ich könnte eine Gefahr für die Mission werden – für euch alle. Ich fürchte, ich ...«

»Es gibt sonst niemanden, der das tun könnte«, sagte Maz, die es irgendwie schaffte, gleichzeitig sanft und bestimmt zu klingen. »Die Suche nach Exegol ist eine Aufgabe für eine Jedi.«

Rey warf einen flüchtigen Blick auf die Einzelteile ihres unvollendeten Lichtschwerts. Als Rey Lukes Lichtschwert damals in den Verliesen ihrer Burg auf Takodana gefunden hatte, hatte Maz sie gedrängt, es an sich zu nehmen. Maz hatte vor allen anderen erkannt, welches Schicksal Rey erwartete. »Ich bin keine Jedi. Noch nicht. Ich bin nicht so stark, wie Leia glaubt.«

Maz beugte sich vor. »Du wirst erst wissen, wie stark du bist, wenn du weißt, wie stark du sein *musst.*«

Rey schüttelte den Kopf. »Die Dunkle Seite hat Pläne mit mir. Wenn ich gehe, wird Kylo Ren mich finden.«

Davon ließ sich Maz nicht im Mindesten beeindrucken. »Du hast ihm schon einmal die Stirn geboten«, erinnerte sie Rey mit einem Schulterzucken.

Reys Stimme wurde so schwach und leise, dass sie fast ein Flüstern war. »Er ist nicht der, vor dem ich Angst habe.«

Maz musterte sie einen Moment lang. Schließlich sagte sie: »Um den finstersten Ort der Galaxis zu finden, musst du dich dem finstersten Teil deines Selbst stellen.«

Irgendwoher wusste sie, womit Rey zu kämpfen hatte. Irgendwie wusste Maz immer *alles.*

»Du musst gehen«, drängte Maz sie. »Die Macht hat dich hierhergeführt. Du musst auf sie vertrauen. Immer.«

Rey koppelte einen Treibstoffschlauch vom *Falken* ab. Rose hatte wieder einmal Wunder gewirkt; sie hatte den Kompressor wieder flottgekriegt und die Sublichtgeneratoren repariert. Rey selbst hatte einige der Blastertreffer ausgebessert und die Heckschilde auf Vordermann gebracht. Ihr

Schiff war beinahe startklar, und ihre Gliedmaßen kribbelten vor Aufregung. In wenigen Minuten würde sie endlich wieder an den Steuerkontrollen des *Millennium Falken* sitzen!

Als sie ihr Lager auf Ajan Kloss aufgeschlagen hatten, hatte sie einige Aufträge mit Finn und Poe erledigt, doch zuletzt hatte sie monatelang hier festgesessen und trainiert, trainiert, trainiert. Hatte mit der Hilfe von Beaumont und C-3PO über den Jedi-Schriften gebrütet. Hatte an Lukes erstem Lichtschwert und später an ihrem eigenen gearbeitet. Doch sie konnte es kaum erwarten, endlich wieder im Weltraum zu sein. Sich wieder in den Kampf zu stürzen. Endlich wieder das Gefühl zu haben, *nützlich* zu sein.

Sie wischte sich die Hände ab und ging gerade um den *Falken* herum zur Einstiegsrampe, als sie beinahe mit Rose zusammenstieß.

»Danke«, sagte sie zu der Mechanikerin. »Ich kann kaum glauben, wie schnell du das Schiff wieder in Ordnung gebracht hast.«

Rose lächelte. »Du weißt doch, dass ich für dich und den *Falken* alles tue.«

Es gab so vieles, was Rey ihr in diesem Moment gerne gesagt hätte. Sie entschied sich für: »Du warst immer so freundlich zu mir. Du und Beaumont und Connix und Snap …«

Rose' Lächeln fiel in sich zusammen, um sich schlagartig in ein durchdringendes Starren zu verwandeln. »Warum habe ich den Eindruck, als würdest du für immer Lebewohl sagen?«

»Das tue ich doch gar nicht! Ich wollte bloß …« Rey wusste selbst nicht so recht, was sie eigentlich sagen wollte.

Bevor sie sich noch weiter in Verlegenheit bringen konnte, umarmte Rose sie. »Ich auch«, sagte sie zu Rey. »Jetzt zieh los und mach deinen Jedi-Kram.« Nach einer letzten festen Umarmung begab sich Rose zum *Falken*, um die Landestreben des Schiffs einer letzten Inspektion zu unterziehen.

Rey wollte gerade eine Kiste an Bord bringen, als Poe so rasant angesaust kam, dass sie fast zusammenstießen.

»Ist er wieder flott und startklar?«, fragte Poe.

»Du hattest recht vorhin«, platzte sie heraus. »Ich kann nicht hierbleiben. Ich werde Lukes Suche nach Exegol fortsetzen. Ich fange dort an, wo er die Spur verlor – in der verbotenen Wüste von Pasaana.«

»Ja, ich weiß«, entgegnete Poe und klopfte ihr freundschaftlich auf die Schulter. »Wir begleiten dich. Chewie, läuft der Kompressor wieder?«

Chewie erklärte knurrend, dass Rose ihm dabei geholfen hatte, ihn zu reparieren.

Rey stand mit vor Überraschung offenem Mund da, während Poe sich eine Kiste mit Vorräten schnappte und begann, Chewie beim Beladen des Schiffs zu helfen. Bevor sie irgendetwas sagen konnte, fiel ihr Finn ins Auge, der sich mit schnellen Schritten näherte. Er auch?

Sie packte Finn an der Schulter und zog ihn mit einem Ruck nah zu sich heran. »Ich muss allein gehen!«, beharrte sie.

Er nickte. »Ja – allein mit deinen Freunden.«

»Nein. Es ist zu gefährlich, Finn.«

Poe und Chewie kamen zu ihnen herüber; BB-8 rollte hinter ihnen her.

Finn begrüßte sie mit einem Nicken. An Rey gewandt, sagte er: »Wir gehen gemeinsam.«

Chewie pflichtete Finn lautstark bei.

BB-8 verkündete seine Entschlossenheit, sie zu begleiten, mit nachdrücklichem Trillern.

»Dem stimme ich voll und ganz zu«, sagte C-3PO.

Rey blickte vom einen zum anderen. Poe sah sie spitzbübisch an, als würde er sie stumm dazu herausfordern, ihnen zu widersprechen. Finn war so aufrichtig und entschlossen wie immer. Chewie schien einfach nur ungeduldig zu sein, endlich zu starten.

Ihre Freunde. Sie hatte Angst um sie alle. Doch das Lächeln, das sich auf ihre Lippen stahl, konnte sie sich trotzdem nicht verkneifen.

Etwas vom Verstand her zu begreifen war etwas vollkommen anderes, als es mit dem Herzen zu verstehen. In gewisser Weise hatte Rey schon die ganze Zeit über gewusst, dass sie nicht mehr allein war, doch jetzt *wusste* sie es mit Sicherheit, und dieses Wissen war so wundervoll, dass es wehtat. Tränen füllten ihre Augen. Einsamkeit mochte eine Qual sein. Doch sich jemandem so sehr verbunden zu fühlen war es ebenfalls.

Während sie dabei gewesen waren, ihre Habseligkeiten zusammenzupacken, hatte Beaumont einige letzte Recherchen angestellt. Jetzt versammelten sich Rey und ihre Freunde mit ihm unter dem Dschungeldach, um sich anzuhören, was er in Erfahrung gebracht hatte.

Beaumont Kin war ein schlanker Mann mit sandfarbenem Haar, der jünger wirkte, als er tatsächlich war. Er trug eine Feldjacke voller Matschspritzer und hatte stets einen Blaster im Halfter stecken – auf ausdrückliche Anweisung von Rose und Connix, die darauf bestanden, dass auch ein Akademiker sich im Notfall verteidigen konnte.

Er beugte sich über einen Computertisch, auf dem Jedi-Schriften angeordnet waren. Aufgrund der Luftfeuchtigkeit fingen die Seiten von einem der Bände bereits an, sich zu wellen. Rey war entschlossen, die Schriften zu scannen und sicher zu verwahren, sobald die Texte ihnen alles verraten hatten, was sie ihnen entnehmen konnten. Vielleicht in einem hermetisch abgeriegelten Behälter. Gewiss konnte Leia Ressourcen dafür entbehren?

»Ich habe Lukes Chiffren analysiert«, erklärte Beaumont und blätterte in einem der Bände, »und so ein bisschen mehr über die Wegfinder erfahren.« Dann deutete er auf eine Seite mit der Zeichnung eines pyramidenförmigen Objekts.

»Das sind uralte Dinger«, sagte Beaumont. »Nur zwei davon wurden angefertigt; eines für den Sith-Meister, das andere für seinen Schüler.«

Rey nahm die Zeichnung näher in Augenschein. Die Markierungen auf dem Wegfinder kamen ihr irgendwie merkwürdig vor: Kreise, von denen Linien wegführten, wie plumpe Navigationskarten.

Beaumont wies auf einen Abschnitt mit verschlüsseltem Text. »Luke war auf der Suche nach dem Wegfinder des *Imperators,* aber auf einem Wüstenplaneten namens Pasaana hat er die Spur verloren.«

»Im Middian-System?«, fragte Finn. Diesen Namen hatte Rey schon einmal gehört. Einmal war sie im Niima-Außenposten einem Schrotthändler begegnet, der regelmäßig im Middian-System Geschäfte machte.

»Schon da gewesen?«, sagte Beaumont. »Versuch dort mal, eine anständige Mahlzeit aufzutreiben. Wenigstens ist Pasaana nicht besetzt.«

Finn runzelte die Stirn, und Rey wusste genau, was ihm durch den Kopf ging. *Bis jetzt. Bis jetzt* noch nicht besetzt.

»Dann fangen wir also auf Pasaana an«, sagte Poe.

»Ja«, bestätigte Beaumont. »Luke hat die Koordinaten notiert. Offenbar müsst ihr ins Verbotene Tal.«

Rey unterdrückte ein Seufzen.

Na, das klang ja wirklich einladend.

Leia, vernahm sie Lukes Stimme.

»Nein, Luke«, gab Leia flüsternd zurück.

Es ist so weit, sagte Luke. Er bat sie nun schon seit einer ganzen Weile darum, das Unvermeidliche zu tun, und seine Stimme war unnachgiebig. Fast so, als käme sie geradewegs aus ihrer eigenen Seele.

»Noch nicht.«

Sie stand in ihrem Quartier und hielt Hans Tapferkeitsmedaille in der Hand. Sie hatte den Orden seit dem Tag bei sich, an dem ihr Sohn ihn umgebracht hatte. Sie wäre nicht überrascht gewesen, wenn ihr Daumen irgendwann eine Furche in dem gravierten Metall hinterlassen würde, so oft, wie sie gedankenverloren darauf herumrieb.

»Woher solltest du wissen, was passieren würde, als du Han diesen Orden verliehen hast?«, ertönte da hinter ihrem Rücken eine andere Stimme, genauso unnachgiebig und ihr fast ebenso lieb und teuer. Maz Kanata.

Leia drehte sich um. Maz hielt Lukes Lichtschwert in der Hand. Einmal mehr war Leia verblüfft, wie eine so kleine Person über eine derart einnehmende, Respekt einflößende Präsenz verfügen konnte. Maz füllte mit ihrer stillen Autorität jeden Raum aus, den sie betrat.

»Woher solltest du wissen, wohin dein Leben dich führen würde?«, sagte Maz. Als Leia nicht sofort antwortete, tat Maz die Frage mit einem Fingerschnippen ab und wechselte das Thema. »Ich weiß, dass du Angst davor hast, dass Rey den Verlockungen der Dunklen Seite erliegt. Dass du Visionen von ihrem Tod hattest.«

Leia blickte finster drein. Vielleicht hatte sie Maz zu viel anvertraut.

»Aber wie du selbst mich mehr als einmal erinnert hast«, fuhr Maz fort, »ist die Zukunft ungewiss. Das Mädchen muss seinen wahren Weg finden.«

Irgendetwas an ihren Worten traf Leia mitten ins Herz. »Ihren wahren Weg…«, murmelte sie. Hatte Bens Abkehr von der Hellen Seite ihn auf *seinen* wahren Weg geführt? Mittlerweile hatte Leia sich wohl oder übel mit dem abgefunden, was geschehen war, aber sie konnte einfach nicht glauben, dass das sein *wahrer Weg* sein sollte. Und ebenso wenig konnte sie glauben, dass es Reys war.

Dennoch nagten Maz' Worte an ihr. Sie kannte dieses Gefühl: Die Macht versuchte, ihr etwas zu sagen. Über Rey und ihre Reise.

»Dein Geist ist stark, meine Freundin«, sagte Maz. »Aber gut geht es dir trotzdem nicht. Dein Körper wird zusehends schwächer und schwächer. Gib ihr deinen Segen. Gib ihr Lukes Lichtschwert.«

Leia seufzte. Von der Kommandobrücke der *Raddus* in die Leere des Alls hinausgeschleudert worden zu sein hatte seinen Tribut gefordert. An jenem Tag hatte die Macht sie gerettet, aber ihr Körper hatte dafür einen hohen Preis bezahlt.

Maz hielt Leia das Lichtschwert hin. Widerwillig nahm sie es entgegen.

»Solange du es noch kannst«, sagte Maz. »Solange noch Hoffnung besteht.«

Alle verabschiedeten sich voneinander. Rey schaute sich um, und die Endgültigkeit, die in alldem lag, lastete wie ein Stein in ihrem Magen. Es war durchaus möglich, dass sie von dieser Mission nicht wieder zurückkehren würden. Wie sollte die Minimalbesatzung eines einzigen Raumschiffs eine Möglichkeit finden, die größte Flotte zu besiegen, die die Galaxis je gesehen hatte? Allein die Vorstellung war lächerlich. Aber ihnen blieb keine andere Wahl.

C-3PO beugte sich über R2-D2 und richtete mit für ihn untypischer Sanftheit das Wort an den Droiden.

»Für den Fall, dass ich nicht zurückkehre«, sagte er, »möchte ich, dass du weißt: Du warst ein sehr guter Freund, Erzwo. Mein bester sogar.«

R2-D2 antwortete mit einem traurigen Surren.

»Rose, letzte Chance!«, sagte Finn.

»Der General bat mich, die Daten alter Zerstörer auszuwerten«, entgegnete Rose. »Damit wir sie stoppen können, falls ihr sie findet.«

»Falls?«, wiederholte Finn.

Rose lächelte. »Wenn.«

Er nickte. *»Wenn.«*

Sie umarmten sich, und Rose sagte: »Ihr erreicht uns über die Langstreckenfrequenz. Pass auf Rey auf.« Nach einem Moment fügte sie hinzu: »Pass auf *dich* auf.« Sie schaute zu Rey hinüber, die ihr mit ernster Miene zunickte. Rey hätte sie bei dieser Mission nur zu gern dabeigehabt, aber Leia hatte recht: Rose wurde in der Basis gebraucht. Abgesehen davon, die technischen Details von Sternzerstörern zu studieren, würde Rose alles in ihrer Macht Stehende tun, um dafür zu sorgen, dass alle Schiffe, derer sie habhaft werden konnten, kampfbereit waren, wenn es schließlich so weit war.

Rey sah zu, wie die beiden sich erneut umarmten, und fühlte sich ein bisschen ausgeschlossen. Denn es gab jemanden, von dem sie sich unbedingt auch noch verabschieden wollte, doch sie wusste nicht recht, wie sie das anfangen sollte. Sie war eine so lange Zeit ihres Lebens allein gewesen, ganz auf sich gestellt. Beziehungen zu anderen Leuten zu haben war etwas, das sich wesentlich schwerer erlernen ließ, als mit der Kraft der eigenen Gedanken Felsbrocken schweben zu lassen oder mit dem Lichtschwert gegen Trainingssonden zu kämpfen.

Unsicher drehte Rey sich um und ließ ihren Blick über die

Basis schweifen. Dieses Durcheinander aus Dschungel und Leitungen und im Freien stehenden Computerterminals war für sie mittlerweile zu einem Zuhause geworden, und es fiel ihr schwerer, von hier fortzugehen, als sie eigentlich vermutet hatte.

Sie liebte das Laub; die Art und Weise, wie sich der Regen auf den breiten, wachsartigen Blättern sammelte; den Geruch von lehmiger Erde. Längst war Grün ihre Lieblingsfarbe geworden. Grün stand für den Wald und für Gras und für *Leben.*

»Hey, wir sollten starten«, vernahm sie Poes Stimme. Als er merkte, dass sie ins Leere starrte, fragte er: »Was ist denn?«

»Gar nichts«, log Rey, doch es war eine gut gemeinte, gutmütige Lüge.

»Rey?«, sagte eine andere Stimme, und Erleichterung durchströmte sie. *Leia.*

Sie eilte zum General hinüber und platzte heraus: »Da ist so vieles, was ich Euch noch sagen möchte!« Rey wollte ihr die Wahrheit über ihre Vision erzählen. Sie wollte ihr sagen, wie viel es ihr bedeutete, dass Leia sie trainierte. Wollte ihr dafür danken, dass sie sie beim Widerstand aufgenommen und ihr den *Falken* überlassen hatte. Wollte ihr sagen, wie sehr sie sie bewunderte ...

»Sag's mir, wenn du zurück bist«, entgegnete Leia.

Der General hob die Hände, und Rey starrte das, was sie hielten, mit großen Augen an. Leia bot ihr Lukes Lichtschwert dar.

Vorsichtig, voller Ehrfurcht, nahm Rey es entgegen. Sie war sich nicht sicher, ob sie sich das Recht verdient hatte, es zu führen. Aber Lukes Lichtschwert lag immer so perfekt in ihrer Hand. Sie und das Schwert, sie waren wie zwei Teile eines Puzzles, die sich nahtlos zusammenfügten.

Sie konnte nicht anders, als die Arme auszustrecken, um Leia zu umarmen – was, wie sich zeigte, genau das Richtige war, da Leia im selben Moment auf sie zukam und sie so fest umfing, als wollte sie sie nie wieder loslassen. Rey schloss die Augen, um Leias Kraft und Ruhe in sich aufzunehmen. So standen sie einen langen Moment beisammen.

Schließlich sagte Leia: »Hab keine Angst davor, wer du bist.«

Rey riss die Augen auf. Leias Stimme war stark und kraftvoll. Voller Endgültigkeit. Womöglich hatte die Macht ihr etwas gezeigt. Vielleicht war es aber auch einfach nur ein verdammt guter Rat.

Überwältigt von ihren Gefühlen, konnte Rey bloß dankbar nicken.

Rey ließ sich in den Pilotensessel sinken. Neben ihr schnaubte Chewie eine freundliche Begrüßung. Sie sahen einander in die Augen, und Rey lächelte.

»Das ist es«, entgegnete sie. »Dann lass uns den *Falken* mal hochbringen.«

Poe und Finn kamen ins Cockpit, gefolgt von C-3PO und BB-8. Ihre Mannschaft. Die beste Mannschaft, die sie sich nur vorstellen konnte.

Als sie abhoben, standen Maz und Leia zusammen auf der Lichtung im Dschungel und sahen zu, wie sie davonflogen. Leias Herz schmerzte. Es war fast genauso wie damals, als sie zugesehen hatte, wie Ben von zu Hause aufgebrochen war, um bei Luke in die Ausbildung zu gehen. Fast so, als würde sie zusehen, wie Han ohne sie zu einer Mission startete. Es war, als würde sie einem Teil von sich selbst Lebewohl sagen.

»Wenn sie Exegol findet«, sagte Maz, »bleibt sie vielleicht am Leben.« Genau wie Leia erhaschte auch Maz durch die

Macht gelegentlich flüchtige Blicke auf Leute und Orte in der Gegenwart und Zukunft. Und genau wie Leia verstand auch sie meistens nicht so genau, was ihre Visionen bedeuteten. »Aber falls sie diesen Planeten nicht findet«, setzte Maz nach, »ist die Galaxis dem Untergang geweiht.«

Leia hatte ihr Bestes getan, ihre Besorgnis vor Rey zu verbergen, wenn auch nicht ihre Zuneigung zu ihr. Gut möglich, dass dieses Mädchen ihre letzte Hoffnung war.

5. Kapitel

General Hux marschierte den Korridor des Kommandoschiffs entlang. Er konnte kaum mit Ren und Pryde Schritt halten. Hinter ihm ertönten basstrommelgleich die Stiefelschritte der Ritter. Sie waren jetzt immer zugegen, wenn Kylo Ren zugegen war; sie klebten an ihrem Meister wie Kleister. Hux hasste den Umstand, dass er ihre Gesichter hinter den Masken nicht sehen konnte. Wahrscheinlich hatten sie etwas zu verbergen. Vermutlich waren sie hässlich wie die Nacht und bis zur Unkenntlichkeit vernarbt. Das war zumindest ein gewisser Trost.

Ehrengeneral Pryde brachte Ren gerade auf den neuesten Stand, was ihre Fortschritte betraf, oder vielmehr: den Mangel an selbigen. Hux hatte keine Ahnung, wie Pryde es schaffte, Ren schlechte Neuigkeiten zu überbringen, ohne dass ihm mit einem Lichtschwert der Kopf abgehackt oder er mithilfe der Macht erwürgt wurde. Ren hegte weder Mitleid noch Sympathien für irgendwen – mit Ausnahme der Schrottsammlerin vielleicht –, also musste es einen anderen Grund dafür geben, warum er Pryde verschonte. Etwas, das ihn immun machte. Sicher. Furchtlos. Tatsächlich ließ Hux gegenwärtig seine Verbindungen spielen, um herauszufinden, was genau es war.

»Sir«, sagte Pryde. »Bislang noch keine Spur, aber die Suche nach dem Mädchen geht weiter.«

»Dafür ist keine Zeit«, sagte Ren. Jetzt, wo er seine Maske wieder trug, klang seine Stimme dumpf und mechanisch. Hux misstraute Leuten, die sich hinter Masken versteckten, schon aus Prinzip, doch soweit es Ren betraf, war er froh, *dass* er sie aufhatte, da ihm so zumindest der ärgerliche Anblick des Haars des Obersten Anführers erspart blieb. Ein echter Anführer ging stets mit gutem Beispiel voran, und Rens Frisur war ein eindeutiger Verstoß gegen die Vorschriften. Eine Kleinigkeit, gewiss, aber auch Kleinigkeiten waren von Belang, und diese spezielle repräsentierte alles, was Hux an Ren verabscheute. Er war die Ausnahme bei allem. Er agierte außerhalb der Regeln. Ohne jede Disziplin.

Wenn Hux schließlich seinen rechtmäßigen Platz als Oberster Anführer einnahm, würde er als erste Amtshandlung Ren den Schädel kahl scheren lassen.

Mit für ihn untypischer Billigung sagte Ren zu Pryde: »Dann werde ich sie selbst aufspüren.«

»Ja, Oberster Anführer«, sagte Pryde.

»Sobald sie lokalisiert wurde«, warf Hux ein, »übernehme ich persönlich das Kommando über die Eliminierungsteams und …«

»Scannen Sie alle Systeme nach einem corellianischen YT-1300-Frachtraumer«, wies Ren Pryde an, ohne auf Hux einzugehen. »Sie wird mit dem *Millennium Falken* unterwegs sein.« Dann wandte er sich an Hux und fügte hinzu: »Ab sofort leiten die Ritter von Ren diese Suche, General Hux. Es gibt keinen Spielraum für Fehler.«

In seiner Stimme lag keinerlei Anflug von Verachtung und auch keine Ungeduld oder Verärgerung. Nur die kalte Erlaubnis, dass er, Hux, damit entlassen war.

Hux stand allein auf dem Korridor und sah zu, wie Ren

davonmarschierte, dicht gefolgt von Pryde und den Rittern. Es war gut, dass alle in ihm bloß einen nutzlosen Schwachkopf sahen, redete er sich ein. Ja sogar von Vorteil. In gewisser Weise trug auch Hux eine Maske.

Schließlich hatte der Umstand, dass sie ihn derart unterschätzten, es ihm erlaubt, gewisse Dinge in Gang zu setzen. Dies alles gehörte zu seinem Plan.

Rey ließ ihren Blick durch das Quadokular über die endlose ockerfarbene Wüste schweifen. Pasaana erinnerte sie so sehr an Jakku, dass es ihr einen unerwarteten Stich ins Herz versetzte. Der Sand war vielleicht röter, und die Luft roch würziger, als würde das Leben hier auf eine Art und Weise gedeihen, wie es das auf Jakku nicht tat. Doch die Sonne war genauso gnadenlos, der Sand genauso tückisch und der Wind genauso staubig und trocken.

Wie hatte sie nur all die Jahre über an einem solchen Ort überlebt? Ohne das geringste Grün? Ohne die schützende Umarmung von Feuchtigkeit? Ohne gute Stiefel aus den Beständen des Widerstands und einen Frachtraumer voller Wasservorräte, der in der Nähe parkte?

»Sicher, dass es hier ist?«, fragte Poe hinter ihrem Rücken.

»Oh, ja«, entgegnete C-3PO. »Dies sind genau die Koordinaten, die Master Luke hinterlassen hat.«

Poe öffnete den Mund, um etwas zu sagen, doch in diesem Moment durchschnitt ein mächtiger Trommelschlag die Luft, so dumpf, dass das Geräusch in Reys Brust widerhallte. Darauf folgte ein einzelner syllabischer Donnerhall, als würde eine gewaltige Menge gleichzeitig ein bestimmtes Wort brüllen.

»Was ist das denn?«, sagte Poe.

Sie schlichen vorwärts, immer ihrem Gehör nach. Rey wusste, wie trügerisch die Dinge in der Wüste sein konnten.

Wind und Sand und Wanderdünen machten es nahezu unmöglich zu bestimmen, aus welcher Richtung ein Geräusch kam.

C-3PO watschelte schneller vorwärts als die anderen. »Das Aki-Aki-Fest der Ahnen!«, erklärte er aufgeregt. »Das …«

»Psst! Dreipeo!«, warnte Finn ihn.

Das Trommeln ertönte von Neuem, um zu einer Reihe einzelner Schläge anzuschwellen, wie ein aufziehendes Gewitter. Dann erhoben sich unzählige Stimmen in einem freudigen Chor, und mit einem Mal wurde die Wüste von fremdartiger Musik erfüllt, die wunderschön und erschreckend zugleich klang.

»Aber das *ist* das Aki-Aki-Fest!«, rief C-3PO. »Offenbar hat es uns exakt am Tag der Festivitäten hierher verschlagen!«

Rey sackte das Herz in die Knie, als sie einen Felsvorsprung umrundeten und sich vor ihnen ein breites Tal öffnete, das sich weit unter ihnen in die Ferne erstreckte – und eine unvorstellbar große Menge Aki-Akis barg, die sich dort unten versammelt hatten. Es mussten Zehntausende sein, die in ihren Umhängen herumwirbelten, sangen und bunte Fahnen schwenkten. Nein, nicht Zehntausende – Hunderttausende!

Drachen und Banner flatterten in der Luft, während Zelte und Baldachine für schattige Inseln sorgten, und überall tummelten sich Gestalten in weiten Gewändern, die sich auf eine Weise bewegten, die deutlich machte, dass sie nicht ganz menschlich waren. Sie tanzten und feierten, sangen und aßen, kauften und verkauften Waren, vom Rand des Tals vor ihnen bis zum felsigen Horizont der Welt.

Für ein »verbotenes« Tal herrschte dort unten jede Menge Trubel.

»Diese Feierlichkeiten finden nur alle zweiundvierzig Jahre statt«, erklärte C-3PO seinen Begleitern.

Poe nahm von Finn das Quadokular entgegen und spähte hindurch.

Doch selbst ohne das Fernglas konnte Rey einige Gestalten am Rande der Schlucht deutlich erkennen. Sie waren humanoid, mit zwei Greifrüsseln und extradicker Haut, um Sonne und Sand zu trotzen.

Mit einem Mal strömten die Aki-Akis zusammen und begannen rings um einen Kreis aus Lagerfeuern mit einem Freudentanz. Heller Rauch stieg von den Flammen auf, wobei Gelb, Rot und Blaugrün vorherrschten. Gewaltige, hausgroße Kettenfahrzeuge umrundeten das ganze Lager; ihre mächtigen Ketten wirbelten gischtgleichen Sand auf.

Wäre sie nicht so enttäuscht gewesen, hätte Rey das Spektakel faszinierend und wunderschön gefunden. Aber in dieser riesigen Menge Lukes Spur aufzunehmen war praktisch unmöglich.

»Was für ein Glück«, sagte Finn grummelig.

»In der Tat!«, pflichtete C-3PO ihm bei. »Das Fest ist sowohl bekannt für seine farbenfrohen Drachen als auch für seine köstlichen Süßigkeiten!«

Die anderen starrten ihn an.

Nur wenige schenkten ihnen irgendwelche Beachtung, als sie sich durch die Menge kämpften. Obwohl die meisten Teilnehmer Aki-Akis waren, schien es, als hätten sich Spezies aus der gesamten Galaxis zu den Feierlichkeiten eingefunden. Poe und Finn ließen ihre Blicke hoch konzentriert und mit ernsten Mienen über die Versammelten schweifen. Irgendwo hier musste es einen Hinweis geben. Wenn sie gründlich genug danach suchten – *Bleib wachsam, bleib clever,* ermahnte Poe sich –, würden sie schon eine Spur entdecken, der sie folgen konnten, um ihren nächsten Schritt einzuleiten.

Allerdings fiel es Rey schwer, sich auf die vor ihnen liegende Aufgabe zu fokussieren. Das Fest war wundervoll, so voller Leben und Farben, eine wie Wasser wogende Menge, einfach nur großartig. Sie sah, wie ein winziges Aki-Aki-Mädchen in der Menge stolperte. Sofort eilten ihre Eltern herbei, hoben sie in die Höhe und drückten sie fest an sich, bevor ihr irgendein Leid geschehen konnte. Das kleine Mädchen tanzte sofort weiter, als wäre nichts passiert, gänzlich unbekümmert und ohne jede Sorge, denn es gab andere, die auf sie achtgaben.

»Ich habe so etwas noch nie gesehen«, sagte Rey, halb zu sich selbst.

»Und ich habe noch nie so wenige Wegfinder gesehen«, entgegnete Finn trocken.

»Bei solchen Veranstaltungen tauchen immer mal wieder Patrouillen der Ersten Ordnung auf«, erinnerte Poe sie. »Also versucht, nicht aufzufallen. Das gilt besonders für dich, Chewie.«

Chewie reagierte, indem er sich weit vorbeugte, um sich so klein wie möglich zu machen, auch wenn Rey sich nicht sicher war, ob er dadurch auch nur im Geringsten weniger ins Auge stach.

»Teilen wir uns auf«, schlug Poe vor. »Vielleicht wissen die Einheimischen ja etwas.«

Er und Finn gingen davon, doch Reys Beine waren wie an Ort und Stelle eingewurzelt. Eine Gruppe Aki-Akis war gerade dabei, ein Puppentheater aufzuführen. Die Kinder schauten mit großen Augen zu und lachten immer wieder. Eine Mutter in einem hellrosa Gewand saß bei ihnen und hielt ihr Baby in den Armen. Im Gegensatz zu den Erwachsenen hatten die Kinder keine langen, gegabelten Rüssel, sondern stummelige kleine Nasen und Pausbäckchen. Rey fand sie hinreißend.

Jemand zupfte an ihrem Gewand, und als sie nach unten schaute, sah sie ein junges Aki-Aki-Mädchen in einer grünen Robe, das ihre Aufmerksamkeit auf sich zu lenken versuchte. Rey kniete sich vor ihr hin.

Das Mädchen hatte eine Kette in den Händen, die aus gewobenen Jutefäden bestand, in die bunte Getreidekörner geflochten waren, vielleicht irgendeine Art Mais. Rey ließ sich die Kette bereitwillig um den Hals hängen. Das Aki-Mädchen plapperte die ganze Zeit über aufgeregt in einer Sprache, die Rey in all ihren Jahren auf Jakku niemals gehört hatte.

BB-8 piepste das Mädchen an, und Rey übersetzte: »Mein Freund möchte wissen, wofür die Feuer sind?«

C-3PO wiederholte die Frage in der Sprache der Aki-Aki, und das Mädchen antwortete, ohne zu zögern.

»Ihre Vorfahren leben im Feuer«, erklärte C-3PO. »So zeigen sie ihnen ihre Dankbarkeit. Sie sagt, ihr Name ist Nambi Ghima.«

»Das ist aber ein schöner Name«, sagte Rey. »Ich bin Rey.«

Nambi stellte eine Frage, und C-3PO sagte: »Es wäre ihr eine Ehre, auch Ihren Familiennamen zu erfahren.«

Reys Lächeln gefror. »Ich ... ich habe keinen. Ich bin nur Rey.«

Die Worte hallten in ihrem Kopf wider. *Nur Rey.*

Plötzlich schlug ihr Instinkt Alarm. Und seit sie mit der Macht verbunden war, hatte sie gelernt, solche Warnungen ernst zu nehmen. Sie stand auf und suchte nach der Quelle der drohenden Gefahr.

Unvermittelt verdunkelte sich der Himmel, als wäre vom einen Moment zum anderen die Nacht hereingebrochen. Die Lagerfeuer loderten gleißend hell auf und tauchten das Verbotene Tal in geisterhaftes, unwirkliches Licht. Der Lärm des Festivals verklang. Tief in ihrer Brust regte sich etwas, etwas Wütendes und Verzweifeltes und ... Vertrautes.

Dann war das Fest vor ihren Augen verschwunden, wie fortgeweht und ersetzt durch endlosen Sand, der von Windböen aufgewirbelt wurde.

Sie spürte seine Gegenwart bereits, bevor sie ihn sah, dieses vertraute Etwas, das ihr so nah war wie ihr eigener Atem. Es war Kylo Ren, wie immer ganz in Schwarz gekleidet. Sein Umhang schleifte über den Boden. In unheilvollem Schweigen starrte er sie durch seine Maske an. Die Maske war jetzt anders als früher, ein Flickwerk aus schwarzen Bruchstücken, die durch tiefrote Nähte zusammengehalten wurden. Eine plötzliche Kälte – eine Kälte, die aus ihrem Inneren kam – sorgte dafür, dass sie Gänsehaut bekam.

Das hier war keine Vision. Das hier war eine Machtverbindung, ihre erste seit Crait. Und mit dieser Verbindung ging eine Erkenntnis einher, die ihr das Blut in den Adern gefrieren ließ: Er hatte nach ihr gesucht.

»Palpatine will deinen Tod«, erklärte er rundheraus und ohne jede Vorrede.

»Dienst du jetzt einem anderen Meister?«, fragte sie; irgendwie war sie auf sonderbare Weise enttäuscht.

»Nein. Ich habe andere Pläne.«

Natürlich hatte er die.

»Ich habe dir einst meine Hand gereicht«, sagte er mit dieser nervtötend ruhigen Stimme. »Du wolltest sie nehmen.«

Sie stritt es nicht ab.

»Warum hast du es nicht getan?«, wollte er wissen.

»Du hättest mich töten können«, sagte sie. »Warum hast *du* es nicht getan?«

»Du kannst dich nicht verstecken, Rey. Nicht vor mir.«

Ihren Namen von seinen Lippen zu hören fühlte sich seltsam an. Hatte er ihn zuvor jemals laut ausgesprochen? Nicht soweit sie sich erinnern konnte …

Jetzt, wo der Schock darüber, ihn wiederzusehen, etwas abgeklungen war, begannen Rey noch andere Dinge aufzufallen – beispielsweise die Tatsache, dass in seiner Stimme eine gewisse Anspannung mitschwang, oder vielleicht sogar Bedauern. Sie bemerkte, dass seine Stiefel schlammbesudelt waren. Dass seine von dem Umhang verhüllte Gestalt einen Schatten auf dem Wüstenboden warf, als wäre er wahrhaftig hier bei ihr.

»Ich sehe durch die Risse in deiner Maske«, sagte sie. »Es verfolgt dich. Du wirst ständig daran erinnert, was du deinem Vater angetan hast.« Sie rief sich diesen schicksalhaften Augenblick so deutlich ins Gedächtnis, wie sie nur konnte: Hans Hand an Kylos Wange, Han, der seinen Sohn selbst dann noch voller Liebe ansah, als sein Körper über dem roten Lichtschwert, das ihn durchbohrt hatte, zusammensackte.

Rey ließ das Bild ihren ganzen Verstand ausfüllen und konfrontierte Kylo damit.

Er zuckte zusammen.

Dann schleuderte er ihr seinerseits ein Bild entgegen: Striche, in die Wand ihres abgeschossenen, mit Sand gefüllten AT-ATs gekratzt. »Zählst du immer noch die Tage, seit deine Eltern dich verließen? Du trägst so viel Schmerz in dir. So viel Hass.« Er ging langsam auf sie zu.

Sie wappnete sich.

»Wo bist du?«, fragte er, während er seine Machtsinne nach ihrem Bewusstsein ausstreckte, in dem Versuch, irgendetwas Konkretes zu fassen zu bekommen, bevor sie ihre Gedanken gegen ihn abschirmen konnte. »An einem Ort, der dich an dein Zuhause auf Jakku erinnert. Daran, wie du auf die Rückkehr deiner Eltern gewartet hast. An den Schmerz des Alleinseins.«

Sie durfte jetzt keine Schwäche zeigen. Sie würde nicht

zulassen, dass ihr Tränen in die Augen traten. Nein, das würde *nicht passieren*!

»Meine Mutter sieht die Dunkelheit nicht, die in dir wohnt«, fuhr er unerbittlich fort. »Genauso wenig wie deine Freunde. Aber ich schon.«

Und genau das war Kylos großer Fehler. Denn in dieser Hinsicht irrte er sich vollkommen. Leia wusste von ihren finsteren Visionen, von der Wut und der Ungeduld, die bei ihren Trainingslektionen immer gegenwärtig waren. Und auch Maz wusste darüber Bescheid.

Sie wollte ihm gerade sagen, dass er gefälligst verschwinden und einen Ratthar da küssen solle, wo die Sonne niemals scheint, doch er bewegte sich viel zu schnell und ragte plötzlich direkt vor ihr auf. Er roch nach geschmolzenem Eisen.

»Ich will dich nicht töten müssen«, sagte er. »Ich werde dich finden. Und dann bekehre ich dich zur Dunklen Seite. Wenn ich dir erneut meine Hand reiche, wirst du sie nehmen.«

Ausgeschlossen. »Wir werden sehen«, zischte sie.

Bevor Rey auch nur blinzeln konnte, riss er ihr mit solcher Kraft die Kette vom Hals, dass ihr Nacken brannte.

Der Boden unter ihr kippte. Die öde Wüste verschwand, und mit einem Mal befand sich Rey wieder auf dem Festival, während Aki-Akis um sie herumtanzten. Ein großer Aki-Mann trat zu ihr. Er hatte eine Art Joch um den Hals, an dem eine große Auswahl prachtvoller Waren hing – Getreideschmuck, bunte Fächer, Süßigkeiten. Unwillkürlich wanderten Reys Finger zu ihrem Hals, zu der leeren Stelle, wo die Kette hätte sein sollen. Ihre abgeschürfte Haut schmerzte noch immer.

Das war die stärkste Machtverbindung gewesen, die sie bislang erlebt hatte. Selbst als sie in der Hütte auf Ahch-To gewesen war und ihre Hände sich berührt hatten, war es nicht so gewesen wie gerade eben – nicht annähernd so plastisch, so gefährlich greifbar. Diesmal waren sie am selben Ort gewesen, räumlich voneinander getrennt und doch zusammen.

Während sie mit Kylo beschäftigt gewesen war, hatte sich die Menge um sie herum geschlossen und sie von ihren Freunden getrennt. Sie wich dem Händler aus und hielt nach den Droiden Ausschau – dort! Sie bedeutete ihnen mit einem aufgeregten Winken, ihr zu folgen, und lief in die Richtung, in der sie Poe und Finn und Chewie zuletzt gesehen hatte. Sie musste *unverzüglich* zu ihnen. Sie musste ihre Freunde in Sicherheit bringen.

Als Erstes entdeckte sie Chewie; selbst geduckt war er immer noch mindestens einen Kopf größer als alle anderen in der Menge. Er stand mit Poe und Finn vor einem Zelt, wo sie mit einem der Einheimischen sprachen. Sie verlor keine Zeit.

»Wir müssen weg!«, unterbrach Rey ihre Unterhaltung. »Zurück zum *Falken*! Sofort!«

»Wo warst du?«, fragte Poe.

Aber Finn las ihr den Ernst der Situation am Gesicht ab und sagte: »Warum? Was ist los?«

»Es ist Ren«, entgegnete sie. »Er weiß, dass wir hier sind.« Oder zumindest würde es bis dahin nicht mehr lange dauern.

Poe und Finn stellten keine weiteren Fragen, und sie vergeudeten auch keine kostbare Zeit. Sie eilten um das Zelt herum und liefen los, dorthin, wo der *Falke* stand. BB-8 rollte neben ihnen her, während C-3PO sich alle Mühe gab, mit ihnen Schritt zu halten. Sie mussten sich etwas anderes einfallen lassen, um Nachforschungen im Verbotenen Tal anzustellen. Vielleicht konnten sie nach Einbruch der Dunkelheit C-3PO herschicken, um …

Sie stießen fast mit einem Sturmtruppler zusammen, der sogleich seinen Blaster hochriss und auf sie anlegte.

»Stehen bleiben!«, befahl er. »Keine Bewegung!«

Die anderen erstarrten, und Rey begann sofort, sich auf die Macht zu konzentrieren.

»Ich habe Widerstandskämpfer entdeckt!«, meldete der Sturmtruppler über seinen Kommlink. »An alle Einheiten …«

Da ertönte mit einem Mal ein widerhallendes *K-tschuk*! Der Kopf des Sturmtrupplers ruckte nach hinten – der Schaft eines Pfeils ragte aus dem Visier über seinem linken Auge. Der Soldat stürzte in den Sand, wo er einmal zuckte und dann vollkommen reglos liegen blieb.

Sie wirbelten zu dem Schützen herum. Im Zelteingang stand eine große Gestalt, die die Zeltklappe mit einem Gehstock beiseitegeschoben hatte, das Gesicht unter einem Helm verborgen. In der anderen Hand hielt er eine Armbrust mit Zielfernrohr, die wie eine kleinere, leichtere Version von Chewies Bogenspanner aussah.

»Folgt mir«, sagte eine unverkennbar männliche Stimme. »Schnell!«

Rey wechselte rasche Blicke mit ihren Freunden, die allesamt nickten. Dann eilten sie der Gestalt mit dem Helm hinterher. Der Mann lief in die entgegengesetzte Richtung, fort vom *Falken*, aber da er ihnen gerade eine Menge Ärger erspart hatte, widersprach niemand.

Der Schuss war extrem präzise und auf diese Entfernung fast unmöglich zu bewerkstelligen gewesen, was bedeutete, dass sie sich in gefährlicher Gesellschaft befanden. Alles war so schnell passiert, dass der Sturmtruppler keine Chance gehabt hatte, ihre genaue Position zu melden.

Sie kamen an C-3PO vorbei, der sie immer noch nicht eingeholt hatte. »Ach, bitte, *langsamer*!«, protestierte der Droide hinter ihrem Rücken. »Das ist wirklich nicht besonders freundlich!«

Der Mann mit dem Helm bahnte sich seinen Weg durch die Menge. Er führte sie zu einem der riesigen Kettenfahrzeuge. Das gesamte Fahrzeug – die großen Scheibenräder, die Kabine, die Einstiegsluke – wurde von den gewaltigen Ketten umfasst. Irgendwie kam Rey das alles sehr bekannt vor: das Triebwerkssystem, die Antriebswelle, ja sogar die Frachtnetze, die von der Decke hingen – alles erinnerte sie an den Speeder, den sie auf Jakku aus allen möglichen Bauteilen zusammengebastelt hatte, auch wenn dieses Gefährt zehnmal größer war und keinen Repulsorlift besaß.

Was wohl aus ihrem Speeder geworden war? Vermutlich hatte ihn sich irgendein Teedo unter den Nagel gerissen. Nein, Unkar Plutt hatte ihn ausgeschlachtet, um sich die Ersatzteile zu holen, wahrscheinlich noch am selben Tag, an dem Rey fortgegangen war.

Der Mann mit dem Helm dirigierte sie durch den Eingang in die heiße, klaustrophobisch enge Kabine. Vorräte, Waren und Kinkerlitzchen baumelten von der Decke. Die Antriebswelle verlief quer durch die Mitte der Kabine, sodass sie kaum Platz hatten, um aufrecht zu stehen, vor allem Chewie. C-3PO kam als Letzter an Bord.

»Zur Ostpassage, Kalo'ne!«, rief der Mann dem Fahrer zu.

Das Kettenfahrzeug setzte sich mit einem Ruck in Bewegung und rollte dann schwerfällig vorwärts. Als Fluchtfahrzeug taugte das Gefährt nicht; dafür war es viel zu langsam. Aber zumindest waren sie so außer Sicht und entfernten sich vom letzten Ort, an dem man sie gesehen hatte. Zwar würde die Erste Ordnung sie unweigerlich von Neuem aufspüren, doch Rey wagte zu hoffen, dass sie sich wenigstens etwas mehr Zeit verschafft hatten. Ihr geheimnisvoller Retter ging ein großes Risiko damit ein, ihnen zu helfen.

»Leia hat mir eine Nachricht geschickt«, erklärte der Fremde.

Finn horchte auf. »Wie haben Sie uns gefunden?«

Der Mann griff nach einem Helm und nahm ihn vom Kopf: Darunter kamen dunkle Haut, kurz geschorenes Haar, ein Schnurrbart und ein attraktives Grinsen zum Vorschein. »Wookiees sind schwer zu übersehen«, sagte er.

Chewie brüllte einen Namen und sprang förmlich über Finn hinweg, um zu dem Mann zu gelangen.

Lando?, dachte Rey. Kein Wunder, dass der Wookiee so aus dem Häuschen war. Leia und Chewie hatten ihm schon so viel von Lando erzählt. Früher hatte ihr sogar mal der *Falke* gehört!

Chewie umarmte Lando und hob ihn dabei ungestüm vom Boden hoch, wobei er den armen Burschen fast erdrückte.

Doch Lando lachte bloß. »Ist auch schön, dich zu sehen, alter Freund!«

»Das ist General Lando Calrissian!«, verkündete C-3PO. »Erlauben Sie mir, Sie mit der vollständigen Historie dieses …«

»Wir wissen, wer er ist, Dreipeo«, sagte Rey.

»Es ist mir eine Ehre, General«, sagte Finn.

Chewie redete schnell, und Finn runzelte die Stirn. Finn hatte sich in den vergangenen Wochen und Monaten alle Mühe gegeben, Shyriiwook und Binär zu lernen – Rey war beeindruckt, wie schnell er beide Sprachen zumindest grob zu beherrschen gelernt hatte –, doch im Eifer des Gefechts hatte er immer noch Mühe, beides zu verstehen.

»Leia bat mich, ein Auge offen zu halten«, sagte Lando.

»General Calrissian, wir suchen nach Exegol«, sagte Poe.

Für einen Sekundenbruchteil erstarrte Lando, ehe er resigniert seufzte. »Ja«, sagte er. »Natürlich tut ihr das.«

»Seid Ihr sicher?«, fragte General Pryde.

»Sie war es«, beharrte Kylo. Schon seltsam, wie jemand nach allem, was passiert war, noch immer an der Kraft der Macht zweifeln konnte. Oder vielleicht, überlegte Kylo, war auch *er selbst* es, an dem sie Zweifel hegten.

»In diesem Fall werden wir genau wissen, wo sie sich aufhält, sobald die Analyse der Kette abgeschlossen ist«, sagte Pryde.

Wie aufs Stichwort kam Tishra Kandia auf sie zugeeilt. Reys Halskette baumelte von ihrer Hand. Kandia war eine der ranghöchsten Geheimdienstoffiziere und eine der wenigen, die niemals ein Problem damit hatte, die Mittel und Ressourcen der Ersten Ordnung einzusetzen, um das Mädchen zu finden. »Sir«, sagte Offizierin Kandia. »Wir haben das analysiert. Es stammt aus dem Median-System, Pasaana, Verbotenes Tal.«

Eine Woge der Hoffnung durchströmte Kylo. Aber er musste sich beeilen. Durch ihre Machtverbindung wusste Rey von seinen Plänen, und sie würde von Pasaana fliehen, sobald sie hatte, was sie dort suchte – was immer das auch sein mochte.

»Bereiten Sie mein Schiff vor«, sagte er zu Kandia, ehe er General Pryde befahl: »Alarmieren Sie die Truppen dort! Schicken Sie eine Division!«

Dann wirbelte Kylo Ren herum und marschierte mit schnellen Schritten auf den TIE-Hangar zu.

»Jawohl, Oberster Anführer«, sagte Pryde hinter seinem Rücken.

Lando Calrissian beugte sich vor, sodass sie ihn alle über das laute Rumpeln der Ketten hinweg verstehen konnten. »Luke und ich verfolgten einen alten Jedi-Jäger«, erklärte er. »Ochi von Bestoon.«

Bei dem Namen horchte Rey unwillkürlich auf, auch wenn sie nicht sicher war, warum. *Ochi von Bestoon.*

»Seit den Klonkriegen hat er Jedi getötet. Er war auf der Suche nach Sith-Relikten«, fuhr Lando fort. »Nach bösen alten Dingen.«

Er aktivierte sein Handgelenkkomm und zeigte ihnen ein Hologramm des Jedi-Killers. Ochi von Bestoon schien nicht ganz menschlich gewesen zu sein. Er hatte große schwarze Augen, weiche Gesichtszüge und trug irgendeine Art von kybernetischer Kopfbedeckung. Er wirkte nicht im Mindesten gefährlich.

»Dinge wie den Wegfinder des Imperators«, sagte Poe.

»Exakt«, bestätigte Lando und schaltete zum Hologramm eines pyramidenförmigen Objekts um. »Ochi hat in einer Cantina damit geprahlt, dass er einen Hinweis auf den Fundort des Wegfinders hat. Dass die Koordinaten irgendwo eingraviert sind.«

»*Wo* eingraviert?«, fragte Rey.

»Genau das ist die Preisfrage, Kleine«, sagte Lando. »Wir folgten ihm durch die halbe Galaxis und landeten hier.«

»Hier auf Pasaana«, sagte Finn.

Lando nickte. »Und hier wurde die Spur dann kalt. Ochi verschwand in der Wüste, aber Luke spürte, dass er noch da war. Als wir bei seinem Schiff ankamen, war es verlassen. Kein Ochi. Kein Hinweis. Kein Wegfinder.«

Etwas an der Art und Weise, wie Lando das sagte, brachte Rey dazu zu fragen: »Und danach … sind Sie hiergeblieben?«

»Hier und dort, ja. Die Wüste hilft einem zu vergessen«, sagte Lando, und Traurigkeit schlich sich in seine Stimme. Die Kabine wackelte, als das Kettenfahrzeug über einen Felsen holperte. C-3PO hielt sich an einem der herabhängenden Netze fest, um nicht umzufallen. Lando fuhr fort: »Die Erste Ordnung war hinter uns her – die Anführer aus den alten Kriegen. Sie raubten unsere Kinder.« Sein Blick schweifte in die Ferne. »Meine Tochter war noch so klein, dass sie nicht einmal laufen konnte. Soweit ich weiß, ist sie jetzt bei den Sturmtrupplern.«

Finns Miene wurde grimmig. Rey widerstand dem Drang, ihm tröstend eine Hand auf die Schulter zu legen; manchmal war Mitgefühl schwer zu ertragen.

»Sie haben unsere Kinder zu unseren Feinden gemacht«, sagte Lando niedergeschlagen. »Meine Tochter. Den Sohn von Han und Leia. Um den Geist des Widerstands ein für alle Mal zu brechen.«

Rey und Finn sahen einander an, und sie wusste, dass er das Gleiche dachte wie sie selbst. Die Erste Ordnung entführte Kinder nicht bloß von zu Hause und zwang sie zum Militärdienst, um die Reihen ihrer Soldaten zu füllen. Ebenso sehr ging es dabei darum, jeden Gedanken an Rebellion im Keim zu ersticken. Denn Kriege wurden nicht allein mit Schiffen und Waffen geführt, sondern ebenso sehr mit Mut und Entschlossenheit. Das war auch der Grund, warum Leia ständig davon sprach, die Hoffnung nicht zu verlieren. Um am Ende den Sieg zu erringen war Hoffnung genauso entscheidend wie gute Nachschublinien oder zuverlässige Geheimdienstinformationen.

»Wir müssen zu diesem Schiff«, sagte Rey. »Es noch mal durchsuchen.«

In diesem Moment kam das Kettenfahrzeug mit einem Ruck zum Stillstand. Ein nur allzu vertrautes Kreischen durchschnitt die Luft: TIE-Jäger! Sie spähten aus dem Sichtfenster, das in die Einstiegsluke eingelassen war, und entdeckten die Jäger, die am Horizont auftauchten und geradewegs auf sie zuhielten.

Die eiserne Faust der Ersten Ordnung reichte mittlerweile in praktisch jeden Winkel der Galaxis. Deshalb waren sie vorhin auch auf den Sturmtruppler gestoßen. Das bedeutete, dass Ren binnen einer Stunde Verstärkung unten am Boden haben würde. Vielleicht noch schneller. Gut möglich, dass diese TIEs eine Vorhut waren, die auf Befehl des Obersten Anführers die Gegend sondierten. Tatsächlich war sie sich ziemlich sicher, dass Ren überallhin Späher und Suchdroiden entsandt hatte. Sie hatte deutlich gespürt, wie verzweifelt er versuchte, sie zu finden.

Sie mussten jetzt sehr schnell sein – und sehr vorsichtig.

»Ich hab da ein ganz mieses Gefühl«, sagte Lando. »Ochis Schiff befindet sich hinter der Schlingerschlucht. Das ist der einzige Hinweis, den ich euch geben kann. Geht jetzt!«

Sie kletterten aus dem Kettenfahrzeug – alle mit Ausnahme von Chewie, der Lando traurig anbrummte. Lando griff nach Chewies Arm und drückte ihn, wie um ihm Lebewohl zu sagen. »Du auch, mein alter Freund!«

»Leia braucht Piloten, General«, sagte Rey.

»Ich hab das Fliegen schon lange aufgegeben«, sagte Lando. »Aber tu mir einen Gefallen. Wenn du Leia siehst, umarme sie für mich.«

Rey musste daran denken, wie sie selbst fast die Chance verpasst hatte, sich von Leia zu verabschieden, und versuchte es ein letztes Mal: »Ich finde, das sollten Sie persönlich tun. Danke.«

Obwohl Lando im Grunde ein Fremder für sie war, konnte sie die Sehnsucht, die in seinen Zügen lag, so deutlich sehen wie die Wüste an einem klaren Tag. Vielleicht hatte sie es ja doch geschafft, ihn zu überzeugen.

Landos Kettenfahrzeug hatte sie quer durch das Tal gebracht, bis zum anderen Ende des Festivalgeländes, weit weg von dem Zelt, bei dem sie auf den Sturmtruppler getroffen waren. Jetzt mussten sie bloß noch ein Transportmittel zu der Schlucht finden, die Lando erwähnt hatte.

»Da!«, sagte Poe und zeigte. »Die Speeder!«

Sie sprinteten auf eine Gruppe geparkter Wüstenskimmer zu. Wieder hatte C-3PO Mühe, mit ihnen mitzuhalten.

Einige der Skimmer waren leer – vermutlich, um sie an Festivalgäste zu vermieten –, mehrere andere waren mit Waren beladen. Rey hatte keine Ahnung, wie sie dafür bezahlen sollten; sie waren klug genug, nicht mit hartem, wenn auch schwer zurückzuverfolgendem Bargeld durch die Gegend zu laufen, und hatten den Großteil ihrer Finanzmittel deshalb an Bord des *Falken* gelassen.

Poe rollte sich kurzerhand unter einen der Speeder, öffnete eine Klappe und machte sich hastig an der Verkabelung des Gefährts zu schaffen, um den Skimmer kurzzuschließen.

»Woher kannst du denn so was?«, fragte Finn.

»Kein Grund zur Sorge«, sagte C-3PO, der endlich zu ihnen aufschloss. »Ich bin da!«

Ein älterer Aki-Aki, dem ein Rüssel fehlte, kam brüllend auf sie zugelaufen und wedelte mit seinen großen, schwieligen Händen. Unbeeindruckt unterzog Poe einen zweiten Speeder derselben Prozedur wie den ersten.

Dann rief er: »Wir müssen los!« Er sprang in den Speeder. Finn starrte ihn mit großen Augen an, und Rey teilte sein Erstaunen. Irgendwie hatte der Pilot innerhalb weniger Sekunden die Sperren des Gefährts überbrückt. Wenn sie lebend aus diesem Schlamassel rauskamen, musste Poe ihnen unbedingt beibringen, wie man das machte.

Gleichwohl, als Rey das Steuer des ersten Skimmers packte, machten sich Schuldgefühle in ihren Eingeweiden breit. Sie hasste es zu stehlen, selbst wenn es absolut notwendig war. Chewie und BB-8 stiegen hinter ihr ein, und sie startete den Motor. Der alte Aki-Aki schrie ihnen Beschimpfungen hinterher, als sie davonrasten.

Die Wüste zischte an ihnen vorbei, ein Meer aus windgepeitschtem Sand, gespickt mit Felsformationen, die hoch in den Himmel emporragten. Wäre die Situation nicht so gefährlich gewesen, hätte man den Anblick fast genießen können.

BB-8 sagte etwas zu ihr.

»Nein, das Ding fährt nicht schneller, Bebe-Acht!«, gab Rey zurück.

Auf Jakku war Rey nach einem Tag harter Arbeit gern in ihren Speeder geklettert und damit durch die Dünen gebraust. Der Fahrtwind hatte den Schweiß auf ihrer Haut getrocknet und ihr ein gewisses Gefühl von Freiheit geschenkt.

Während der Speeder über den Sand fegte und kleine Körnchen ihr ins Gesicht peitschten, beschloss sie, die Fahrt zu genießen, so gut sie konnte. Sie hoffte bloß, dass sie in die richtige Richtung brausten.

6. Kapitel

Wind und Sand stachen Finn in die Wangen, und ohne Schutzbrille schaffte er es kaum, die Augen offen zu halten. Er hatte nicht die geringste Ahnung, wie Poe dieses Ding steuerte – der Skimmer ähnelte keinem Fahrzeug, das Finn je untergekommen war. Doch andererseits hatte er bei einer Menge Dinge keine Ahnung, wie Poe sie anstellte.

»Speeder kurzschließen … Lichtgeschwindigkeitsstottern …«, rief er Poe zu. »Woher weißt du über dieses zwielichtige Zeug Bescheid?«

»Hab ich mal irgendwo aufgeschnappt«, sagte Poe.

»Wo?«, hakte Finn nach. Mit Sicherheit nicht beim Widerstand. Leia und Poe versuchten, ihre Operationen, so gut es ging, sauber zu halten. Poe war der allererste Freund, den Finn außerhalb der Ersten Ordnung je gehabt hatte. Doch wie sich immer wieder zeigte, gab es trotzdem noch eine Menge, was er nicht über den Piloten wusste.

Bevor Poe antworten konnte, wurde der Skimmer ruckartig zur Seite geschleudert. Finn roch von Blasterfeuer versengtes Metall, und schon im nächsten Moment zischten weitere Laserstrahlen heran, die sie nur knapp verfehlten.

Die Erste Ordnung hatte sie gefunden! Vermutlich hatte der Diebstahl der Speeder im ganzen Tal die Runde gemacht und so die Aufmerksamkeit von Rens Informantennetzwerken geweckt – was unterm Strich allerdings immer noch besser war, als auf dem Fest geschnappt und festgenommen zu werden. Jetzt allerdings wurden sie von zwei Kettenspeedern verfolgt, auf denen jeweils zwei Truppler saßen. Die Ketten der rasch zu ihnen aufschließenden Bikes wirbelten Sand hinter ihnen auf.

Finn und C-3PO klammerten sich an den Steuerflächen fest, als Poe rasante Ausweichmanöver vollführte, um sie für die Soldaten zu einem möglichst schwer zu treffenden Ziel zu machen. Weiter rechts, parallel zu ihnen, tat Rey das Gleiche. Im Frachtkorb schwangen Netze mit Warenbündeln herum, die ihren Inhalt zu verlieren drohten. Finn riss seinen Blaster aus dem Halfter und fing an zu schießen, aber Poes wilder Fahrstil sorgte dafür, dass seine Salven ihr Ziel weit verfehlten.

Hinter Rey hatte Chewie mit seinem Bogenspanner genauso wenig Glück. Doch zumindest hielt ihr Geballer die Speeder der Ersten Ordnung auf Abstand, deshalb feuerte Finn unbeirrt weiter. Nach und nach merkte er, dass es einen gewissen Rhythmus in Poes Fahrmanövern gab, und er begann, seine Schüsse entsprechend anzupassen, um ihren Gegnern mit seinen Salven näher und immer näher zu kommen. Fast … bloß noch ein bisschen weiter nach links. Er legte an, zielte, wartete darauf, dass das Gefährt zur Seite schwenkte …

In der Sekunde, bevor er den Abzug betätigte, stiegen die hinteren Passagiere beider Kettenspeeder mit Raketenrucksäcken pfeilschnell in die Luft empor.

»Die *fliegen jetzt*!«, sagte C-3PO.

»Die fliegen jetzt?!«, rief Finn ungläubig.

Poe packte das Steuer fester. »Die fliegen jetzt«, echote er, denn genau das taten sie.

Finn feuerte probeweise einige Schüsse mit seinem Blaster ab, doch ein fliegendes Objekt vom Heck eines wild hin und her schwingenden Skimmers aus zu erwischen war nicht nur schwierig, sondern praktisch unmöglich.

»Rey!«, rief Poe. »Wir sollten uns …«

»… aufteilen!«, rief sie zurück.

»Genau!«

Sie drehten ab. Rey zog mit Chewie und BB-8 nach links und hielt auf eine staubige Getreidefarm zu. Poe brauste mit Finn und C-3PO nach rechts, geradewegs in eine enge Felsenschlucht.

Die Kettenspeeder, die ihnen auf den Fersen waren, taten genau das, was Finn gehofft hatte, und teilten sich ebenfalls auf. Dann jedoch stockte ihm schier der Atem, als ihm klar wurde, dass *beide* fliegenden Jetpack-Truppler außer Sicht verschwunden waren, als wäre Rey ihre eigentliche Beute.

Die Schluchtwände ringsum rückten immer näher. Poes Fahrkünste brachten sie dem Fels so nahe, dass Finn die Hände ausstrecken und mit der Mündung seines Blasters darüberkratzen konnte.

Der Kettenspeeder schloss zu ihnen auf. »Festhalten!«, brüllte Poe und steuerte direkt auf die Canyonwand zu.

»Oh, du liebe Güte!«, sagte C-3PO, als Poe die Nase des Skimmers nach oben zog und sie unvermittelt die Felswand hinaufschossen. Die Waren rutschten ins Heck des Speeders, begleitet vom grässlichen Kreischen von Metall auf Metall. Als Poe noch bei den Sturmtrupplern gewesen war, hatte er eine Speeder-Grundausbildung genossen, doch sogar er wusste, dass die Repulsorlifttechnik nicht robust genug war, als dass es ihnen möglich gewesen wäre, für längere Zeit eine Felswand entlangzurasen. Und in einer antiquierten Schrottkiste wie dieser standen die Chancen dafür vermutlich noch wesentlich schlechter.

»Sind wir sie los?«, brüllte Poe, während er den Speeder wieder nach unten Richtung Schluchtboden fallen ließ.

Finn suchte ihre Umgebung ab. Bloß Sand und Felsvorsprünge und Canyonwände, so weit das Auge reichte. »Sieht ganz so aus.«

»Sehr gut, Sir!«, rief C-3PO. Doch er hatte sich zu früh gefreut, denn im nächsten Moment schoss der Bug eines Kettenspeeders über eine Spitzkuppe und kam kreischend auf sie zu.

»Nö, sie sind noch da!«, rief Finn.

»Gar nicht gut, Sir!«, sagte der Droide.

Poe stemmte sich gegen den Schubregler, aber aus dem Skimmer war nichts mehr rauszuholen, darum begann Finn wieder mit seinem Blaster zu feuern – ruhiger diesmal, geleitet von seinen Instinkten –, und er traf! Der Kettenspeeder ruckte zur Seite, nahm die Verfolgung jedoch eine Sekunde später sofort wieder auf. Finns Treffer hatte ihn nicht einmal beschädigt.

Der Kettenspeeder verfügte über Schutzschilde!

Ermutigt hob der Truppler seinen Blaster und schoss. Finn ließ sich gerade noch rechtzeitig zu Boden fallen, um der Salve zu entgehen, die stattdessen einen Stapel trockener Waren in Brand steckte, von denen sogleich schwarzer Rauch aufstieg.

Er wollte gerade auf die Füße springen und das Feuer erwidern, doch da entdeckte er direkt vor seiner Nase ein langes, aufgerolltes Seil mit großen Metallhaken an einem Ende, die magnetisch am Metallboden haften blieben – sehr hilfreich, um Fracht zu befestigen, in diesem Augenblick jedoch nicht sonderlich nützlich. Trotzdem löste er einen der Haken vom Boden, hob ihn in die Höhe und schleuderte ihn in Richtung Speeder.

Der Haken landete im Sand. Genau wie er gehofft hatte,

sauste der Speeder direkt darüber hinweg. Der Haken bohrte sich in die gummiüberzogene Laufkette und verfing sich darin. Das Seil zu Finns Beinen rollte sich mit alarmierender Schnelligkeit ab, während es sich um die Kette des feindlichen Gefährts wickelte.

Vielleicht hätte er das Ganze besser durchdenken sollen … Ihr Skimmer war nicht bloß langsamer als der Kettenspeeder, sondern auch schwerer. Das wiederum brachte ihn auf eine Idee.

Die Wetterfahne, an der C-3PO sich festklammerte, war aus solidem Metall, massiv genug, um dem Gefährt zusätzliche Manövrierbarkeit und Stabilität zu verschaffen, so wie der Mast eines Segelschiffs. Finn schnappte sich den zweiten Haken, band das Seil am Pfosten fest und überzeugte sich davon, dass der Knoten fest saß.

»Poe!«, sagte er in warnendem Ton.

Der Pilot drehte den Kopf und sah den um die Wetterfahne geschlungenen Haken. »Verstanden!«

Der Kettenspeeder »fraß« das Seil auf. Es straffte sich – der Skimmer ruckte so heftig, dass Finn den Halt verlor. Poe riss das Ruder scharf nach links und zog das Gefährt in eine spektakuläre Rechtskurve. Sie drehten so ruckartig bei, dass Finn das Gefühl hatte, seine Backen hätten Mühe, der rasanten Bewegung zu folgen.

Das Seil zwischen ihnen blieb straff gespannt. Der Kettenspeeder schlitterte in einem weiten Bogen um den Drehpunkt von Poes Haarnadelkurve herum, schlitterte weiter, schlitterte noch weiter, ließ Sand überallhin spritzen … und krachte schließlich gegen die Canyonwand, wo der Speeder in einem Ball aus Feuer und Staub explodierte.

»Woo-ho!«, rief Finn triumphierend. Er konnte kaum glauben, dass sein Trick tatsächlich funktioniert hatte.

Obwohl sie sich aufgeteilt hatten, klebten Rey noch immer drei Verfolger an den Fersen. Aber zumindest hatten Poe und Finn so eine Chance zu entkommen.

Chewbacca schoss mit seinem Bogenspanner verbissen auf den Kettenspeeder, doch als die Jetpack-Truppler mit einem Mal Schub gaben und erst mit ihnen gleichzogen, um sie dann zu überholen, stellte er das Feuer verwundert ein. Doch schon im nächsten Moment wurde klar, was die Soldaten im Schilde führten, als sie anfingen, Granaten auf den Boden vor dem Skimmer abzufeuern.

Rey riss das Ruder ruckartig herum, um im letzten Moment mit dem Skimmer beizudrehen und so der Explosion haarscharf zu entgehen. Sie duckte sich vor der Trümmerwolke, die auf sie herabregnete, und änderte erneut abrupt den Kurs, fort von dem Kettenspeeder. Zwar war die Steuerung des Skimmers glücklicherweise halbwegs sensibel, doch sie stellte fest, dass es dennoch notwendig war vorauszuahnen, was geschehen würde, um einen Sekundenbruchteil früher zu reagieren, als es anderen Menschen möglich gewesen wäre. Und das erforderte ihre ganze Konzentration.

Der Speeder und die Jetpack-Truppler verfolgten sie weiter. Rey wusste, dass sie sich ihre Häscher nicht ewig vom Hals halten konnte. Irgendwann würde sie einen Fehler machen, und dann waren sie erledigt.

»Schnapp sie dir!«, rief sie Chewie zu. »Ich kümmere mich um den Speeder.«

Schließlich musste es doch möglich sein, Hindernissen auszuweichen, während man auf etwas hinter sich schoss, oder? Nun, sie würde es bald herausfinden.

Chewie hielt die Jetpack-Truppler weiterhin mit seinem Bogenspanner auf Trab, während Rey im Slalom durch Getreideveredelungsröhren hindurchraste, die einem Obstgarten aus Metall gleich aus dem Boden ragten. Dann riss sie den Blaster in die Höhe, den Han ihr geschenkt hatte, ließ sich von der Macht leiten und feuerte mehrmals in rascher Folge auf den Kettenspeeder.

Ihre Schüsse trafen, richteten aber keinen Schaden an.

»Die haben ihre Bugschilde aktiviert«, sagte Rey.

BB-8 fing an, aufgeregt wegen etwas zu piepsen, das er an Bord des Skimmers gefunden hatte.

»Jetzt nicht, Bebe-Acht!«, rief Rey.

Chewie zeigte brüllend nach vorn.

In der Ferne entdeckte Rey einen Felsbrocken. Nein, das war ein Schiff. Ochis Frachtraumer?! Er stand oben auf einer Sandsteinklippe, über einem breiten, windgepeitschten Tal, das von dunklem Sand durchsetzt war wie mit Klecksen vergossener Tinte. Die Außenhülle des Schiffs war von Sand und Wind blank gescheuert; die Landestreben versanken in kleinen Dünen. »Ich sehe es!«

Sie duckte sich instinktiv, als eine Blastersalve die Luft neben ihrem Ohr schlagartig knallheiß werden ließ. Einer von Chewies Schüssen traf einen der fliegenden Truppler direkt in die Brust und holte ihn vom Himmel, sodass er hart auf dem Boden aufschlug. Der Wookiee brüllte triumphierend.

Noch zwei.

Der Kettenspeeder feuerte weiterhin auf sie, und der letzte Jetpack-Truppler schien durch den Tod seines Kameraden motiviert worden zu sein, seine Anstrengungen zu verdoppeln. Er schoss eine Granate nach der anderen ab. Rey gelang es, zwischen ihren Ausweichmanövern ein paar Schüsse mit ihrem Blaster abzugeben. Viele davon trafen den Speeder, aber keiner verursachte irgendwelchen Schaden.

»Ihre Schilde sind zu stark«, rief sie, während sie sich

vor einer neuerlichen Wolke aus aufgewirbeltem Schotter duckte.

BB-8 hatte sich hinter Reys Steuerruder am Boden fixiert und nutzte die Magnetplatten, um zu verhindern, dass er von dem Skimmer rollte. Eines seiner Fächer glitt auf, und sein Schweißarm schoss hervor, zu einem der zahlreichen kleinen Behältnisse im Frachtraum des Gefährts. Rey machte sich nicht die Mühe nachzufragen, was der Droide vorhatte, oder etwas dagegen einzuwenden; stattdessen konzentrierte sie sich ganz darauf, Sprengladungen und Getreideröhren auszuweichen, und ließ BB-8 tun, was immer er vorhatte.

BB-8 streckte seinen Schweißarm nach einem Metallkanister aus und pikste ein Loch hinein. Bevor etwas aus dem jetzt offenen Behälter entweichen konnte, rammte BB-8 ihn so wuchtig mit seinem kugelrunden Körper, dass sich die Magnetverriegelung löste und der Kanister hinter ihnen in die Luft flog.

Als der Behälter zu Boden fiel, strömte eine gewaltige Rauchwolke daraus hervor – grelles Sonnengelb, genau wie der bunte Rauch auf dem Festival, und so undurchsichtig wie eine Mauer.

Der Sturmtruppler am Steuer des Speeders schaffte es nicht, schnell genug zu reagieren, um der Wolke auszuweichen. Der Rauch blendete ihn. In seiner Panik steuerte er das Gefährt ruckartig nach links – und schoss einen Felshang hinauf. Der Speeder sauste in hohem Bogen durch die Luft und gab dabei den Blick auf einen Treibstofftank frei, der von den Bugschilden nicht geschützt wurde. Rey zielte mit ihrem Blaster und betätigte den Abzug. Der Kettenspeeder explodierte.

BB-8 piepste selbstgefällig.

»Unterschätze niemals einen Droiden!«, sagte Rey.

Einer war noch übrig. Doch weder Rey noch Chewie konnten ihn irgendwo entdecken. Der letzte Jetpack-Truppler war verschwunden.

Reys Sinne waren in höchster Alarmbereitschaft, als sie den Skimmer auf den verwaisten Frachtraumer zusteuerte. Als sie sich dem Schiff näherten, manifestierten sich die Umrisse zu etwas Erkennbarem. Zu etwas Vertrautem. Ihre Handflächen wurden feucht, und ihr Atem ging flach und schnell. »Ochis Schiff«, murmelte sie. »Das habe ich schon mal gesehen …«

Poes Skimmer tauchte über dem Felskamm auf. Alle wirkten mitgenommen und vom Wind gebeutelt, aber ansonsten wohlauf.

»Rey!«, rief Finn zu ihr herüber. »Hast du alle erwischt?«

»Einer ist noch übrig«, gab sie zurück und suchte den weiten blauen Himmel ab. Nichts zu sehen.

Ihnen blieb nichts anderes übrig, als weiterzufahren. Nebeneinander rasten die beiden Skimmer auf das Raumschiff zu.

Je näher sie dem Frachtraumer kamen, desto mehr machte die Vertrautheit des Schiffs Rey zu schaffen. Wo hatte sie es nur schon einmal gesehen? Vielleicht hatte ein ähnliches Modell einmal auf Jakku Station gemacht. Kleine Frachter wie dieser waren ständig im Niima-Außenposten gelandet. Nicht umsonst war Niima der Ort, an dem man Schrott verkaufen konnte, den sonst niemand in der Galaxis haben wollte.

Rey hielt auf die Einstiegsrampe zu. Auf Jakku wäre ein solches Schiff nicht lange unbehelligt geblieben. Innerhalb von Tagen wäre es vollkommen ausgeschlachtet worden. Vielleicht war das Verbotene Tal ja doch ein verbotener Ort, das bloß alle zweiundvierzig Jahre während des Fests der Ahnen betreten werden durfte. Irgendeine Erklärung musste es dafür geben, warum bislang niemand das Schiff angerührt hatte.

Gerade als sie und ihre Freunde aus ihren Skimmern springen wollten, sauste mit lautem Brüllen etwas über sie hinweg. Überall um sie herum explodierten Granaten. Die Detonationen schleuderten sie in den Sand und fetzten ihre Vehikel in Stücke.

Alle rissen ihre Waffen in die Höhe und feuerten. Rey war sich nicht sicher, wer von ihnen derjenige war, der das Ziel traf, aber der Jetpack-Truppler geriet abrupt ins Trudeln, schoss in einer Spirale über den Himmel und krachte gegen eine Felswand. Sein Jetpack explodierte, und er prallte gegen einen weiteren Felsvorsprung. Dann verschwand er außer Sicht.

Rey blieb gerade genügend Zeit, um zu registrieren, dass der Sand um sie herum eine andere Färbung hatte – eher schwarz als ockerfarben –, und um zu realisieren, dass sie diese Art Sand schon mal gesehen hatte …

Sie sank bis zu den Hüften ein.

Auch ihre Freunde um sie her versanken im Boden, besonders Poe.

»Was, verflucht, ist das?«, rief er. Er versuchte sich zu befreien, aber seine Bewegungen sorgten nur dafür, dass er noch schneller noch tiefer einsank.

»Sinkende Felder!«, sagte Rey. Die Sinkenden Felder von Jakku hatten viele unvorsichtige Seelen gefordert. Sie hätte diesen tückischen Sand sofort erkennen müssen! »Haltet euch an irgendwas fest!«

Doch es *gab* nichts, woran sie sich festhalten konnten. Chewie brüllte panisch.

C-3PO versank bis zu seiner Ladekupplung. »Oh, wird das denn nie ein Ende haben?«, rief er.

Der runde Körper von BB-8 drehte sich wie wild im Sand,

als er sein Bestes tat, um sich zu befreien, doch es hatte keinen Sinn. Binnen eines Atemzugs verschwand der kleine Droide unter der Oberfläche.

»Bebe-Acht!«, schrie Rey.

Tränen füllten ihre Augen, als sie in ihrer Panik blindlings um sich schlug. Rey würde sie alle verlieren, all ihre Freunde. Nicht an einen dunklen, mächtigen Feind, sondern an ein Naturphänomen, das sie eigentlich hätte erkennen müssen. Schlussendlich würde Jakku ihr also doch noch zum Verhängnis werden.

Sie sah Finn an. Das Gesicht ihres Freundes war eine einzige Maske des Bedauerns. »Rey!«, rief er. »Ich hab dir niemals gesagt, dass ...« Er sackte tiefer; der Sand reichte ihm jetzt schon bis zu den Schultern.

»Was?«, rief sie.

Finn versank bis zum Kinn. »Rey!«

Nein! »Finn!«

Finn verschwand unter der Oberfläche. C-3PO und Poe waren die nächsten. Sie streckte die Hand nach Chewie aus, wie um bei ihm Abbitte zu leisten, und er erwiderte die Geste. Als der Sand ihr den Mund, die Nase und die Augen bedeckte, hielt sie den Atem an. Sand füllte ihre Ohren, kratzte über ihre Haut. Dann versank die Welt in Dunkelheit.

General Leia war im Kommandozentrum und ließ sich von Rose Tico über den Status ihrer zwar winzigen, aber stetig wachsenden Flotte auf den neuesten Stand bringen. »Jeder, der einen Schraubenschlüssel oder einen Pilexdreher halten kann, ist dabei, Schiffe zu reparieren und aufzurüsten«, erklärte Rose. »Wir arbeiten so schnell, wie wir können.«

Leia nickte. Draußen sprühten überall Funken, und sie wollte sich gerade über die Fortschritte bei einigen bestimmten Schiffen erkundigen, als Snap Wexley auf sie zugeeilt kam und ihr Gespräch unterbrach.

»General, es gab einen Angriff beim Fest der Ahnen!«, meldete er aufgeregt.

Natürlich … Natürlich hatte die Erste Ordnung ihre Leute aufgespürt. »Diese Mission bedeutet für uns alles«, sagte Leia. »Wir dürfen nicht versagen!« Dann fragte sie, merklich gequält: »Irgendwas von Rey?«

Er schüttelte den Kopf. »Der *Falke* antwortet nicht.«

Beim Anblick von Leias Miene sagte Rose zu Snap: »Musst du das so sagen?«

»*Wie* sagen?«, entgegnete er.

»Tun Sie mir einen persönlichen Gefallen«, sagte Leia zu ihm. »Seien Sie optimistisch!«

»Ja, Ma'am«, sagte Snap und zwang seine Gesichtszüge zu einer freundlichen Grimasse. »Äh, das ist … das ist … *phantastisch.* Sie werden begeistert sein, wie gut alles ausgeht … Das wird ganz toll!«

Leia widerstand dem Drang, die Augen zu verdrehen. Stattdessen sagte sie: »Major Wexley, ein bisschen Optimismus an den Tag zu legen bedeutet nicht, die Wahrheit zu ignorieren.«

»Ja, was verschweigst du uns?«, forschte Rose.

Snap trat nervös von einem Fuß auf den anderen. »Der Angriff auf das Festival … General Leia … Unsere Späher am Boden sagen, es sind die Ritter von Ren.«

Sand kratzte über Poes Augenlider, füllte seine Ohren und drängte in seine Nasenlöcher. Nur noch eine Sekunde, dann würde er sich nicht mehr länger unter Kontrolle haben und unweigerlich einen Mundvoll einatmen. Und in den schmerzhaften Sekunden, die es dauern würde zu ersticken, würde der Sand seine Lunge verstopfen.

Doch gerade als er glaubte, keinen Moment mehr länger die Luft anhalten zu können, traten seine Beine mit einem Mal ins Leere. Dann brach sein Oberkörper durch eine Schicht festgepressten Sand, und er stürzte nach unten, wo er hart auf dem Boden aufschlug.

BB-8 fiel als Nächster und krachte einige Meter entfernt mit einem Scheppern auf den Felsen. Poe rang gierig nach Luft, um seine Lunge wieder mit Luft zu füllen, schüttelte sich den Sand aus dem Haar und blinzelte hektisch, um die kleinen Körnchen aus den Augen zu bekommen. Er schaute sich um; BB-8 war direkt neben ihm. Es war zu dunkel, um wirklich etwas erkennen zu können, aber offensichtlich waren sie in einer Art Tunnel gelandet, der aus festgepresstem Sand bestand. Ein gähnender dunkler Schlund markierte den Durchgang zu einem angrenzenden Tunnel. Er hoffte, dort seine übrigen Freunde zu finden. Er rappelte sich auf, klopfte sich ab und trat auf den Durchgang zu. »Rey?«, rief er laut. »Finn?«

»Nach mir haben Sie nicht gerufen, aber mir geht es gut«, entgegnete C-3PO einige Meter entfernt.

Das Geräusch von rieselndem Sand ließ Poe herumfahren. Hinter ihm baumelten Reys Beine aus der Decke. Er eilte zu ihr hinüber, um sie aufzufangen, damit sie nicht so hart auf dem Boden aufschlug, wie er es getan hatte. Nachdem er sie runtergelassen hatte, beugte sie sich hustend und würgend vor.

»Ich hätte die Macht einsetzen sollen«, murmelte sie zwischen ihren Hustenanfällen. »Ich bin in Panik geraten ... Ich habe nicht einmal daran gedacht ...«

»Rey?«, unterbrach Poe sie. »Alles klar?«

Sie nickte. Ihr Gesicht war von Sand bedeckt. »Wo ist Finn?«

»Und wo ist Chewie?«, sagte Poe.

Chewbacca plumpste von der Decke und landete mit einem dumpfen Laut auf dem Boden. Das Geräusch des Aufpralls ließ Poe zusammenzucken, aber Chewie schüttelte sich bloß kurz, scheinbar gänzlich unversehrt.

»Finn?«, wiederholte Rey.

In diesem Moment tauchte Finn im Durchgang zum angrenzenden Tunnel auf. Sein schwarzes Haar war voller Sand. »Mir geht's gut«, sagte er. »Wo sind wir hier?«

C-3PO kam auf sie zugewatschelt. »Dies ist nicht das Jenseits, oder?«, fragte er. »Sind Droiden hier erwünscht?«

Jetzt, wo alle hier waren, hatte Poe endlich das Gefühl, wieder *richtig* atmen zu können. Er hatte genug davon, dass Leute, die ihm wichtig waren, starben. »Ich dachte, wir wären erledigt«, sagte er.

»Sind wir vielleicht auch, Sir«, erinnerte C-3PO ihn freundlich.

»Wo geht's raus?«, fragte Finn und schaute sich um.

Rey hakte ihr Lichtschwert vom Gürtel und schaltete es ein. Die Energieklinge tauchte die Wände um sie herum in weiches Blau, und Poe konnte das Brummen des Lichtschwerts in seiner Kehle spüren, als Rey es durch die Luft gleiten ließ und in seinem Schein die Tunnelwände studierte.

Poe hob seinen Glühstab und aktivierte ihn, doch verglichen mit der Helligkeit, die das Lichtschwert abstrahlte, war es, als würde man einen Mond neben einer Sonne sehen. Trotzdem richtete er den Glühstab schulterzuckend nach vorne und suchte nach einem Ausgang.

»Hier lang«, sagte Rey und marschierte los.

Poe dachte daran zu protestieren, Rey zu fragen, in welche Richtung sie sich wenden sollten, wo doch alle Tunnel gleich aussahen. Doch mittlerweile hatte er gelernt, dass es besser war, einfach zu tun, was Rey sagte, wenn sie etwas auf diese Weise sagte, mit so entschlossener Miene und solch fester Stimme.

Lando Calrissian kauerte auf einem Felsvorsprung und machte sich so klein wie möglich. Direkt unter ihm, praktisch in Spuckweite, stand der *Millennium Falke*, umringt von Sturmtrupplern. Hinter ihnen befand sich eine hohe Felsklippe, auf der Lando mehrere dunkle Gestalten ausmachen konnte. Er zoomte mit seinem Helm näher heran, bis er sie klar erkannte: die Ritter von Ren. Wie Aasgeier beäugten sie sein Schiff.

Sein Schiff. Er hatte nicht mit dem Stich der Nostalgie gerechnet, der ihn traf, als er den *Falken* nach so langer Zeit wiedersah.

Lando hatte seine Maske wieder aufgesetzt und auf diesem Ausguck Position bezogen in der Hoffnung, sich den *Falken* schnappen und ihn zu Chewie bringen zu können, bevor die Erste Ordnung den Frachtraumer entdeckte. Aber er war nicht schnell genug gewesen.

Ein Wüstentruppler mit einem farbigen Schulterstück marschierte vorwärts. »Dieses Schiff beschlagnahmen, scannen und dann zerstören«, ordnete der Kommandant an. »Auf Befehl des Obersten Anführers!«

Wut schnürte Lando die Kehle zu, und sein Helm brummte, um die erhöhte Filteraktivität zu bewältigen. Die Erste Ordnung zerstörte immer alles, was er liebte.

Er hatte viel Zeit auf Pasaana verbracht, um all dem zu entfliehen. Die Aki-Akis waren freundlich und nicht im Mindesten gewalttätig. Sie hatten ihn ohne Fragen oder Vorbehalte in ihrer Mitte willkommen geheißen. Gewiss, er musste den Helm tragen, weil auch ein alter Rebellengeneral gut daran tat, nicht erkannt zu werden. Doch das war ein geringer Preis für ein bisschen Ruhe und Frieden.

Andererseits: Vielleicht waren Gauner wie er nicht dazu bestimmt, in Ruhe und Frieden zu leben. Vielleicht war es einfach sein Schicksal, ständig in irgendwelche Schwierigkeiten zu geraten.

Mit wachsender Entschlossenheit beobachtete er, wie die Wüstentruppler die Verriegelungen aufbrachen und gewaltsam die Einstiegsluke des *Falken* öffneten. Dann hob das beste Schiff der Galaxis ab und verließ mit kreischenden, blau glühenden Fusionstriebwerken die Atmosphäre, zweifellos auf direktem Wege zur nächstbesten Verbrennungsanlage.

Lando wusste, was er zu tun hatte.

7. Kapitel

Dank des ebenen, festgestampften Bodens und der kühleren Luft konnten sie dem Sandtunnel mühelos folgen – und das war gut, da Rey keine Ahnung hatte, wie lange es dauern würde, einen Ausgang zu finden. Sie wusste bloß, dass ein seltsamer Instinkt sie vorwärtstrieb. Sie stellte sich vor, wie Leia zu ihr sagte: *Lass dich von der Macht leiten.* In letzter Zeit malte sie sich häufig aus, welchen Rat Leia ihr wohl in einer bestimmten Situation geben würde.

Sie hätte sich von der Macht leiten lassen sollen, als sie und ihre Freunde im Sand versunken waren. Rey war sich nicht sicher, was sie hätte tun sollen, aber … irgendetwas hätte sie unternehmen *müssen.* Die Macht einzusetzen war so leicht, doch das musste unverzüglich geschehen. Leia war der Ansicht, dass die Jahre auf Jakku Rey gelehrt hatten, nach konkreten Lösungen für unmögliche Probleme zu suchen. Leia glaubte, dass das womöglich der Grund dafür war, warum es so lange gedauert hatte, bis die Macht in ihr erwacht war, und warum es womöglich noch viel länger dauern würde, um diese Art von Konditionierung zu überwinden.

Doch für so etwas hatte Rey keine Zeit, zumal sie nicht vorhatte, diesen Fehler noch einmal zu machen.

BB-8 stellte piepsend eine Frage.

»Nein, ich will nicht wissen, was diese Tunnel gegraben hat«, entgegnete Poe.

»Nach dem Durchmesser der Tunnel zu urteilen«, sagte C-3PO, »gibt es zahlreiche gefährliche Spezies, die…«

»Ich sagte, ich will's *nicht* wissen«, wiederholte Poe. *»Nein!«*

Der Tunnel beschrieb erneut eine Biegung. Rey ging einfach immer weiter. »Also, was war's?«, fragte sie Finn, größtenteils, um sich von C-3POs Worten abzulenken.

»Was?«, sagte Finn.

»Was wolltest du mir sagen?«

»Wann?«

»Als du im Sand versunken bist, hast du gerufen: ›Ich hab dir niemals gesagt…‹«

Finn wich ihrem Blick aus. »Erzähl ich dir später«, murmelte er.

»Wenn Poe nicht dabei ist?«, fragte Poe.

»Ja!«, erwiderte Finn und schaute sehr böse drein.

»Klasse«, brummte Poe. »Wir gehen in einer Sandhöhle drauf und haben immer noch Geheimnisse voreinander?«

»Ich verrat's dir«, entgegnete Finn. »Wenn du uns sagst, wo du gelernt hast, all dieses zwielichtige Zeug zu beherrschen!«

BB-8 machte sie piepsend auf etwas weiter vorne aufmerksam, und sie blieben abrupt stehen. Als sie näher hinschauten, blitzte im Schein von Reys Lichtschwert etwas Metallisches auf.

»Was ist das?«, sagte Poe und leuchtete mit seinem Glühstab.

»Ist das… ein Speeder?«, fragte Finn.

»Ein ziemlich alter«, sagte Rey.

Das Steuerruder des Gefährts, das seit mindestens einem

Jahrzehnt als Antiquität durchging, war in einem unmöglichen Winkel verbogen, doch der trockene, windgeschützte Tunnel hatte dafür gesorgt, dass das Triebwerksmodul und der Repulsorlift größtenteils erhalten geblieben waren. Wenn sie den Speeder nach Ersatzteilen ausgeschlachtet hätte, hätte sie dafür mindestens drei Rationen kassieren können.

»Vielleicht finden wir den Fahrer«, sagte C-3PO.

BB-8 machte C-3PO piepsend deutlich, wie die Chancen dafür seiner Meinung nach standen.

»Ja, Bebe-Acht, ich glaube auch, der ist tot«, sagte Poe.

Chewie beschwerte sich maulend, dass er Durst hatte.

C-3PO watschelte zu dem Ornament hinüber, das auf der Haube des Gefährts prangte, und beugte sich darüber, um es näher in Augenschein zu nehmen. »Du meine Güte!«, sagte er dann. »Ein Hex-Emblem!«

»Ein was?«, sagte Poe.

»Ein gebräuchliches Symbol der Sith-Loyalisten!«, erklärte C-3PO.

»Der Sith ...«, murmelte Rey. Sie zweifelte nicht im Mindesten daran, dass ihr Instinkt sie an diesen Ort geführt hatte. Doch nicht das Hex-Emblem war der Grund, sondern etwas anderes ...

»Luke hat es gespürt«, sagte Rey. »Ochi hat diesen Ort niemals verlassen.« *Er verschwand in der Wüste*, hatte Lando ihnen erzählt.

»Er wollte zu seinem Schiff«, sagte Poe. »Ihm ist das Gleiche passiert wie uns.«

Das erklärte, warum der Frachtraumer all diese Jahre über unangetastet geblieben war. Jeder, der sich auch nur ein bisschen mit Pasaana auskannte, war klug genug, sich von diesem Ort fernzuhalten, so wie die Bewohner von Jakku wussten, dass man den Sinkenden Feldern lieber nicht zu nahe kam.

»Und wie ist er hier rausgekommen?«, fragte Finn, während er sich nach einem Ausgang umsah.

Rey ging auf den Speeder zu; ihre Gliedmaßen kribbelten. »Ist er nicht«, sagte sie.

Zu ihren Füßen lag ein Haufen alter Knochen.

»Nein, ist er nicht«, pflichtete Finn ihr bei.

»Knochen«, sagte Poe und wandte angewidert den Blick ab. »Ich mag keine Knochen …«

Ochis Speeder war durch den Sand in den Tunnel gestürzt, und entweder war Ochi beim Aufprall umgekommen, oder er hatte sich dabei so schwer verletzt, dass er langsam daran verendet war, gefangen und allein.

BB-8 verkündete piepsend, dass er etwas gefunden hatte.

Rey ging zu ihm hinüber und sah sich den Knochenhaufen genauer an. An den sterblichen Überresten hingen zerlumpte Kleiderfetzen. Um sein Becken lag ein Ledergürtel mit einer Messerscheide. Die Scheide war leer.

BB-8 fuhr eine Röhre aus seinem Werkzeugfach aus und begann, ringsum etwas Sand beiseitezublasen. Nach und nach wurde ein Gegenstand sichtbar – lang und metallisch, mit einer Klinge, die auch nach all diesen Jahren im Sand noch immer rasiermesserscharf war.

Reys Herz raste, als sie den Gegenstand aufhob und den kalten Griff umklammerte.

Dieser Dolch … diese Runen …

Schreie zerrissen die Luft … der Eisengeruch von Blut … das Gefühl der Klinge, die Sehnen und Knochen durchtrennte …

Rey blinzelte hektisch, um die Vision zu verdrängen. Ihr war übel. »Furchtbare Dinge wurden damit begangen«, murmelte sie.

Poe nahm ihr den Dolch ab, und es war, als würde sich ein unsichtbares Gewicht von ihren Schultern heben, als sie die Waffe nicht mehr in der Hand hielt.

»Da steht was drauf«, sagte Poe, der die Ätzungen auf der Klinge studierte.

»Vielleicht kann ich es übersetzen«, bot C-3PO fröhlich an.

Es war ein archaischer Text, einer, wie Rey ihn in all ihren Jahren im Niima-Außenposten niemals zu Gesicht bekommen hatte. Die Klinge selbst war silbrig, aber makellos, mit einer ausgekehlten Schneide, die so entworfen war, dass sie beim Austreten aus einem Körper genauso viel Schaden anrichtete wie beim Reinstechen. Der lederumwickelte Handgriff wurde von einer wuchtigen, geschwungenen Parierstange geschützt. Sie hatte so etwas noch nie zuvor gesehen.

C-3PO nahm ihn von Poe entgegen.

»Was steht da?«, fragte Poe.

»Sith-Attentäter haben ihre Geheimnisse häufig auf …«, begann der Droide, bevor er abbrach und aufgeregt erklärte: »Oh! Die genaue Position des Wegfinders wurde auf diesem Dolch eingraviert! Das ist der Hinweis, nach dem Master Luke gesucht hat.«

Die anderen stießen fast mit den Köpfen zusammen, als alle gleichzeitig versuchten, einen näheren Blick darauf zu werfen.

»Und?«, drängte Poe.

»Wo ist der Wegfinder?«, sagte Finn.

»Ich befürchte, das kann ich Ihnen nicht sagen«, entgegnete C-3PO.

Poe starrte ihn ungläubig an. »Zwanzig Zillionen Sprachen, und ausgerechnet *das* kannst du nicht lesen?«

»Oh, ich *habe* es gelesen, Sir!«, erklärte C-3PO enthusiastisch. »Ich weiß ganz genau, wo dieser Wegfinder ist! Doch bedauerlicherweise ist es in der Runensprache der Sith verfasst.«

»Und weiter?«, sagte Rey.

»Meine Programmierung verbietet es mir, das zu übersetzen. Ich bin dazu physisch nicht imstande!«

»Warte mal«, sagte Poe. »Das heißt, wenn du mal *nicht* die Klappe halten sollst, tust du's?«

»Welche Ironie, Sir.«

Rey war überrascht, dass C-3PO überhaupt wusste, was Ironie war.

»Maschinell bin ich nicht in der Lage, Übersetzungen aus dem Sith auszusprechen«, erklärte der Droide. Hinter ihm bewegte sich ein gewaltiger Schatten in der Dunkelheit. Der Schatten von etwas Mächtigem, das – wie Rey spürte – große Schmerzen litt. Rey hob kampfbereit ihr Lichtschwert, während C-3PO, der davon nichts mitbekommen hatte, fortfuhr: »Ich glaube, diese Vorschrift wurde vom Senat der Alten Republik verabschiedet …«

Das Ding in den Schatten zischte, und Rey erkannte, dass es sich dabei um eine monströse Schlange handelte, die noch größer war als ein Happabore, mit einem segmentierten Leib und bösartigen roten Augen.

C-3PO drehte sich um. Dann ließ der Droide den Dolch in den Sand fallen und schrie: »Schlange! Schlange!«, während die Schlange ihren gewaltigen Kiefer aufriss, um scharfe Fänge zu entblößen, von denen Gift tropfte. Das Ungetüm bog den »Hals« nach hinten und ging in Angriffsposition.

»Rey«, flüsterte Finn.

BB-8 rollte schutzsuchend hinter Rey, während Chewie seinen Bogenspanner in die Höhe riss und sich anschickte zu schießen.

Die Macht einzusetzen sollte stets ihre erste Option sein. Deshalb streckte Rey die Hand nach dem Bogenspanner aus und drückte ihn sanft nach unten, als Zeichen, nicht zu feuern. Dabei ließ sie die mächtigen Fänge der Schlange keine Sekunde aus den Augen. Einmal hatte sie gehört, wie ein Händler über diese Kreatur – eine Vexis – gesprochen hatte. Er hatte sich darüber beschwert, dass Jakku ein echtes Drecksloch war und man praktisch nirgendwo auf dem Planeten einen anständigen Drink bekam, aber zumindest gebe es dort keine Vexis wie auf einigen anderen Wüstenwelten.

»Ich puste es weg«, sagte Poe.

»Puste es nicht weg«, sagte Finn, ohne seinen Blick von der Schlange abzuwenden.

Die Vexis richtete sich noch weiter auf und zischte drohend; der stinkende Atemhauch der Kreatur war so stark, dass es Chewies Fell nach hinten wehte.

Das Geschöpf war Furcht einflößend. Rey konnte seinen Zorn fühlen, seinen Hunger. Doch zugleich spürte sie auch großen Schmerz. Ohne recht zu wissen, was sie da eigentlich tat, reichte sie Finn ihr Lichtschwert und trat vor.

»Rey …«, protestierte Finn.

»Vielleicht ist es verletzt«, sagte sie.

»Vielleicht ist das eine riesige Killersandschlange«, sagte Poe.

Reys Augen verengten sich zu Schlitzen, als sie sich dem Körper der Schlange näherte. »Mehr Licht!«, wies sie die anderen an.

Poe leuchtete mit seinem Glühstab zu der Stelle, auf die sie deutete, und holte so die Seite der Schlange aus dem Dunkel.

Ja, sie war definitiv verletzt. Eine riesige Wunde zog sich über mehrere Segmente ihres Leibes. Sie musste bloß daran herankommen. Langsam und vorsichtig stieg sie über den gewundenen Körper der Vexis hinweg, bis sie in den Windungen stand, die der Leib des Ungetüms bildete. Falls die Vexis beschließen sollte, sie zu töten, brauchte sie nichts weiter zu tun, als zuzudrücken …

Sie sprach in sanftem Ton, gleichermaßen um die Schlange und auch sich selbst zu beruhigen. »Leia sagt, wenn etwas versucht, dir wehzutun, wurde es meistens selbst von etwas noch Größerem verletzt.« Möglicherweise von so etwas wie Agrargerät. Vermutlich war ein Getreidefarmer mit seinem Mähdrescher geradewegs über den Bau dieser Kreatur gefahren und hatte sie dabei fast gehäutet.

Rey streckte die Hand nach der Wunde aus. Die Vexis zischte, und sie zögerte. Doch die Schlange griff sie nicht an. Obwohl ihre Kehle wie zugeschnürt war, streckte sie ihre Finger weiter vorwärts, um die kühlen Körpersegmente der Riesenschlange zu berühren.

Rey handelte jetzt rein instinktiv. Sie schloss die Augen und öffnete sich der Macht.

Wann immer sie kämpfte oder durch den Dschungel von Ajan Kloss sprintete oder einen Sturmtruppler mit einem Gedankentrick dazu brachte, ihre Fesseln zu lösen, *kanalisierte* sie die Macht; in gewisser Weise setzte sie sie zu ihrem eigenen Vorteil ein. Hier jedoch war eine andere Technik erforderlich, etwas, das sie aus den Jedi-Schriften gelernt hatte, während sie an Lukes Kyberkristall herumgebastelt hatte. Diesmal würde sie nicht nehmen, sondern *geben.*

Ein Summen vibrierte in ihrer Brust, als sie etwas von ihrem innersten Selbst sammelte und es in die Schlange leitete. Ihre eigene Energie. Ihr eigenes Leben. Auch einen Teil der Macht, die in ihr wohnte. Sie hatte genug von alldem und brauchte nicht alles für sich selbst.

Sie spürte, wie die Vexis sich beruhigte. Ihr Schmerz ließ nach.

Nach einem Moment wagte Rey es, die Augen wieder zu öffnen. Was sie sah, ließ sie überrascht keuchen.

Die Wunde hatte sich geschlossen.

Die Vexis senkte ihren Kopf nach unten zu ihrem. Die

Kreatur war so riesig, dass sie Rey mit einem einzigen Biss hätte verschlingen können. Die Zunge der Schlange zuckte hervor, und sie zischte und blies Rey das Haar nach hinten; fast kam es ihr vor, als würde das Geschöpf sie küssen.

Dann löste die Schlange ihre Körperwindungen und gab Rey frei. Sie glitt in die Dunkelheit davon und grub dabei so mühelos einen neuen Gang in den festgestampften Sand wie ein Aal, der im Wasser schwimmt. Als sie schließlich verschwunden war, konnten sie am Ende des Tunnels einen Flecken klaren Himmels ausmachen.

Poe und Finn tauschten einen Blick.

BB-8 rollte zu Rey und piepste fragend.

»Ich habe nur ein wenig Leben übertragen«, sagte Rey. »Machtenergie, von mir zu ihr.«

BB-8 fiedelte.

»Hättest du auch gemacht.«

»Tja«, sagte Finn. »Jetzt haben wir unseren Ausgang.« Er setzte sich in Bewegung und hastete der Vexis hinterher. Chewie bückte sich, um den Dolch aufzuheben, verstaute ihn in seinem Beutel und folgte Finn dann in Richtung Tageslicht.

Rey hingegen hatte es nicht eilig, zurück an die Oberfläche zu kommen. Ihr Atem ging schnell, jeder Knochen in ihrem Leib schmerzte vor Erschöpfung, und aus unerklärlichen Gründen brannte ihre Hand. Die Vexis zu heilen hatte sich so normal und natürlich und richtig angefühlt. Doch es hatte seinen Tribut von ihr gefordert.

Der Tunnel spuckte sie nah bei Ochis rostigem Frachtraumer aus, der auf einer mächtigen Felsplattform stand, einer Insel der Stabilität inmitten eines Ozeans aus Sinkenden Feldern. Rey und ihre Freunde kletterten darauf zu.

»Wir können unmöglich mit dieser Schrottmühle fliegen!«, protestierte C-3PO. Er hatte Mühe, auf dem unebenen Gelände und all den vorstehenden Felsen mit den anderen Schritt zu halten. Wenn sie das hier überlebten, würde Rey dafür sorgen, dass er ein hübsches Ölbad bekam.

»Wir müssen einen Zahn zulegen«, drängte Poe weiter vorne. »Jemanden finden, der diese Dolchinschrift übersetzen kann … Zum Beispiel einen *hilfreichen* Droiden.«

»Ich schlage vor, wir kehren sofort zum *Millennium Falken* zurück«, sagte C-3PO.

»Die werden beim *Falken* schon auf uns warten«, sagte Poe.

»Ja, sie werfen uns in die Gruben von Griq«, sagte Finn.

»Und *dich* benutzen sie als Zielscheibendroiden«, fügte Poe hinzu.

»Sie beide haben ausgezeichnete Argumente«, sagte C-3PO.

Rey runzelte die Stirn. Finn und Poe erlaubten sich ein Späßchen mit dem Droiden, doch es entsprach den Tatsachen, dass sich der *Falke* mittlerweile höchstwahrscheinlich in den Händen der Ersten Ordnung befand. Zwar hatte Chewie das Schiff fest verriegelt und gesichert, doch letzten Endes würde nichts die Erste Ordnung daran hindern, all ihre Sicherheitsvorkehrungen zu überwinden. Gut möglich, dass sie ihr Schiff nie wiedersehen würden.

In diesem Moment traf sie die Gegenwart einer vertrauten Präsenz mit der Wucht eines Blitzschlags, und sie erstarrte.

»Rey?« Finn drehte sich zu ihr um; er wollte sehen, was sie aufhielt. »Was ist los?«

Sein Gesicht war noch immer voller Staub von ihrem Marsch durch die Tunnel, doch davon abgesehen zeigte seine Miene die Freundlichkeit, Güte und Sorge, die ihm angeboren waren. Sie würde nicht *zulassen*, dass ihm das, was da auf sie zukam, irgendwelchen Schaden zufügte. Sie würde ihren Freund beschützen, selbst wenn das bedeutete, etwas zu tun, von dem sie sich ziemlich sicher war, dass Leia nicht damit einverstanden gewesen wäre.

»Ich werde gleich nachkommen«, sagte sie sanft.

Er runzelte die Stirn.

Sie versetzte ihm einen kleinen Stoß mit der Macht und versicherte: »Schon gut.«

Schweigend nahm er ihren Rucksack und ihren Stab entgegen – das war alles, was sie außer dem Lichtschwert an ihrem Gürtel bei sich trug. Sie spürte seine Blicke in ihrem Rücken, als sie die Felsen wieder hinunterkletterte und zu einem weiten, ebenen Flecken Wüste lief, wobei sie sorgsam darauf bedacht war, den Sinkenden Feldern nicht zu nahe zu kommen.

Verschwinde, Finn, dachte sie und drängte ihn mit der Macht noch ein wenig stärker, ihrem Befehl zu folgen.

Sie wagte nicht, sich umzudrehen, um zu sehen, ob er ihrer stummen Aufforderung nachkam, da ihre gesamte Aufmerksamkeit auf einen schwarzen Punkt am Horizont fixiert war, der schnell und tief auf sie zuflog.

Sie straffte ihre Schultern und rührte sich auch dann nicht vom Fleck, als aus dem Punkt ein TIE-Jäger wurde. *Sein* TIE-Jäger. Sie hatte jetzt keine Ahnung, was sie machen sollte, aber sie war fest entschlossen, keinen Zentimeter zurückzuweichen. Sie würde ihre Freunde beschützen. Um jeden Preis.

Finn schwirrte der Kopf. Vielleicht lag das an der Hitze. Vielleicht hatte es auch damit zu tun, dass Rey ihn gebeten hatte zu verschwinden und er sie ohne weitere Widerworte einfach allein in der Wüste zurückgelassen hatte. Was irgendwie nicht den geringsten Sinn ergab.

Poe betätigte den Lukenmechanismus, und die Zugangsrampe senkte sich. Finn folgte Poe, Chewie und den Droiden in den dunklen zentralen Frachtraum, in dem sich der Sand türmte. Ochi hatte das Schiff nicht ordentlich versiegelt, bevor die Sinkenden Felder ihn verschluckt hatten. Vermutlich dachte er, er würde nicht lange fort sein.

Der Frachtraum war vollgestopft mit Schrott, und die Wände waren so löchrig, dass sie den Blick auf das technische Innenleben des Schiffs freigaben – Finn erkannte Notfallatmosphäretanks, einen Partikelschildbooster sowie endlose Kabelstränge und Leitungen und Arretierungen, deren Funktion für ihn ein einziges Rätsel war, auch wenn er hätte wetten können, dass Poe oder Rey wusste, worum es sich dabei handelte. Das Innere des Schiffs war so unordentlich und verdreckt, dass der *Falke* im Gegensatz dazu fast sauber wirkte.

An einer Wand nahe dem Zugang zu den Schlafquartieren prangte eine Metalltafel, auf der der Name des Schiffs stand: BESTOON LEGACY.

»Dann wollen wir mal die Konverter zünden«, sagte Poe und arbeitete sich durch Spinnweben und Schrott zum Cockpit vor.

»Was für ein schmutziges Schiff!«, sagte C-3PO. Da konnte Finn ihm nur beipflichten. Phasma hätte ihre gesamte Einheit mit ihren Zahnbürsten Latrinen schrubben lassen, wenn sie sie jemals dabei erwischt hätte, Fracht nicht ordnungsgemäß zu sichern oder so viel Dreck an Bord zu bringen.

Während Poe anfing, Schalter umzulegen, warf Finn neugierig einen Blick in eine der Frachtkisten. Sie war voller Blasterpistolen. Als er sich umschaute, entdeckte er noch zahlreiche ähnliche Kisten. Waren die etwa *alle* voll mit Waffen?

Rings um ihn herum leuchteten flackernd Lichter auf. Der

Boden begann zu vibrieren, als der Energiekern ächzend zum Leben erwachte.

»Na, geht doch«, sagte Poe.

Endlich war ihnen das Glück einmal hold! Aber sie konnten nicht ohne Rey von hier verschwinden, die noch immer nicht an Bord des Schiffs gekommen war.

»Wo steckt sie?«, fragte Finn niemand im Besonderen. Er eilte zum Cockpitsichtfenster und ließ seinen Blick suchend über die weite Wüste schweifen. Da! Eine winzige, windgepeitschte Gestalt. Rey! Sie hatte sich in der kurzen Zeit sehr weit vom Schiff entfernt.

»Chewie«, sagte Finn, der an die langen Beine des Wookiees und seine enorme Laufgeschwindigkeit dachte. »Sag Rey, wir müssen los!«

Chewie stöhnte zustimmend, ehe er aufbrach, um sie zu holen. Einen Moment später tauchte der Wookiee im Blickfeld des Sichtfensters auf, nur um wenig später auf seinem Weg hinunter zur Wüstenebene und zu Rey hinter einer Felsformation zu verschwinden.

Kylo Ren spürte ihre Gegenwart, bevor er sie sah. Als er mit seinem TIE-Whisper im Tiefflug über die Wüstenebene hinwegsauste, war sie eine helle Präsenz in seinem Bewusstsein, ja sie *strahlte* förmlich vor wilder Entschlossenheit. Etwas Seltsames regte sich in seiner Brust. Es war das gleiche Gefühl, das er gehabt hatte, als er das letzte Mal seinem Vater gegenübergetreten war und die Entscheidung getroffen hatte, Han Solo umzubringen. Man musste die Vergangenheit töten, ja, aber um sich vollends der Finsternis hinzugeben, musste man auch das Licht erlöschen lassen.

Jetzt endlich verstand er. Han Solo war seine Vergangenheit. Aber Rey war sein Licht.

Das war der Grund, warum Kylo nach wie vor Qualen

litt. Das war der Grund, warum er die Erinnerung an seinen Vater, der mit der Hand seine Wange berührte, nicht abschütteln konnte – die Erinnerung an diese Augen, so voller Liebe und Verständnis. Noch hatte Kylo sein Licht nicht zerstört.

Vielleicht hatte der Imperator recht. Vielleicht musste sie tatsächlich sterben. Entweder das – oder er musste das Licht in ihr töten.

Und da stand sie, kaum mehr als ein Pünktchen vor dem ockerfarbenen Sand, die Schultern gestrafft, den Blick entschlossen auf ihn gerichtet. Das Mädchen hatte entsetzliche Angst; er konnte ihre Furcht ebenso deutlich spüren, wie er den Schweiß auf seinen Handflächen spürte, der seine Handschuhe tränkte. Doch ungeachtet ihrer Angst war sie unbeirrt und bereit. Sie wartete.

Dabei sollte sie vor Entsetzen doch eigentlich schier *von Sinnen* sein. Sie sollte vor Furcht wie ein Häufchen Elend am Boden kauern. Sie hätte sich der Dunklen Seite anschließen sollen, als er ihr die Chance dazu gab. Wie konnte sie sich ihm widersetzen? Wie konnte sie es *wagen*?

Zorn färbte sein Blickfeld rot. Der Imperator scherte ihn nicht. Die Sternzerstörerflotte scherte ihn nicht. Er wollte nur, dass sein Leid endlich ein Ende hatte.

Wenn Rey das, was als Nächstes kam, überleben wollte, würde sie mehr Kraft aufbringen müssen als je zuvor. Um ihm zu zeigen, wer sie war und was *wirklich* in ihr steckte.

Er sah, wie Rey ihr Lichtschwert vom Gürtel hakte und aktivierte.

Kylo Ren gab vollen Schub.

Rey sah den TIE heranrasen und fühlte Kylo Rens Absichten. Sein Schmerz und sein mörderischer Zorn waren schier überwältigend.

Doch sie wusste genau, was sie zu tun hatte. Die Vexis zu heilen hatte sie zwar erschöpft, ihr zugleich jedoch neue Wege aufgezeigt, die Macht zu nutzen – sie hatte verstanden, dass es wichtig war, nicht bloß zu nehmen, sondern auch zu geben und so eine Einheit zu bilden, vollkommener, als sie es zuvor für möglich gehalten hätte. Sie konnte es kaum erwarten, mit Leia darüber zu reden.

Doch fürs Erste blieb ihr keine andere Wahl, als die Macht in ihrem Blut pochen zu lassen, um ihre Gliedmaßen mit entschlossener Bereitschaft zu stärken. Sie hatte Angst, ja, furchtbare Angst, aber zugleich war sie merkwürdig ruhig. Luke hatte ihr gesagt, dass Furcht zur Dunklen Seite führte. Doch wie sich zeigte, konnten Entsetzen und Gelassenheit auch koexistieren. Vielleicht war es das, was Leia ihr die ganze Zeit über klarmachen wollte.

Sie ließ den TIE näher kommen. Als sie schließlich spürte, dass der richtige Moment gekommen war, wandte sie sich ab und kauerte sich in Kampfposition nieder, angespannt wie eine Sprungfeder.

Rey warf einen Blick über die Schulter. Er war jetzt so nah, dass sie durch das Cockpitfenster den Umriss seines Helms erkennen konnte.

Finn hasste das Gefühl der Nutzlosigkeit, das ihn erfüllte, während Poe hektisch Schalter umlegte und Justierungen vornahm. Das Vibrieren des Bodens unter seinen Füßen beruhigte sich, und das Klappern der Turbinen wurde zu einem steten, ruhigen Brummen. Sie waren startklar.

Doch Chewie war noch immer nicht mit Rey zurückgekehrt.

»Was macht sie denn?«, wollte Poe wissen. »Und wo ist Chewie?«

Finn spähte aus dem Cockpitfenster. Von hier aus war

es schwierig, irgendwelche Einzelheiten zu erkennen, aber es schien, als würde sie mit aktiviertem Lichtschwert am Boden kauern. Er hätte jetzt eigentlich dort draußen sein sollen, um ihr zu helfen …

Dann passierte etwas Seltsames. Als das Verlangen, ihr zu helfen, über ihn hinwegschwappte wie eine Woge, spürte er plötzlich etwas … Eine Gefahr. Eine Präsenz. »Es ist Ren«, raunte er.

Vermutlich war das einfach bloß ein mieses Gefühl … richtig?

Nur um auf Nummer sicher zu gehen, legte er eine Hand auf sein Halfter, um seinen Blaster zu überprüfen. Dann lief er die Rampe hinunter in die Wüste.

Er rannte zu der Felsnase, hinter der Chewbacca verschwunden war, doch dann blieb er abrupt stehen und hockte sich hin, als er Schritte vernahm. Langsam und vorsichtig lugte er um den Felsen herum – und unterdrückte ein entsetztes Stöhnen.

Chewie war gefangen genommen worden! Handschellen umschlossen seine pelzigen Gelenke. Groß gewachsene Gestalten in dunklen Rüstungen und mit seltsamen Waffen stießen ihn vorwärts, auf eine Handvoll Sturmtruppler und ihre Transportschiffe zu. Von den dunklen Gestalten strahlte Bosheit aus; Finn spürte sie so deutlich, als würde er daran ersticken.

Die Ritter von Ren. Das mussten sie sein. Er sollte abhauen.

Doch in wenigen Sekunden würden sie Chewie an Bord eines Transportschiffs bringen und fortschaffen. Finn blieb keine andere Wahl, er musste *jetzt sofort* etwas unternehmen!

Er zog seinen Blaster, in der Absicht, vorwärtszustürmen und seinen Freund zu befreien, doch dann erstarrte er, als ein Dutzend weitere Sturmtruppler in Formation die Einstiegsrampe heruntermarschierte. All diese Gegner gleichzeitig zu attackieren wäre reiner Selbstmord gewesen.

Finn blieb nichts anderes übrig, als zur *Bestoon Legacy* zurückzuschleichen und sich einen anderen Plan einfallen zu lassen. Nein, das würde nicht funktionieren. Die Tatsache, dass ein ganzer Truppentransporter hier war, zusammen mit den Rittern von Ren und – sofern sein Gefühl ihn nicht trog – Kylo Ren persönlich, konnte nur eines bedeuten: Sie waren hinter Rey und ihren Kräften her.

Finn musste sie warnen.

Die *Bestoon Legacy* war startklar, aber jetzt saß Poe mutterseelenallein im Cockpit, ohne Mannschaft. Zuerst Rey und Chewie, und jetzt war Finn auch noch verschwunden. Wo zur Hölle waren …

Dann keuchte er überrascht. Rey hatte sich unvermittelt in Bewegung gesetzt und rannte vorwärts; ihr Lichtschwert wippte bei jedem Schritt an ihrer Seite. Ein TIE raste auf sie zu. Der Jäger flog so tief, dass er Sand aufwirbelte. Gleich hatte er sie erreicht.

Rey rang keuchend nach Luft, während sie auf den Jäger zurannte. Nur mit gutem Tempo und einer Menge Hilfe von der Macht bestand überhaupt die Chance, das hier durchzuziehen, doch jetzt zahlte sich ihr Training mit Leia aus. Rey war fit und kräftig. Ihre Lunge war stark. Aber was noch wichtiger war: Ihr Bewusstsein war bereit.

Sie stürmte vorwärts, wurde immer schneller. Sie konzentrierte sich auf die Verbindung, die sie mit Kylo teile, und fühlte seine Entschlossenheit. Sie schleuderte ihm ihrerseits eine Woge rechtschaffener Wut entgegen.

Ihre Schulterblätter kribbelten, als das Schiff weiter auf sie zukam. Noch nicht … noch ein paar Schritte mehr … *Jetzt!*

Sie sprang in die Höhe, vollführte einen Rückwärtssalto und segelte elegant durch die Luft.

Unter ihr reckte Kylo Ren den Hals, um ihr spektakuläres Manöver zu verfolgen.

Mitten im Flug ließ sie ihr Lichtschwert nach unten sausen, um die Triebwerksaufhängung zu kappen.

Der TIE heulte in einer alles erstickenden Staubwolke vorbei.

Rey indes landete geschickt im Sand. Mit zu Schlitzen zusammengekniffenen Augen und für alles gewappnet sah sie, wie der TIE wie wild zu schwanken begann. Sie spürte Kylos Frust, als er mit den Steuerkontrollen kämpfte, um das Schwanken zu kompensieren. Die Aufhängung bog sich durch, und der linke Flügel schrammte über den Boden.

Außer Kontrolle geriet der TIE ins Trudeln. Beide Flügel wurden aus den Halterungen gerissen. Die Cockpitkugel mit Kylo Ren, die übrig blieb, donnerte mit gewaltigem Tempo über den Grund und hinterließ eine tiefe Furche im Sand, ehe sie schließlich gegen eine Sanddüne krachte und dort liegen blieb.

Rey schaltete ihr Lichtschwert aus. Sie hoffte, dass er tot war. Nein, das stimmte nicht. Sie hoffte, dass… Sie hatte keine Ahnung, was genau sie hoffte.

Sie hakte ihr Lichtschwert an ihren Gürtel und lief auf Ochis Frachter zu.

Weiter vorn tauchte eine Gestalt in einer altbekannten blauen Hose und einer Fliegerjacke auf. »Rey!«, rief Finn ihr über die Wüstenebene hinweg zu. »Sie haben Chewie!«

Fast gleichzeitig kam ein startender Transporter in Sicht, dessen Schubdüsen bereits blau glühten.

Finn zeigte mit dem Finger darauf. »Chewie ist da drin!«

Nein! *Nein, nein, nein, nein!*

Genau so eine Situation hatte sie schon einmal erlebt.

Sie hatte schon einmal hilflos dagestanden, während Sand gegen ihre Haut peitschte, und zugesehen, wie ein Schiff mit jemandem fortflog, den sie liebte.

Da, wo zuvor Gelassenheit in ihrem Innern gewesen war, herrschte jetzt nur noch Entsetzen, das ihr Bewusstsein überflutete, um sich im nächsten Moment in reine, heiße Kraft zu verwandeln. Sie streckte ihre Machtsinne aus und stellte sich vor, wie sie den Transporter packte und zurück nach unten zog.

Das Schiff wurde tatsächlich langsamer. Schlingerte in der Luft. Die Triebwerke begannen aufzuheulen.

Rey biss entschlossen die Zähne zusammen. Schweiß strömte von ihrer Stirn. Sie würde nicht zulassen, dass sie ihr Chewie wegnahmen!

Kylo Ren riss sich die Maske vom Gesicht, um frische Luft zu bekommen. Er war ein solcher Schwachkopf. Diese unabänderliche Tatsache ließ seine Eingeweide brodeln, als er vorsichtig um das brennende Wrack seines TIEs herumging. Sie war gerannt wie eine verängstigte Wompratte, und in seiner blinden Wut hatte er sich von der Versuchung hinreißen lassen, ohne auch nur in Erwägung zu ziehen, dass sie vielleicht einen Plan hatte.

Mit dieser Erkenntnis ging eine weitere, sogar noch quälendere Gewissheit einher: Er war erleichtert darüber, dass er sie nicht getötet hatte.

Snoke hatte ihn stets dazu ermutigt, sich von seinen Impulsen leiten zu lassen. Impulse waren eine Abkürzung zur Dunklen Seite – und unvorstellbar machtvoll. Doch sein Impuls, Rey zu töten, hatte beinahe alles zunichtegemacht, worauf er seit so langer Zeit hinarbeitete.

Kylo wusste nicht, wie er das alles miteinander in Einklang bringen sollte. Der Pfad zur Dunklen Seite lag darin, seinem eigenen Verlangen zu erliegen. Doch sein innigstes Verlangen zu erfüllen, das zu bekommen, was er am allermeisten wollte, würde Planung und Geduld erfordern. Der Imperator hatte demonstriert, wie man ein Vorhaben so quälend lange und bedachtsam verfolgte, dass es jedes Vorstellungsvermögen überstieg – und er hatte es getan, ohne auch nur im Geringsten vom Licht in Versuchung geführt zu werden.

Es gab eine Möglichkeit für Kylo, seine Ziele zu erreichen. Er musste sie bloß finden.

Er spürte eine Regung in der Macht, als er aus dem wogenden Rauch in die klare Wüstenluft trat. Weit entfernt stand Rey im Sand, das Gesicht angespannt, ihren Arm ausgestreckt zu …

… einem fliegenden Transporter? Und sie schaffte es tatsächlich, ihn langsamer werden zu lassen!

Was – oder wer – sich an Bord dieses Transportschiffs befand, dass Rey so verzweifelt darauf aus war, den Transporter am Entkommen zu hindern, spielte keine Rolle. Er würde nicht zulassen, dass sie Erfolg hatte.

Er streckte die Hand aus, fühlte die gewaltige Maschine in seinem Verstand – und zog sie mit einem brutalen Ruck zu sich hin.

Der Transporter wurde ihr fast aus ihrem mentalen Griff gerissen, und die nur allzu vertraute Präsenz, die der Grund dafür war, ließ sie aufstöhnen. Es war Kylo, lebendig und wohlauf. Doch Rey würde nicht zulassen, dass er Chewie in seine Finger bekam. Chewie gehörte zu *ihr.*

Sie kämpfte, um die Kontrolle über das Schiff zurückzuerlangen, und spürte, wie der Transporter mit einem Satz in ihre Richtung ruckte, bloß um sofort wieder zurückgerissen zu werden.

Rey versuchte, sich an ihr Training zu erinnern. *Lass die Macht dein Handeln leiten*, hätte Leia gesagt. Doch der Gedanke an Leia, an ihre Ausbildung, und sei's auch nur für einen flüchtigen Moment, führte dazu, dass sie ihre Konzentration verlor und das Schiff erneut in Kylos Richtung kippte.

Entschlossen legte Rey die ganze Kraft ihres Wesens und Seins in ihre Bemühungen. Das Blut kreischte in ihren Ohren, und ihr Herz war eine gewaltige Trommel in ihrer Brust. Sie zehrte von ihrer Wut auf Kylo, von ihrem Hass auf die Erste Ordnung, ja sogar von ihrer Verachtung für Unkar Plutt. Sie zehrte von ihrer Angst um Chewies Leben und von ihrer Erinnerung daran, was für ein Gefühl es gewesen war, zusehen zu müssen, wie Han Solo auf der Starkiller-Basis in den Abgrund gestürzt war. Und sie zehrte von dem Schmerz, den sie in all den Jahren hatte ertragen müssen: von der quälenden Leere eines hungrigen Magens; von aufgeschürften Knöcheln, ohne Bacta, um sie zu versorgen; vom Gefühl von Sand zwischen ihren Backenzähnen nach einem windigen Tag; von der messerscharfen Stille der Einsamkeit. Rey öffnete den Mund zu einem stummen Schrei.

Rohe Kraft schoss aus ihren Fingerspitzen und jagte in einem Lichtbogen auf den Frachter zu. Es waren blaue Blitze, reine Machtenergie, greller als jedes Lichtschwert, heißer als jede Sonne. Die Blitze schlossen sich wie tödliche gekrümmte Finger um den Transporter, der einen kurzen Moment lang ruckartig zur Seite gezogen wurde – und dann in einem gleißenden Feuerball explodierte!

Rey taumelte keuchend rückwärts, während Wrackteile auf die Wüstenebene herabregneten. Der Transporter – und alle, die sich an Bord befunden hatten – existierten nicht mehr.

Von grenzenlosem Entsetzen erfüllt, starrte sie auf ihre

Hand hinab. Dann zu den Wrackteilen. Ihr Magen rebellierte, und schließlich schrie sie: »Chewiiieeeeeeee!« Tränen strömten über ihre Wangen. Was hatte sie *getan?*

Eine Stimme durchdrang den quälenden Schleier ihrer Schuldgefühle. »Rey!« Das war Poe, der nach ihr rief. »Wir müssen weg! Sie kommen!«

Er deutete auf den Horizont, und sie drehte sich um. Ein halbes Dutzend TIEs der Ersten Ordnung kam rasch näher.

»Aber Chewie ... Er ...«

»Es tut mir leid!«, rief Poe. »Aber wir müssen weg. Sofort!«

Seine Stimme – und Finn, der so schnell auf sie zugelaufen kam, wie er nur konnte – brachten ihre Beine schließlich dazu, sich in Bewegung zu setzen. Sie würde nicht zulassen, dass sie noch mehr Freunde verlor! Sie lief Finn entgegen, und zusammen rannten sie zum Schiff zurück.

Aus einiger Entfernung verfolgte Kylo Ren, wie der Frachtraumer mit Rey an Bord zum Himmel aufstieg. Sie hatte ihn *erneut* geschlagen, und doch erfüllte ihn ein Gefühl des Triumphs.

Es war richtig von ihm gewesen, sie auf die Probe zu stellen.

Sie hatte soeben unglaubliche, bemerkenswerte Kräfte demonstriert. Dunkle Kräfte. *Sith*-Kräfte.

Die Schrottsammlerin war jetzt fast so weit, die Seiten zu wechseln. Und wenn es so weit war, wenn sie das tat, würden sie *gemeinsam* ihr Licht töten und die Dunkelheit in ihrem Innern willkommen heißen. Und dann würde nicht bloß die Sternzerstörerflotte ihnen gehören – sondern auch der Thron der Sith!

8. Kapitel

Ochis Schiff mochte flugtauglich sein, aber das bedeutete nicht, dass es sich in gutem Zustand befand. Die *Legacy* hatte jahrelang auf Pasaana herumgestanden, weswegen Rey und ihre Freunde es nicht riskieren konnten, zu weit damit zu fliegen, ehe sie sich ein Versteck suchten, um die Systeme des Schiffs genauer zu überprüfen – und um sich neu zu orientieren.

Poe erklärte, dass er den perfekten Ort für so einen Zwischenstopp kannte, und Rey war froh, ihm diese Entscheidung überlassen zu können. Sie half ihm vom Sitz des Kopiloten aus, während er die *Legacy* in die Ringe eines gewaltigen, glühenden Planeten steuerte. Die Ringe bestanden größtenteils aus umhertreibendem Eis, die das Licht der kühlen Sonne reflektierten. Außerdem gaben sie immerzu Dampf ab, was die meisten Schiffssensoren verwirrte und die Ringe zu einem idealen Versteck machte – vor allem für Schmuggler. Irgendwann würde sie Poe fragen müssen, woher er diesen Ort kannte.

»Rey«, begann Poe, als das Schiff schließlich im Schatten eines Eisbrockens dahintrieb, aber dann sah er ihr Gesicht, und was immer er hatte sagen wollen – er überlegte es sich anders und murmelte stattdessen nur: »Ich werde ein paar

Diagnoseroutinen durchlaufen lassen. Warum … ruhst du dich nicht ein wenig aus?«

So sanftmütig hatte er schon lange nicht mehr mit ihr gesprochen. Sie nickte wortlos und ging nach hinten in den Hauptfrachtraum, wo sie eine gepolsterte Sitzbank an der hinteren Wand entdeckte und sich darauf fallen ließ.

Was habe ich nur getan?

Furcht war also doch der Weg zur Dunklen Seite. Sie hatte keine Probleme gehabt, solange Ruhe und Entschlossenheit ihre Furcht gedämpft hatten, aber in dem Moment, als sie ihrem Zorn und ihrem Grauen nachgegeben hatte … Chewbacca war fort. Der *Falke* war vermutlich auch verloren – ebenso wie Ochis Dolch. Sie hatte alles ruiniert. Leia würde schrecklich enttäuscht sein, wenn sie davon erfuhr.

Als hätte er ihre Gedanken gelesen, stieß BB-8 ein langes, trauriges Piepsen aus.

C-3PO stimmte ihm zu. »Armer, armer Chewbacca.«

Jetzt strömten Tränen über ihre Wangen. Sie konnte sie nicht zurückhalten. Chewie hatte so viel für sie getan. Der *Falke* gehörte rechtmäßig ihm, trotzdem hatte er *ihr* den Pilotensitz angeboten, nachdem Han gestorben war. Und wie hatte sie ihm diese Geste enormer Großzügigkeit vergolten? Sie hatte ihn umgebracht!

Finn trat auf sie zu, einen betroffenen Ausdruck auf dem Gesicht. »Es war nicht deine Schuld«, sagte er.

»Doch, war es«, erwiderte Rey. Sie konnte ihn nicht ansehen. »Ich hab die Kontrolle verloren.«

»Nein, es war *Ren*. Er hat dich dazu gebracht …«

Rey schüttelte den Kopf. »Du hast gesehen, was passiert ist. Diese Kraft kam von mir. Finn, es gibt Dinge, von denen du nichts weißt.«

»Dann erzähl mir davon.« Er blickte sie an, sein Gesicht ganz frei von Vorurteilen, und wartete geduldig.

Rey hatte sich nicht dazu überwinden können, es Leia zu sagen – aber vielleicht könnte sie mit Finn darüber sprechen. Irgendjemandem musste sie von ihrem Geheimnis erzählen, ansonsten würde es sie von innen heraus auffressen.

Sie wisperte: »Ich hatte eine Vision. Von dem Thron der Sith. Und wer darauf saß.«

Finns Augen wurden schmal. »Ren?«

Sie nickte. »Und … ich.«

Sein Mund klappte auf.

Rey wandte den Kopf ab. Sie konnte seinen Blick nicht ertragen. Am liebsten wäre sie vor allem davongerannt: vor Finns zwangsläufiger Enttäuschung; vor dem Schrecken in seiner Stimme, wenn er schließlich etwas erwiderte. Aber auf diesem winzigen Frachter gab es keinen Ort, an den man sich flüchten konnte.

Poe tauchte in dem Durchgang zum Cockpit auf. Sein Gesicht war ausgezehrt, aber er wirkte so entschlossen wie eh und je. Seit Crait war er schrecklich ernst geworden, immer nur einen Schritt entfernt von einem Wutausbruch. Rey wusste, dass er sich für die Dezimierung des Widerstands verantwortlich machte. Sie wusste, wie sich so etwas anfühlte, und sie machte sich auf das Schlimmste gefasst. Sie könnte ihm keinen Vorwurf machen, falls er sie jetzt anschrie; sie hatte es verdient, und sie würde es akzeptieren.

Aber er schrie sie nicht an. Stattdessen sagte Poe: »Uns bleiben nur noch acht Stunden. Was machen wir?«

»Wir *können* nichts machen«, erklärte Finn. »Wir müssen zurück zur Basis.«

Doch Poe schüttelte den Kopf. »Kannst du vergessen. Wir geben nicht auf. Wenn wir das tun, ist Chewie umsonst gestorben.«

Er hatte recht. Es war egoistisch von Rey, sich in ihrem Selbstmitleid zu suhlen. Sie musste an den Widerstand denken – an ihre Mission, die Sith-Flotte zu finden. Chewie würde wollen, dass sie weitermachten.

»Was können wir schon tun?«, fragte Finn. Seine Stimme klang genauso verzweifelt, wie sie sich fühlte. »Chewie hatte den Dolch. Das war der einzige Hinweis zu diesem Wegfinder, und er ist weg.«

»In der Tat«, bemerkte C-3PO traurig. »Die Inschrift existiert nur noch in meinem Speicher.«

Finn und Poe drehten beide den Kopf zu C-3PO herum und spießten ihn mit ihren Blicken auf.

»Wie war das?«, fragte Poe. »Die Inschrift, die auf dem Dolch war, ist in deinem Speicher?«

»Ja, Master Poe. Aber die Übersetzung aus einer verbotenen Sprache kann nicht abgerufen werden. Das geht nur durch die vollständige Überbrückung des Zensurspeichers.«

»Eine vollständige *was*?«, fragte Finn.

C-3PO wedelte mit den Armen. »Eine gefährliche und schändliche Handlung, die von Abschaum und Kriminellen an armen Droiden vollzogen wird.«

Finns Miene hellte sich auf. »Das machen wir!«

Poe kniff nachdenklich die Augen zusammen. »Ich kenne da so einen zwielichtigen Droidenschmied.«

»Einen Schwarzmarkt-Droidenschmied!«, entfuhr es C-3PO.

Poe wirkte zerknirscht, als er hinzufügte: »Aber der ist auf Kijimi.«

»Was ist daran so schlimm?«, wollte Finn wissen.

Erst sah es aus, als wollte Poe nicht antworten, aber auf einen drängenden Blick von Finn hin erklärte er schließlich: »Ich hatte ein wenig Pech auf Kijimi …« Er seufzte, dann hängte er an: »Aber wenn diese Mission scheitert, war alles vergebens. Alles was wir getan haben.«

Finn nickte. »Wir kriegen das hin.«

Rey hatte während ihrer Unterhaltung von einem zum anderen geblickt und darauf gewartet, dass sie ihr doch noch Vorwürfe machten, sie vielleicht sogar anbrüllten. Aber das taten sie nicht. Stattdessen wandten sie sich ihr nun beide zu, um ihre Meinung zu hören. Sie vertrauten ihr noch immer, sogar Finn, der nun ich dunkelstes Geheimnis kannte.

Sie wusste nicht, was sie sagen sollte, also streckte sie nur den Arm aus und nahm Finns Hand. Finn wiederum blickte Poe an und hielt ihm seine andere Hand hin. Der Pilot zog die Schultern hoch und griff danach.

»Für Chewie«, brachte Rey hervor.

C-3PO stakste zu ihnen herüber und versuchte, Poes Hand zu nehmen, auch wenn ihm dies durch den mangelhaften Bewegungsradius seiner Ellbogen und sein noch mangelhafteres räumliches Bewusstsein erschwert wurde.

Er achtete auch nicht darauf, dass er Finns Stiefel unsanft mit seinem eigenen harten Metallfuß anstieß, während er feierlich verkündete: »Für den Wookiee.«

Unterschätze niemals einen Droiden, dachte Rey.

Einen langen Moment standen sie da und hielten sich an den Händen.

Poe war der Erste, der losließ. »Also gut, Kijimi«, sagte er und marschierte ins Cockpit, um die Diagnose des Schiffs abzuschließen. Finn ging hinter ihm her, und Rey wollte ihnen auch schon folgen, um sich irgendwie nützlich zu machen, aber dann fiel ihr Blick auf BB-8, der in eine Ecke gerollt war, wo ein altes, zusammengeknülltes Stück Stoff wie weggeworfen auf dem Boden lag. Eine Klappe an seiner Vorderseite öffnete sich, und er streckte seinen Greifarm aus, um an dem Stoff zu ziehen.

Darunter kam ein verrosteter grüner Droide zum Vorschein, ebenso leblos und kalt wie ein Stück Schrott. Er war winzig, mit einem kegelförmigen Schädel und einem Einrad-Fortbewegungsmechanismus. Rey war nur einer Handvoll Droiden begegnet, die so klein gewesen waren, und die wurden alle nur für Wartungs- und Aufräumarbeiten benutzt. Aber diese Einheit schien anders zu sein. Sie hatte ein Fach für einen Motivator und ziemlich moderne Transmitterantennen.

BB-8 öffnete eine Seitenklappe an dem winzigen, rostigen Droiden und stöpselte sich ein, um ihn aufzuladen. Rey war nicht sicher, ob es wirklich funktionieren würde, aber sie konnte BB-8 nicht verübeln, dass er ein wenig von seiner eigenen Lebenskraft geben wollte, um einem anderen Droiden zu helfen.

Unvermittelt erwachte der kleine Droide zum Leben. »B-Batterie geladen!«, verkündete er. Sein Einradantrieb knirschte protestierend, als er zögernd vorwärtsrollte, dann blickte er voller Ehrfurcht zu BB-8 hoch und summte den größeren Droiden bewundernd an.

»H-Hallo!«, sagte die winzige Einheit.

BB-8 trillerte – eine Aufforderung, ihm zu folgen –, und die beiden rollten zu Rey herüber. Das Rad des kleinen Droiden quietschte bei jeder Umdrehung.

»Hallo-hallo!«, verkündete die Einheit. »Ich bin D-O.«

»Hallo«, erwiderte Rey. Sie streckte die Hand aus, um ihn zu berühren, aber D-O schreckte vor ihr zurück und verkroch sich in der Ecke.

»N-n-nein danke«, sagte er.

Sie respektierte seinen Wunsch und zog die Hand zurück. Er brauchte dringend ein wenig Schmieröl, aber Rey konnte keine Wartungsvorräte in dem Frachtraum entdecken. Was für eine schreckliche Person musste man sein, um einen Droiden zu haben, ihn aber nie zu warten?

BB-8 piepste eine Frage.

»Anscheinend hat ihn jemand schlecht behandelt«, antwortete Rey.

Der kleine D-O drehte seinen Kopf zu ihr hoch.

»Schon gut«, erklärte sie ihm. »Du bist jetzt bei uns.«

General Hux atmete tief durch, bevor er die Brücke der *Steadfast* betrat. Seine Leute hatten den *Millennium Falken* in Schlepp genommen, und er hatte persönlich überwacht, wie der Frachter von drei TIEs in den Verbrennungshangar gezogen worden war.

Aber das allein würde natürlich nicht reichen.

Ren war gegenwärtig nicht an Bord, wohl aber Ehrengeneral Pryde, und der stand hoch in Rens Gunst. Was immer Hux Pryde meldete – und vor allem wie er es ihm meldete –, würde in allen Details an den neuen Obersten Anführer weitergeleitet werden. Und da Hux nur diese eine Karte auszuspielen hatte, durfte ihm kein Fehler unterlaufen.

Er straffte die Schultern und marschierte los, als verfügte er über alle Selbstsicherheit in der Galaxis. Die Brückenoffiziere ignorierten ihn, während er zu General Pryde auf den oberen Kommandosteg trat, aber zumindest ein kleiner Mausdroide machte einen respektvollen Bogen um ihn.

»Wir haben das Schiff der Schrottsammlerin entdeckt«, begann Hux. »Aber sie ist entkommen.«

General Pryde schwieg dazu.

»Unter dem Kommando der *Ritter von Ren*«, fuhr Hux spitzfindig fort, »erlitten wir Verluste. Ein Transporter wurde zerstört …«

»Ich habe den Bericht gelesen«, schnappte Pryde. »Ist das alles?«

»Nein, werter General«, sagte Hux.

Er hatte sich angewöhnt, Details in seinen Berichten zu verschweigen. Seinen Vorgesetzten gegenüber rechtfertigte er diese Auslassungen mit Sicherheitsbedenken, aber in Wirklichkeit ging es ihm um Augenblicke wie diesen. Er wollte Prydes Reaktion *sehen*, in Echtzeit verfolgen, wie er die Information verarbeitete, und dann anhand dessen entscheiden, wie er die Nachricht zu seinem Vorteil präsentieren konnte. Das war nun mal nicht möglich, wenn der Ehrengeneral die Neuigkeit an seinem Schreibtisch las, allein in der Abgeschiedenheit seines Büros.

»Es gab einen weiteren Transporter in der Wüste«, sagte Hux. »Er brachte einen wertvollen Gefangenen zu uns.«

Pryde hielt inne. Die Truppen des Widerstands waren bei Crait stark dezimiert worden. Was jeden Überlebenden zu einem ungemein wertvollen Gefangenen machte. »Einen Gefangenen?«, fragte er.

Hux lächelte. »Begleiten Sie mich.«

Hux führte Pryde zur Tür einer Arrestzelle, direkt neben dem Verbrennungshangar. Der Sand und der Staub des Planeten Pasaana befleckten den glänzenden schwarzen Boden ringsum, und Hux war schon im Begriff, den Sturmtruppler, der vor der Tür Wache hielt, auf diesen inakzeptablen Umstand hinzuweisen, aber da rollte bereits ein MSE-6-Droide herbei, um sich des Schmutzes anzunehmen. Also beschloss Hux, die Sache auf sich beruhen zu lassen – fürs Erste.

Stattdessen bedeutete er dem Sturmtruppler nur, dass sie bereit waren.

Die Tür glitt nach oben, und dahinter kam eine unglaublich große und zottelige Kreatur zum Vorschein, mit Handschellen gefesselt und von weiteren Sturmtruppen flankiert. Als das Biest Hux und Pryde erblickte, grollte es laut und bleckte seine langen Zähne. Sein Atem roch, als wäre etwas in seine Luftröhre gekrochen und dort verendet.

»Die Bestie, die einst mit Han Solo flog«, verkündete Hux.

Der Wookiee brüllte und blies Hux' Haare nach hinten, aber der General schaffte es, nicht zurückzuzucken, auch wenn seine Kiefer schmerzten, weil er sie so fest zusammenpresste.

»Verhörraum sechs. Schaffen Sie ihn dorthin«, befahl Pryde abweisend.

Anschließend marschierte er davon, und Hux folgte ihm, insgeheim erleichtert, nicht länger in Reichweite dieser scharfen Zähne zu sein.

Kijimi City war eine uralte, einst strahlende Stadt, die im Lauf von Jahrhunderten langsam in den Fels einer verschneiten Bergflanke hineingemeißelt worden war. Die Kopfsteinstraßen krümmten sich in scharfen, steilen Winkeln, und ihre von Eis und Schnee rutschigen Stufen hatten schon viele Besucher bereuen lassen, dass sie je hierhergekommen waren.

Poe eilte eine Gasse hinab, die Kapuze seines Mantels tief ins Gesicht gezogen. Sein Atem gefror zu einer weißen Wolke, und Schneeflocken wirbelten um ihn herum, was jeden Schritt noch tückischer und gefährlicher machte. Ihm war schwindelig, sein Herz raste, und er konnte spüren, wie sich stechende Kopfschmerzen zwischen seinen Schläfen zusammenbrauten. Er wusste aus Erfahrung, dass sich sein Körper früher oder später an die Höhenlage gewöhnen würde, aber er hoffte, dass sie von hier verschwinden könnten, bevor es dazu kam. Trotzdem, er konnte es sich nicht leisten, höhenkrank zu werden, also machte er langsame, tiefe Atemzüge, um seinen Körper mit möglichst viel Sauerstoff zu versorgen.

Es war Nacht, aber wie die meisten großen Städte kam Kijimi nie wirklich zur Ruhe. Öllampen, Natriumfackeln und hin und wieder ein Cantina-Fenster erhellten das Kopfsteinpflaster der Straßen. Poe versuchte, ihnen auszuweichen und sich im Dunkeln zu halten.

Denn die Truppen der Ersten Ordnung waren überall.

Aus den Schatten beobachtete Poe, wie eine Einheit Soldaten an eine Tür hämmerte und verlangte, hereingelassen zu werden. Ein Stück die Straße hinunter entdeckte er eine kleine Familie, die sich unter einem Überbau zusammendrängte, als wollte sie am liebsten in dem Fels verschwinden. Hinter der nächsten Biegung und der darauffolgenden Treppe sah er, wie ein Schneetruppler einer Mutter ihre winzige, heulende Tochter aus den Armen riss. Er wünschte, er könnte etwas tun, um diesen Leuten zu helfen.

Aber dann fiel ihm ein, dass er etwas tun *konnte*: Er konnte diesen Droidenschmied finden und die Inschrift auf dem Dolch übersetzen lassen und die Sternzerstörerflotte auslöschen und der Ersten Ordnung ein für alle Mal ein Ende setzen. Dann wäre auch den Leuten hier geholfen. Jetzt musste er nur noch herausfinden, wie er das alles anstellen sollte.

Poe betrat das Ganovenviertel, wo die Gassen schlagartig schmaler wurden. Ein widerlicher Gestank ließ ihn das Gesicht verzerren. Die Kanalisation war wohl verstopft. Was bedeutete, dass eines der Verbrechersyndikate dieses Territorium übernommen hatte. Vermutlich die Intracluster-Sammler; sie waren berüchtigt dafür, grundlegende Annehmlichkeiten wie Abwasserentsorgung und Strom zu vernachlässigen, nur um ein paar Credits zu sparen.

Es schmerzte Poe, Kijimi so zu sehen. Zugegeben, seine Erinnerungen an die Stadt waren selbst im besten Falle gemischt, aber er hasste es, diesen Ort noch mehr vor die Hunde gehen zu sehen, erstickt von der Besatzung der Ersten Ordnung. Das Gleiche geschah bereits im Yavin-System und auf Corellia, aber jetzt waren nicht mal mehr entlegene Welten wie Pasaana sicher. Die Erste Ordnung brannte alles nieder, was die Galaxis schön und fröhlich machte. Wie so viele andere Städte auch war Kijimi nur noch ein Schatten seiner früheren Existenz.

Zu guter Letzt erreichte Poe seine Freunde, die in einer dunklen Nische auf ihn gewartet hatten. Rey, Finn und sogar C-3PO waren in lange Mäntel mit Kapuzen gehüllt, die Poe sich beim Opranko-Gildenhaus »geborgt« hatte. Der Protokolldroide hatte ihn darauf hingewiesen, dass er wegen seiner eingebauten Temperaturkontrolle keinen Mantel brauchte, aber er hatte sich Poes Befehl gebeugt, ihn trotzdem anzuziehen und die Kapuze über seinen glänzenden, dämlichen Goldschädel zu ziehen, ganz gleich, was auch passierte.

BB-8 und sein winziger Freund waren die Einzigen, die sich nicht vermummen mussten.

»Die sind überall«, informierte Poe seine Mitstreiter. »Wir müssen einen anderen Weg finden.«

»Dann schlage ich vor, dass wir das Weite suchen«, sagte C-3PO viel zu laut. »Wer stimmt für meinen Vorschlag?«

»Klappe, Dreipeo«, schnappte Poe. Konnte der Droide die Lautstärke seiner Stimme denn nie richtig einstellen? »Folgt mir.«

Sie waren keine zwei Schritte weit gekommen, da bedeutete Poe ihnen, wieder stehen zu bleiben. Der Droide mit dem kegelförmigen Schädel quietschte wie ein sterbendes Nagetier. »Können wir das irgendwie abstellen?«, fragte er.

»Master Poe, ich werde ihn tragen«, bot C-3PO an.

Er beugte sich vor, hob den winzigen Droiden vom Boden hoch und bettete ihn in seine Armbeuge. Rey zog seinen Mantel zurecht, sodass man die kleine Gestalt kaum noch sehen konnte.

»Danke, danke«, sagte ein gedämpftes Stimmchen.

Sie setzten sich wieder in Bewegung. Poes Nase und Wangen wurden in der frostigen Luft allmählich taub; sie würden schrecklich jucken und prickeln, wenn sie endlich ins Warme kamen. Als er das letzte Mal hier gewesen war, hatten einige seiner Begleiter Erfrierungen davongetragen – das war einer der Hauptgründe, warum er so froh gewesen war, diesen Planeten hinter sich zu lassen.

Er führte die Gruppe durch die gewundenen Straßen und eine weitere Treppe hoch und versuchte sein Bestes, dabei den Patrouillen und Spähern der Ersten Ordnung zu entgehen. Halb erwartete er, dass Finn oder Rey ihn fragen würde, woher er so viel über diesen Ort wusste. Auf dem Weg hierher hatten sie ihn förmlich mit Fragen gelöchert: wo er gelernt hatte, wie man einen Speeder kurzschloss, warum er Schmugglerverstecke kannte und so weiter. Aber jetzt machte keiner von ihnen einen Pieps, und er war froh darüber, während sie angespannt und wachsam durch die schmalen Gassen huschten.

Nicht mehr weit, dann hätten sie ihr Ziel erreicht. »Alles klar«, wisperte Poe. »Wir müssen jetzt da langgehen …«

Plötzlich bohrte sich ihm die Mündung eines Blasters ins Ohr. Poe schloss die Augen. Genau das hatte er befürchtet. Ganz gleich, wie verstohlen man auch war, auf Kijimi gab es immer jemanden, der noch verstohlener war.

»Hab gehört, du wurdest am Mönchstor gesehen«, ertönte eine weibliche Stimme, gefiltert durch den Vocoder eines Helms. Doch selbst in dieser verzerrten Version erkannte er sie. »Ich dachte erst: *›Er kann nicht so dumm sein zurückzukommen‹.*«

»Oh, wenn du wüsstest«, erwiderte er.

Dann riskierte er es, sie anzublicken.

Zorii Bliss. Sie war hochgewachsen und schlank, gekleidet in einen rötlich braunen, eng anliegenden Fliegeranzug mit kupfrigen Bronzium-Verzierungen, genauso wie er sie in Erinnerung hatte. Der einzige Unterschied bestand darin, dass ihre Zwillingsblaster jetzt neu waren und dass ihr Helm – dessen Visier ihr gesamtes Gesicht verbarg – ein paar Dellen mehr aufwies.

»Was geht hier vor?«, schnappte Finn.

»Wer ist das?«, wollte Rey wissen.

»Äh, Leute, das ist Zorii. Zorii, das sind Rey, Finn und …«

Der Blaster drückte noch fester gegen seinen Schädel. »Ich könnte auf der Stelle den Abzug drücken.«

»Hast schon Schlimmeres gemacht.«

»Und für viel weniger.«

»Können wir darüber reden?«, fragte er.

»Ich will dein Hirn im Schnee verteilt sehen.«

»Bist du immer noch sauer?«

»Was ist hier *los*?«, zischte Rey. Poe kannte den Ausdruck auf ihrem Gesicht – sie machte sich bereit, die Macht einzusetzen. Er musste die Situation schnellstmöglich entschärfen.

Zorii sagte: »Ich hatte wirklich gehofft, ich würde dich nie wiedersehen, Poe Dameron vom Widerstand.« Das Wort *Widerstand* spuckte sie aus, als wäre es eine faulige Frucht.

»Oh, wir gehören *alle* zum Widerstand!«, warf C-3PO ein.

»Dreipeo!«, schnappte Finn. »Klappe. *Zu*!«

Hin und wieder war die beste Taktik, einfach mit der Wahrheit herauszurücken. »Zorii, wir brauchen deine Hilfe«, sagte er. »Wir müssen den Schädel dieses Droiden knacken.«

»Ich muss doch sehr bitten!«, empörte sich C-3PO.

»Wir suchen Babu Frik«, fügte Poe hinzu.

»Da habt ihr Pech«, entgegnete Zorii. »Babu arbeitet nur für die Crew – zu der *du* nicht mehr gehörst.« Bei dem Wort *du* wurde der Druck auf seinen Schädel unerträglich stark.

Rey blickte zwischen den beiden hin und her. »Was für eine ›Crew‹?«, wollte sie wissen.

»Lustig, dass er es nie erwähnt hat.« Zoriis Tonfall zeigte, dass sie es nicht im Geringsten lustig fand. »Euer Freund hat früher Gewürze geschmuggelt.«

Poe ließ die Schultern hängen. Das war's. Damit würden sie ihm noch ewig in den Ohren liegen.

»Momentmomentmoment«, sagte Finn wie aufs Stichwort. »Du warst ein Gewürzschmuggler?«

»Du warst ein Sturmtruppler!«, konterte Poe.

»*Warst* du ein Gewürzschmuggler?«, hakte Rey nach.

»Warst du eine Schrottsammlerin? Das können wir die ganze Nacht machen …«

Zwei Gestalten tauchten aus der Düsternis auf, einer von jeder Seite. Sie waren hochgewachsen und bewaffnet, und sie schnitten ihnen die Fluchtwege ab. Zorii senkte ihren Blaster ein wenig und drückte ihn nun gegen seinen Hals.

»Nein, könnt ihr nicht«, zischte sie. »Ich löffle immer noch die Suppe aus, die du mir eingebrockt hast, als du dich dem Widerstand anschließen musstest.« Ihr Blick wanderte zu Rey hinüber. »Du? Du bist doch die, nach der sie suchen. Das Kopfgeld für sie würde uns sicher helfen.« Dann befahl sie den beiden näher kommenden Totschlägern: »Djak'kankah! Sie alle!«

»Nicht Djak'kankah!«, protestierte Poe, aber da war Rey bereits blitzschnell vorgesprungen. Sie wirbelte ihren Stab und schlug Zorii damit den Blaster aus der Hand. Noch in derselben fließenden Bewegung donnerte die Spitze des Stabes in das Gesicht eines der beiden Gangster. Dann holte sie aus und schleuderte ihre Waffe wie einen Speer gegen die Brust des dritten Angreifers.

Dann, bevor irgendjemand reagieren konnte, hatte sie auch schon ihr Lichtschwert aktiviert und hielt Zorii die

Spitze an den Hals. Zorii musste das Knistern neben ihrem Ohr hören, und sicher war ihr klar, dass sie mit einer uralten Jedi-Waffe bedroht wurde.

Doch wie immer blieb ihre Reaktion unter diesem Helm verborgen.

Poe konnte nicht leugnen, dass er eine gewisse Genugtuung empfand, als Rey in schrecklich höflichem Tonfall sagte: »Wir könnten wirklich deine Hilfe gebrauchen. Bitte.«

Zorii studierte das Mädchen durch ihre Maske, Poe konnte sie atmen hören; mehr noch, er konnte sie förmlich *denken* hören.

»Kann dir zwar egal sein«, erwiderte Zorii schließlich. Ihre Stimme unter dem geschlossenen Visier war noch immer genauso kühl und ruhig wie zuvor. »Aber ich glaube, du bist in Ordnung.«

Rey blinzelte. »Ist nicht egal.« Sie zog ihr Lichtschwert zurück, deaktivierte die Klinge und hängte es wieder an ihren Gürtel.

Zorii drehte den Kopf zu Poe herum. Ein Teil der Anspannung war aus ihren Schultern gewichen; offenbar hatte sie eine Entscheidung getroffen. »Wenn ihr zu Babu wollt, nehmen wir am besten den Weg durch das Ganovenviertel.«

Sie schlich davon, und Poe bedeutete seinen Freunden, ihr zu folgen. Hinter ihnen ertönte das unverkennbare *Klack-klack* marschierender Sturmtruppen, und sie huschten hastig davon, bevor jemand sie entdecken konnte.

Während sie eine weitere verschneite Nebenstraße hinabeilten, beugte Finn sich zu Poe hinüber und flüsterte: »Poe Dameron, Gewürzschmuggler.«

»Lass es.«

»Schmuggler von Gewürzen.«

»Das reicht jetzt.«

Er blickte zu Rey hinüber, die gnädigerweise den Mund

hielt. Sie hatte die Brauen zusammengezogen, als wäre sie in ihre eigenen Gedanken vertieft. Aber vielleicht konzentrierte sie sich auch. Vielleicht spürte sie etwas …

9. Kapitel

Rey konnte nicht anders, als den Portionswert der Gerätschaften rings um sie zu berechnen.

Babu Friks Werkstatt war ein überfüllter Irrgarten von Werkzeugen und Droidenteilen. Die Wände waren vollständig hinter Regalen verborgen, auf denen sich Spulen und elektronische Komponenten auftürmten. Jeder Tisch war überladen, jede Ecke und jede Nische platzte aus allen Nähten. Sogar von der Decke hingen Teile herab, darunter ein Paar körperloser Beine – von einem alten Kampfdroiden, vermutete Rey.

Diese Teile waren ein Vermögen wert. Diese Astromech-Kuppel da drüben zum Beispiel war in großartigem Zustand. Außerdem bestand sie aus Plastex, was bedeutete, dass man die Handvoll Brandflecken mühelos entfernen könnte. Der Preis für ein solches Stück wäre mindestens …

Etwas stieß gegen ihren Fuß. Ein Putzdroide wischte den geschmolzenen Schnee auf, den sie hereingetragen hatten, dann huschte er davon.

»Ich habe nicht die geringste Ahnung, warum ich dem zugestimmt habe.« C-3POs vorwurfsvolle Worte lenkten ihre Aufmerksamkeit zurück auf den Protokolldroiden. »Ich muss eine Fehlfunktion haben.«

Er lag auf einer Werkbank, und es sah beinahe aus, als wäre ihm ein Fell gewachsen, so viele Drähte ragten aus seinem Schädel hervor.

»Du schaffst das schon«, munterte Rey ihn auf.

Babu Frik war hinter C-3POs oberer Schädelplatte kaum zu erkennen. Er gehörte zu den kleinsten Wesen, die Rey je gesehen hatte; würde er auf ihrer Handfläche stehen, müsste er sich auf die Zehenspitzen stellen, um ihren Ellenbogen zu berühren. Während er in C-3POs Kopf herumstocherte, murmelte er auf Anzellanisch vor sich hin, wobei er ab und an ein paar Worte auf Basic einstreute. Er hatte ein faltiges Gesicht, aus dem helle, intelligente Augen hervorstachen, und seine grauen Brauen waren so lang und steif wie die Borsten an einem Handbesen. Darüber saß eine doppelt verstärkte Schweißerbrille auf seinem Kopf, und Rey fragte sich, welche gefährlichen Arbeiten das Kerlchen wohl normalerweise ausführte, dass er einen solchen Gesichtsschutz brauchte.

Sie ging neben ihm in die Hocke. »Babu Frik? Kannst du uns helfen?«

Babu antwortete, aber sie hatte keine Ahnung, was er sagte.

Fragend blickte sie zu der Gewürzschmugglerin hoch. »Zorii? Wird es funktionieren?«

Zorii sagte etwas auf Anzellanisch, und Babu antwortete mürrisch, als wäre er verärgert, dass man ihn bei der Arbeit störte. Die Worte klangen faszinierend, eine schnelle, abgehackte Reihe von Lauten, wie Metallteile, die durch einen Schacht in ein Schmelzbecken hinabfielen. Rey wünschte, sie hätte Zeit, diese Sprache zu lernen.

»Er sagt, er hat etwas im gesperrten Datenspeicher eures Droiden gefunden«, erklärte Zorii. »Worte … übersetzt aus dem Sith.«

»Das ist es!«, nickte Rey.

»Genau das brauchen wir«, bestätigte Finn.

Die Gewürzschmugglerin wandte sich zu Poe um. »Mit wem hast du zu tun, der *Sith* spricht?«, wollte sie wissen. Rey hätte schwören können, dass Zorii unter ihrem Helm zu dem Lichtschwert an ihrem Gürtel herüberlinste.

»Kannst du ihn dazu bringen, es zu übersetzen?«, fragte Poe.

Zorii wechselte ein paar Worte mit Babu, dann antwortete sie: »Ja. Aber das verursacht eine vollständige Speicherlöschung.«

»Eine vollständige Speicherlöschung?«, echote C-3PO mit zitternder Stimme.

»Wartet mal kurz.« Poe beugte sich zu Babu vor. »Wenn er es übersetzt, wird er sich danach an *nichts* mehr erinnern?«

»Droidengedächtnis ... wird ... gelöscht!«, erklärte Babu.

»Nein!«, entfuhr es C-3PO.

»Gelöscht, gelöscht!«, wiederholte der Droidenschmied.

»Es muss einen anderen Weg geben«, protestierte die goldene Protokolleinheit.

»Hat Erzwo denn keine Kopie erstellt?«, fragte Finn.

»Oh, bitte«, jammerte C-3PO. »Erzwos Speichereinheiten sind nicht sonderlich zuverlässig.«

Die Situation erfüllte Rey mit Unbehagen. C-3PO hatte natürlich recht – auf gewisse Weise. Leia hatte ihr ein wenig über die Geschichte des Droiden erzählt: Gemeinsam mit R2-D2 hatte er erst die Klonkriege überlebt, dann den Galaktischen Bürgerkrieg, und jetzt unterstützte er den Widerstand gegen die Erste Ordnung. Leias Vater Anakin hatte C-3PO gebaut, als er noch ein kleiner Junge gewesen war – nicht dass der Droide sich noch daran erinnerte; in der Zeit, seit Leia ihn getroffen hatte, war sein Speicher mindestens einmal gelöscht worden. Rey war nicht sicher, ob sie ihn noch einmal einer solchen Prozedur unterziehen wollte.

»Du weißt am besten, wie die Chancen stehen«, sagte sie leise. »Haben wir eine Wahl?«

C-3PO schwieg einen langen Moment, dann murmelte er: »Wenn diese Mission scheitert, war alles vergebens.«

Das hatte auch Poe gesagt, bevor sie einander bei den Händen genommen und geschworen hatten, diese Sache zu Ende zu bringen. Droiden waren wirklich faszinierend.

C-3PO hob den Kopf. Sein Blick wanderte von einem zum anderen, verharrte ein paar Augenblicke auf jedem Gesicht.

»Was machst du da, Dreipeo?«, fragte Poe.

»Ich werfe einen letzten Blick auf meine Freunde, Sir.«

Wortlos standen sie da, während C-3PO leise Abschied nahm. Rey konnte kaum glauben, dass es wirklich geschah. Sie hatte Chewie verloren – und jetzt vielleicht auch noch C-3PO? Wie viele Verluste konnte eine Person ertragen?

»Traurig«, sagte D-O.

Das Geräusch eines großen Fahrzeugs drang durch die Wände. Babu legte den Kopf schrägt und machte: »Oh, oh.«

Zorii räusperte sich. »Die nächtlichen Patrouillen beginnen gleich. Ich geh raus und pass auf.«

»Ich komme mit«, rief Poe, als sie Anstalten machte, den Raum zu verlassen.

»Du traust mir immer noch nicht, hm?« Zorii lachte leise.

»Hast du mir je getraut?«, stellte er die Gegenfrage.

»Nein.«

Gemeinsam marschierten sie aus der Werkstatt. Während Rey ihnen nachblickte, überlegte sie, wie viele Informationen über seine Vergangenheit als Gewürzschmuggler sie Poe wohl aus der Nase ziehen konnte.

Als die beiden fort waren, wandte C-3PO sich mit mutiger, ruhiger Stimme an Babu Frik. »Sie können anfangen.«

Poe und Zorii saßen auf dem Dach von Babus Werkstatt. Die Stadt, die sich unter ihnen ausbreitete, war dunkel und eisig. Früher war Kijimi so spät in der Nacht ein stiller Ort gewesen, aber damit war es vorbei: Laserblitze glühten zwischen zwei Gebäuden, ferne Rufe hallten verzerrt über die Dächer. Mehrere Häuserblöcke entfernt stampfte ein UA-TT-Läufer der Ersten Ordnung durch die Straßen. Poe beobachtete, wie eine kleine Gestalt vor den schweren Füßen der Maschine Reißaus nahm und um ihr Leben rannte.

Er war froh, dass Zorii einen Flachmann mitgebracht hatte, denn er konnte jetzt wirklich einen Drink gebrauchen.

Poe hob die Flasche an die Lippen und nahm einen kleinen Schluck. Der Alkohol brannte in seinem Hals und wärmte seinen Magen. Er seufzte. Es war viele Jahre her, seit er das letzte Mal Skordu getrunken hatte. Es war ein beliebtes Getränk hier auf Kijimi, destilliert aus Hochgebirgspilzen, die in eisigen Höhlen und Felsrissen wuchsen. Den einheimischen Legenden nach waren die Dai-Bendu-Mönche die Ersten gewesen, die Skordu hergestellt hatten, damals, als Kijimi City noch eine Stadt von Strenggläubigen gewesen war – beinahe schon eine heilige Stätte. Dann hatten irgendwann Diebe und Hausbesetzer und Flüchtlinge die Kontrolle übernommen. Poe konnte sich nicht recht vorstellen, dass Kijimi City je ein Ort des Friedens und der Besinnung gewesen war. Aber mit ein wenig Skordu in seinem Bauch konnte er zumindest so tun als ob.

»Ist es immer so schlimm?«, fragte Poe. Er blickte über die Dächer in die Ferne. Kijimi war eine Stadt von Trinkern, weil Trinken den Körper warm hielt. Niemand in der Stadt verdiente besser als die Cantinas, die Skordu oder Ultra-Ox verkauften. Könnte er die Zeit zurückdrehen und noch mal von vorne anfangen, würde er das nächste Mal Alkohol schmuggeln, nicht Gewürz. Er hielt Zorii den Flachmann hin.

»In den meisten Nächten sogar noch schlimmer«, erklärte sie. »Die Erste Ordnung hat viele der Kinder schon vor langer Zeit entführt. Ich kann die Schreie nicht mehr ertragen. Hab genug gespart, um zu verschwinden. Ich gehe in die Kolonien.«

Poe blickte sie überrascht an, als er das hörte.

Sie nahm die Flasche, drehte den Helm von ihm weg, damit er ihr Gesicht nicht sehen konnte, und öffnete ihr Visier mit einem leisen Klicken, dann legte sie den Kopf in den Nacken und nahm einen Schluck. Als sie ihm den Flachmann zurückreichte, hatte sich ihre Maske bereits wieder geschlossen, und ihr Gesicht war vor seinen Augen verborgen.

»Wie?«, fragte er. »Die Hyperraumrouten sind abgeriegelt.« Dieser Tage brauchte man eine Sondergenehmigung, um die Kolonien zu erreichen. Die Erste Ordnung wollte, dass jeder in ihren genau kartografierten und überwachten Sektoren blieb, weil man alle dort leichter unter Kontrolle halten konnte.

Zorii fischte etwas aus ihrer Gürteltasche: ein kleines Objekt, das schwach im Schein einer nahen Öllampe glänzte. Es war rund wie eine Münze, und in der Mitte befand sich eine winzige Anschlussbuchse.

Poe stieß einen beeindruckten Pfiff aus. »Das ist von der Ersten Ordnung – die Plakette eines Captains. Ich hab noch nie eine echte gesehen«, sagte er.

»Damit kommt man durch jede Blockade. Landeprivilegien für jedes Schiff inbegriffen.«

»Wen hast du bestochen? Wer hat dir das verkauft?«, wollte Poe in ungläubigem Ton wissen.

Zorii berührte die Seite ihres Helms, und ihr Visier klappte nach oben, sodass man darunter ihre weit auseinanderliegenden Augen sehen konnte. Sie waren grün, wirkten im Licht der Lampe aber beinahe gelb. Poe schluckte hart. Ihre Augen hatten schon immer eine seltsame Wirkung auf ihn gehabt.

»Kommst du mit mir?«, fragte sie, und mit einem Mal klang ihre Stimme unglaublich verletzlich.

Es war ein kurzer Shuttleflug zurück zum Kommandoschiff gewesen; längst nicht genug Zeit für Kylo Ren, um sich vorzubereiten. Nun blieb er vor der Tür von Verhörraum sechs stehen, um seine Gedanken zu ordnen.

Er hatte jetzt die Macht, rief er sich ins Gedächtnis. Der Wookiee war ein Teil seiner Vergangenheit. Er hatte keinerlei Bedeutung.

Kylo öffnete die Tür.

Chewbacca war an die gegenüberliegende Wand gekettet. Zorn glühte in seinen Augen, als er Ren anstarrte.

»Ich habe nicht vergessen, dass du mich angeschossen hast«, sagte Kylo. Wie könnte er es auch vergessen? Wegen dieses Streifschusses hatte er schließlich den Kampf gegen Rey verloren. Wäre er bei bester Verfassung gewesen, hätte die Schrottsammlerin ihn nie in die Knie gezwungen.

Er bewegte die Hand, und Chewbaccas Fesseln sprangen auf. Während sie klappernd auf dem Boden landeten, zog Kylo sein Lichtschwert vom Gürtel. Und legte es ebenfalls auf die Deckplatten.

»Töte mich«, höhnte er. »Ich bin unbewaffnet. Das ist deine Chance. Räche Han Solo.«

Chewbacca war nie dumm gewesen. Er rührte sich nicht von der Stelle, knurrte nur leise und tief.

»Spürst du das?«, fuhr Kylo gnadenlos fort. »Es gibt einem das Gefühl, lebendig zu sein, nicht wahr? Dieses Brennen.

Die Dunkle Seite. Sie macht einen *stark*. Du verstehst das. Und die Schrottsammlerin wird es auch noch lernen.«

Er spürte ein Aufflackern von Furcht in dem Wookiee – Furcht um Rey. Kylo lächelte. Jetzt wusste er, wo er ansetzen musste. Chewbacca *liebte* das Mädchen. Früher oder später würde er sie vermutlich genauso lieben wie zuvor Han Solo.

Ben hatte er nie auf diese Weise geliebt. Der Einzige, der *ihm* echte Zuneigung gezeigt hatte, war Snoke gewesen.

Kylos Stimme bebte vor Zorn. »Was hat sie vor? Wohin will sie? Antworte mir … bevor ich dich zwinge.«

Eigentlich hätte es befriedigend sein sollen zu sehen, wie Chewbacca vor Angst zusammenzuckte. Es hätte ihn mit Genugtuung erfüllen sollen, als er in die Macht hinausgriff, in den Geist des Wookiees eindrang und ihm seine Gedanken und Erinnerungen entriss.

Doch stattdessen war es einfach nur erschöpfend. Er sah Ausschnitte aus dem Gedächtnis des Wookiees: wie er gemeinsam mit einem Han Solo lachte, der viel jünger war, als Kylo ihn je gesehen hatte; wie er sich freute, als sein bester Freund die Frau heiratete, die Chewbacca wie eine Schwester lieben gelernt hatte; wie er einen menschlichen Säugling in den Armen hielt; wie er einem älteren Jungen beibrachte, einen Speeder zu fliegen; wie er mit einem jungen Mann Schießübungen durchführte, ihre Blaster auf Betäuben gestellt, während sie einen Feind aus übereinandergehäuften Felsbrocken beharkten …

Onkel Chewie, so hatte er ihn damals genannt.

Übelkeit stieg in Kylos Magengrube hoch, als er Verhörraum sechs schließlich wieder verließ. Er hatte die Informationen, die er wollte, und er war sicher, dass sich das dazugehörende Triumphgefühl früher oder später auch noch einstellen würde.

In der Werkstatt beobachtete Rey, wie Babu an C-3PO arbeitete. Die Schädelplatte des Protokolldroiden war inzwischen gänzlich entfernt, und Babu hatte die Arme bis zu den Ellbogen in den Kopf der Einheit geschoben. Durch die Steinmauern des Gebäudes hindurch war vage das Geräusch von Schreien zu hören, hin und wieder auch Blasterfeuer. Rey war aber nicht sicher, ob die Erste Ordnung die Stadt auseinandernahm, weil sie nach ihnen suchte, oder ob es hier immer so zuging.

Sie blickte zu Finn hinüber, der bei jedem Kampfgeräusch das Gesicht verzog. Jedoch nicht aus Furcht, wie sie feststellte, sondern aus Mitgefühl. Er war einer der gütigsten Menschen, die sie kannte. Nein, der gütigste.

Rey hatte auf Jakku so lange darauf gewartet, dass ihre Eltern zurückkehrten, hatte für jeden Tag einen Strich in die Metallwände ihres ausgeschlachteten AT-AT-Zuhauses geritzt – aber niemand war je gekommen. Sie hatte noch vage Erinnerungen daran, wie Unkar Plutt sie ein paar Jahre lang großgezogen hatte, auf eine halbherzige, unbeholfene Weise. Und dann hatte er aufgegeben und sie sprichwörtlich in die Wüste geschickt, wo sie um ihr Überleben kämpfen musste. Sie war noch jung gewesen, aber er hatte sich nicht mal die Mühe gemacht, hin und wieder nach ihr zu sehen.

Doch dann hatte sie Finn getroffen, und kurz nachdem sie sich zusammengerauft hatten, war Rey auch schon von Kylo Ren gefangen genommen und zur Starkiller-Basis gebracht worden.

Finn hatte damals getan, was noch nie irgendjemand für sie getan hatte – das, was sie sich so sehr von ihren Eltern gewünscht hatte: Er war gekommen, um ihr zu helfen. Und er hatte sich großer Gefahr ausgesetzt, um es zu tun. Zu diesem Zeitpunkt hatte noch niemand gewusst, dass sie ein

Lichtschwert oder die Macht benutzen konnte, auch sie selbst nicht. Sie war ein Nichts gewesen, nur eine Schrottsammlerin von einem gottverlassenen Planeten. Trotzdem hatte er sein Leben riskiert, um sie zu retten. Das würde sie ihm nie vergessen.

Rey erschrak, als Funken von C-3POs Kopf hochstoben. Sie konnte nicht länger hinsehen.

Also ging sie um ein Regal herum, sodass sie die Werkbank nicht länger im Blickfeld hatte, und setzte sich dort auf den Boden. BB-8 rollte ihr leise piepsend hinterher, und wo er war, war natürlich auch D-O nicht weit. Sein Einradantrieb quietschte noch immer bei jeder Umdrehung.

Kurz entschlossen griff Rey nach einer Ölkanne, anschließend schob sie sich auf den kleinen Droiden zu, der bei dem Anblick des fremdartigen Objekts in ihrer Hand ängstlich zurückwich.

»Es ist nur Öl«, erklärte sie sanft. »Es wird nicht wehtun. Versprochen.«

Hux schloss sich Pryde und Admiral Griss an, als sie hinter dem Obersten Anführer Kylo Ren die Verhörräume auf dem Hangardeck verließen.

Ren sagte gerade: »Alle Habseligkeiten des Wookiees sollen in mein Quartier gebracht werden.«

Hux verbarg ein Lächeln. Ren schien nur mit größter Mühe die Beherrschung zu wahren. Der Kopilot seines Vaters war ein Teil seines früheren Lebens gewesen, und ihn wiederzusehen musste irgendetwas in ihm ausgelöst haben. Es sah jedenfalls nicht so aus, als würde er gerade mit klarem Kopf denken. Gut.

»Sir«, sagte Ehrengeneral Pryde. »Die Ritter von Ren konnten die Schrottsammlerin aufspüren.«

Rens Schritte verlangsamten sich.

»In einer Siedlung auf Kijimi«, fügte Admiral Griss an.

»Sie durchsuchen den Ort gerade«, fügte Pryde hinzu.

Hux musste sich in das Gespräch einschalten, bevor seine Kollegen noch mehr gute Neuigkeiten verkündeten, also fragte er: »Sollen wir die Stadt zerstören, Oberster …«

Ren streckte einen langen Finger unter Hux' Nase, um ihn zum Schweigen zu bringen. »Setzen Sie einen Kurs nach Kijimi«, befahl er. »Ich will sie lebendig.«

Mit diesen Worten waren sie alle entlassen, und Kylo Ren marschierte allein weiter. Hux stand noch ein paar Sekunden da, die Hände hinter dem Rücken verschränkt, und blickte der schwarz gekleideten Gestalt nach. Warum, fragte er sich, schaffte er es nur immer wieder, genau das Falsche zu sagen.

Schneeflocken fielen vom Himmel und schmolzen auf Zoriis Helm. Poe starrte sie an. Wie konnte man zu diesen Augen Nein sagen?

Ganz einfach: indem man an alles andere dachte, was einem lieb und teuer war. Poe seufzte. »Ich kann den Krieg nicht hinter mir lassen«, erklärte er Zorii. »Nicht bevor er vorbei ist.«

Während die kijimische Nacht um sie frostiger wurde, musste er an etwas denken, was Leia ihm immerzu einbläute: *Man konnte nie genug Verbündete haben.*

»Der Widerstand könnte eine Pilotin wie dich gebrauchen«, sagte er. Es stimmte: Zorii war eine verteufelt gute Fliegerin – nicht zuletzt weil *er* sie ausgebildet und angespornt hatte. »Wir haben nicht mehr viele Leute, weißt du?«

Er klappte den Mund zu. Zuzugeben, wie grimmig die Lage für den Widerstand geworden war, war definitiv nicht die beste Rekrutierungsstrategie. Der verfluchte Skordu hatte ihm die Zunge gelockert.

»Warum?«, fragte sie. »Man hört doch überall in der Galaxis von Widerstandszellen.«

»Das sind nur Geschichten«, murmelte er, während er auf seine Hände hinabblickte. »Wir haben ein Notsignal gesendet, während der Schlacht von Crait. Niemand kam. Alle haben große Angst. Sie haben aufgegeben.«

Natürlich gab es keine Gewissheit, ob ihre Verbündeten den Hilferuf überhaupt empfangen hatten.

Die Erste Ordnung kontrollierte einen Großteil der Kommunikationskanäle und hatte an zahlreichen strategischen Positionen überall in der Galaxis Signalstörer positioniert. Leia und Poe hatten die Monate nach Crait damit verbracht, alte Verbündete und Freunde aufzusuchen, wieder so etwas wie ein Kommunikationsnetzwerk aufzubauen und neue Sympathisanten und Spione anzuwerben. Sie hatten sogar Kontakt mit ehemaligen Imperialen hergestellt und einige politische Gefangene aus den Fängen der Ersten Ordnung befreit. Aber diese Fortschritte waren ein Tropfen auf dem heißen Stein, und Poes größte Furcht – dieses mulmige Gefühl, das er einfach nicht abschütteln konnte – war, dass niemand kam, weil sie alle die Hoffnung verloren hatten.

»Nein, ich kann mir nicht vorstellen, dass du das glaubst«, sagte sie, dann blickte sie zu den gezackten Berggipfeln hoch; um diese Uhrzeit sahen sie aus wie riesige, schattenhafte Rasierklingen. »Die gewinnen, indem sie dich glauben lassen, du wärst allein. Das weißt du doch. Es gibt mehr von uns als von ihnen.«

Eine Handvoll Schiffe tauchte am dunklen Horizont auf. Erst waren es nur kleine Punkte, aber dann wurden sie schnell größer, während sie näher kamen. Schließlich erreichten sie die Stadtgrenze, wo sie sich aufteilten und große Suchscheinwerfer aktivierten. Ihre Strahlen schwenkten hin und her und tauchten ganze Abschnitte der nächtlichen Stadt in taghelles Licht.

»Was ist das denn?«, fragte Poe.

Zorii stand auf. »Unser Stichwort zu verschwinden.«

Die ersten Tropfen Schmieröl, die Rey auftrug, zeigten keinerlei Wirkung. D-O war so ausgetrocknet wie das Rakith-Plateau im Hochsommer. Aber er gab ein vergnügtes, leises Surren von sich, also machte Rey weiter. Sie beträufelte sein Kopfgelenk, sein Antriebsrad, sogar den Ansatz seiner Kommunikationsantennen.

»Quietschendes Rad«, informierte er sie ernst. »I-ich habe ein quietschendes Rad.«

»Versuch es jetzt mal«, sagte Rey.

Er rollte probeweise vor und zurück. Kein Laut war zu hören. »Quietschen beseitigt«, meldete er, dann quiekte er vor Freude und begann, in weiten Kreisen um BB-8 herumzurasen, als wollte er den anderen Droiden zum Mitspielen auffordern. »Danke. S-sehr nett.«

Finn kam herüber, angelockt von der plötzlichen Aktivität. Als er sah, was los war, lächelte er, dann stieß er Rey mit dem Ellbogen an, wie um zu sagen: *Gut gemacht.*

»Finn«, begann Rey, die Augen noch immer auf den kleinen Droiden gerichtet. »Ich habe es schon einmal gesehen ... das Schiff, auf dem er war ... Ochis Schiff.«

Finn verspannte sich. »Was?«

Sie sog tief den Atem ein. Falls sie es jetzt laut aussprach, würde es Realität werden. Dann gab es kein Zurück mehr. »Der Tag, an dem meine Eltern fortgegangen sind. Sie waren auf diesem Schiff.«

Finn beugte sich zu ihr herüber. Besorgnis stand ihm ins Gesicht geschrieben. Er wusste, wie wichtig das war. »Bist du *sicher*?«

In diesem Moment stürmte Zorii herein, dicht gefolgt von Poe. »Sie kommen«, rief sie.

»Wir müssen verschwinden«, fügte Poe an. »Haben wir's? Babu?«

Rey und Finn wechselten einen erschrockenen Blick. Sie konnten nicht gehen; Babu war noch nicht fertig!

In diesem Moment stob ein weiterer Funkenschauer über C-3POs Schädel, dann kletterte Babu von der Werkbank, um dem Droiden ein wenig Freiraum zu lassen. »Ay-yep«, verkündete er. »Der Droide ist fertig.«

Etwas in C-3POs Innerem begann zu surren, als würden seine Systeme nach einem langen Nickerchen wieder hochgefahren. Seine Augen leuchteten auf… aber sie glühten in einem hellen, unheimlichen Rot! Dann legte er den Kopf schräg und musterte sie der Reihe nach, mit ruckartigen, kantigen, fast schon feindseligen Bewegungen, während er sich von einem zum Nächsten wandte.

»Alles gut«, versicherte Babu ihnen. »Speicher überbrückt.«

Dennoch schlug Reys Herz schwerer. Ganz gleich, was als Nächstes geschah, ganz gleich, ob sie ihr Ziel erreichten – sie hatten gerade einen weiteren Freund verloren.

Der Droide, der einmal C-3PO gewesen war, setzte sich auf und begann zu sprechen. Sein Vocoder verwendete jedoch eine seltsame, neue Modulation, was in einer tiefen, finsteren, fremdartigen Stimme resultierte. »Der Wegfinder des Imperators ist in der Imperialen Kammer«, sagte er. »Bei Delta Drei-Sechs, Transient Neun-Drei-Sechs, Peilung Drei-Zwei, auf einem Mond im Endor-System. An der Südküste. Nur diese Klinge es verrät. Nur diese Klinge es verrät…«

Der Droide zuckte noch einmal, dann sank er in sich zusammen, als wäre seine Energieversorgung zusammengebrochen. Seine Augen wurden dunkel, sein Körper lag reglos.

Oh, Dreipeo, es tut mir ja so leid, dachte Rey.

»Das Endor-System?«, murmelte Finn. »Wo der letzte Krieg endete.«

»Endor!«, freute sich Babu. »Ich kenne Endor. Babu hilft euch!« Der kleine Droidenschmied wollte nach etwas greifen, aber da erbebte die gesamte Werkstatt. Schrauben und Bolzen regneten von den Regalen herab, und die Beine des Kampfdroiden, die von der Decke hingen, schaukelten wild hin und her.

Poe rannte zum nächsten Fenster. Rey folgte ihm, und sie blickten gemeinsam in die Nacht hinaus.

Ein gewaltiger Sternzerstörer hing tief über den Bergen und sperrte den Großteil des Himmels aus. Das Tosen seiner Düsen ließ die gesamte Stadt erzittern und erzeugte einen Wirbelwind aus Abfall und Schnee. Auf den Straßen breitete sich rasend schnell Chaos aus.

»Rens Zerstörer«, brummte Poe.

Er hatte sie schon wieder gefunden. Rey spannte die Muskeln, bereit zu fliehen. Falls sie sofort losrannten, könnten sie Ochis Frachter vielleicht erreichen, bevor es zu spät war. Sie war schon im Begriff, den Gedanken laut auszusprechen, aber dann stockte ihr der Atem.

Kylo Ren war in der Nähe. Und sein gespaltener Geist war beschäftigt mit Gedanken an … Folter. Er hatte jemandem seine Erinnerungen entrissen, genauso wie er versucht hatte, Rey ihre Erinnerungen zu entreißen, nur diesmal mit weit besserem Ergebnis …

Ihr Magen stülpte sich um.

»Rey?«, fragte Finn.

»Chewie …« Ren hatte ihm etwas angetan. Vor Kurzem. Womöglich gerade erst vor ein paar Minuten.

»Was ist mit ihm?«

»Er ist auf Rens Schiff.« Sie hatte ihn also doch nicht auf dem Gewissen. Sie konnte ihn noch immer retten! »Er lebt! Ich kann es spüren, Finn! Er war wohl auf einem anderen Transporter!«

»Dann müssen wir ihn holen!«, rief Finn.

Zoriis Stimme war schrill, als sie fragte: »Euer Freund ist auf diesem Ungetüm?«

»Sieht ganz danach aus«, sagte Poe. Er klang genauso froh, wie Rey sich fühlte.

Hinter ihnen klapperte etwas in der Werkstatt, und sie wirbelten herum. Poes Hand streckte sich nach seinem Blaster aus …

Aber es war nur C-3PO. Seine Systeme waren wieder hochgefahren, und seine Augen glühten wieder in vertrautem Gold. »Wenn ich mich vorstellen dürfte – ich bin Cee-Dreipeo, Roboter-Mensch-Kontaktspezialist. Und Sie sind?«

»Also, *das* könnte ein Problem sein«, stöhnte Poe, aber Reys Erleichterung war so groß, dass sie einen Moment lang kaum atmen konnte. Der Droide war wieder zurück, und seine Persönlichkeit war mehr oder weniger dieselbe wie zuvor.

»Hallooo«, rief Babu. »Ich, Babu Frik.«

»Wir haben gerade größere Sorgen«, erinnerte Zorii sie. »Zum Hinterausgang. Los!«

Die Geräusche ihrer nahenden Verfolger waren überall, als Poe und seine Freunde durch die gewundenen Gassen von Kijimi City hasteten, die Köpfe eingezogen, um nicht von umherstreifenden Sturmtruppen entdeckt zu werden. Aber ihre Gruppe war nur so schnell wie ihr langsamstes Mitglied, und das war C-3PO. Er stakste unbeholfen hinter ihnen her, nur halb so schnell wie die anderen. Wäre Leia hier, würde sie ihnen jetzt eine Lektion in Sachen Führerschaft erteilen.

Aber sie war nicht hier. Also nahm Poe es auf sich zu zischen: »Dreipeo, beweg deinen Metallhintern!«

»Unerhört!«, brauste der Droide auf. »Wir sind uns gerade erst begegnet.«

Sie umrundeten die nächste Ecke, und da war er, direkt voraus: Ochis Frachter. Poes Herz zog sich zusammen, aber zumindest würde er sich diesmal verabschieden können, bevor er verschwand.

Zorii und Rey nickten einander in stummem Einverständnis zu, dann rannte Rey mit Finn und den Droiden weiter, um Poe und Zorii einen kurzen Moment allein zu gönnen.

Die Gewürzschmugglerin zog die Captain-Plakette aus ihrem Gürtel und drückte sie ihm in die Hand. »Das bringt euch vielleicht auf das Schiff«, sagte sie. »Geh und hilf deinem Freund.«

Poe stockte der Atem, während er die Plakette anstarrte. Zorii hatte nicht darüber sprechen wollen, woher sie sie hatte, was bedeutete, dass sie höchstwahrscheinlich unaussprechliche Dinge getan hatte, um sie in ihren Besitz zu bekommen. Und jetzt ... gab sie sie ihm einfach?

»Zorii, ich glaube nicht, dass ich das annehmen kann.«

»Mir egal, was du glaubst.«

Poe musste lächeln. Zorii hatte sich kein bisschen verändert.

»Poe!«, hallte Reys Stimme an seine Ohren. »Es sind die Ritter von Ren. Wir müssen los!«

Er nahm die Plakette, aber seine Füße waren wie festgewachsen. Er wollte Zorii nicht schon wieder verlassen – aber er wusste, dass er keine andere Wahl hatte. Was sagte man in einem Moment wie diesem? Er versuchte es mit: »Darf ich dich küssen?«

»Nun geh schon«, befahl sie, und obwohl sie ihn von sich fortschubste, hörte er doch einen amüsierten Unterton aus ihrer Stimme heraus.

Widerwillig, aber mit einem schmalen Lächeln löste er sich von Zorii und eilte seinen Freunden hinterher.

10. Kapitel

Finn folgte Poe und Rey, als sie nach vorne ins Cockpit eilten. Rey übernahm den Platz des Piloten, Poe ließ sich auf den Sitz neben ihr fallen, und sie begannen beide, mit fliegenden Fingern Schalter auf der Konsole zu drücken. Lichter blinkten auf, die Triebwerke erwachten zu summendem Leben ... Finn versuchte aufzupassen. Im Gegensatz zu Rey und Poe war er kein geborener Pilot, aber er wollte immer noch lernen, wie man verschiedene Schiffe flog. Leia erwartete, dass jedes Mitglied ihres Kernteams im Notfall einen Fluchttransporter steuern konnte.

»Festhalten«, rief Poe. »Das wird ein brenzliger Start!«

An Bord des *Falken* bedeutete ein »brenzliger Start«, dass Finn sich besser hinter das Lasergeschütz klemmte, aber hier auf der *Bestoon Legacy* gab es für einen dritten Passagier nichts weiter zu tun; es gab ja nicht mal einen dritten Sitz im Cockpit. Falls er also nicht die Luke öffnen und mit seiner Blasterpistole schießen wollte, blieb ihm nichts anderes übrig, als sich festzuhalten und die anderen anzufeuern. Zum Glück war er gut im Anfeuern. Das konnte er den ganzen Tag machen, wenn es sein musste.

»Äh, ihr macht das ganz großartig«, murmelte er.

Rey raste so schnell und steil nach oben, dass die Beschleunigungskompensatoren überlastet wurden und Finns Magen bis zu seinen Kniekehlen sackte. Binnen Sekunden hatten sie die Atmosphäre hinter sich gelassen, und sie hielten direkt auf den titanischen Sternzerstörer zu, bei dem es sich um Kylo Rens Flaggschiff handeln musste.

Wieso lief es eigentlich immer darauf hinaus, dass er direkt auf Schiffe der Ersten Ordnung zuflog?

Rey öffnete den Slot an der Konsole, steckte Zoriis Plakette hinein und schob sie dann wieder zu. BB-8 und D-O kamen ins Cockpit gerollt, wodurch es noch ein wenig enger wurde, aber Finn hatte nichts dagegen. Wenn man im Begriff war, sich an Bord eines feindlichen Schiffes zu schleichen – *schon wieder* –, wenn einem das Herz bis zum Hals schlug und sich die eigenen Füße verselbstständigen und davonrennen wollten, dann war es ganz hilfreich, wenn einem etwas den Fluchtweg versperrte.

Angespannte Stille erfüllte das Cockpit, während sie darauf warteten, ob der Sternzerstörer sie in Stücke schießen würde.

Dann piepste etwas, und Poes Schultern sanken erleichtert nach unten. »Die Plakette funktioniert«, sagte er. »Landefreigabe für Hangar zwölf.«

»Halt durch, Chewie«, wisperte Rey. »Wir kommen.«

»Wer auch immer dieser Chewie ist«, warf C-3PO ein, »das ist *Irrsinn*!«

Vor den diversen Hangarbuchten herrschte ein stetes Kommen und Gehen von Versorgungsschiffen, TIE-Jägern und Shuttles. Rey manövrierte ihr Schiff zu einem der Hangars, bremste dann bis auf vorschriftsmäßige Anfluggeschwindigkeit ab und glitt durch das Sperrfeld. Finn spürte nur einen ganz leichten Ruck, als sie auf dem polierten Boden des Hangars aufsetzten.

Ohne zu zögern, hasteten sie die Einstiegsrampe hinunter. Zwei Sturmtruppler kamen im Gleichschritt auf ihr Schiff zu. Einer schnappte: »Lande- und Frachtunterla…«

Finn verpasste ihm einen Blasterschuss, Poe erledigte den anderen, und beide Soldaten brachen auf dem Boden zusammen. So viel also zum Thema unauffälliges Vorgehen.

Die Droiden machten Anstalten, ihnen zu folgen, aber Rey drehte sich zu ihnen herum. »Ihr drei bleibt da«, erklärte sie.

»Mit Vergnügen«, sagte C-3PO.

»Wo geht's lang?«, fragte Poe.

»Keine Ahnung. Folgt mir!«, rief Finn. Er hoffte, dass die Sternzerstörer der Ersten Ordnung alle mehr oder weniger gleich aufgebaut waren, genauso wie die Organisation stets die gleichen Muster aufwies. Falls er sich ein wenig umsah, würde er sicher herausfinden, welchen Weg sie nehmen mussten.

Dieser Eindruck verstärkte sich, als sie den ersten Korridor hinabrannten. Alles erinnerte ihn an die Starkiller-Basis: die polierten Böden, die Lichter, die Datenbuchsen, selbst die Stützträger und die hochmoderne Technologie. Finn wusste, wie viel Arbeit nötig war, um alles so sauber zu halten, als wäre das Schiff gerade erst auf Corellia vom Stapel gelaufen – er wusste es sogar allzu gut. Vermutlich bevorzugte er deshalb lose Erde und Laub und die allgegenwärtigen Baumwurzeln der Basis auf Ajan Kloss.

Sie umrundeten eine Ecke und fanden sich plötzlich zwei Sturmtrupplern gegenüber, die alarmiert ihre Gewehre hoben.

»Waffen fallen lassen!«, befahl einer von ihnen.

Finn wollte nicht noch mehr Leute töten. Falls sie eine Spur aus Leichen hinter sich herzogen, würde es nur noch schwerer werden, Chewie zu befreien und zu fliehen. Aber falls er keine andere Wahl hatte ... Sein Finger tastete nach dem Abzug.

Da sagte Rey mit ruhiger, kräftiger Stimme: »Es ist in Ordnung, dass wir hier sind.«

Finn hielt den Atem an.

»Es ist in Ordnung, dass ihr hier seid«, wiederholte der Sturmtruppler.

Sein Kamerad nickte. »Es ist gut«, fügte er an.

»Ihr seid erleichtert, dass wir hier sind«, fuhr Rey fort.

»Ein Glück, dass ihr hier seid!«, rief der erste Truppler, und er ließ sein Gewehr sinken.

»Seid willkommen!«, freute sich der zweite.

Poe beugte sich zu Finn hinüber und flüsterte: »Ob sie das wohl auch mit uns macht?«

Natürlich nicht. So etwas würde sie nie ... Halt, nein! Sie würde es doch tun, aber nur um sie zu beschützen. Zum Beispiel um zu verhindern, dass man ihr in die Wüste folgte und von Kylo Rens TIE-Jäger niedergemäht wurde.

Ach, sei's drum.

»Wir suchen nach einem Gefangenen«, erklärte Rey.

Bereitwillig wiesen die Sturmtruppen ihnen den Weg zu dem Zellblock, wo Chewbacca festgehalten wurde. Anschließend setzten sie ihre Patrouille fort, als wäre nichts gewesen, und Finn rannte mit seinen Freunden in die andere Richtung weiter. Sekunden später erreichten sie die Kreuzung, die die Sturmtruppler ihnen beschrieben hatten.

»Zu Chewie geht's *da* lang«, erinnerte er die anderen.

Halb zu sich selbst murmelte Rey: »Der Dolch ist auf dem Schiff. Wir brauchen ihn.«

»Warum?«, fragte Poe.

C-3PO hatte die Inschrift doch bereits übersetzt. Sie hatten die Koordinaten, die sie zum Wegfinder des Imperators führen würden.

»Nur so ein Gefühl«, erwiderte sie.

»Rey, du kannst doch nicht …« Poe griff nach Finns Arm, um ihn zum Schweigen zu bringen.

Bevor der Junge weiter protestieren konnte, rief Rey: »Wir treffen uns im Hangar!« Und fort war sie.

»Wir müssen Chewie befreien«, erinnerte Poe Finn.

Sein Freund nickte, und sie eilten gemeinsam den Korridor entlang.

Zorii Bliss kauerte auf dem Dach des Kozinarg-Gildenhauses und spähte auf die Einheit Schneetruppen hinab, die sich vor dem Mönchstor versammelt hatte. Da glitt ihr linker Fuß auf den schrägen, gefrorenen Ziegeln aus. Sie trat ein wenig Schnee los, und er landete unter ihr – direkt auf den Füßen eines Soldaten. Zorii erstarrte zu völliger Reglosigkeit und wagte nicht einmal zu atmen.

Der Truppler schüttelte seinen Fuß, um den Schnee auf seinem Stiefel loszuwerden, zeigte ansonsten aber keine Reaktion.

Langsam und lautlos griff sie nach unten, zu den Absätzen ihrer Stiefel, und drückte einen kleinen Knopf, der in den Schaft eingelassen war. Winzige Metalldornen klappten daraufhin aus der Sohle. Damit würde sie zwar nicht so leise vorankommen, aber sie würde selbst auf einer glatten Eisfläche Halt finden – ganz zu schweigen davon, dass die Dornen ziemlich nützlich sein konnten, falls es zu einem Kampf kam.

Jetzt, wo sie nicht mehr fürchten musste, vom Dach zu stürzen, beugte sie sich erneut vor, um den Feind zu belauschen.

Gerade marschierte ein hochgewachsener Humanoide auf die Sturmtruppen zu. Er war ganz in Schwarz gehüllt und trug einen seltsamen Helm und einen langen Umhang;

ihm folgte eine Reihe ähnlich gekleideter Krieger. Zorii konnte ihre Gesichter nicht sehen, aber ihre Waffen sagten einiges über sie aus. Einer trug eine Axt mit langem, schwerem Griff, die fast ebenso groß war wie der Kerl selbst. Ein anderer trug eine riesige Keule über der Schulter, und ein dritter war mit einer brutal aussehenden Sense bewaffnet, von deren Klinge eine dunkle, dickflüssige Substanz herabtropfte.

Das waren keine Krieger. Das waren Schlächter.

Als der schwarz gekleidete Kerl an der Spitze der Gruppe näher kam, nahm der Anführer der Sturmtruppeneinheit hastig Habachtstellung ein. »Oberster Anführer«, rief er.

Zorii konnte nur mit Mühe ein Keuchen unterdrücken. Der Mann, der da unter ihr stand, umgeben von seiner Bande von Schlächtern, war niemand anderes als Kylo Ren höchstselbst. Der Mann, der für all die Gräuel verantwortlich war, die sie während der letzten Monate hier gesehen hatte.

»Lieutenant Barok«, sagte der Oberste Anführer. Seine Stimme war ruhig, trotzdem hatte Zorii das Gefühl, dass kaum beherrschte Wut unter diesem Helm loderte. Kylo drehte den Kopf hin und her, fast so, als würde er in der Luft nach seiner Beute schnüffeln.

»Wir haben einen Sicherheitskordon um die Stadt errichtet …«, begann der Lieutenant, aber Kylo schnitt ihm das Wort ab.

»Wir kommen zu spät«, schnappte er. »Die Schrottsammlerin ist fort.«

Die *Schrottsammlerin* … War der Oberste Anführer der Ersten Ordnung eigens wegen des Mädchens hergekommen, das Zorii gerade getroffen hatte? Rey war eine beeindruckende Erscheinung, keine Frage. Dieses Lichtschwert, diese Kampffertigkeiten … Aber das war offensichtlich nicht alles. In was war Poe da nur wieder hineingeraten?

Nun, sie konnte nicht noch mehr Zeit mit der Sorge um diesen Nerfhirten vergeuden. Der Lieutenant hatte einen »Schutzkordon« erwähnt, und so etwas war schlecht fürs Geschäft. Sobald die Truppen der Ersten Ordnung vom Mönchstor abgerückt waren, würde sie schnellstmöglich zurück zum Versteck der Gewürzschmuggler gehen und ihre Leute warnen, dass …

Der Oberste Anführer Kylo Ren zückte ein Lichtschwert, das in chaotischem Rot zischte und flackerte. Voller Zorn hieb er mit der Klinge um sich – hier durchtrennte er eine Steinsäule, dort halbierte er eine Neehwa-Öllaterne. Die Schneetruppen brachten sich hastig außer Reichweite, aber die schwarz gekleideten Schlächter wirkten geradezu amüsiert, während sie Kylo beobachteten.

Als er fertig war, lagen Steintrümmer und Metallschrott um ihn auf dem Boden verteilt. Das geschmolzene Wasser, das darunter hervorrann, begann bereits wieder, an den Rändern zu gefrieren.

»Sie hatte Hilfe.« Die Stimme des Obersten Anführers war wieder völlig ruhig. »Findet sie. Vernichtet sie.«

Zorii entschied, dass eine kleine Planänderung angebracht war. Ja, sie würde sich zum Versteck der Gewürzschmuggler zurückschleichen, aber anstatt ihnen zu erklären, dass sie fürs Erste ihre Notfall-Schmuggelrouten benutzen mussten, würde sie ihnen sagen, dass sie verdammt noch mal aus Kijimi City verschwinden mussten.

Finn und Poe erreichten den Zellenblock und kurz darauf die Zelle, in der Chewie angeblich festgehalten wurde. Finn drückte den Knopf, die Tür glitt auf und … da war der Wookiee, an die Wand gekettet. Er grollte und heulte aufgeregt, so schnell, dass Finn ihn mit seinen rudimentären Shyriiwook-Kenntnissen kaum verstehen konnte. Alles, was er aufschnappte, waren die Laute für »überrascht«, »Gefahr« und »große Freude«.

»Klar sind wir hier, um dich zu holen!«, grinste Poe.

Chewie bellte eine Frage.

»Ja, Rey ist auch da«, nickte Finn. »Sie holt den Dolch.«

Chewbacca setzte zu weiterem Geheul an – irgendetwas über Kylo Ren und Informationen und darüber, wie leid ihm das alles tat, aber sie hatten keine Zeit. Die Erste Ordnung würde jeden Moment herausfinden, dass Ochis Frachter in Hangar zwölf nichts zu suchen hatte – sofern sie es nicht bereits bemerkt hatten. Und dann würde jeder Sturmtruppler an Bord, egal ob er gerade Dienst hatte oder nicht, den Befehl bekommen, nach den Eindringlingen zu suchen. Finn hatte so einen Notfall Hunderte Male mit seinen alten Kameraden geübt.

»Wir haben Ochis Schiff«, unterbrach er den knurrenden Wookiee. »Folge mir.«

Dann eilte er den Korridor hinab zur nächsten Tür und drückte auf die Schalttafel. Die Metallplatte surrte nach oben … und enthüllte einen Sturmtruppler mit erhobenem Blaster.

Finn schlug erneut auf die Tafel, und die Tür schloss sich. »Falscher Weg!«

Sie sprinteten los, in die entgegengesetzte Richtung, aber auch dort kam ihnen ein Sturmtruppler entgegen, der sofort das Feuer eröffnete. Zum Glück war er ebenso überrascht wie sie, sodass seine ersten Schüsse danebengingen.

»Gibt es hier überhaupt einen richtigen Weg?«, fragte Poe, nachdem er den Truppler ausgeschaltet hatte. Er bückte sich über den toten Feind, zerrte das Blastergewehr unter seiner Leiche hervor und ließ es über den Boden zu Chewie hinüberschlittern.

Der Wookiee hob die Waffe dankbar auf. Gerade noch

rechtzeitig, um damit zwei Sturmtruppler auszuschalten, die von hinten herangetrampelt kamen.

Anschließend eilten sie weiter zur nächsten Ecke …

Und prallten um ein Haar mit einer ganzen Einheit weiß gerüsteter Soldaten zusammen. Gewehre wurden hochgerissen, und der Korridor verwandelte sich in ein Gewitter aus Laserstrahlen. Poe fiel zu Boden, und Finn sah voller Schrecken, dass sein Freund mit schmerzverzerrtem Gesicht seinen Arm hielt.

»Poe!«, schrie er. Der Ärmel des Piloten war versengt, und Rauch stieg davon auf. Poe brauchte dringend medizinische Hilfe.

Einen Moment später waren sie vollständig von Sturmtruppen umzingelt. Es waren zu viele, als dass drei Widerständler sie abwehren könnten. »Ihr da, Waffen fallen lassen! Hände hoch! Sofort!«

Finn tat, wie ihm geheißen, und hob die Hände über den Kopf. Er wusste genau, was nun passieren würde: erst ein Verhör, dann die Hinrichtung. Man hatte ihn schon einmal exekutieren wollen, auf der *Supremacy*, als Phasma ihn und Rose gefangen genommen hatte. Die Chancen, dass man einer solchen Situation einmal entging, waren schon gering. Aber zweimal? Das war mehr als unwahrscheinlich.

»Hallo, Freunde«, sagte Poe.

»Klappe halten, Abschaum!«, schnappte eine Sturmtrupplerin. Ihre Stimme erinnerte Finn so sehr an Phasma, dass er gegen den Wunsch ankämpfen musste, sie anzuspringen.

Hoffentlich hatte Rey mehr Glück gehabt als sie. Falls sie den Dolch fand und es zu Ochis Schiff zurückschaffte, war ihre Mission vielleicht noch nicht verloren.

Rey betrat einen hellen weißen Raum mit hoher Decke, ganz sterile Perfektion. Kylo Rens Privatkabine.

Langsam, vorsichtig ging sie weiter, noch immer wie magisch von dem Dolch angezogen. Der Raum war hell erleuchtet, aber bar jeglicher Wärme. Es war, als würde Kylo sich für nichts und niemanden mehr interessieren.

Aber vielleicht irrte sie sich auch, denn nach ein paar Schritten entdeckte sie ein Podest, das in einer Ecke aus dem weiß schimmernden Boden aufragte. Seine pechschwarze Oberfläche stellte einen krassen Kontrast zu allem anderen Interieur ringsherum dar.

Und auf diesem Podest, diesem Ehrenplatz, lag eine halb verbrannte schwarze Maske, deren Augenlöcher und Vocoder wie Wachs geschmolzen waren, verzerrt zu einer Grimasse ewigen Leidens. Rey starrte sie eine ganze Weile an – viel zu lange, aber sie konnte ihren Blick einfach nicht losreißen. Sie hatte die Maske schon einmal gesehen, in Rens Gedanken, damals in der Starkiller-Basis, als er versucht hatte, ihr die Informationen über Lukes Karte zu entreißen. Diese grässliche Maske hatte seinem Großvater gehört.

Aber deswegen war sie nicht hergekommen, und sie wollte nichts damit zu tun haben. Also blickte sie sich weiter um, und … da! Auf einem Tisch gegenüber dem Podest lagen Chewies Sachen ausgebreitet: sein Bogenspanner, seine Tasche und Ochis Dolch.

Hastig griff sie danach, aber in dem Moment, als sie die Finger um den Griff legte …

Schreie! Eine Frau, die »Rey!« rief, dann die heulenden Triebwerke eines Schiffes …

»Nein«, wisperte sie, während sich das Rätsel ihrer Vergangenheit in ihrem Kopf entwirrte. Sie hatte davon geträumt, mehr über ihre Eltern zu erfahren, aber jetzt, wo all die Puzzleteile an ihren Platz fielen und sie begann, die Wahrheit zu begreifen, kamen ihr Zweifel. Vielleicht wäre es doch besser gewesen, unwissend zu bleiben.

Der Boden neigte sich unter ihren Füßen, dann wurde es unvermittelt dunkel. Was als Machtvision begonnen hatte, wurde zu einer *Verbindung.*

»Wo bist du?«, ertönte Kylo Rens Stimme.

Sie wirbelte herum. Da stand er, allein vor ihr, maskiert, eingehüllt in Finsternis. Schnee bestäubte seinen Umhang.

»Es ist schwer, dich zu finden«, sagte er.

»Es ist schwer, dich loszuwerden«, entgegnete Rey. Sie begann, sich abzuwenden; Kylo war ihre Zeit nicht wert …

»Ich hab dich in der Wüste so weit gebracht, weil ich es sehen musste. Ich wollte, dass *du* es siehst. Wer du bist. Ich kenne den Rest deiner Geschichte. Rey …«

Sie wirbelte wieder herum, riss ihr Lichtschwert hoch und richtete die Klinge auf seine Kehle. »Du lügst.«

»Ich hab dich nie belogen.«

Das vielleicht nicht, aber er hatte sie in die Irre geführt. Kylos Worte bargen immer einen gewissen Anteil an Wahrheit, aber die Absicht dahinter war pure Täuschung.

»Deine Eltern waren niemand«, fuhr er fort. »Sie haben sich entschieden, am Leben zu bleiben, um dich zu beschützen.«

»Hör auf!«, presste sie zwischen zusammengebissenen Zähnen hervor. Sie hasste, was hier gerade geschah. Dass er mehr über sie wusste als sie selbst. Dass sie all diese Dinge von ihm erfahren musste.

»Du erinnerst dich an mehr, als du zugibst.« Während sie vor ihm zurückwich, erinnerte er sie: »Ich war in deinem Kopf.«

»Ich will das nicht.« Nicht so. Nicht durch ihn.

»Erforsche deine Erinnerungen«, verlangte Kylo Ren.

»Nein!« Sie schwang ihr Lichtschwert. Er hob seine eigene Waffe, und die beiden Klingen, eine blau, eine rot, prallten aufeinander.

»Erinnere dich«, drängte er gnadenlos weiter. »Du siehst sie.«

Eine wunderschöne Frau mit einer blauen Kapuze, Tränen in ihren großen braunen Augen. Sie presste ein kleines Mädchen an ihre Brust. »Mein Liebling, Rey«, sagte sie. »Du musst tapfer sein.«

Ein junger Mann mit Bartstoppeln am Kinn, der mit so viel Liebe und Hoffnung, aber auch voller Verzweiflung auf das kleine Mädchen hinabblickte. »Hier bist du in Sicherheit. Das verspreche ich dir.«

Die Bestoon Legacy, *die in den wolkenlosen Himmel über Jakku davonflog. »Kommt zurück!«, schrie das kleine Mädchen, aber Unkar zerrte an ihrem Arm und schleifte sie fort, bevor sie ein letztes Mal zu ihren Eltern hochsehen konnte.*

Rey stieß gleichzeitig die Vision und Kylos Lichtschwert von sich fort, sodass er einen Schritt nach hinten machen musste.

»Sie haben dich verkauft, um dich zu beschützen«, quälte Kylo sie weiter. Sie begannen einander zu umkreisen.

»Sei endlich still.«

»Rey, ich weiß, was mit ihnen geschehen ist.«

Seine Ruhe zehrte an ihren Nerven. Rey sprang vor und beharkte ihn mit einer ganzen Reihe von Hieben und Stichen. Sie war inzwischen viel schneller, und das Lichtschwert fühlte sich mehr wie eine Verlängerung ihrer selbst an als wie eine Waffe, trotzdem parierte Kylo ihre Attacken ohne jede Mühe. Sie schlug zu – er duckte sich, und ihr Lichtschwert schnitt durch einen Korb. Aus dem Nichts ergossen sich rote Beeren, so rot wie Blut, über den … weißen Boden von Rens Kabine.

Sie waren am selben Ort und gleichzeitig auch nicht, waren nicht nur in die Gedanken des jeweils anderen vorgedrungen, sondern auch in seine *Realität*. Aber Rey wollte jetzt nicht darüber nachdenken. Sie wollte einfach nur einen Treffer landen und ihm wehtun. Ihre Klingen surrten, wann immer sie sich berührten, und ihr Kampf führte sie näher und näher an Vaders Maske heran.

»Sag mir, wo du bist«, verlangte Kylo erneut. »Du kennst nicht die ganze Geschichte.«

Ein weiteres Mal griff Rey an. Er wich aus und machte ein paar Schritte nach hinten, bis er außerhalb ihrer Reichweite war.

»Es war Palpatine, der deine Eltern entführen ließ«, erklärte er im Tonfall eines geduldigen Lehrers, als würden sie nicht gerade um ihr Leben kämpfen. »Er hat nach dir gesucht. Aber sie gaben nicht preis, wo du warst.«

Sie umkreiste ihn langsam, suchte nach einer Schwachstelle, nach einer Möglichkeit, ihn zum Schweigen zu bringen.

»Also gab er den Befehl.«

Eine weitere Vision explodierte in ihrem Kopf, und Rey konnte nichts dagegen unternehmen. *Der schwarzäugige Ochi von Bestoon, der seinen tödlichen Dolch hob.*

Reys Mutter, die den Attentäter anflehte. »Sie ist nicht auf Jakku! Sie ist tot … Nein!«

Dann rammte Ochi seinen Dolch in den Bauch von Reys Vater. Der entsetzte Schrei ihrer Mutter wurde abrupt abgewürgt …

»Nein!«, brüllte Rey, und erneut sprang sie auf Kylo zu.

Ihre Klingen prallten aufeinander, surrend und knisternd, und in diesem Moment konnte sie einen flüchtigen Blick auf Rens Umgebung erhaschen. Vielleicht war sie einen kurzen Sekundenbruchteil sogar wirklich dort: der Schatten eines steinernen Daches, frostige Luft. Kijimi. Vermutlich hatte er sie nur um ein paar Minuten verpasst.

Es gelang ihr nicht, seine Verteidigung zu durchbrechen, und ihre Schläge wurden immer blindwütiger, chaotischer. Er blockte einen Schlag, noch einen …

Der nächste Hieb zerschmetterte das Podest. Darth Vaders Maske fiel zu Boden … und verschwand.

»Da bist du also«, sagte Kylo. Er blickte zu Boden – vermutlich auf die Maske herab, die in seiner Realität gelandet war. »Weißt du, warum der Imperator schon immer deinen Tod wollte?«

»Nein«, schnappte sie, aber die Verwirrung in ihrem Gesicht schien genau die Reaktion zu sein, die er sehen wollte.

Endlose Befriedigung erfüllte seine Stimme, als er weitersprach. »Ich komme und sag's dir.«

Rey taumelte mehrere Schritte nach hinten. Was hatte sie nur getan? Anstatt konzentriert zu bleiben, hatte sie sich schon wieder von ihrer Wut lenken lassen, und jetzt wusste Ren, wo sie und ihre Freunde sich aufhielten.

Halb erwartete sie, dass er die Gelegenheit für einen Gegenangriff nutzen würde, aber er blieb, wo er war. Alles wurde still, dann löste Kylo sich vor ihren Augen auf. Rey blinzelte. Ihr Atem rasselte laut in ihren Ohren. Vor ihren Füßen lagen die Überreste des Podests verstreut.

Was ist da gerade passiert?

Keine Zeit. Sie musste die anderen holen und von hier fortbringen, bevor Ren auf das Schiff zurückkehrte. Rasch steckte sie den Dolch ein, dann nahm sie Chewies Sachen und sprintete in Richtung Frachter los.

Zorii brauchte fast eine halbe Stunde, um das Versteck der Gewürzschmuggler zu erreichen, obwohl es vom Mönchstor aus normalerweise nur ein zehnminütiger Fußmarsch dorthin war. Schneetruppen waren überall. Sie traten Türen ein, trieben Einheimische mit vorgehaltener Waffe zusammen und verhörten sie, ob sie etwas über die Schrottsammlerin wussten. Zorii blieb also nichts anderes übrig, als über die Dächer zu schleichen und sich hinter Kaminen und Treibstofftanks zu verstecken, wann immer ein Suchschiff vorbeiglitt.

Der letzte Abschnitt des Weges führte sie durch das Kloster, eine unterirdische Cantina im Ganovenviertel. Ihre Crew hatte eine Abmachung mit dem Besitzer des Klosters: unbegrenzten Zugang zum Keller der Cantina im Gegenzug für einen Rabatt auf ihre Schmuggelware.

Die Tür des geheimen Kellers führte in einen Aufenthaltsbereich mit fleckigen Sofas und weiteren knarrenden Möbeln. Zu Zoriis großer Erleichterung war der Großteil ihrer Gruppe bereits dort versammelt.

»Zorii!«, rief Lluda. Sie war ein junges Menschenmädchen mit kurz geschorenem weißem Haar und einem Talent fürs Hacken. Ihre Eltern waren von der Lantillianischen Raumbruderschaft ermordet worden, und die Gewürzschmuggler hatten sie bei sich aufgenommen, nachdem sie sie beim Fälschen von ID-Chips erwischt hatten. Jemanden wie sie konnte man immer gebrauchen. »Ich hatte schon Angst. Es sieht übel aus da draußen«, sagte Lluda.

»Richtig übel«, stimmte Zorii zu.

»Was sollen wir tun?«

»Zorii«, ertönte eine tiefe, schroffe Stimme hinter ihr.

»Jarraban«, wandte sie sich an den hochgewachsenen Gewürzschmuggler mit dem Schnurrbart. »Genau dich habe ich gesucht. Die Erste Ordnung riegelt die Stadt ab. Sie suchen nach …«

»Deinem Freund«, sagte er, wobei er konfrontativ einen Schritt auf sie zumachte.

»Er ist nicht mein …«

»Du hast Vicii und Vibbo seinetwegen bewusstlos in der Gasse liegen lassen, oder etwa nicht?«

Verdammt. Das hatte sich ja schnell herumgesprochen.

Die beiden betroffenen Gangster, Vicii und Vibbo, traten neben Jarraban. Ihre Mandibeln waren vor Wut verzerrt und mit Blut verschmiert. Rey hatte ihnen mit diesem Stab übel zugesetzt.

»Ich hatte keine Wahl. Ein Mädchen hat mir ein Lichtschwert an die Kehle gehalten. Ich kam hierher zurück, so schnell ich konnte.«

Jarraban sah Vicii und Vibbo an. »Stimmt das?«

Die beiden wechselten einen Blick, dann zuckten sie mit den Schultern. »Könnte sein, dass ich bewusstlos war, als es passiert ist«, gestand Vicii.

»Ich weiß nicht mal, wie ich zurück ins Versteck gekommen bin«, fügte Vibbo an.

Zorii starrte sie finster an. »Freut mich, dass wir das geklärt haben. Jetzt hört alle mal her!«

Sie erzählte ihnen, dass der Oberste Anführer hier war, dass er die Stadt abgeriegelt hatte und dass Sturmtruppen die Stadt durchsuchten. »Er sucht nach Verbündeten des Widerstands, und so ungern ich es auch sage, Poe Dameron war mal einer von uns, und er hat sie direkt vor unsere Türschwelle geführt. Wir müssen also verschwinden. Wir alle. Und zwar sofort.«

Jarraban ließ sich auf ein abgewetztes, quietschendes Sofa fallen und vergrub das Gesicht in den Händen. »Wir müssen uns aufteilen. Sobald der Staub sich gelegt hat, sammeln wir uns wieder. Wie viele Schiffe haben wir im Moment?«

»Die Voyam-Schwestern liefern gerade eine Ladung aus«, erinnerte Lluda ihn. »Sie haben den Frachter und ein zweites Schiff als Unterstützung mitgenommen.«

»Bleiben noch drei Schiffe«, brummte Jarraban. »Und wir sind zwanzig Leute.«

»Ich kann hier eine Zeit lang untertauchen«, erklärte Vibbo. »Ich kenne da ein gutes Versteck.«

»Dann neunzehn Leute«, korrigierte sich Jarraban.

»Ich nehme Lluda in meinem Y-Flügler mit«, sagte Zorii. »Es wird ziemlich eng, aber es sollte gehen.«

»Danke, Zorii«, piepste das Mädchen.

»Also noch siebzehn Leute.«

»Carib Diss ist mir einen Gefallen schuldig«, meldete sich Vicii zu Wort. »Ich habe ihm letzte Woche geholfen, ein saftiges Kopfgeld einzutreiben. Auf seinem Schiff ist Platz für drei Passagiere.«

»Vierzehn ...«

Jenseits der Tür ertönte ein Donnern, dann ließ Blasterfeuer das gesamte Gebäude erzittern.

»Das waren keine Handblaster«, wimmerte Lluda.

»Ein Läufer ist gerade durch die Vordertür marschiert«, zischte Zorii. »Packt eure Sachen und teilt euch auf. Lluda, wir treffen uns bei meinem Y-Flügler. Du weißt, wo ich ihn abgestellt habe, oder?«

Das Gesicht des Mädchens war wie erstarrt vor Furcht, aber nach ein paar Sekunden nickte sie.

»Dann los!«, schrie Zorii. Ihre Kameraden stoben auseinander, und sie selbst eilte zurück zum geheimen Eingang unter dem Kloster. Dabei murmelte sie leise vor sich hin: »In was hast du mich jetzt schon wieder reingeritten, Dameron?«

Es dauerte nicht lange, bis zwei Offiziere der Ersten Ordnung auf der Bildfläche erschienen. Finns Augen wurden schmal, als er General Hux auf sich zukommen sah. Den Mann neben ihm kannte er nicht; er war ein streng aussehender Kerl mit ständig zusammengezogenen Brauen und stechenden blauen Augen. Was Finn hingegen kannte, waren die Rangabzeichen der Ersten Ordnung, die oft sehr subtil ausfielen. Dieser Mann beispielsweise hatte einen doppelten Uniformkragen und zwei Rangbänder um den linken Unterarm. Und das bedeutete, dass er niemand anderes sein konnte als Ehrengeneral Pryde, neben dem Obersten Anführer die zweitmächtigste Person der Ersten Ordnung.

Finn und seine Freunde waren erledigt.

»Werter General, die Schrottsammlerin ist nicht bei ihnen«, meldete einer der Sturmtruppler, die sie bewachten.

Ehrengeneral Pryde wirkte gelangweilt. »Schafft sie fort. Beseitigt sie.«

Finn konnte es nicht glauben. Kein Verhör? Nicht mal eine einzige Frage? Was war so wichtig an Rey, dass Pryde diese Möglichkeit ignorierte, wichtigen Mitgliedern des Widerstands Informationen zu entreißen?

Hux trat so dicht vor Finn, dass er den heißen Atem des Generals auf seiner Haut spüren konnte. Ihre Blicke begegneten sich. »Endlich«, lächelte Hux.

Hätte Finn einen Credit für jede Person, die seinen Tod wünschte, weil er von der Ersten Ordnung desertiert war ... Nicht dass er seine Entscheidung bereute. Egal, was kommen mochte, er hatte das Richtige getan.

Pryde marschierte davon, aber Hux blieb bei ihnen, während die Sturmtruppler ihnen die Gewehre in den Rücken stießen und sie in die andere Richtung trieben – auf die Exekutionskammer zu.

Es war ein kleiner Raum, in dessen Wände Ventile eingelassen waren. Sobald man sie erschossen hatte, würden diese Ventile Hitze und Gifte freisetzen, um ihre Überreste aufzulösen, und dann würde man alles ins All hinausblasen. Zurückbleiben würde nichts außer einem makellos sterilen Raum; jeglicher Beweis, dass sie jemals existiert hätten, wäre ausgelöscht.

»Umdrehen!«, befahl ein Sturmtruppler.

Sie stellten sich mit dem Gesicht zur Wand.

»Eigentlich«, sagte Hux, »würde ich das gerne persönlich übernehmen.« Finn hörte das Klacken, mit dem eines der Blastergewehre den Besitzer wechselte.

Schlagartig wurde ihm klar, was er mehr bereute als alles andere: dass er Rey nicht noch ein letztes Mal sehen würde, um ihr zu sagen, dass …

»Was wolltest du Rey so Wichtiges sagen?«, fragte Poe, als hätte er seine Gedanken gelesen. »In den Tunneln?«

»Bisschen merkwürdig, mich das gerade jetzt zu fragen, oder?« Finn wappnete sich für das Unausweichliche.

»Oh, tut mir leid. Schlechter Zeitpunkt?«, entgegnete Poe.

Finn nickte. »Ja. Irgendwie ein schlechter Zeitpunkt …«

Chewie beschwerte sich darüber, dass er mit leerem Magen sterben würde.

»Na ja, *später* ist keine Option«, beharrte Poe. »Ich meine, wenn du was loswerden willst, dann wäre jetzt der richtige Zeitpunkt …«

Ein Blaster jaulte.

Aber Finn starb nicht. Er öffnete die Augen und drehte sich herum.

Hux stand über den Leichen der Sturmtruppen. Die Mündung seines Blasters rauchte, nachdem er ihn aus nächster Nähe und auf höchster Energiestufe abgefeuert hatte.

»Ich bin der Spion«, verkündete Hux.

»Was?«, schnappte Poe.

»Sie?«, keuchte Finn.

»Uns bleibt nicht viel Zeit«, schnappte Hux.

Finn, Poe und Chewie starrten ihn immer noch an.

»Ich wusste es!«, rief Poe, den Finger auf Hux gerichtet.

»Nein, wusstest du nicht.« Finn verdrehte die Augen, aber eigentlich war es ihm egal. Nur eines zählte: Sie waren am Leben.

11. Kapitel

Rey spähte um die Ecke. Die Droiden wurden gerade vor dem Schiff von Sturmtruppen verhört. Zur Abwechslung empfand sie Erleichterung darüber, dass C-3POs Speicher gelöscht worden war. Sie wusste, dass BB-8 nichts verraten würde. Aber wie würde sich D-O verhalten?

»Wie lautet deine Seriennummer?«, fuhr ein Sturmtruppler C-3PO gerade an.

Der Droide antwortete mit einem unverständlichen Gewirr von Silben.

»Das ist nicht mal eine Sprache!«, grollte der Soldat.

Rey nutzte diesen Moment, um sich zu konzentrieren, mit ihrem Blaster zu zielen und … sie drückte ab, einmal, zweimal, dreimal. Drei Treffer. Während sie Sturmtruppler auf dem Boden zusammenbrachen, sprintete sie zu dem Frachter hinüber.

»Du meine Güte!«, rief C-3PO aus. »Mein erstes Feuergefecht!«

Rey hatte die Rampe inzwischen fast schon erreicht, aber plötzlich spürte sie eine vertraute Präsenz. Kylo Ren.

»Wo sind die anderen?«, fragte sie den Droiden.

»Sie sind nicht zurückgekommen.«

Ein TIE-Jäger flog heulend in den Hangar und landete

hinter dem Frachter. Rey wusste, dass *er* in diesem Jäger saß. Und er war hier, um sie zu suchen.

Sie drückte C-3PO alles in die Hände, was sie mitgebracht hatte – ihren Stab, den Dolch, Chewies Tasche –, und rief den Droiden zu: »Findet sie! Los!« Selbst im labyrinthartigen Bauch des Sternzerstörers hätten sie bessere Chancen als hier vor Kylo Ren.

Aus den Augenwinkeln nahm Rey wahr, wie C-3PO aus dem Hangar stakste, kurz darauf gefolgt von BB-8 und D-O. Gut. Sie atmete tief durch und blickte zu dem TIE hinüber.

Die Einstiegsluke klappte auf, und Kylo sprang heraus, das Gesicht hinter der Maske verborgen. Sein Umhang bauschte sich hinter ihm auf, als er ihr entgegenschritt.

Hux hatte gute Neuigkeiten für Finn und Poe: Der *Millennium Falke* war von der Ersten Ordnung abgeschleppt worden und befand sich hier, an Bord der *Steadfast*. Finn konnte ihr Glück kaum glauben.

Aber der Spion hatte auch schlechte Nachrichten: Der Frachter war zur Verbrennung vorgesehen – der Befehl stammte vom Obersten Anführer Kylo Ren persönlich. Noch war es zwar möglich, das Schiff zu retten und damit zu fliehen … aber sie würden sich beeilen müssen. Und sie würden einen anderen Weg finden müssen, um die Droiden abzuholen. Und Rey.

Angeführt von General Hux, marschierten sie durch die Korridore, vorbei an Offizieren, Sturmtruppen, Droiden und Wartungsmannschaften. Der Anblick des riesigen, haarigen Wookiees ließ manche Leute zweimal hinsehen, aber da Hux bei ihnen war, stellte niemand Fragen, und sie bahnten sich ungehindert einen Weg durch das Schiff.

»Da!«, ertönte plötzlich eine vertraute, mechanische Stimme hinter ihnen. »Da sind sie!«

Finn wirbelte herum. C-3PO! Jemand hatte ihm Chewies Munitionsgurt umgehängt, und er trug die Tasche und den Bogenspanner des Wookiees auf den Armen. BB-8 und der kleine Droide mit dem Kegelkopf waren bei ihm.

»Freunde!«, sagte Kegelkopf.

Poe wirkte ebenso erleichtert wie Finn, die drei zu sehen. »Bebe-Acht, Dreipeo! Los, kommt mit!«, drängte der Pilot.

Hux winkte sie zu einer Tür. »Ich habe die Verriegelung blockiert«, erklärte er. »Beeilt euch!«

Der General öffnete die Tür, und dahinter kam der *Falke* zum Vorschein. Das Schiff wirkte größtenteils unversehrt, nur die Kontrolltafel neben der Einstiegsluke war ein Durcheinander verkohlter Drähte. Aber das sollte kein Problem sein; Rose würde das Schloss sicher in Nullkommanichts wieder repariert haben.

»Da ist er«, seufzte Poe. »Nicht kaputtzukriegen.«

Er rannte auf den Frachter zu, und Finn wollte ihm folgen, aber Hux hielt ihn an der Schulter zurück. »Warte«, sagte er. »Schieß mir in den Arm. Schnell!«

»Was?«

»Sonst fliege ich auf.«

Finn hob seinen Blaster.

»Ich könnte dich einfach töten«, sagte er, und tatsächlich zog er diese Möglichkeit kurz in Betracht. Nicht dass er das Töten genoss. Er hatte nicht einmal Genugtuung empfunden, als Phasma in die brennenden Trümmer der *Supremacy* hinabgestürzt war.

Aber vielleicht konnte er bei Hux eine Ausnahme machen.

»Ihr braucht mich«, entgegnete der General.

Das stimmte wohl. Aber es bedeutete nicht, dass Finn ihm nicht ein wenig *wehtun* konnte.

Er senkte den Blaster und schoss Hux ins Bein, wobei er sicherging, dass die Wunde nicht ernst, aber schmerzhaft war. Hux ächzte. Schweiß perlte auf seiner Stirn, und sein Gesicht lief schlagartig rot an.

»Warum hilfst du uns?«, fragte Finn. Der General hasste den Widerstand. Er hasste sie alle. Daran hatte Finn nicht den geringsten Zweifel.

»Ist mir egal, ob ihr gewinnt«, presste der schmerzgeplagte Hux hervor. »Ich will nur, dass Kylo Ren verliert.«

Rey und Kylo umkreisten einander wie zwei Wölfe, langsam und angespannt. Rings um sie formte sich ein Kreis aus Zuschauern, als mehr und mehr Sturmtruppler in den Hangar stürmten.

Er war hier, um ihr etwas Wichtiges zu sagen, und sie verzehrte sich danach, es zu hören. Vielleicht sollte sie ihn einfach umbringen. Vielleicht sollte sie fliehen. Aber sie konnte nicht.

Hab keine Angst davor, wer du bist. Sie musste an diese Worte denken, die Leia ihr während einer herzlichen Umarmung zugeflüstert hatte, ganz ohne jedes Vorurteil. Voller Toleranz.

Die Erinnerung erfüllte sie mit genug Zuversicht und Kraft, um zu fragen: »Warum war der Imperator hinter mir her? Warum wollte er ein Kind töten? Sag es mir.«

Er machte einen Schritt auf sie zu. »Weil er sah, was aus dir werden würde. Du besitzt nicht einfach nur Macht. Du besitzt *seine* Macht.«

Entsetzen füllte Reys Kopf wie eine dunkle Wolke, und ihr wurde übel. Sie wusste, was er als Nächstes sagen würde. Sie *wusste* es.

»Du bist seine Enkeltochter. Du bist eine Palpatine.« Er ließ die Worte mehrere Sekunden in der Luft hängen.

Rey wich in Richtung des Hangareingangs zurück, fort von seiner Offenbarung, fort von der Gewissheit, die in ihr hochstieg. Es stimmte. Sie konnte es fühlen. All die Dunkelheit in ihr, ihr Zorn …

Kylo folgte ihr, und mit jedem Schritt drängte er sie weiter auf die Leere jenseits des Hangars zu. »Meine Mutter war die Tochter von Vader. Dein Vater war der Sohn des Imperators. Aber Palpatine weiß eines nicht: dass wir eine Dyade der Macht sind, Rey. Zwei, die eins sind.«

Ihr Herz blieb stehen. Eine *Dyade*.

Die Wahrheit seiner Worte erschütterte sie bis in die Grundfesten ihrer Seele. Alles in ihr zerbrach, und zurück blieb eine lähmende Leere.

Rey zwang sich, weiter in Richtung des Abgrunds zurückzuweichen, dorthin, wo der Hangar endete und die Atmosphäre von Kijimi begann. Sie riskierte einen Blick über die Schulter und schätzte die Entfernung bis zur dunstigen Oberfläche des Planeten ab. Es war zu hoch für einen Sprung, selbst wenn sie die Macht einsetzte. Aber vielleicht sollte sie es trotzdem versuchen …

»Wir töten ihn«, sagte Kylo gerade. »Gemeinsam. Und nehmen uns den Thron.«

Während er sprach, nahm er seine Maske ab – eine Geste der Verwundbarkeit. Des Vertrauens. Abrupt wurde Rey bewusst, wie lange es her war, seit sie sein Gesicht gesehen hatte. Die Narbe an seiner Wange war inzwischen verblasst, auch wenn sie nie ganz verschwinden würde. »Du weißt, was du tun musst«, sagte er. »Du *weißt* es.«

Mit diesen Worten streckte er ihr seine offene Hand entgegen.

Rey starrte darauf hinab. Er hatte ihr schon einmal die Hand gereicht, in den Trümmern von Snokes Thronsaal, nachdem sie gemeinsam den früheren Obersten Anführer besiegt hatten. Bereits damals hatte er gesagt, dass sie gemeinsam Unglaubliches vollbringen könnten. Und es stimmte.

Rey spürte einen Luftzug hinter ihrem Rücken, und dann war da plötzlich Finns Präsenz, ein helles Leuchtfeuer in tiefer Dunkelheit.

»Ich weiß«, rief sie Kylo noch zu. Dann wirbelte sie zu dem Abgrund herum.

Vor ihr stieg der *Falke* in die Höhe. Die Sturmtruppen eröffneten sofort das Feuer, aber der Frachter drehte sich auf einer unsichtbaren Achse, bis seine Triebwerksdüsen auf den Hangareingang gerichtet waren, dann rammte Poe die Schubregler nach vorne, und die Druckwelle schleuderte alles und jeden im Innern des Hangars davon – außer Rey, die sich rechtzeitig geduckt hatte. Die Sturmtruppler schlitterten und kullerten hilflos auf die hintere Wand zu.

Kylo rutschte ebenfalls ein paar Meter zurück, aber Rey spürte, wie er gegen den Sturmwind ankämpfte.

Während der *Falke* weiter über ihr in der Luft hing, wurde die Einstiegsrampe heruntergelassen, und sie erblickte Finn, ein Atemgerät über dem Mund und einen Blaster in der Hand. »Rey!«, rief er.

Ringsum riss der Abgasstrom der Triebwerke alles mit sich, was nicht festgenietet war.

Rey warf noch einen letzten Blick in Kylos Richtung. Sie hasste ihn dafür, dass er ihr diese Dinge gesagt hatte. Gleichzeitig war sie aber auch dankbar dafür. Eine *Dyade* …

»Komm schon!«, drängte Finn.

Sie sprintete auf den Rand zu und hechtete dem Falken entgegen. Finn packte ihren Arm, bevor sie an ihm vorbeisegeln konnte, und zog sie auf die Rampe, dann hasteten sie gemeinsam in den Bauch des Falken hoch. Einen Moment nachdem die Rampe sich wieder geschlossen hatte, erschauderte der Boden unter ihren Füßen, als Poe das Schiff herumriss und davonraste.

Leia hielt den Atem an. Lieutenant Connix hatte sie geholt, sofort nachdem das Signal eingegangen war, aber es handelte sich um eine codierte Botschaft. *Bitte, lass es den* Falken *sein*, dachte sie.

Sie hatte ihr Headset auf und lauschte, während Beaumont an den Kontrollen der Konsole herumhantierte, um die Botschaft zu entschlüsseln. Ein rotes Lämpchen blinkte plötzlich blau auf, und die Konsole piepste.

Beaumont grinste. »Wir haben ihre Flugsignatur! General, der *Falke* fliegt wieder!«

Leia hatte jedoch keine Zeit, diesen Augenblick der Erleichterung zu genießen. Eine Woge der Kraftlosigkeit schlug über ihr zusammen, und sie taumelte. Mit einem Mal war das Headset tonnenschwer, und sie schob es mit zitternden Fingern von ihrem Kopf, sodass es klappernd auf dem Boden landete.

Leia, hörte sie dröhnend laut die Stimme ihres Bruders. *Es ist Zeit.*

Ich kann nicht, sagte sie ihm. *Es gibt zu viel zu tun.*

Sie fühlte sein Verständnis, seine Liebe, vielleicht sogar einen Anflug von Belustigung. *Es gibt nur noch eines zu tun, Leia*, erklärte er. *Danach kannst du dich ausruhen.*

Das Gefühl der Benommenheit wurde mit einem Mal übermächtig, und sie spürte, wie sie fiel, wie die Welt um sie herum zusammenbrach. Nur ganz vage nahm sie wahr, dass Connix sie auffing und mit beiden Händen stützte. Die besorgte Stimme des Lieutenants klang unglaublich weit entfernt, als sie fragte: »General?«

Leia ließ sich von Connix zu ihrem Quartier führen. Sie musste sich ein wenig hinlegen, das war alles. Das war alles.

Kylo Ren und Ehrengeneral Pryde schritten durch den Hangar. Sie hatten vier Sturmtruppler, einen Frachtpiloten und zwei Wartungsarbeiter verloren, als die Druckwelle des *Falken* in den Hangar gedonnert war. Aber das war ein annehmbarer Preis dafür, dass er Rey wiedergesehen hatte, befand Kylo. Ihren Zorn zu provozieren, den Ausdruck auf ihrem lieblichen Gesicht zu sehen, als er von ihrer Dyade gesprochen und sie die Wahrheit erkannt hatte.

Die verbliebenen Mitglieder der Wartungsmannschaft hatten die Lage im Hangar schnell wieder unter Kontrolle gebracht, aber an ein paar Stellen brannten noch immer Feuer, und an der hinteren Wand lagen mehrere verletzte Soldaten. Einer von ihnen blutete aus einer Wunde am Bein.

Doch Kylo beachtete sie kaum. Vor seinem geistigen Auge sah er noch immer Reys Gesicht, ihre Lippen leicht geöffnet vor Überraschung, ihr Körper nach vorne geneigt, ihm entgegen. Sie wäre zu ihm gekommen, da war er sicher. Ja, wäre der *Millennium Falken* nicht aufgetaucht, hätte sie seine Hand genommen.

Oh, wie er dieses Schiff *hasste.*

»Sind Sie sicher, dass wir sie nicht verfolgen sollen?«, fragte Pryde.

»Haben Sie den Dolch gescannt?«

»Natürlich, Sir.«

»Dann wissen wir, wo sie hinwollen.«

Er war ganz nahe dran gewesen. Und Rey kannte nun die Wahrheit. Sie würde sie akzeptieren. Sie würde erkennen, dass die Dunkle Seite ihr Schicksal war. Das nächste Mal, wenn sie einander gegenüberstanden, würde sie sich bekehren lassen.

12. Kapitel

Rey fand sich in einer erdrückenden, pelzigen Umarmung wieder.

»Ich habe dich auch vermisst«, sagte sie. Sie hatte Chewie wieder; sie hatte ihn nicht umgebracht. Aber sie hatte die Kontrolle verloren, an dieser Tatsache ließ sich nicht rütteln.

Und dann hatte sie es wieder getan, bei Kylo. Irgendetwas geschah mit ihr, und nun wusste sie endlich, was es war. Diese Dunkelheit, die in ihr heranwuchs ... Mit einem Mal ergab alles Sinn.

Sie war eine Palpatine. Geboren aus dem puren Bösen.

Rey hätte nichts lieber getan, als zu Leia zurückzukehren und ihre Lehrerin um Hilfe zu bitten. Aber dafür war leider keine Zeit. Sie mussten noch immer ihre Mission erfüllen – jetzt mehr denn je. Diese Mission war alles, was zählte.

Finn kam aus dem Cockpit und ging an ihnen vorbei nach hinten. »Der Triebwerksregulator ist hin«, erklärte er. Aber dann sah er Reys Gesicht und blieb stehen. »Alles in Ordnung?«

Rey nickte, und er eilte weiter zur hinteren Leiter.

Chewie knurrte unterdessen seinen Dank dafür, dass sie ihn befreit hatten.

Sie rang sich ein Lächeln ab. »Ich bin ja so froh, dass …« Ihre Stimme verhallte.

Der Wookiee zog die Schultern hoch und ging nach vorne ins Cockpit.

Rey blieb noch kurz stehen, erleichtert, einen Moment allein zu sein. Sie brauchte Zeit, um ihre Gedanken zu ordnen. Also lehnte sie sich gegen die Wand neben dem Cockpit und schloss die Augen.

Aus dem Durchgang hallten ihr piepsende Alarme entgegen, dann fragte Chewie, warum sie nicht mindestens ein halbes Dutzend TIE-Jäger am Heck hatten.

»Keine Ahnung, warum sie uns nicht verfolgen, aber ich trau der Sache nicht«, sagte Poe.

Dabei war die Antwort doch so einfach: Kylo wusste bereits, wo sie hinwollten. *Darum* ließ er sie nicht verfolgen. Er würde sie finden, ganz gleich, was sie tat. Schlagartig wurde ihr bewusst, dass sie ihre Freunde durch ihre bloße Anwesenheit in Gefahr brachte.

Chewie zählte die Schäden am *Falken* auf.

»Das Landefahrwerk ist hinüber?«, echote Poe. »Wie schlimm ist es?«

Chewie sagte ihm, dass er sich die Anzeige selbst ansehen sollte, falls er ihm nicht glaubte.

»Na ja, dann müssen wir das eben auch noch in Ordnung bringen. Ich bin nur froh, dass du wieder bei uns bist. Ich weiß nicht, ob General Leia es überlebt hätte, dich zu verlieren.«

Nein, hätte sie nicht. Und es wäre Reys Schuld gewesen.

Sie richtete sich auf. Jetzt war keine Zeit, sich in Selbstmitleid zu suhlen. Sie sollte sich besser nützlich machen. Also stapfte Rey in den hinteren Teil des Schiffes, wo Finn vor der Wartungsklappe des Triebwerksregulators stand.

Er reichte ihr wortlos eine Elektrosonde, als sie neben ihn

trat, dann machten sie sich in gnädigem Schweigen an die Arbeit. Funken stoben aus der Klappe, während sie die Kabel neu miteinander verbanden, um die durchgebrannten Leitungen zu überbrücken, und die neuen Stromkreise testeten.

Zu guter Letzt brach Finn die Stille. »Was immer Ren zu dir gesagt hast, du darfst ihm nicht glauben.«

»Alles, was zählt, ist der Wegfinder, um nach Exegol zu gelangen«, erwiderte sie.

»Genau daran arbeiten wir«, sagte er, während er ein letztes Mal mit dem Lötkolben über die Kontakte fuhr.

Rey ließ ihre Elektrosonde sinken. Ihr war schwindelig, weil sie in ihrem Kopf immer wieder diese grässliche Vision sah: Ochis Dolch, wie er hilflose Personen durchbohrte. Personen, die sie liebte.

»Er tötete meine Mutter«, wisperte sie. »Und meinen Vater.«

Finn hielt mitten in der Bewegung inne und starrte sie an.

»Ich werde Palpatine finden. Und ihn vernichten.« Rey hob die Sonde und überprüfte Finns neue Verdrahtung. Sie konnte seinen Blick auf ihr spüren, während er überlegte, was er sagen sollte.

Schließlich versuchte er es mit: »Rey, das klingt so gar nicht nach dir.«

Rey war sich da nicht so sicher. Vielleicht war sie die Personifikation der Rache. Vielleicht war sie es schon von Anfang an gewesen. Immerhin war sie eine Palpatine.

Finn begann: »Ich kenne dich …«

Sie schlug die Wartungsklappe zu. »Alle sagen mir ständig, dass sie mich kennen. Aber ich fürchte, das tut keiner. Ich kenne mich nicht mal selbst.«

Dann ging sie davon, auch wenn sie wusste, dass ihre Worte Finn gegenüber ein wenig ungerecht gewesen waren.

Er wusste, wie es war, ohne Familie aufzuwachsen und dann an einem völlig unerwarteten Ort Freunde und das Gefühl der Dazugehörigkeit zu finden. Er konnte sie besser verstehen als sonst irgendjemand.

Aber das hieß nicht, dass er recht hatte. In ihrem Inneren erhob sich eine neue Rey, die versuchte, sich von den Fesseln ihres alten Selbst zu befreien. Sie hatte sich schon einmal neu erfunden, war zu einer Rey geworden, die die Macht einsetzen konnte und für eine Sache kämpfte, die größer war als sie selbst. Aber vielleicht war diese Rey nur eine vorübergehende Phase gewesen. Vielleicht war es Zeit, sie abzustreifen.

Sie fühlte sich, als würde sie hilflos durchs All treiben. Vermutlich hatte der alte Jedi-Orden machtempfängliche Kinder deswegen schon in so jungen Jahren in den Tempel geholt. Weil sie ein Fundament brauchten, eine Basis. Jemand musste sich um sie kümmern und sie leiten, denn die einzige Möglichkeit, um das Erwachen der Macht in ihrem Innersten zu überleben, war, Leute um sich zu haben, die das Ganze selbst schon durchgemacht hatten.

Rey hingegen hatte niemanden. Luke war tot, seine Stimme für immer verstummt, und Leia befand sich am anderen Ende der Galaxis.

Sie merkte, dass ihre Hand wehtat. Die Ränder der Elektrosonde schnitten in ihre Finger, weil sie das Gerät so fest umklammert hielt.

Rey atmete tief durch. Sie sollte versuchen, das Landefahrwerk zu reparieren. Dann hätte sie wenigstens etwas, was sie von diesen Gedanken ablenkte.

»Die Jedi-Schülerin lebt immer noch«, sagte der Imperator. Kylo stand in einem Korridor der *Steadfast*… und doch sprach er gleichzeitig mit dem Imperator. Palpatines Macht war viel größer, als Ren geahnt hatte. Rey war als Einzige mächtig genug gewesen, um auf diese Weise über große Entfernungen hinweg mit ihm zu kommunizieren – oder vielleicht war es die sonderbare Verbindung zwischen ihnen, die so mächtig war. Nicht einmal Snoke war zu so etwas imstande gewesen.

Und auch Palpatine schien diese Machtdemonstration auszulaugen, denn seine Züge wirkten noch gebrechlicher als zuvor. Kylo hätte nicht gedacht, dass das bei der nekrotischen Erscheinung des Imperators überhaupt möglich wäre, aber offenbar war das ein Irrtum gewesen. Seine Augen waren halb geschlossen, sein Atem kam als gequältes Ächzen über seine Lippen. »Vielleicht hast du mich … verraten?«, fuhr Palpatine fort. »Zwing mich nicht, meine Flotte gegen dich einzusetzen.«

»Ich weiß, wo sie hinwill«, erklärte Kylo, während er gleichzeitig versuchte, seine Gedanken abzuschirmen. »Sie wird niemals ein Jedi.«

Die Stimme des Imperators dröhnte wie Donner in seinem Kopf. »Sorge dafür«, verlangte er. »Töte sie.«

Kylo spürte, wie die Verbindung unterbrochen wurde. Und keinen Moment zu früh; er hatte sein Triumphgefühl kaum noch unterdrücken können.

Der Imperator hatte also Angst vor Rey. Vor ihrer Macht. Sobald sie ihr Schicksal als Teil seiner Dyade akzeptiert hätte, würde nichts sie noch aufhalten können.

Für ihren Plan, in die Kolonien zu fliehen, hatte Zorii zwei Optionen in Erwägung gezogen. Erstens: ein anständiges Schiff zu ergattern. Zweitens: sich eine sichere Mitfluggelegenheit zu erkaufen.

Leider kam keine dieser Optionen noch in Frage, jetzt, wo sie Dameron ihre Plakette gegeben hatte. Aber sie hatte noch immer ihr Schiff, einen Y-Flügler vom Typ BTA-NR2, mit gepanzertem Cockpitmodul, aufgerüstetem Navcomputer und überarbeitetem Taktikinterface, der sie knapp vierzigtausend Credits gekostet hatte. Manche Leute hielten es für unangebracht, Sternjägern Namen zu geben, aber ihrer hatte trotzdem einen: *Comeuppance*.

Die Kolonien standen also nicht mehr zur Debatte, aber solange sie ihr Schiff hatte, konnte sie vielleicht anderswohin entkommen. Der Y-Flügler hatte genug Rationen für eine Woche an Bord – halt, nein, korrigierte sie sich. Für eine halbe Woche. Lluda würde schließlich mit ihr kommen. Trotzdem sollte das Zeit genug sein, um sich etwas zu überlegen.

Das Problem war nur: Zorii kauerte *hier*, auf einem Dach an der äußeren Stadtmauer, und die *Comeuppance* stand da *drüben*, in einer kleinen Schlucht jenseits von Kijimi City, verborgen unter einer schneeweißen Plane. Und zwischen ihnen befanden sich eine ganze Einheit Schneetruppen und einer dieser schwarz gewandeten Schlächter.

Zorii tippte ihren Helm an, um die eingebauten Sensoren zu aktivieren. Eine holografische Darstellung überlagerte das Bild vor ihr, und sie zoomte an den Schlächter heran – an seinen langen Mantel, seinen Furcht einflößenden Helm. Das Hologramm fertigte ein dreidimensionales Modell an, dann piepste das System leise, als es den Kerl identifiziert hatte: Ushar, einer der Ritter von Ren.

Sie brauchte ein Ablenkungsmanöver.

Zum wiederholten Mal sah Zorii sich nach Lluda um, aber sie konnte das Mädchen nirgends entdecken. Vermutlich hatte es sich ebenfalls irgendwo entlang der Mauer versteckt und wartete auf eine Gelegenheit, um zur *Comeuppance* zu schleichen. Lluda trug meist grauweiße Tarnkleidung, und dank ihrer blassen Haut und ihres weißen Haars konnte sie förmlich mit der verschneiten, felsigen Umgebung verschmelzen, wenn sie es wollte. Sie brauchte nicht mal eine Atemmaske, um den frostigen Temperaturen standzuhalten. Zorii vermutete schon lange, dass das Mädchen eine Hybridin war, halb Mensch, halb irgendeine Kaltwetterspezies, aber Lluda hatte nie Details über ihre Eltern preisgegeben – abgesehen davon, dass sie brutal ermordet worden waren.

Jemand schrie. Schreie waren dieser Tage nichts Ungewöhnliches, aber diese Stimme hatte einen vertrauten Klang. Zorii kroch zum Rand des Daches vor und blickte nach unten. Ihr Magen zog sich schlagartig zusammen.

Es war Jarraban, und er lag blutend und verkrümmt im Schnee. Ein schwarz gekleideter Ritter von Ren stand über ihm, seine mächtige Axt befleckt mit dem Blut von Zoriis Freund.

Sie kroch zurück, kauerte sich hinter einen Kamin und schloss die Augen. Aber das Bild hatte sich in ihr Hirn eingebrannt, und sie konnte ihm nicht entkommen. Jarraban hatte seit mehreren Jahren zur Crew gehört. Auf vielen Missionen war er ihre rechte Hand gewesen.

Doch Zoriis Trauer um ihren Freund würde warten müssen. Jetzt galt es erst einmal, gemeinsam mit Lluda einen Weg von diesem gefrorenen Felsen zu finden, wenn sie Jarraban nicht im Jenseits Gesellschaft leisten wollte.

Auf der verzweifelten Suche nach einem zündenden Einfall sah sie sich um. Das holografische Display zeigte ihr ein explosives Element an.

Es befand sich rechts von ihr, auf einem alten Beobachtungsturm aus den Tagen des Religionstourismus; damals waren Besucher dort hinaufgeklettert, um zu meditieren und eins mit der Berglandschaft zu werden. Heutzutage wurden solche Türme von Banden und Gilden als Spähposten benutzt, aber dieser hier war gerade nicht besetzt; da war nur eine Neehwa-Öllampe, deren Schein hell von der überdachten Plattform leuchtete.

Das sollte reichen. Und in dem folgenden Durcheinander würde sie versuchen, zur *Comeuppance* zu gelangen.

Zorii fuhr die Kletterdornen ihrer Stiefel aus und schob sich über das Dach nach vorne, ganz vorsichtig und langsam. Hätte sie ihre Blaster in den Händen gehabt, hätte sie sich vermutlich besser gefühlt, aber sie würde ihre Hände brauchen, falls sie abrutschte.

Schließlich erreichte sie den Turm, griff nach dem steinernen Mauerkranz und zog sich auf die Plattform hoch. Über ihrem Kopf hingen dicke Eiszapfen herab, weil die Öllampe den Schnee schmolz, das Schmelzwasser auf dem Weg nach unten aber sofort wieder gefror. So entstand ein winziger, eisiger Käfig, der sie vor neugierigen Augen abschirmen sollte, während sie arbeitete.

Und diese Arbeit bestand darin, eine Bombe zu basteln.

Die einfachste Methode wäre gewesen, aus der Ferne auf die Lampe zu schießen, aber die Sturmtruppen der Ersten Ordnung waren gut ausgebildet, und sie würden sofort zum Ursprungspunkt des Schusses eilen. Da war es besser, ein wenig Sprengstoff zu benutzen und weit, weit von hier fort zu sein, wenn er hochging.

Sie fischte einen Zünder und ein wenig Plastiksprengstoff aus ihrem Ausrüstungsgürtel; mehr brauchte sie gar nicht. Nachdem sie den Sprengstoff gegen den Ölbehälter unter dem Glas gedrückt hatte, tippte sie ihren Helm an, um den Detonator auf die entsprechende Wellenlänge einzustellen.

Anschließend kletterte sie wieder vom Turm und blickte sich forschend um. Sobald die Ladung hochging, würden sich die Sturmtruppen … in diese Richtung bewegen. Was bedeutete, dass sie … dort in Position gehen sollte, nahe der Stadtmauer.

Geduckt schlich Zorii zu besagter Position. Ja, hier sollte sie weit genug von dem kleinen Turm entfernt sein, um unbemerkt zu bleiben, gleichzeitig aber auch dicht genug an der Mauer, um im richtigen Moment nach unten springen zu können. Dann wäre es nur noch ein kurzer Sprint bis zu ihrem Schiff.

Sie hoffte, dass Lluda irgendwo in der Nähe war und sie beobachtete.

Zorii sprach ein kurzes Gebet zu den Dai-Bendu-Mönchen der alten Zeit, zu all den Göttern, an die sie nie geglaubt hatte, ja sogar zur Macht, dann machte sie ein Handzeichen vor ihrem Visier, um die Detonation einzuleiten.

Der Turm explodierte. Eissplitter flogen in alle Richtungen davon und zerbarsten auf den umliegenden Dächern. Das Turmdach schoss senkrecht in die Luft hoch wie eine Rakete.

Die Sturmtruppen zwischen ihr und ihrem Schiff rissen die Köpfe hoch … rührten sich aber nicht vom Fleck. Ein paar Sekunden später widmeten sie sich wieder ihren eigenen Aufgaben, als wäre überhaupt nichts passiert.

»Das soll wohl ein Scherz sein«, murmelte Zorii frustriert.

Jemand tippte ihr auf die Schulter, und sie wirbelte so schnell herum, dass sie um ein Haar das Gleichgewicht verloren hätte.

Es war Lluda.

Ihr Haar glänzte vor dem Hintergrund der Nacht, und im Gegensatz zu Zoriis Gesicht waren ihre Wangen nicht gerötet und steif. Man konnte nicht mal ihren Atem sehen.

»Ich lenke sie ab«, erklärte das Mädchen. »Du gehst.«

»Nicht ohne dich.«

Lluda lächelte. »Du hast mir bereits das Leben gerettet, als du mich in die Crew aufgenommen hast. Das hier ist meine Chance, den Gefallen zu erwidern.«

Nein. Sie konnte nicht noch mehr Freunde verlieren. »Lluda, was wirst du … wo willst du …« Sie öffnete das Visier ihrer Maske und blickte das Mädchen flehentlich an. »Wir können es schaffen. Wir können gemeinsam von hier verschwinden und …«

»Du kennst mich doch. Ich komme schon zurecht. Ich finde immer einen Weg.« Lluda bedachte Zorii mit einem letzten Grinsen. »Jetzt schau gut hin!« Nach diesen Worten eilte sie über die Dächer davon, so leichtfüßig, als wäre sie in einem früheren Leben eine Bergziege gewesen.

Zorii fluchte in jeder Sprache, die sie kannte, dann klappte sie das Visier wieder zu und bereitete sich darauf vor loszurennen.

»He!«, rief Lluda. Sie stand am Rand eines Daches, wo die Sturmtruppen sie mühelos sehen konnten, und winkte mit den Armen. »Nieder mit der Ersten Ordnung! Lang lebe der Widerstand!«

Blasterfeuer schnitt rings um das Mädchen durch die Luft, während sie weitere Beleidigungen rufend die Flucht ergriff. Die Sturmtruppen nahmen in geschlossener Formation die Verfolgung auf, und sogar der schwarz gewandete Ritter verließ seinen Posten.

Zorii sprang von der Mauer und landete in einer Wolke aufgewirbelten Schnees, dann rannte sie auf ihr Schiff zu, was gar nicht so leicht war, wenn man bei jedem Schritt bis zu den Knien im Schnee versank.

Ein erleichtertes Seufzen kam über ihre Lippen, als sie sich schließlich unter die Plane duckte und den Sternjäger intakt vorfand. Sie öffnete die Verriegelung mithilfe ihres Helms, woraufhin die Cockpithaube aufklappte, anschließend kletterte sie die Leiter hoch und warf sich ins Innere des Y-Flüglers. Jetzt musste sie nur noch die Systeme hochfahren, die Treibstoffleitungen aufwärmen und die Repulsorlifte für einen schnellen Start nach unten neigen. Es würde ein ziemlich stürmischer Abflug werden, und sie konnte nur hoffen, dass er stürmisch genug sein würde, um den Feind abzuhängen.

In dem Moment, als sich der Y-Flügler in die Luft erhob, prasselte Blasterfeuer auf sie ein, aber die Schilde hielten. Ihr Plan war, einen kurzen Sprung in die Lichtgeschwindigkeit zu machen und dann zurückzukehren, um Kijimi City nach ihren Freunden abzusuchen. Sie musste es zumindest versuchen. Mit ein wenig Glück könnte sie Lluda und die anderen vielleicht noch retten.

Und danach?

Als ihr Schiff aus der Atmosphäre stieß, hatte sie sich bereits für ein Ziel entschieden. Und nicht nur das; sie hatte außerdem Poe Dameron vergeben. Es war schließlich nicht so gewesen, als wäre er vor ihr und der Crew weggerannt. Er war einfach auf etwas anderes *zu*gerannt. Und Zorii würde das Gleiche tun.

Eingerahmt von mehreren Sturmtrupplern, stand General Armitage Hux vor Ehrengeneral Pryde. Die Wunde an seinem Schenkel war mit Bacta bestrichen und verbunden, und sie schmerzte schon fast nicht mehr. Dafür juckte sie, und sein ganzes Bein fühlte sich unangenehm warm an. Aber das war vermutlich ein geringer Preis dafür, dass er mit Hochverrat und Mord durchgekommen war.

»Es war ein koordinierter Angriff, werter General«, erklärte er. »Sie überwältigten die Wachen und zwangen mich, sie zu ihrem Schiff zu bringen.«

Pryde starrte ihn einen Moment lang über seine hocherhobene Nase hinweg an. Seine Augen waren schmale Schlitze. »Ich verstehe.«

Hux wahrte eine vollkommen emotionslose Miene. Der

Verband über seinem Hosenbein war von Blut durchtränkt, was seiner Geschichte noch mehr Glaubwürdigkeit verleihen sollte. Aber unter dem Hosenbein war ein wenig Bacta ausgetreten, und es rann warm und klebrig an seinem Schenkel nach unten.

Prydes Brauen zogen sich noch ein wenig weiter zusammen als üblich, dann funkelte etwas in seinen Augen, was Hux noch nie dort gesehen hatte.

Mit einem Mal fiel es ihm schwer zu atmen.

Der Ehrengeneral wandte sich an den Kommandanten der Sturmtruppen. »Rufen Sie den Obersten Anführer.« Anschließend griff er nach dem Blaster des Trupplers, richtete ihn in einer fließenden Bewegung auf Hux und schoss ihm aus nächster Nähe in die Brust.

Der General war aber nicht sofort tot, als er auf den Boden prallte. Sein Mund klappte lautlos auf und zu, während die Schmerzen jede Faser seines Seins in Brand setzten.

»Sagen Sie ihm, wir haben unseren Spion«, hörte er Pryde sagen.

Hux' letzter Gedanke galt der Schrottsammlerin. Er hasste dieses Mädchen. Sie hatte alles ruiniert. Und doch hatte sie jede Konfrontation mit Kylo Ren überlebt. Die Vorstellung, dass sie ihn vielleicht noch bezwingen könnte, war wie ein letzter Funke der Hoffnung vor der näher rückenden Dunkelheit.

Doch dann wurde auch dieser Funke von der Schwärze verschluckt, und Hux war nicht mehr.

13. Kapitel

Rein technisch war Kef Bir ein Mond von Endor, aber für Rey war es eine ganz eigene Welt. Ihr Flug in die Atmosphäre hatte gewaltige Meere enthüllt, unterbrochen von vereinzelten Flecken Land, die größtenteils von Gras bedeckt waren. Es gab nur wenig Sträucher und keine sichtbaren Siedlungen.

C-3PO hatte sich in das Holonetz eingeklinkt und Nachforschungen angestellt. Wie er erklärte, hatte die Oberfläche von Kef Bir einst vollkommen unter Wasser gelegen. Doch während der letzten Jahrzehnte hatte es mehrere gewaltige Naturkatastrophen gegeben, infolge derer zahlreiche Landmassen entstanden waren. Einige Theorien machten die Zerstörung des zweiten Todessterns für diese Naturkatastrophen verantwortlich, und das nicht nur, weil über Jahre hinweg Trümmer der mondgroßen Kampfstation auf die Oberfläche herabgeregnet waren; einige Trümmer waren wohl auch mit einem nahen Asteroidencluster kollidiert, was diesen aus seiner Bahn geworfen und zu weiteren, noch größeren Einschlägen auf Kef Bir geführt hatte.

Während der letzten zehn Jahre hatte sich die Situation wieder beruhigt, und neues Leben hatte auf Kef Bir Fuß gefasst. Angeblich hatte der Mond sogar eine kleine Zahl von

Siedlern und Flüchtlingen angezogen, was sich aber nirgends bestätigen ließ. Offiziell lautete die Kategorisierung des Mondes weiterhin »unbewohnt«.

Rey hatte das Landefahrwerk und die Repulsoren vor ihrer Ankunft nicht gänzlich reparieren können – es reichte lediglich, um den Aufprall ein wenig abzufedern. Und so erblickten sie eine lange Schneise aufgewühlter, feuchter Erde hinter sich, als sie schließlich aus dem ramponierten, über und über verdreckten *Falken* stiegen – eine gerade Linie, die fast bis zum Horizont zurückreichte.

Der Bauch des Frachters war halb in den Boden eingesunken, und sie mussten die obere Luke benutzen, aber so übel es auch aussah, der *Falke* war noch immer *größtenteils* flugtauglich. Nach ein paar Reparaturen und mit ein wenig Glück sollte er wieder starten können.

Aber erst musste Rey holen, weswegen sie hergekommen waren.

Die Luft roch nach Salz und sonnengeküsstem Gras. Wasser benetzte ihre Haut, als würde der Wind die Gischt des Meeres bis hierher tragen. Wütende graue Wolken ballten sich am Himmel zusammen, aber trotzdem war es ungewöhnlich hell; neben der Sonne sorgte nämlich auch das reflektierte Licht vom Gasriesen Endor für Helligkeit.

Rey führte sie einen steilen, grasbewachsenen Hang hoch, den Koordinaten folgend, die C-3PO ihnen gegeben hatte. Sogar die Droiden kamen mit; D-Os Einradantrieb erwies sich auf dem grasigen Terrain als überraschend effektiv.

Reys Lunge schmerzte, und ihr Atem kam in keuchenden Zügen, als sie schließlich die Spitze des Hanges erreichte. Dann atmete sie einen Moment lang gar nicht mehr.

Sie standen am Rand einer Klippe, die unter ihnen mindestens sechshundert Meter senkrecht abfiel. An ihrem Fuß brach sich das tobende Meer, das sich bis zum nebelverhüllten Horizont erstreckte. Wellen, so hoch wie Sternzerstörer, donnerten in einer Explosion aus weißem Wasser und Schaum gegen die Felsen, dann rollten sie über gezackte schwarze Sandbänke zurück und warfen sich zu ihrem nächsten Angriff nach vorne.

So viel Wasser, alles an einem Ort ... und es höhlte den Fels aus, stob weit genug in die Höhe, dass sie die Gischt selbst hier oben spüren konnte. Wo Rey herkam, war Wasser eine der wertvollsten Substanzen der Galaxis. Nun sah sie, dass es auch eine der mächtigsten war.

Der Nebel lichtete sich, sodass sie weiter auf das Meer hinausblicken konnten. Ein Umriss schälte sich aus dem Dunst, ein Berg aus Metall. Nein, ein ganzes *Gebirge* aus Metall. Finn, der neben Rey stand, sog den Atem ein.

Es war ein Schiff, oder genauer, die Überreste eines Schiffes. Nur war dieses Schiff größer als alle, die Rey in ihrem Leben gesehen hatte. Seine zerschmetterte Hülle wölbte sich über den peitschenden Wogen wie eine umgedrehte Obstschale, und die gezackten Überreste einer Superlaser-Fokussierlinse starrten in den Himmel hoch. Der Anblick erinnerte sie an den Schiffsfriedhof auf Jakku, nur feuchter. Und ungefähr tausendmal größer.

»W-was ist das?«, wollte D-O wissen.

»Der Todesstern«, antwortete Rey, ohne die Augen von dem titanischen Wrack zu nehmen. »Ein furchtbarer Ort aus einem alten Krieg.«

»Ich kann mir nicht vorstellen, dass General Leia davon wusste«, murmelte Poe, einen fassungslosen Ton in seiner Stimme. »Ein gewaltiges Bruchstück des zweiten Todessterns, noch immer intakt ...«

BB-8 piepste eine weitere Frage.

»Vom Himmel, Bebe-Acht«, erklärte Rey.

»Der Wegfinder des Imperators ist in der imperialen Kammer«, zitierte Finn die Inschrift von Ochis Dolch. »Wer hätte gedacht, dass damit der Todesstern gemeint ist?«

»Ich bin ja nur ungern der Pessimist«, sagte Poe, »aber es wird Jahre dauern, bis wir finden, wonach wir suchen.«

Er hatte recht. Wie sollte man etwas durchsuchen, was so groß wie ein ganzer Mond war? Wo sollte man auch nur anfangen?

Rey blinzelte, als ihr etwas einfiel. *An der Südküste,* hatte C-3PO gesagt. Und noch etwas ... »Nur diese Klinge es verrät«, wisperte sie.

Sie zog Ochis Dolch hervor und hielt ihn in die Höhe, sodass seine Schneide im hellen Licht glänzte.

Die Form der Klinge entsprach genau dem Umriss des Wracks.

Poe beugte sich vor.

Rey kniff ein Auge zu. Die Parierstange des Dolches ließ sich weiter ausklappen. Während sie die Klinge nach wie vor so hielt, dass die gezackte Schneide genau über den gezackten Umrissen des Todessterns lag, zog sie an der Parierstange, bis sie wieder einrastete. Die Stange beschrieb nun einen Viertelkreis, und ihre Spitze ...

... deutete auf eine Sektion des Wracks, südwestlich der Superlaserlinse: ein sternförmiges Gebilde, halb verborgen in einer Vertiefung zwischen den hochragenden Metalltrümmern.

»Der Wegfinder ist dort«, sagte Rey.

C-3POs Koordinaten hatten sie nicht zu den Koordinaten des Wegfinders geführt, sondern zu den Koordinaten, von denen aus man den Dolch benutzen konnte, um die Position des Wegfinders zu enthüllen.

»Achtung«, rief Poe plötzlich.

Rey wirbelte herum. Finn und Poe zückten ihre Blaster.

Eine junge Frau, ungefähr im selben Alter wie Rey, ritt

auf sie zu. Sie saß auf dem Rücken einer Kreatur, die an ein Fathier erinnerte, nur mit gewaltigen, nach oben geschwungenen Hauern, einem breiteren Körperbau und viel längerem Fell. Die Frau hatte dunkle Haut wie Finn, und wunderschönes, obsidianfarbenes Haar rahmte ihr Gesicht ein. Soweit Rey erkennen konnte, war sie lediglich mit einem Bogen bewaffnet, und sie empfand ein unwillkürliches Gefühl des Respekts und der Verbundenheit mit dieser Frau, als sie sah, dass der Bogen aus Schrottteilen zusammengebastelt war. Jakku und Kef Bir waren wohl doch nicht so unterschiedlich.

Dann tauchte ein Dutzend weiterer Reiter hinter der Frau auf, die gleichsam bewaffnet waren.

»Harte Landung?«, fragte die Anführerin.

»Hab schon schlimmere erlebt«, rief Poe.

»Hab schon bessere gesehen«, konterte sie. »Seid ihr vom Widerstand?«

»Kommt drauf an«, erwiderte Poe zögerlich.

»Wir erhielten eine Übertragung von jemandem namens Babu Frik.«

Poe ließ seinen Blaster sinken.

»Babu Frik!«, entfuhr es C-3PO. »Oh, er ist einer meiner ältesten Freunde!«

»Er sagte, dass ihr kommt. Er sagte, ihr wärt die letzte Hoffnung«, fuhr die Frau fort.

Mit einem Anflug von Optimismus trat Rey auf sie zu. »Wir müssen zu diesem Wrack«, erklärte sie, wobei sie über die Schulter deutete. »Da ist etwas drin, was wir brauchen.«

Die Reiterin dachte einen Moment darüber nach, dann sagte sie: »Ich bringe euch dorthin. Über's Wasser.«

»Hast du dir das Wasser schon mal angesehen«, warf Finn ein.

»Wir haben einen Skimmer«, fuhr die Frau fort, als hätte

sie ihn überhaupt nicht gehört. »Aber nicht jetzt. Zu gefährlich. Wir brechen morgen früh auf.«

»So lange können wir nicht warten«, entgegnete Rey. Sie wandte sich Poe und Finn zu. »Kylo Ren sitzt uns direkt im Nacken.«

»Kylo Ren?«, wiederholte die Frau. Sie wechselte einen erschrockenen Blick mit ihren Begleitern.

»Wir haben keine *Zeit*«, beharrte Rey.

»Wir haben keine *Wahl*«, murmelte Poe. »Lasst uns so lange das Schiff reparieren.« Dann drehte er sich wieder zu der Frau herum. »Habt ihr hier Ersatzteile?«

»Ein paar«, sagte sie nur. »Ich bin Jannah.«

»Ich bin Poe.«

Anschließend kehrten sie gemeinsam zum Fuß des Hanges zurück, wo der *Falke* lag – alle außer Rey, die noch einen Moment lang stehen blieb und über den Ozean hinweg zu den Trümmern des Todessterns hinüberstarrte. Sie war ihrem Ziel so nahe ... Doch dann zwang sie sich, kehrtzumachen und ihren Freunden zu folgen.

Die Reiter waren abgestiegen, damit ihre Tiere grasen und umhertrotten konnten. Orbaks, so nannte Jannah sie. Finn war schwer beeindruckt davon, wie sie beim Rennen die Erde aufwirbelten, wie ihre langen Mähnen im Wind wirbelten, wie sie in spielerischem Kampf ihre gewaltigen Hauer kreuzten. Sie erinnerten ihn an das Fathier, das er und Rose in Canto Bight geritten hatten, nur dass diese Tiere hier fröhlich und frei waren. Und viel stämmiger, als wären sie für große Anstrengungen und kaltes Wetter gebaut.

Er lächelte, als eines der Orbaks an BB-8 schnüffelte. Das Tier gab ein Geräusch von sich, halb Schnauben, halb Wiehern, und BB-8 versuchte es zu imitieren – mit mangelhaftem Erfolg.

»Hallo!«, versuchte es daraufhin der kleine Droide mit dem Kegelkopf.

Das Orbak warf seine Mähne von einer Seite auf die andere und brüllte. Es war nicht wirklich ein feindseliger Laut, trotzdem wich der Droide hastig zurück. »Nein danke. Nein danke«, wiederholte er mehrmals, während BB-8 ihn davon zu überzeugen versuchte, dass das Orbak ein Freund war. Finn entschied, dass die Droiden und Tiere die Sache unter sich klären konnten, und stieg an Bord des *Falken*.

»Was für eine missliche Lage!«, sagte C-3PO gerade. Er und Poe waren dabei, den Status der vorderen Schilde zu überprüfen. »Läuft für Sie jeder Tag so?«

»Ob wir je rausfinden, wie man ihn leiser stellt?«, fragte Poe nur.

Ihre Bruchlandung hatte auch den Reserve-Atmotank des *Falken* in Mitleidenschaft gezogen. Er leckte zwar noch nicht, aber das konnte sich ändern. Falls sie später keine größeren Probleme haben wollten, sollten sie diesen Schaden schnellstmöglich beheben. Also machte Finn sich kurzerhand an die Arbeit. Es war schließlich nicht so, als hätte er etwas Besseres zu tun, außerdem sollte es ihn zumindest ein paar Minuten von seiner Sorge um Rey ablenken.

Wenig später betrat Jannah den Maschinenraum, in der Hand einen kleinen Rez-Zylinder – genau das Ersatzteil, das er brauchte, um den Tank zu reparieren. »Ist ein Null-Sechser, aber er sollte passen.«

Finn nahm den Zylinder und starrte ihn an. »Das wird von der Ersten Ordnung benutzt«, stellte er fest.

»Da liegt ein alter Kreuzer am westlichen Kamm, den haben wir ausgeschlachtet.« Jannah machte eine Pause, als müsste sie sich erst zu einer Entscheidung durchringen, aber dann fügte sie schließlich hinzu: »Davor haben wir auf diesem Schiff gedient – und sind damit hierhergeflohen.«

Finns Augen weiteten sich. »Sekunde, warte … Du warst bei der Ersten Ordnung?«

»Nicht freiwillig«, erklärte sie hastig. »Wir wurden zwangsrekrutiert. Als Kinder – wir alle. Ich war Tee-Zett Eins-Sieben-Eins-Neun. Sturmtruppler.«

Das erklärte dann wohl, woher sie wussten, wie man aus defekten Blasterteilen Bögen anfertigte. Und es erklärte ihr Armband, unter dem ein Transponder steckte.

Finn musste nun ebenfalls eine Entscheidung treffen. »Eff-Enn Zwei-Eins-Acht-Sieben«, stellte er sich vor.

»Du?«

Ein Grinsen stahl sich auf seine Lippen, als er nickte. Er hatte jemanden getroffen, der genauso war wie er! Finn konnte es kaum erwarten, Rey davon zu erzählen.

Er legte den Zylinder beiseite und setzte sich ihr gegenüber auf den Boden. »Ich wusste nicht, dass es mehr gibt.«

»Deserteure? Wir alle hier waren bei den Sturmtruppen. Wir sind bei der Schlacht von Ansett desertiert. Man befahl uns, auf Zivilisten zu schießen …«

Finn verzog das Gesicht. Er wusste genau, wie sich das anfühlte.

»Aber wir haben uns geweigert«, fuhr Jannah fort. »Wir legten unsere Waffen nieder.«

»Ihr alle?«

Sie nickte. »Die ganze Kompanie. Ich weiß nicht mal, wie es dazu gekommen ist. Es war keine bewusste Entscheidung. Wirklich, es war mehr …«

»… ein Instinkt«, beendete er den Satz für sie. »Ein Gefühl.«

Sie blickte ihn überrascht an. »Ein Gefühl.«

Erneut nickte Finn. »Die Macht«, sagte er mitfühlend. »Die Macht hat mich hierhergeführt. Hierher zu Rey und Poe.«

»Du sagst das so, als gäbe es sie wirklich.«

»Es *gibt* sie wirklich. Damals war ich nicht sicher, aber …« Er lächelte. »Jetzt bin ich es.«

Es sah aus, als wollte Jannah etwas darauf erwidern, aber sie wurde unterbrochen, als Poe und BB-8 hereinstürmten.

Finns Herzschlag beschleunigte sich. Es war, als wüsste er bereits, was sein Freund sagen würde. Und zwar …

»Rey ist verschwunden«, erklärte Poe.

Sofort rannten sie aus dem *Falken* und kletterten, gefolgt von den Droiden, den Hang hinauf.

»Hat sie den Skimmer genommen?«, fragte Jannah ungläubig.

Finn hob sein Quadokular an die Augen und suchte das Meer ab. »Ich sehe sie«, rief er nach ein paar Sekunden. »Gaaanz weit draußen.« Er reichte Poe den Feldstecher.

»Was hat sie sich dabei gedacht?«, zischte der Pilot.

Finn wusste genau, was sie sich dabei dachte; sie wollte den Sith alleine stellen, vermutlich weil sie glaubte, ihre Freunde so vor Schaden zu bewahren. Es war dumm. Es war zum Wahnsinnigwerden. Es war typisch Rey. »Poe, wir müssen hinter ihr her«, erklärte er.

»Wir reparieren den *Falken* und brechen auf, so schnell es geht«, nickte Poe, während er bereits wieder den Hang hinabsprintete.

Finn folgte ihm. »Wir lassen sie nicht im Stich!«, rief er laut.

Chewie und Jannah hielten sich hinter ihnen und mischten sich auch nicht in ihre Diskussion ein.

»Sie hat *uns* im Stich gelassen!«, sagte Poe. »Was willst du machen? Schwimmen?«

»Sie ist nicht sie selbst. Du hast keine Ahnung, was sie durchmacht.«

Poe blieb stehen und wirbelte herum. »Aber du, ja?«

»Ja, allerdings. Und Leia auch.«

»Ich bin aber nicht Leia!«

»So viel ist mal sicher.«

Poe wich zurück, als hätte man ihm eine Ohrfeige verpasst, und Schuldgefühle überkamen Finn. Das war zu harsch gewesen. Zu nah an der Wurzel von Poes Sorgen und Ängsten. Das hätte er nicht tun sollen. Doch bevor er sich entschuldigen konnte, warf Poe ihm den Feldstecher zu und marschierte davon.

Mit einem Seufzen kehrte Finn zu den anderen an den Rand der Klippe zurück, wo er den Feldstecher hob und erneut über den Ozean hinausblickte. Reys Skimmer war kaum mehr als ein Staubkorn inmitten der stürmischen Wassermassen. Er hatte keine Ahnung, wie sie es schaffte, den Skimmer durch die Wellen zu navigieren, aber irgendwie schaffte sie es, nicht zu kentern – bis jetzt zumindest.

Er konnte ihr nicht hinterherschwimmen, das wäre Selbstmord. Vielleicht hatte Poe recht; vielleicht war die einzige Möglichkeit wirklich, den *Falken* schnellstmöglich zu reparieren.

»Finn?«, drang Jannahs Stimme an sein Ohr.

Er ließ das Quadokular sinken.

»Es gibt noch einen zweiten Skimmer«, sagte sie.

Neue Hoffnung durchzuckte Finn wie ein Blitzschlag. Er rannte los.

Die Nachricht, dass der *Millennium Falke* wieder sendete, hatte sich bereits in der gesamten Basis herumgesprochen, trotzdem fand Leia, dass ein paar motivierende Worte nicht schaden konnten. Darum rief sie alle zusammen, um einen offiziellen Bericht abzugeben. Es war der perfekte Zeitpunkt für gute Neuigkeiten. Ein tropischer Sturm war über sie hinweggefegt und hatte die Temperatur gedrückt. Die Vögel in den Baumwipfeln über ihnen feierten die angenehme Kühle mit fröhlichem Gezwitscher.

»Es freut mich, euch mitteilen zu können, dass der *Millennium Falke* uns über das Langstreckenkomm eine Nachricht gesendet hat«, sagte sie. »Sie hatten Schwierigkeiten, aber jetzt verläuft die Mission wieder nach Plan.«

Mehrere Leute klatschten oder schlugen einander auf den Rücken. Sie sah lächelnde Gesichter. Connix und Rose umarmten einander sogar. Ja, dies war die richtige Entscheidung gewesen.

»Unsere Hoffnung ruht auf ihnen, aber unsere Arbeit ist hier. Commander Tico meldet, dass die beiden Jäger, die wir auf Corellia erbeutet haben, inzwischen wieder flugbereit sind.«

Mehr Applaus.

»Meine Glückwünsche und mein Dank gehen an das gesamte Ingenieursteam. Sie haben wahrlich ein Wunder vollbracht. Doch die Arbeit hat gerade erst begonnen ...«

Leia. Natürlich musste er sie ausgerechnet während der letzten Sekunden ihrer Ansprache stören.

Du wirst ja zu einer richtigen Nervensäge, dachte Leia.

Sie konnte Lukes Lächeln spüren. *Es ist Zeit,* sagte er. *Verabschiede dich von ihnen.*

Nein, noch nicht...

Die Worte, die sie sich zurechtgelegt hatte, erstarben auf ihren Lippen. Stattdessen sagte sie nur: »Ich bin stolz auf euch alle. Solange wir die Hoffnung nicht verlieren, lebt unsere Sache weiter.«

Sie taumelte leicht, als sie zu ihrem Quartier eilte, aber wie immer war Connix zur Stelle, um sie zu stützen.

Ihr Weg führte sie dicht an der *Tantive IV* vorbei, und Leia hörte, wie R2-D2 Maz Kanata eine Frage stellte.

»Ja, Erzwo«, antwortete Maz. »Leia weiß, was getan werden muss. Aber um ihren Sohn zu erreichen, wird sie ihre ganze Kraft aufbringen müssen.«

Kurz wollte Leia zu ihr gehen, aber dann entschied sie, die Worte zu ignorieren, genauso wie sie Luke ignorierte. Sie war schrecklich müde. Im Moment wollte sie sich nur hinlegen, sonst nichts. Connix half ihr, sich auf ihrem Bett auszustrecken, bevor sie sich zurückzog. Leia wartete, bis das Mädchen gegangen war, dann griff sie nach Hans Medaille und drückte sie fest an ihre Brust, während sie ihren Kopf auf das Kissen bettete.

Bevor Rey mit Han Solo auf Takodana gelandet war, hatte sie noch keine größere Wasserfläche gesehen als den schleimigen Trog hinter dem Niima-Außenposten. Selbst später, während ihrer Zeit auf Ahch-To, hatte sie die Nähe des Meeres stets mit einer gewissen Unruhe erfüllt. Die Natur und die Bewegungen des Wassers erschienen ihr fremdartig und unheimlich. Doch nun hatte sie keine andere Wahl, als sich diesem unberechenbaren Feind zu stellen.

Dieser Ozean übertraf selbst ihre schlimmsten Befürchtungen. Der gestohlene Skimmer war ein Wunder an Kreativität, ein Gefährt ganz aus Schrottteilen zusammengebaut, mit zwei Auslegern, die durch die Wellen schnitten und sie über das Wasser hüpfen ließen. Der Skimmer reagierte auf jede noch so kleine Berührung am Steuer, aber die Wellen hier waren höher als Häuser, und in ihren Tälern lauerten tückische Wirbel und Unterströmungen, ganz zu schweigen von den gewaltigen Gischteruptionen. Rey musste ihre ganze Aufmerksamkeit aufbringen, um nicht unterzugehen.

Kurz wurde der Skimmer selbst zu ihrem Feind, als ihr eine unerwartete Woge das Ruder aus der Hand riss. Der Gleiter stellte sich quer, und um ein Haar wäre sie ins Wasser geschleudert worden. Es war nicht die erste Beinahekatastrophe ihrer Überfahrt, und es sollte auch nicht die letzte bleiben, aber schließlich erkannte Rey, dass sie auf die Wellen *zuhalten* musste, anstatt den Bug jedes Mal wegzudrehen. Sie musste die Wellen hochklettern und hoffen, dass der Skimmer nicht kenterte.

Als sie sich schließlich dem Todesstern näherte, war sie vollkommen durchnässt und zitterte am ganzen Leib. Sie hielt auf die Stelle zu, die der Dolch markiert hatte: die sternförmige Kammer, die sich Dutzende Meter über ihr erhob. Wie sollte sie nur dorthin gelangen? Vielleicht, überlegte Rey, könnte sie ja im *Inneren* des Trümmerteils nach oben klettern; dort wäre sie zumindest teilweise vor den Wellen geschützt. Das Trümmerteil ragte höher und höher über ihr auf, je näher sie kam. Die Wogen brachen sich an seiner massiven Hülle, und wann immer sie zurückwichen, enthüllten sie verlockende Anlegepunkte, nur um sie im nächsten Moment wieder unter Tonnen von Wasser zu begraben. Rey hatte ernsthafte Zweifel, ob sie es lebend dort hinüberschaffen würde.

Sie erreichte die Kuppe der nächsten Welle, und ihr Herz schlug ihr bis in den Hals hoch, als sie auf der anderen Seite rasend schnell in die Tiefe sauste. Sie war dem Wrack inzwischen schrecklich nahe, und der Skimmer würde geradewegs in die Hülle hineinrasen und in tausend Teile zerbersten …

Doch stattdessen wurde der Skimmer in eine gewaltige Schlucht aus Metall hineingesaugt, einen Riss in der Außenhaut des Todessterns, der Hunderte Meter ins Innere der Kampfstation hineinzureichen schien. Die gekrümmten Wände, die zu beiden Seiten aufragten, zähmten das stürmische Wasser ein wenig, und der Skimmer wurde langsamer. Verglichen mit ihrer Fahrt über den offenen Ozean wirkte das hier geradezu friedlich. Sie reckte den Hals und entdeckte geflügelte Kreaturen, die am oberen Rand des Risses ihre Nester gebaut hatten. Sie flogen in Kreisen durch die Düsternis und kreischten, als sie zu ihren Nistplätzen zurückkehrten.

Der Dolch hatte ihr den Weg hierher gewiesen, aber sie stellte fest, dass sie ihn nun nicht mehr brauchte. Etwas zog sie nach vorne, ein Gefühl tief in ihren Knochen. Ohne genau zu wissen warum, rief sie im Geiste nach Luke. *Seid Ihr bei mir?*

Natürlich erhielt sie keine Antwort.

Sie richtete den Bug des Skimmers auf einen Teil der Wand aus, der ramponiert genug war, dass sie leicht daran hochklettern konnte. Dort angelangt, band sie den Skimmer fest, so gut es eben ging, und nachdem sie überprüft hatte, dass ihr Lichtschwert noch an seinem Platz war, begann sie mit dem Aufstieg.

Es war eine Weile her, seit sie das letzte Mal durch das Wrack eines abgestürzten Raumschiffes geklettert war. Ihre Hände waren noch immer kräftig, aber alles um sie herum war nass und glitschig. Geduld war hier der Schlüssel zum Erfolg. *Schön langsam und vorsichtig,* ermahnte sie sich. *Prüf jeden Vorsprung, bevor du ihn mit deinem ganzen Gewicht belastest.*

Sie war bereits hoch über der Wasseroberfläche, und der Skimmer tanzte als vager Umriss auf den Wellen unter ihr, als sie schließlich eine Öffnung in der Wand erreichte. Sie schob sich zwischen den scharfen Metallrändern des Loches hindurch und balancierte dann auf einem schräg vorstehenden Träger durch einen breiten Turboliftschacht, um an der hinteren Wand weiter nach oben zu klettern. Es war viel trockener hier, aber auch dunkler, und sie ertastete ihren Weg mehr, als dass sie ihn sah.

Nach mehreren Minuten war nichts mehr über ihr, was

ihr Halt bieten konnte. Der einzige Weg, weiter den Schacht emporzuklettern, war ein herabhängendes Metallgitter an der gegenüberliegenden Wand. Viel zu weit für einen Sprung. Oder …?

Rey griff in die Macht hinaus und stieß sich mit aller Gewalt von dem feuchten Metall ab. Sie segelte durch den Schacht, über den bodenlosen Abgrund hinweg … und krallte ihre Finger in das Gitter.

Ihr Rücken und ihre Arme taten höllisch weh, aber sie ignorierte die Schmerzen und kletterte weiter. Am oberen Ende des Schachts führte ein Durchgang in einen gewaltigen Raum. Der Boden war hier nach oben geneigt, rutschig vor Wasser und Algen, und überall lagen von Feuer geschwärzte Metalltrümmer herum, auch Teile alter Sturmtruppenrüstungen. Durch klaffende Löcher in der Wand pfiff ein kalter Wind herein, aber das war nicht der einzige Grund, warum Rey fröstelte. Dies war einst ein wichtiger Ort gewesen. Ein bedeutender Ort.

Vor ihr stieg der Boden zu einem gewaltigen, halb zerschmetterten Aussichtsfenster an. Dort befand sich auch eine Art Plattform und darauf die vom Wasser zerfressenen Überreste eines Sessels. Nein – eines Throns.

Dies war der Thronsaal des Imperators gewesen. Der Ort, an dem Luke gegen Darth Vader gekämpft hatte, und die Energie – oder vielleicht war es auch die Erinnerung – dieses Kampfes hing noch immer in der Luft. Rey schloss die Augen. Sie spürte Schrecken, Schmerz, Bedauern und … die Entschlossenheit, eine geliebte Person zu retten.

Vorsichtig machte sie einen Schritt auf den Thron zu. Der Boden knirschte unter ihren Füßen, und sie sprang gerade noch rechtzeitig zurück, bevor eine große Platte nachgab und in die Tiefe stürzte. Sie prallte klappernd von den Wänden ab, aber Rey konnte nicht hören, wie sie landete.

In der Hoffnung, dass der Boden an den Rändern des Saales stabiler war, schob sie sich an der schattenverhangenen Wand entlang und erreichte so schließlich eine Tür. Sie verfügte über einen komplizierten Zugangsmechanismus, was wohl bedeutete, dass dahinter etwas Geheimes oder Wertvolles verborgen lag. Vielleicht die Schatzkammer des Imperators? Könnte das, was sie suchte, dort drinnen sein?

Rey war sicher, dass sie einen Weg ins Innere finden würde. Der Todesstern verrottete hier schon seit Jahrzehnten; sicher konnte sie sich mit Gewalt einen Weg …

Bevor sie die Kontrolltafel auch nur berühren konnte, klickte etwas, und die Tür öffnete sich. Als gäbe es hier noch immer eine Energiequelle. Als hätte das System sie erkannt.

Dunkelheit umhüllte sie, als sie eintrat.

Hinter ihr fiel die Tür wieder zu, aber Rey blickte nicht zurück. Sie ging weiter, wie magisch angezogen.

Ringsum bewegten sich Schatten, Fragmente einer Person. Es war sie selbst, wie Rey mit wachsendem Unbehagen erkannte. Sie schritt durch einen Korridor voller zerschmetterter Spiegel, sah ihre eigenen zersplitterten Reflexionen an sich vorbeistapfen … genauso wie in der Höhle auf Ahch-To.

Aber hier zeigten ihr die Scherben nur Teile ihrer selbst: einen Arm da, einen Stiefel dort, eine Strähne ihres durchnässten Haares oder eine ramponierte Schläfe. Die Splitter der Reflexion waren wie ein Puzzle, und sie verspürte den irrationalen Wunsch, sie zusammenzusetzen, als würde sie dann eine vollständige Person vor sich sehen.

Aber sie durfte sich das nicht noch einmal antun. Die Verlockung, das Versprechen von Wissen und Verständnis, nur um am Ende enttäuscht zu werden. Also verschloss sie ihren Geist vor den Spiegeln und ging weiter, auf das Objekt zu, das nach ihr rief.

Der Wegfinder schwebte zwischen zwei schwarzen Säulen, ein pyramidenförmiger Umriss, der von innen heraus in dumpfem Rot glühte. Rey griff danach, nahm ihn in die Hand.

Ein Triumphgefühl erfüllte sie. *Endlich.*

Doch aus Triumph wurde schnell Grauen. Schweiß perlte auf ihrer Stirn, ihr Nacken prickelte. Jemand beobachtete sie.

Langsam, die Finger noch immer um den Wegfinder geschlossen, drehte sie sich um.

Eine kapuzenverhüllte Gestalt schälte sich aus der Dunkelheit. Mit unerbittlicher Entschlossenheit und wallender Robe kam sie näher, eingehüllt in eine erstickende Aura der Macht und … einen kalten, tollwütigen Hunger.

Ein rotes Lichtschwert erwachte in der Hand der Gestalt zum Leben, ebenso flackernd und ungezügelt wie Kylos Waffe, aber mit zwei parallelen Klingen. Das Glühen des Schwertes erhellte ein Gesicht, ebenso blass wie ausgezehrt, ebenso ausgezehrt wie grimmig.

Mit einem Keuchen taumelte Rey zurück. Was sie sah war … *sie*. Ihr Gesicht. Ihr Körper. Kalt und dunkel, gehüllt in eine Sith-Robe. Die Spiegelbilder, so schien es, hatten sich von selbst zusammengesetzt.

Entsetzt beobachtete sie, wie die dunkle Rey ihre Klingen ausfuhr, zu einem langen, tödlichen Kampfstab. Dieselbe Waffe, die sie schon in ihrem Kopf entworfen hatte.

Das konnte nicht real sein. Es war eine Vision, mehr nicht. Aber die Schritte der dunklen Rey hallten unheimlich vom Boden wider, und ihr Lichtstab roch nach verbranntem Ozon. Die Macht, die von ihr ausging, war unvorstellbar, geradezu *berauschend*. Beinahe gegen ihren Willen streckte Rey die Hand aus …

Da begann ihr bleiches Zerrbild zu sprechen. »Hab keine Angst davor, wer du bist.«

Dieselben Worte hatte Leia gesagt. Sie nun aus dem Mund dieser Kreatur zu hören ... Es traf Rey wie ein Stromschlag.

Ihr Zerrbild ließ seinen Lichtstab in einem tödlichen Angriff nach vorne wirbeln. Rey hatte ihr eigenes Lichtschwert gezündet und hob es gerade noch rechtzeitig. Die Klingen trafen aufeinander, Rot auf Blau, und ließen wütende Funken davonstieben.

Rey wollte den Wegfinder nicht loslassen, aber solange sie ihr Schwert nur einhändig benutzte, hatte ihr Zerrbild den Vorteil. Mit beiden Händen an ihrer Waffe und einem entschlossenen Ausdruck in den dunklen Augen drang die dunkle Rey auf sie ein, und sie selbst wurde Schritt um Schritt zurückgedrängt.

Reys Magen zog sich zusammen. Tränen strömten über ihr Gesicht. Sie stand kurz davor, von sich selbst besiegt zu werden – von der Personifikation ihrer tiefsten Ängste. Alles, wofür sie gekämpft hatte, wäre umsonst gewesen ...

Die dunkle Rey zischte und entblößte dabei zwei Reihen spitz zugeschliffener Zähne.

Rey rutschte aus und fiel rückwärts in den Thronsaal hinaus. Ihr finsteres Spiegelbild löste sich auf, sobald sie den Korridor verließ, aber sie bemerkte es kaum, denn der Wegfinder war ihren Fingern entglitten, und sie rollte sich sofort herum, um ihm hinterherzukriechen. Er schlitterte über den Boden, sie griff danach ...

Doch eine andere Hand kam ihr zuvor, größer, gehüllt in einen schwarzen Handschuh. Rey hob den Kopf. Kylo Ren ragte über ihr auf, seine Schultern befleckt von Meereswasser.

Die Verzweiflung schnürte ihr förmlich die Kehle zu. Sie war ihrem dunklen Selbst entkommen, nur um sich Kylo Ren gegenüberzusehen. Es fühlte sich an, als würden ihre schlimmsten Albträume wahr werden. Es fühlte sich an wie … Schicksal.

Sie sprang auf die Füße und aktivierte einmal mehr ihr Lichtschwert.

»Sieh dich nur an«, sagte er. Er trug keine Maske – warum auch? Er hatte keinen Grund mehr, vor ihr noch seinen Helm zu tragen. »Du wolltest meiner Mutter beweisen, dass du eine Jedi bist.« Seine Stimme troff vor Verachtung, als er Leia erwähnte. »Aber du hast etwas anderes bewiesen. Du kannst nicht zu ihr zurück. Genauso wenig wie ich.«

Seine Worte klärten den Nebel der Verwirrung in ihrem Kopf. Ihr dunkelstes Selbst hatte ihr gesagt, dass sie keine Angst vor ihrer wahren Natur haben sollte. Exakt dieselben Worte, die Leia an sie gerichtet hatte. Sie hatte es *gewusst*. Und trotzdem hatte sie entschieden, Rey auszubilden. Kylo irrte sich.

Er hatte keine Ahnung, wie seine Mutter wirklich war.

»Gib mir den Wegfinder«, verlangte sie.

Einen Moment lang wirkte er verwirrt, als könnte er nicht glauben, dass sie sich ihm immer noch widersetzte. »Die Dunkle Seite liegt in unserer Natur«, versuchte er es ein weiteres Mal. »Gib dich ihr hin.«

»Gib ihn mir. Sofort.« Sie griff mit ihren Sinnen in die Macht hinaus.

Er hob den Wegfinder, und ein selbstgefälliger Ausdruck trat auf seine Züge, während er das Objekt betrachtete. »Den Weg nach Exegol findest du nur durch mich.«

Rey keuchte, schüttelte den Kopf. *Nein, nein, nein …*

Kylo drückte zu, und der Wegfinder zersplitterte. Etwas Zähflüssiges tropfte aus seinen Überresten und sickerte zwischen Rens Fingern hindurch. Als er die Hand wieder öffnete, enthielt sie nur noch klebrigen Staub. Rey hatte die halbe Galaxis durchquert, um dieses Objekt zu finden, hatte ihr eigenes Leben und das Leben ihrer Freunde aufs Spiel gesetzt – und nun war es zerstört.

»Nein!«, gellte sie.

Heiße, pure Wut stieg wie vulkanisches Magma in ihrem Inneren hoch, und sie sprang mit erhobenem Lichtschwert nach vorne.

Kylo wich dem ersten Hieb aus, duckte sich unter dem zweiten hinweg und wirbelte dann mit flatterndem Umhang außer Reichweite davon.

Durch den Schleier des Zorns hindurch erkannte Rey, dass er sie nicht angriff, und aus irgendeinem Grund machte sie das noch wütender. Sie zog weitere Energie aus der Macht, als wäre es ein unerschöpflicher Wirbel – mehr, mehr, *mehr* –, und ihre Angriffe wurden schneller und wilder.

Wieder und wieder schlug und stach und trat sie zu, und jedes Mal wich er ihr mühelos aus, ohne auch nur sein eigenes Lichtschwert zu aktivieren.

Dann machte er einen Schritt nach hinten und verschwand in dem Loch im Boden.

Ohne auch nur nachzudenken, sprang Rey ihm hinterher.

Der Weg nach oben war ihr deutlich länger vorgekommen, aber eine Sekunde später fand sie sich wieder auf Höhe der Wellen wieder, und sie folgte Kylo durch eine Öffnung nach draußen, auf einen Metallträger, nur ein paar Meter breit, der wie ein Steg ins Meer hinausreichte. An seinem Ende ragte ein mächtiger Geschützturm auf. Dort hatte Kylo auch seinen TIE-Jäger abgestellt, der bei jeder heranbrandenden Welle zur Hälfte in gischtweißem Wasser verschwand. Rings um sie tobte der Ozean, doch Rey ignorierte die Gefahr und setzte ihren Angriff unerbittlich fort.

Hier unten hatte Kylo Ren keine andere Wahl, als sich ihr zu stellen, und es bereitete ihr endlose Befriedigung, als ihre Klinge endlich auf sein Lichtschwert prallte. Sie spürte jeden Zusammenstoß bis in ihre Schultern, ihr Rücken und ihre Hüften brannten vor Schmerz. Aber der Schmerz war besser, als darüber nachzudenken, was sie gesehen hatte. Oder was er getan hatte. Oder wer sie war.

Eine Präsenz, hell und strahlend, teilte die dunkle Wolke um ihren Kopf, und sie hörte einen Ruf: »Rey!«

Finn! Er rannte auf sie zu, und hinter ihm konnte Rey Jannah erkennen, die bei einem zweiten Skimmer stand. Ihr Instinkt, Finn zu beschützen, war stärker als alles andere. Ohne bewusst darüber nachzudenken, beschwor sie die Macht und rammte ihre Hand nach vorne. Finn wurde zurückgeschleudert, auf Jannah und den Rand des Metallträgers zu. Dann überschwemmte eine Welle den Abschnitt des Trägers zwischen ihnen, und Rey verlor die beiden aus den Augen.

Die steigende Flut ließ den Ozean rasend schnell anschwellen, trotzdem setzte sie ihre Attacken auf Kylo Ren fort. Die Macht öffnete sich ihr mehr und mehr, neue Kraft durchflutete sie, und sie sprang mühelos über gewaltige Wellen hinweg, um anschließend federnd auf den Beinen zu landen und zum nächsten Sprung anzusetzen. Kylo folgte ihrem Beispiel und nutzte die Macht, um sich ebenfalls hoch in die Luft zu katapultieren und seine Landungen zu kontrollieren.

Rey war entschlossen, diesen Ort erst zu verlassen, wenn er tot wäre. Aber ihre Klinge konnte seine Verteidigung einfach nicht durchdringen. Also presste sie die Zähne zusammen und versuchte es mit einem Machtstoß. Kylo wurde nach hinten geschleudert, fing sich aber sofort wieder und setzte leichtfüßig auf dem Boden auf.

Nun war es an ihm, seine Machtenergie zu entfesseln. Reys Schläfen pochten vor Schmerz, während sie über das nasse Metall nach hinten schlitterte, aber sie behielt das Gleichgewicht.

Dann hörte sie seine Stimme, direkt in ihrem Kopf: *Ich kenne dich.*

Niemand kennt mich, schnappte sie.

Ich schon.

Mit einem Schrei wirbelte sie auf ihn zu.

Sie war die Schnellere von beiden, aber Kylo war der Stärkere, und je länger dieser Kampf tobte, desto deutlicher wurde dieser Vorteil. Ihre Lichtschwerter kreuzten sich, und er drückte sie nach hinten. Sie stemmte die Füße auf den rutschigen Boden, während seine zischende Klinge sich näher und näher auf ihr Gesicht zuschob. Sie konnte die Vibration bereits auf ihrer Wange spüren …

Aus den Augenwinkeln sah sie die nächste kolossale Welle auf sie zubranden. Die Flut schien ihren vorläufigen Höchststand erreicht zu haben, und der metallene Steg ragte kaum noch aus den Fluten. Rey sprang und ließ sich von der Macht in einem hohen Bogen nach hinten tragen, einen Herzschlag bevor die Woge auf sie herabdonnern konnte.

Sie landete geduckt vor dem Geschützturm und blickte sich um. Von Kylo Ren war weit und breit nichts zu sehen. Vielleicht hatte die Welle ihn mitgerissen …

Nein! Da war er, und er kam unbeirrbar auf sie zu. Meerwasser tropfte von seinem Haar und seinem Gesicht. Er hatte der Woge standgehalten, und seine Miene drückte aus, dass er auch allem anderen standhalten würde, was sie ihm entgegensetzte.

Rey griff ein weiteres Mal an, aber ihre Kräfte begannen zu schwinden, und ihre Bewegungen wurden langsamer. Sie hatte schon zu lange nicht mehr richtig geschlafen, außerdem hatte sie sich gerade erst von der Heilung der Vexis erholt. Ihre Hand schmerzte bei jedem Hieb.

Die nächste Attacke, der nächste Block – aber diesmal schaffte Kylo es, sie nach hinten zu stoßen, und sie stürzte zu Boden.

Er baute sich über ihr auf und holte mit dem Lichtschwert aus.

Rey starrte zu ihm hoch. Sollte diese alte Kampfstation wirklich ihr Grab werden? Andererseits war es vielleicht besser, jetzt zu sterben, als später der Dunklen Seite zu erliegen.

Sie kniff die Augen zusammen, bereit, zur Seite zu rollen, wohl wissend, dass sie vermutlich nicht schnell genug sein würde.

Kylo hob das Lichtschwert über seinen Kopf – und erstarrte.

Leia, es gibt noch eine Sache, die du tun musst.

Die Galaxis rette uns vor großen Brüdern, dachte sie.

Du musst zu Ben durchdringen, erklärte Luke.

Ihre Erinnerungen huschten zurück zu einer Zeit, als sie ihren winzigen Sohn in den Armen gehalten hatte, sein schwarzes Haar noch immer feucht von der Geburt. Dann die frühen Monate, als er fast pausenlos geschrien hatte und nur dann zur Ruhe gekommen war, wenn er sie oder Han oder Chewbacca in der Nähe gespürt hatte. Seine ersten Schritte. Sein erstes Wort. Das erste Mal, als er in einem Anflug kindlichen Zorns die Macht benutzt hatte, um ein Spielzeug durch sein Zimmer fliegen zu lassen.

Ich habe nie aufgehört, für ihn zu hoffen, sagte sie.

Sag es ihm, forderte Luke sie auf.

Ein Schwall von Gedanken begleitete diese Worte – und ein Bild, eine Vision, eine fremde Erinnerung: Luke, der im Schneidersitz auf einer einsamen Klippe auf Ahch-To saß, zitternd vor Anstrengung, und sein Selbst auf das ferne Schlachtfeld von Crait projizierte.

Die Anstrengung, Ben zu erreichen, würde ihr alles abverlangen, was sie noch hatte.

Sie konnte es nicht tun. Es wäre die ultimative Niederlage, jetzt zu sterben und all jene zurückzulassen, die sie liebte – all jene, die mit ihr kämpften. Sie *musste* weitermachen. Sie musste die winzige Flamme der Hoffnung am Leben erhalten, andernfalls würde der Widerstand untergehen.

Ihr Daumen strich über die kühle Oberfläche von Hans Medaille. Sie erinnerte sich noch an den Tag, als sie sie ihm umgehängt hatte, unmittelbar nach ihrem ersten großen Sieg gegen das Imperium. Ihr Herz war damals schier übergeflossen vor Hoffnung. Das Ganze war viel mehr gewesen als nur eine öffentliche Zeremonie; indem die Rebellion Leia ausgewählt hatte, Han und Luke auszuzeichnen, hatte es sie als symbolische Anführerin akzeptiert. Eine Verantwortung und eine Bürde, die sie den Rest ihres Lebens begleitet hatten, bis zum heutigen Tag.

Sie seufzte, als sie ihren Irrtum erkannte. Sich jetzt aufzuopfern wäre keine Niederlage. Im Gegenteil, es wäre der ultimative Akt der *Hoffnung* – ein Akt des Vertrauens in ihre Schützlinge Rey und Poe und in die Lektionen, die sie sie gelehrt hatte. Tatsächlich war dies die letzte Lektion, die sie noch lernen mussten, die Lektion, wie sie ohne Leia weitermachen sollten. Nur so konnten sie ihr eigenes Schicksal als Anführer des Widerstands wirklich erfüllen.

Leia, drängte Luke.

Vader war wieder zu Anakin geworden, also warum sollte Kylo Ren nicht wieder zu Ben werden? Ihr Sohn hatte sich dem Licht noch nicht gänzlich verschlossen, das konnte sie spüren. Doch selbst wenn er sich nicht bekehren ließe, liebte sie ihn. Und ihr Vermächtnis war sicher. Sie war Leia

Skywalker Organa Solo. Während sie weiter Hans Medaille hielt, akzeptierte sie das Erbe, das jeder dieser Namen in sich barg. Und sie würde dieses Erbe an die nächste Generation weitergeben. Der Skywalker-Teil würde in Rey weiterleben, der Organa-Teil in Poe, und sie wollte zumindest ein letztes Mal versuchen, ihr Solo-Erbe an ihren Sohn weiterzugeben.

Damit war es entschieden. Ein letzter Akt der Hoffnung. Danach würde sie ruhen.

Leia griff nach der Macht, konzentrierte sie um sich, ließ sich von ihr durchströmen. Sie hatte befürchtet, die Anstrengung würde sie auslaugen, stattdessen empfand sie eine Woge neuer Energie, während sie eins wurde mit jedem lebenden Wesen in der Galaxis. Sie griff tiefer in die Macht, noch tiefer, und dann rief sie, mit all dem Leben und der Liebe und der Hoffnung und der Nachsicht, die sie in sich barg: »Ben!«

Ihr letzter Gedanke schwappte durch die Galaxis wie eine Welle. Vage war sie sich bewusst, wie Hans Medaillon auf den Boden fiel, wie R2-D2 traurig piepte, dann hieß Luke sie mit offenen Armen willkommen. Und er war nicht allein …

Kylo Rens Blick schweifte ab, in die Ferne, das Lichtschwert entglitt seinen Fingern. Rey sah seine Abgelenktheit, und ein Hochgefühl überkam sie. Sie würde *gewinnen.*

Ein Beben vibrierte durch die Macht.

Kylo taumelte.

Sie fing sein Schwert auf und durchbohrte ihn damit – einen Moment bevor ein Gefühl unbeschreiblichen Verlustes ihre Seele zerfraß, sie aushöhlte und nur eine leere, gequälte Hülle zurückließ. »Leia!«, wimmerte sie.

Kylo brach zusammen und starrte schmerzerfüllt zu ihr hoch. Seine Brust hob und senkte sich wie ein Blasebalg, und er blinzelte nicht nur gegen den Schmerz an, sondern auch gegen seine Gefühle. Leias letzte Gedanken hatten Rey gegolten und Poe und dem Widerstand – aber vor allem Ben. Leia liebte ihn immer noch. Sie hatte ihm vergeben. Sie hatte ihm zugerufen, *ins Licht zu kommen.*

Reys Hände zitterten, als sie das Lichtschwert deaktivierte, dann legte sie es auf den Boden und kniete sich vor Kylo. Sie hatte keine Ahnung, was sie sagen sollte. Seine Wunde war tödlich, so viel stand fest. Seine Augen suchten in ihrem Gesicht, aber sie war nicht sicher, wonach. Seine Wangen waren feucht, aber sie konnte nicht sagen, wo das Meerwasser endete und die Tränen begannen.

»Deine Mutter …«, begann sie.

Er schloss die Augen, als würde er das Unausweichliche akzeptieren.

Rey wusste nicht, was sie tun sollte.

Sie hatte schon einmal die Chance gehabt, ihn zu töten, und sie hatte es nicht getan. Und nun, da er vor ihr lag, gebrochen und verwundbar, hatte sie plötzlich noch viel weniger Lust, ihn sterben zu sehen.

Was würde Leia tun?

Rey legte die Hand auf seine Brust.

Kylos Augen klappten auf. Er starrte sie an, seine Augen erfüllt von Verwirrung und vielleicht auch … Sehnsucht?

Ein tiefes Summen erfüllte die Luft, als Rey von allem um sie herum zehrte – da war so viel Leben in diesem brutalen Ozean –, aber größtenteils zehrte sie von sich selbst. Und dann gab sie Kylo diese Energie.

Seine Lippen teilten sich, sein Atem wurde ruhiger. Dort, wo sie ihn durchbohrt hatte, erneuerten sich Muskeln und Sehnen und Haut, und die Wunde schloss sich. Selbst die Narbe auf seinem Gesicht begann sich zu glätten, und zurück blieb eine glatte, makellose Wange.

Erschöpft sackte Rey nach hinten. Sie konnte seinen fassungslosen Blick auf sich spüren, seine unausgesprochenen Fragen. Er war jetzt wieder hellwach. Geheilt. Erfüllt von Energie und Leben.

Aber er sagte nichts.

Zwischen zwei japsenden Atemzügen versuchte Rey, es ihm zu erklären. »Ich wollte deine Hand nehmen. *Bens* Hand.«

Bevor er etwas erwidern konnte, nahm sie Lukes Lichtschwert und stand auf. Kylo zu heilen hatte sie alle Kraft gekostet, und ihre Beine fühlten sich schrecklich wackelig an, aber trotzdem rannte sie los, auf den TIE-Jäger zu, der am Rande des Wracks abgestellt war.

Nachdem sie ins Cockpit geklettert war, brauchte sie einen Moment, um sich an die fremdartige Anordnung der Instrumente zu gewöhnen, aber schon bald ergab die Verteilung der Regler und Schalter Sinn, so wie immer, wenn sie hinter dem Steuer saß. Sie startete und blickte ein letztes Mal auf Kylo hinab. Er starrte zu ihr hoch, noch immer wie benommen. Finn und Jannah waren kleine Punkte auf einer weiteren Insel aus Trümmern, und Rey war froh, als sie den *Falken* herbeifliegen sah. Poe würde die beiden retten.

Rey wusste nicht, wohin sie gehen sollte; sie wusste nur, dass sie von hier fortmusste. Ihre Trauer, die Wahrheit darüber, wer sie wirklich war … Sie hatte das Gefühl, als würde sie bei lebendigem Leibe zerrissen.

Aus einem Instinkt heraus tippte sie mehrere Koordinaten in den Navcomputer, dann verließ sie die Atmosphäre und sprang in den Hyperraum.

14. Kapitel

Kylo Ren stand in den Trümmern des Todessterns und starrte auf das Meer hinaus. Er stand hier schon eine ganze Weile, während rings um ihn die Flut zurückging. Rein körperlich fühlte er sich besser als je zuvor in seinem Leben.

Aber sein Geist war in Aufruhr. Er hatte nicht gewusst, dass die Macht solche Wunden heilen konnte, und er hatte keine Ahnung, wie das funktionierte. Warum hatte Rey es getan? Welchen Grund hatte sie gehabt, ihm zu helfen? Doch das war nicht die Frage, die ihn am meisten quälte.

Warum hatte seine Mutter ihn bis zu ihrem letzten Atemzug geliebt? Snoke hatte ihn angelogen, was Leia anging. So wie er bei allem gelogen hatte. All diese Stimmen in seinem Kopf, die im Lauf der Jahre zu ihm gesprochen hatten, hatten ihm versichert, dass dieser Moment niemals kommen würde. *Du bist ihnen egal. Sie kümmern sich nur um ihre Neue Republik.* Und später dann: *Ihr Widerstand ist alles, was sie interessiert.*

Alles Lügen.

Seine Mutter hatte sich geopfert, um zu ihm durchzudringen. Und danach hatte Rey ihn geheilt, obwohl es sie augenscheinlich große Kraft gekostet hatte. Und das trotz allem, was er getan hatte.

Deswegen hatte er das Licht in seinem Inneren nie ganz ersticken können … Weil es die ganze Zeit um ihn herum gewesen war. In Rey. In seiner Mutter. Sogar … in seinem Vater.

»He, Kleiner«, ertönte eine Stimme. Ihr vertrauter Klang schmerzte Kylo mehr als zuvor das Lichtschwert in seiner Brust. Langsam drehte er sich um.

Han Solo stand vor ihm, unberührt vom Wasser des stürmischen Meeres. Er sah genauso aus wie damals, als Kylo ihn das letzte Mal gesehen hatte, nur dass seine Züge ruhig waren. Voller Frieden.

»Du hast mir gefehlt, mein Sohn«, sagte er.

Kylo blinzelte. Das konnte nicht real sein. »Dein Sohn ist tot.«

Sein Vater lächelte. »Nein«, erwiderte er, während er langsam näher kam. Schließlich waren sie nur noch wenige Zentimeter voneinander entfernt. »Kylo Ren ist tot. Mein Sohn lebt.«

Er ließ den Blick über das Gesicht seines Vaters wandern, über seine Jacke, den gehalfterten Blaster an seiner Seite. Alles fühlte sich so echt an. Er konnte sogar das Schmieröl an seinen Fingern riechen. An den Konvertern des *Falken* herumzuschrauben war für Han Solo ein tägliches Hobby gewesen.

»Du bist eine Erinnerung, mehr nicht«, presste Kylo hervor.

»*Deine* Erinnerung«, korrigierte sein Vater. Seine Augen waren so voller Liebe. Ihr Blick stach tiefer als jeder Dolch. »Komm nach Hause«, drängte er.

»Es ist zu spät.« Das war auch etwas, das die Stimmen in seinem Kopf gesagt hatten. *Es ist zu spät für dich. Sie würden dich nie wieder aufnehmen.* Aber diesmal stimmte es wirklich, denn: »Sie ist gestorben.«

»Deine Mutter ist gestorben. Aber wofür sie sich einsetzte, wofür sie kämpfte … das lebt fort.«

Er starrte seinen Vater voller Angst an – Angst davor, seinen Worten zu glauben. Angst vor seinen eigenen Erinnerungen. Angst vor seinen Gefühlen.

»Ben«, sagte Han.

»Ich weiß, was ich zu tun habe«, presste Ben Solo mit zitternder Stimme hervor. »Aber ich weiß nicht, ob ich die Kraft habe, es zu tun.«

Han hob die Hand an seine Wange. Rey hatte recht gehabt: Er hatte die Erinnerung an die herzliche Berührung seines Vaters nie ganz abschütteln können – an seine weiche Handfläche, seine schwieligen Fingerspitzen … die Liebe in seinen Augen.

»Doch, die hast du«, erklärte sein Vater.

Han Solo glaubte noch immer an ihn. Und seine Mutter hatte ebenfalls an ihn geglaubt. Genauso wie Rey.

Ben hob den Griff seines Lichtschwerts, genau wie damals in der Starkiller-Basis – das letzte Mal, als er seinen Vater wirklich gesehen hatte. Doch diesmal …

»Vater …?«, wisperte er, plötzlich ganz leise, ganz verwundbar.

Han Solo lächelte. »Ich weiß.«

Dann drehte Ben sich herum und schleuderte das Lichtschwert von sich. Es segelte in einem hohen Bogen durch die Luft, weit über den Rand der Trümmer hinaus, und verschwand in einer Wolke aus hochstiebender Gischt.

Als er sich wieder umwandte, war sein Vater verschwunden. Ben Solo stand allein mitten im Meer.

Aber er wusste jetzt, was er zu tun hatte. Und irgendwie würde er die Kraft finden, es zu tun.

General Pryde kniete in der Düsternis vor dem Hologramm. Er hatte sich in einen geheimen Raum in seinen Privatgemächern zurückgezogen; niemand außer ihm hatte Zugang zu diesem Bereich. Niemand wusste, dass er überhaupt existierte – nicht einmal der Oberste Anführer Ren.

Jedes Mal wenn er eine dieser Übertragungen erhielt, musste er danach unter großer Mühe alle Spuren verwischen, aber das war es wert. Eine Audienz bei Imperator Palpatine war jedes Risiko wert.

Die Gestalt in dem Hologramm sprach zu ihm: »Die Prinzessin von Alderaan hat meinen Plan durchkreuzt, aber ihre törichte Tat wird vergebens gewesen sein. Kommen Sie zu mir nach Exegol, General Pryde.«

»So wie ich Euch in den alten Kriegen diente, so diene ich Euch jetzt.«

Das Bild flackerte. Die Übertragung hatte eine weite Reise durch die Unbekannten Regionen und unzählige Raumanomalien hinter sich, und dementsprechend schwach war das Signal. Aber es reichte. »Entsendet ein Schiff zu einer Welt, die sie kennen«, fuhr Palpatine fort, und Prydes Herz setzte einen Schlag aus. Konnte es sein …? Der Moment, auf den er die ganze Zeit gewartet hatte! »Lasst sie brennen! Die Letzte Ordnung beginnt. Sie wird herkommen, und ihre Freunde werden folgen.«

Während sein Meister grinste – eine Zuckung, als würde ein Tausendfüßler über das Angesicht des Hologramms kriechen –, erschauderte Ehrengeneral Pryde vor Ekstase. »Ja, mein Lord.«

Es folgte eine Aneinanderreihung von Koordinaten – der Weg nach Exegol. Der Imperator vertraute ihm sein wertvollstes Wissen an. »Es ist Zeit, dass die Galaxis die Früchte unserer Arbeit sieht«, erklärte Palpatine, und weitere Daten folgten: eine neue Frequenz.

Prydes Hände zitterten, als er die Holodisc auf diese Frequenz einstellte und ein neues Bild über dem Holoprojektor Gestalt annahm. Es zeigte glatte Umrisse, einen rissigen

Boden, Lichtblitze, Nebel … und eine kolossale Flotte, die in den oberen Atmosphärenschichten schwebte. So viele Schiffe. Ein herrlicher Anblick.

Diese Sith-Flotte war sein Lebenswerk, und nun war sie nicht länger ein Geheimnis.

Endlich hörte das Bild auf zu flackern, was bedeutete, dass sich die Verbindung stabilisiert hatte. Nun war es Zeit, das Signal zu geben.

Pryde drückte die Taste, dann wartete er mit angehaltenem Atem.

Ein einzelner Sternzerstörer löste sich aus der Formation. Er stieg über den anderen Schiffen auf, bis er sichere Distanz erreicht hatte, dann sprang er in den Hyperraum. Oh, wie gern wäre Pryde jetzt an Bord gewesen.

Alles, worauf er sein ganzes Leben hingearbeitet hatte, ging endlich in Erfüllung.

Er war und blieb aber ein Pragmatiker, und nicht einmal die Freude des Augenblicks vermochte seine Bedenken ganz auszuräumen. Bis auf Weiteres waren die Schiffe noch verwundbar. In der höllischen Atmosphäre von Exegol konnten sie ihre Schilde nicht einsetzen, aber leider hatten sie keine andere Wahl gehabt. Die letzten Bauarbeiten, Inspektionen, Tests und Wartungsprozeduren mussten innerhalb der Atmosphäre stattfinden. Die Mannschaften des Imperators arbeiteten in drei Schichten, um die Schiffe einsatzbereit zu machen.

Pryde hätte ewig hier stehen und den Anblick der Sith-Flotte genießen können, aber auch seine Arbeit war noch nicht beendet. Also unterbrach er die Verbindung mit einem bittersüßen Lächeln und verließ den Raum, wissend, dass alles genauso verlief, wie sein Meister es vorhergesehen hatte.

Der Sith-Sternzerstörer fiel über der weißen, frostigen Welt Kijimi aus dem Hyperraum. Chesille Sabrond, Captain der Letzten Ordnung, stand auf der Brücke und beobachtete, wie eine Wolkenformation beiseiteglitt und den Blick auf die gezackten Grate eines mächtigen Gebirgszuges freigab. Es musste gewaltig sein, wenn man es selbst vom All aus sehen konnte.

Captain Sabrond hatte ihr ganzes Leben in den Unbekannten Regionen verbracht. Sie war auf Exegol großgezogen worden, in einer unterirdischen Basis. Jahre harter Arbeit und bedingungsloser Entschlossenheit waren nötig gewesen, um diesen Posten zu ergattern: Captain der *Derriphan*, des Zerstörers, der die Herrschaft der Letzten Ordnung einläuten würde. Sie hatte drei Konkurrenten getötet, zwei weitere in Misskredit gebracht und während der letzten zwanzig Jahre kaum geschlafen, so groß war ihr Wunsch gewesen, als eine der Ersten in ihre neue Galaxis hinauszufliegen.

Ihr Jungfernflug war ein voller Erfolg gewesen. Nun wollte sie ihre Waffensysteme testen.

Sie blickte sich auf der Brücke um. An jeder Station standen Offiziere der Letzten Ordnung, viele von ihnen Söhne und Töchter Exegols, aber auch einige, die auf anderen Welten in den Unbekannten Regionen aufgewachsen waren. Ein paar waren Kinder des Imperiums, die den Fußstapfen ihrer Eltern folgten. Und viele der rot gewandeten Sturmtruppen entlang der Wände waren als Kinder von der Ersten Ordnung zwangsrekrutiert worden – nur um dann aus den Ausbildungsprogrammen zu »verschwinden«, weil die Spione des Imperators Potenzial in ihnen sahen. Jede Person auf dieser Brücke verfolgte nur ein einziges Ziel: die Rückkehr der Sith herbeizuführen.

»Kijimi ist in Reichweite«, meldete einer ihre Lieutenants.

Captain Chesille Sabrond lächelte. »Feuer!«, befahl sie.

Das Deck erbebte, als die mächtige Kanone am Bauch des Schiffes in Aktion trat.

Babu Frik schätzte, dass es noch zwei Tage dauern würde – vielleicht auch drei –, bis er den alten Kampfdroiden wieder flottgemacht hätte. Die Maschine würde dann ein besseres Selbstverständnis haben als in ihrer ursprünglichen Form, und sie würde komplexere Aufgaben erledigen können. Das Ganze war natürlich hochgradig illegal, aber sein Kunde hatte ihm einen großen Batzen Credits in Aussicht gestellt, falls er es schaffte. Und Babu brauchte das Geld, wenn er den Planeten verlassen wollte.

Die Gewürzschmugglerbande gab es nicht mehr. Alle Wesen, die er kannte, waren fort. Zumindest diejenigen, die Glück gehabt hatten. Der Rest war tot, ermordet von den Rittern von Ren, als sie die Stadt auf den Kopf gestellt hatten, um Zoriis Freunde vom Widerstand zu finden.

»Bald, Freund«, sagte Babu zu dem Droiden, der vor ihm auf der Werkbank lag. Einer seiner Unterarme fehlte, und die Maschine zuckte gelegentlich, als Babu einen Ersatz anbrachte. Viele Droidenschmiede zogen es vor, Einheiten abzuschalten, wenn sie an ihnen arbeiteten, aber nicht so Frik. Die Reaktionen eines Droiden verrieten ihm, wann er Fehler machte und wie er sie korrigieren konnte, bevor weiterer Schaden angerichtet wurde. »Ruhig, ruhig!«, befahl er.

»Roger-Roger«, sagte der Droide, nur um sogleich gegen die Anweisung zu verstoßen, indem er den Kopf drehte und zum Fenster hinüberblickte.

Die Audiorezeptoren des Droiden waren besser als seine eigenen Ohren, also hüpfte Babu von der Werkbank herab und marschierte auf die andere Seite des Raumes, um ebenfalls einen Blick aus dem Fenster zu werfen.

Es war Nacht, und der Himmel hatte die Farbe von Obsidian – ein sicheres Zeichen, dass ein Schneesturm bevorstand. Babu konnte nichts Ungewöhnliches erkennen.

Doch dann fiel es ihm auf: ein rotes Glühen, kaum mehr als ein Punkt, der sich aus dem Nordwesten näherte.

Der Punkt wurde heller, größer ... und wenige Sekunden später erfüllte sein Glühen den gesamten Nachthimmel. Die eisigen Straßen und Häuser von Kijimi City lagen in blutigen Schein getaucht.

Babu wisperte ein Gebet und verschloss die Augen gegen die schmerzhafte Helligkeit, bereit, sein Schicksal zu akzeptieren. Doch dann hörte er plötzlich eine Stimme – von jemandem, den er schon lange verschwunden geglaubt hatte.

»Babu, schnell! Uns bleiben nur ein paar Sekunden!«

Der gesamte Planet implodierte. Er zog sich zusammen, seine Kruste zersplitterte, und dann, als würde die Galaxis ihren angehaltenen Atem ausstoßen, barst er zu einer kosmischen Wolke aus Eis und Fels und Magma auseinander.

Captain Sabrond hätte am liebsten einen Triumphschrei ausgestoßen, aber das wäre unprofessionell gewesen. Also befahl sie mit ruhiger Stimme: »Kontaktieren Sie das Imperiale Oberkommando. Melden Sie, dass der Planet Kijimi nicht länger existiert. Dann berechnen Sie einen Kurs zurück nach Exegol.«

Poe, Finn, Chewie und die Droiden fuhren die Rampe des *Falken* aus und stiegen in die Dschungelbasis hinab. Das Lager wirkte inzwischen viel dichter – mehr Konsolen, mehr Leute, sogar ein paar weitere Schiffe. Der Widerstand war während ihrer Abwesenheit alles andere als untätig gewesen.

Commander D'Acy erwartete sie am Fuß der Rampe, und

Poe lächelte, als er sie sah. »Poe.« Ihre Stimme war schwer vor Betroffenheit. »Es ist etwas passiert. Finn …«

Finn wollte sich an ihr vorbeischieben. »Das kann warten.«

»Wir müssen zum General«, erklärte Poe.

D'Acys Gesicht verzerrte sich vor Trauer. »Sie ist von uns gegangen.«

Poe blieb stehen und starrte sie an. Sein Gehirn weigerte sich zu verarbeiten, was der Commander gerade gesagt hatte.

Chewie brüllte, legte den Kopf in den Nacken und fiel heulend auf die Knie. Finn versuchte, den Wookiee zu trösten, aber Chewbacca verscheuchte ihn mit wedelnden Armen, während er seine Trauer hinausbrüllte.

Poe stand einfach nur da, unfähig, seine Füße zu bewegen. Sein Herz schlug schwerer als je zuvor, und er bemerkte kaum, wie Beaumont neben ihn trat und begann, den Verband um seinen Arm zu entfernen.

»Wir waren so nah dran«, murmelte er. »Es tut mir leid.«

Beaumont blieb stumm, während er Bacta-Gel auf Poes Blasterwunde sprühte und einen neuen Verband anlegte.

Einen Moment später tauchte D'Acy wieder auf. »Poe. Du solltest dir das ansehen.«

Er blickte zwischen ihnen hin und her – Beaumont, D'Acy, dann wieder zurück zu Beaumont. Wie konnten sie jetzt noch weitermachen? Wie konnten sie überhaupt irgendetwas tun? Leia war fort, und der Widerstand war mit ihr gestorben.

Er ließ sich von D'Acy zur nächsten Kommunikationskonsole führen, wo sie auf eine eben eingegangene Nachricht deutete. »Kijimi wurde zerstört«, erklärte sie.

»Kijimi …« Erneut wurde sein Herz von brennendem Schmerz durchzuckt. *Zorii!* »Wie?« Mehr brachte er nicht hervor.

»Durch Beschuss von einem Sternzerstörer.«

Er schüttelte den Kopf. »Unmöglich. Dafür bräuchte man … Nein.« *Nein, nein, nein.* »Es ist völlig ausgeschlossen, dass ein *einzelner* Sternzerstörer …«

»Es war ein Schiff der neuen Sith-Flotte. Aus den Unbekannten Regionen.«

Beaumonts Kiefer klappte nach unten. »Der Imperator schickte ein Schiff von Exegol. Heißt das, jedes Schiff der Flotte hat …«

»… Planetenkillerwaffen«, beendete Poe den Satz. Sein Grauen wuchs mit jedem Atemzug. »Natürlich haben sie die. Jedes einzelne … So bringt er es zu Ende.«

Etwas piepte drüben an Rose' Konsole, und er eilte hinüber. »Hört mal«, rief sie. »Das wird auf jeder Frequenz gesendet.«

Die Konsole knisterte und knackte, dann erklang eine Durchsage in einer Sprache, die Poe nicht kannte.

Beaumont hingegen schon. Er riss die Augen weit auf. »Der Widerstand ist tot«, übersetzte er. »Die Sith-Flamme wird brennen. An alle Welten: Ergebt euch oder sterbt. Die Letzte Ordnung beginnt.«

Danach wurde die Botschaft in Endlosschleife wiederholt.

Alle Augen richteten sich auf Poe.

»Leia hat dich zum kommandierenden General befördert«, sagte Rose. »Was tun wir jetzt?«

Commander D'Acy legte ihm eine Hand auf die Schulter und blickte ihm direkt ins Gesicht. »Wir erwarten deine Befehle.«

Sein erster Impuls war, sich zu weigern. Er war noch nie in seinem Leben vor etwas davongerannt, aber jetzt wollte er nichts lieber tun. Poe konnte nicht akzeptieren, dass Leia tot war, und noch viel weniger, dass er ihren Platz einnehmen sollte. Er war nicht bereit dafür. Gut möglich, dass er nie dafür bereit sein würde. Er hatte schreckliche Fehler gemacht; so viele Wesen waren seinetwegen gestorben … Er hatte gehofft, dass er mehr Zeit haben würde. Zeit, um von ihr zu lernen. Zeit, um wiedergutzumachen, was er getan hatte. Was hatte sie sich nur dabei gedacht, *ihn* zum Oberbefehlshaber des Widerstands zu machen?

Poe hatte gedacht, er wäre darüber hinweg. Er hatte es ihr sogar gesagt. Aber vielleicht war Selbstvergebung ein viel langwierigerer und viel schwererer Prozess, als er gedacht hatte.

Mit einem Mal tauchte eine Erinnerung an Leia in seinem Kopf auf, ganz klar und deutlich, und er hörte ihre Stimme, so tief und weise, dass er einen Moment lang überzeugt war, sie würde wirklich vor ihm stehen. *Scheitern ist der beste Lehrmeister,* sagte sie.

Finn saß auf Reys Bett. Er konnte nicht fassen, dass Leia von ihnen gegangen war. Sie hatte ihn mit offenen Armen aufgenommen, hatte nicht mal mit der Wimper gezuckt, als sie erfuhr, dass er ein Deserteur der Ersten Ordnung war. Im Gegenteil, sie hatte ihn als mutig gelobt, ihn als einen ihrer wichtigsten Mitstreiter betrachtet. Sie hatte ihn angespornt zu lernen, sich zu verbessern. Natürlich hatte sie nicht ansatzweise so viel Zeit mit ihm verbracht wie mit Rey, aber es war offensichtlich gewesen, dass sie Großes von ihm erwartete.

Der winzige Droide, den sie auf Ochis Schiff gefunden hatten, rollte vor ihm umher und sah sich Reys Sachen an. Schließlich entdeckte er auch das halb fertige Lichtschwert, das sie gebaut hatte, und er streckte seine spitze Nase danach aus.

»He, weg da! Das gehört meiner Freundin.«

Der kleine Droide zuckte zurück und legte den Kopf schräg. »V-Verzeihung«, sagte er. »Ist sie weg?«

»Ja, das ist sie«, murmelte Finn. »Ich weiß nicht, wo sie ist.«

Der Droide rollte auf der Stelle vor und zurück. »Ich vermisse sie.«

»Ich vermisse sie auch.«

Er würde alles dafür geben, dass sie jetzt hier wäre, damit er seine Trauer mit ihr teilen konnte. Es war nicht so, als müsste er ihr irgendetwas sagen. Er wollte einfach nur ... bei ihr sein.

Wüsste er, wo Rey steckte, könnte keine Macht in der Galaxis ihn davon abhalten, zu ihr zu gehen. Seit dem Moment, als sie einander kennengelernt hatten, hatten er und Rey praktisch nichts anderes getan, als einander zu retten. Wie echte Freunde es nun mal taten.

Keiner der anderen schien zu verstehen, warum er so an Rey hing. Außer Leia; sie hatte es vielleicht gewusst. Sogar Rose hielt sein Verhalten für seltsam – auch wenn sie es akzeptierte. Aber daran war nichts Seltsames. Rey war Finns Freundin, ja, aber da war noch mehr. Sie war *wichtig*. Er konnte es ganz klar spüren. Es war dasselbe unerschütterliche Gefühl, von dem er Jannah erzählt hatte. Sollte Rey irgendetwas zustoßen, gäbe es keine Hoffnung mehr für den Widerstand.

Der Droide stieß ein einsames Surren aus. Finn blickte zu ihm hinüber. Während der letzten Tage war er so auf ihre Mission konzentriert gewesen, dass er sich nie die Mühe gemacht hatte, sich mit dem kleinen Kerl zu befassen. Rey war wichtig, ja, aber das hieß nicht, dass alle anderen unwichtig waren. Nur gemeinsam würden sie diese Sache überstehen.

»Also«, sagte er. »Wie heißt du?«

C-3PO stakste orientierungslos durch die Basis. Dieser Ort war schrecklich chaotisch. Überall lagen Kabel herum, und von oben hingen Dschungelranken herab. Bereits jetzt begann der Schlamm, seine Gelenke zu verkrusten. Ein Ölbad wäre jetzt genau das Richtige, aber er hatte keine Ahnung, an wen er sich mit seiner Bitte wenden sollte. Diese buntgemischte Gruppe von Wesen umfasste Menschen, Mon Calamari, einen Wookiee und ein Dutzend anderer Spezies – ganz zu schweigen von den zahlreichen Droiden. Es schien keine dominante Kultur oder Sprache zu geben, was es C-3PO unmöglich machte, sich auf ein konkretes Protokoll festzulegen.

Ein Astromech der R2-Serie bemerkte ihn und rollte in seine Richtung. Er war weiß mit blauen Markierungen, und er trug zahlreiche Kampfspuren. Das sah ihm gar nicht nach einer zivilisierten Einheit aus, aber angesichts der Umstände beschloss C-3PO, trotzdem höflich zu sein.

»Hallo«, sagte er. »Ich bin Cee-Dreipeo, Roboter-Mensch-Kontaktspezialist. Und wer bist du?«

Der Astromech rollte zurück, als hätte er einen Kurzschluss erlitten, dann begann er, energisch zu piepsen.

»Mein Reservespeicher? Warum sollte eine stummelige Astromech-Einheit meinen Reservespeicher haben?«

Erneut zwitscherte der kleine Droide los. Aus irgendeinem Grund klang er irritiert.

»Was? Nun, ich bin mir sicher, ich würde mich daran erinnern, wenn ich einen besten Freund hätte.« C-3PO wandte sich ab. Es gab nichts Schlimmeres als einen Astromech mit Anwandlungen von Größenwahn.

Doch der kleine Droide piepste beharrlich weiter.

»Du willst *was* in meinen Kopf stecken?«, empörte sich C-3PO. »Das kommt überhaupt nicht in Frage!«

Mehr Gepiepse, fast zu schnell, um es zu verstehen.

»Wovon sprichst du da nur? Was für eine gemeinsame Vergangenheit?«

Das Zwitschern des Astromechs wurde leiser, versöhnlicher, und was er sagte, ließ C-3PO mitten in der Bewegung erstarren. Er blickte zu dem Schiff hinter ihnen hoch.

»Auf so einem Schiff?«, fragte er. »Mit einer Prinzessin? Du musst eine Fehlfunktion haben!«

Trotzdem ließ er den kleinen Droiden diesmal näher an sich heran.

Poe saß in der Dunkelheit neben Leias verhüllter Leiche.

»Ich sage es Ihnen ganz ehrlich«, flüsterte er. »Ich weiß nicht, wie ich das schaffen soll. Was Sie getan haben ... Ich bin noch nicht bereit.«

»Das waren wir auch nicht«, ertönte eine Stimme aus den Schatten. Poe wirbelte herum und erblickte Lando Calrissian.

Der ehemalige Rebellengeneral war mit seinem Schiff, der *Lady Luck*, hierher nach Ajan Kloss geflogen, kurz nachdem sie Pasaana verlassen hatten. Rey musste irgendetwas verdammt Überzeugendes zu ihm gesagt haben. In jedem Fall war Poe froh, ihn zu sehen.

»Luke. Han. Leia. Ich«, fuhr Lando fort. »Wer ist je bereit?«

Poe trat auf ihn zu. Der Schmerz stand Calrissian noch immer ins Gesicht geschrieben. Connix hatte erzählt, dass er ein paar Stunden zu spät eingetroffen war, um Leia noch lebend anzutreffen. Sie hatten also beide ihre Chance verpasst, sich vom General zu verabschieden.

Lando sah genauso aus, wie Poe sich fühlte, seine Brauen zusammengezogen, seine Schultern gesenkt, sein Blick auf das Tuch über Leias Körper gerichtet. Vermutlich würde er dieses Bedauern den Rest seines Lebens mit sich herumtragen. Poe trug selbst genug Bedauern mit sich herum, um das zu wissen.

»Wie habt ihr das gemacht?«, fragte er. »Ein Imperium besiegen, mit nahezu nichts.«

Lando schwieg einen langen Moment, dann sagte er: »Wir hatten einander. So haben wir gewonnen. Wir waren *Freunde.*«

Ein Licht erhellte die Dunkelheit von Poes Gedanken. Zum ersten Mal seit seiner Rückkehr nach Ajan Kloss lächelte er.

Poe machte sich sofort auf die Suche nach Finn, aber dann fand der ihn. Sein Freund eilte auf ihn zu, wobei der kleine Droide mit dem Kegelkopf neben ihm herrollte.

»Ich muss mit dir über etwas sprechen«, sagte Finn mit drängender Stimme.

»Ich muss mit *dir* über etwas sprechen«, erwiderte Poe. »Ich kann das allein nicht schaffen. Wir müssen uns das Kommando teilen.«

»Dieser Droide … Äh, danke, das weiß ich zu schätzen …«

»General.« Poe salutierte scherzhaft.

Finn erwiderte die Geste. »General. Dieser Droide hat eine Menge Informationen über Exegol.«

»Die Fußhupe?«, fragte Poe ungläubig.

»Ich bin *D-O*!«, erklärte der Droide.

»'tschuldige. D-O«, korrigierte Dameron sich.

»Er war auf dem Weg nach Exegol – mit Ochi von Bestoon«, informierte Finn ihn.

Poe starrte erst den Droiden an, dann Finn. »Warum wollte Ochi denn da hin?«

Finn holte tief Luft. »Wegen eines kleinen Mädchens. Das sollte er ursprünglich von Jakku zum Imperator bringen. Er wollte sie lebend.«

Poe riss die Augen auf. Finn stand nur schweigend da und wartete, während sich die Teile dieses schrecklichen Puzzles in seinem Kopf zusammensetzten.

Die Sonne versank mit korallenfarbenem Schein hinter dem Ozean von Ahch-To, als die Flammen Kylo Rens TIE-Jäger verschlangen. Aus tränennassen Augen beobachtete Rey, wie der Sternjäger verbrannte.

Nun verstand sie endlich, warum Luke hierhergekommen war, warum er alles aufgegeben und sich für das Dasein eines Einsiedlers entschieden hatte. Rey würde niemals zurückkehren. Sie würde nie wieder ihre Freunde in Gefahr bringen. Sie würde sich nie wieder Kylo Ren stellen. Nein, sie würde den Rest ihrer Jahre *hier* bleiben, weit fort von alledem.

Denn sie war die Enkelin des bösartigsten Diktators, der je gelebt hatte, und sie trug seine Finsternis in sich. Ohne Leia könnte sie diese steigende Flut des Bösen unmöglich zurückdrängen. Die Galaxis war besser dran ohne sie.

Das Gefühl der Dazugehörigkeit war eine flüchtige Phantasie gewesen. Es war ihr bestimmt, allein zu sein.

Sie nahm Lukes Lichtschwert von ihrem Gürtel und betrachtete es. Die Waffe eines Jedi. Aber sie war keine Jedi.

Also warf sie den Griff ebenfalls ins Feuer.

Im letzten Moment fischte eine Hand die Waffe aus der Luft. Eine robenverhüllte Gestalt trat aus den Flammen, halb durchscheinend und umgeben von einem geisterhaften blauen Schimmern.

»Die Waffe eines Jedi verdient mehr Respekt«, sagte Luke.

»Meister Skywalker!«, hauchte sie.

Seine Augen wurden schmal. »Was *soll* denn das?«

Mehrere Sekunden blickten die beiden einander an. Rey wusste nicht, was sie ihm sagen sollte. Vielleicht wusste er es bereits.

Neben ihr schüttelte ein zotteliges Porg sein Gefieder aus und krächzte ungehalten.

Rey saß vor dem Feuer – sie hatte sich setzen *müssen*; der Kampf gegen Kylo und seine anschließende Heilung hatte sie sämtliche Kraft gekostet. Luke stand derweil über ihr, unbeeindruckt von der Nähe der Flammen. Ob seine geisterhafte Robe wohl noch Feuer fangen konnte?

»Ich habe keine Eurer Lehren berücksichtigt«, gestand sie. »Ich habe als Erste meine Waffe gezogen, und ich war blind vor Wut, als ich Ren angriff.«

»Aber dann hast du ihn geheilt.«

»Ich habe ihm einen Teil meiner Energie gegeben«, bestätigte Rey. »In diesem Moment hätte ich ihm auch alles gegeben. Ich wäre gestorben, hätte ihn das gerettet.«

»Also hat dein Mitgefühl ihn gerettet«, erwiderte Luke.

Rey war nicht in der Stimmung für ein Kompliment. Sie hatte es nicht verdient. Also erzählte sie dem Jedi-Meister von ihrer Vision. »Ich sah mich auf dem Thron der Dunkelheit. Ich werde es nicht zulassen. Ich werde diesen Ort nie wieder verlassen.« Sie blickte ihn herausfordernd an. »Ich tue es Euch gleich.«

Das Feuer knackte. Glühende Asche landete auf Lukes Robe, aber er machte keine Anstalten, sie fortzuwischen, und nach ein paar Sekunden kühlte der Funke ab, als wäre er in leerer Luft gelandet.

»Ich lag falsch«, sagte Luke. »Es war die Angst, die mich hier festhielt. Wovor fürchtest *du* dich am meisten?«

Es war eine einfache Frage. Nur die Antwort auszusprechen war schwer. »Vor mir selbst.«

»Weil du eine Palpatine bist.«

Sie sog den Atem ein. Er hatte es so beifällig gesagt, als würde es ihn nicht im Geringsten beunruhigen.

»Leia wusste es auch«, schob er nach.

Das hatte Rey fast schon vermutet, trotzdem war es überwältigend, die Worte aus seinem Mund zu hören. »Sie hat es mir nie gesagt«, wisperte sie.

Luke trat vor und setzte sich neben sie.

»Sie hat mich trotzdem ausgebildet«, murmelte Rey.

»Weil sie deine Seele gesehen hat«, erklärte Luke. »Dein Herz.«

Rey war stets davon ausgegangen, dass Leia sie trainiert hatte, weil sie in ihr eine Waffe sah. Ein Werkzeug für den Kampf gegen die Erste Ordnung. Konnte es wirklich sein, dass sie etwas anderes in ihr gesehen hatte? Etwas *Gutes*?

Sie blickte auf ihre Hände hinab, und sie kam sich vor wie eine Närrin, als sie gestand: »Alles, was ich wollte, war, Leia zu zeigen, dass ich genauso stark bin wie sie. Aber das bin ich nicht.«

»Leia war stärker als wir alle«, erwiderte Luke.

Rey musste sich wundern: War Leia nie von der Dunklen Seite in Versuchung geführt worden? Vader und der Imperator hatten versucht, Luke zu bekehren. Kylo hatte versucht, Rey zu bekehren. Aber sie hatte nie den leisesten Hinweis darauf gefunden, dass irgendjemand versucht hatte, *Leia* zu bekehren – weder in den Geschichten, die sie gehört hatte, noch in Lukes Tagebüchern, die sie gelesen hatte, und auch nicht während ihrer eigenen Lektionen mit dem General. Vielleicht war Leia von ihnen allen am stärksten in ihren Überzeugungen gewesen.

Unvermittelt erkannte sie, dass Finn vermutlich genauso wäre, könnte er die Macht berühren. Er besaß dieselbe besondere Hingabe wie Leia.

Tränen drohten einmal mehr sie zu überwältigen, und sie schüttelte den Kopf. »Ich glaube nicht, dass ich es ohne Leia schaffe. Ich stamme vom Bösen ab …«

»Rey«, unterbrach Luke sie. »Deine Abstammung bestimmt nicht, wer du bist.«

Die Wahrheit seiner Worte brach wie Sonnenstrahlen durch die Wolken in ihrem Inneren. Die Macht war stärker als Blut. Und Freundschaft war es auch. Und Liebe.

»Aber ich habe Angst«, gestand sie.

»Sich der Angst zu stellen ist das Schicksal eines Jedi«, fuhr er fort. »*Dein* Schicksal. Wenn du dich Palpatine nicht stellst, bedeutet das das Ende der Jedi. Und der Krieg wird verloren sein.«

»So wie Ihr Euch Vader gestellt habt«, sagte sie. Davon hatte sie in seinen Tagebüchern gelesen.

»Es ist in Ordnung, Angst zu haben. Ich hatte auch Angst.«

Sie blickte ihn mit hochgezogener Augenbraue an.

»Glaubst du, es war Zufall, dass wir einander gefunden haben?«, hakte Luke nach. »Zwei Waisen aus der Wüste ... Nein. Die Macht hat dich und mich und Leia aus einem Grund zusammengeführt.«

Er erhob sich. Obwohl der Meereswind an Reys Haaren zerrte, schien er Luke nichts anzuhaben. »Ich habe da etwas von meiner Schwester für dich«, erklärte er. »Komm mit.«

Er führte sie in seine alte Hütte. Die Lanai-Hüterinnen kümmerten sich auch nach seinem Tod weiterhin um die Insel, dementsprechend war die Behausung noch immer in gutem Zustand. Luke deutete auf einen losen Stein in der Wand.

»Da drinnen«, sagte er.

Rey zog den Stein heraus und griff mit der Hand in den Spalt. Ihre Fingerspitzen ertasteten etwas Hartes, eingewickelt in weiches Leder. Neugierig zog sie es hervor und packte es aus.

Es war ein Lichtschwert, neu und glänzend. Als sie den

Griff in ihren Händen hielt, spürte Rey sofort, wem es gehört hatte, und sie grinste.

»Leias Lichtschwert«, flüsterte sie.

»Es war der letzte Abend ihrer Ausbildung«, erzählte Luke.

Dann zeigte er Rey Ausschnitte aus seinen Erinnerungen. *Lichtschwerter, die aufeinanderprallten und den Dschungel ringsum in sanften Blau- und Grüntönen erhellten. Ihre Gesichter waren entschlossen, aber Rey konnte Freude in ihnen spüren. Vergnügen. Luke hatte es* geliebt, *mit seiner Schwester zu trainieren.*

Dann landete Luke auf dem Boden, sein Sturz abgefedert durch ein Bett aus Farnen. Er blickte zu seiner Zwillingsschwester hoch – einer viel jüngeren Version der Frau, die Rey kennen – und schätzen gelernt hatte. Leia lächelte, aber da war auch ein Hauch von Trauer. Von Resignation.

»Sie sagte mir, am Ende ihres Weges als Jedi hätte sie den Tod ihres Sohnes gespürt«, schloss Luke.

»Oh«, hauchte Rey. Das war es also. Darum hatte Leia ihre Ausbildung nicht weiterverfolgt.

»Sie übergab mir ihr Lichtschwert und sagte, eines Tages würde es jemand bekommen – jemand, der ihre Reise zu Ende bringen würde.«

Rey starrte die Waffe an. War es von Anfang an Leias Absicht gewesen, dass sie das Lichtschwert haben sollte?

»Über tausend Generationen leben in dir weiter«, sagte Luke. »Aber dies ist dein Kampf.« Nun blickte auch er auf das Lichtschwert in ihren Händen herab. »Nimm beide Lichtschwerter mit nach Exegol.«

Sie verzog das Gesicht. Indem sie versucht hatte, das Richtige zu tun, hatte sie alles ruiniert. »Ich kann nicht dorthin«, erklärte sie. »Ich hab den Wegfinder nicht, und ich habe Rens Schiff zerstört.«

Das Lächeln des Jedi-Meisters war so voller Güte, dass ihr Herz überfloss. »Du hast alles, was du brauchst.«

Auf Lukes Anweisung hin streckte Rey sich auf dem Bett in seiner Hütte aus und schloss die Augen. Sie hatte einen Großteil ihrer eigenen Lebenskraft aufgebraucht, um Kylo zu heilen, und sie musste sich ausruhen – wenn auch nur kurz –, andernfalls würde sie niemandem nützen. Luke hatte ihr nicht verraten, wie sie nach Exegol gelangen sollte, hatte sie nicht bedrängt. Er gab ihr einfach Zeit zum Nachdenken. Genau das, was Leia getan hätte.

Was Leia getan hätte.

Mit einem Seufzen rollte Rey sich auf die Seite. Diese Frage hatte sie sich während der letzten Monate zahllose Male gestellt: Was würde Leia tun? Aber diesmal war die Antwort ganz einfach. Leia hätte Ahch-To verlassen und sich wieder in den Kampf gestürzt. Vermutlich wäre sie gar nicht erst hierhergekommen. Nicht mal, obwohl sie der Abkömmling des unaussprechlichen Bösen gewesen war, genauso wie Rey.

Und Luke? Als sich die Gelegenheit ergeben hatte, war auch er losgezogen, um sich seinen Ängsten zu stellen, vielleicht nicht körperlich, aber doch im Geiste.

Rey musste also genau das Gleiche tun.

Sie gab es auf, sich ausruhen zu wollen, und verließ die Hütte. Es war ein feuchter, nebliger Morgen. Wolken hüllten die Insel ein wie ein Schleier, und die Ebbe hatte am Fuß der Klippen nasse, seegrasüberwucherte Gezeitenbecken zurückgelassen.

Eine der Lanai-Hüterinnen sprang von ihrer Steinbank auf, als sie Rey erblickte, und bedachte sie über ihre schnabelartige Nase hinweg mit einem missbilligenden Blick. Rey starrte genauso finster zurück, woraufhin die Hüterin an ihr vorbei in Lukes Hütte marschierte, vermutlich um dort sauberzumachen. Hatte sie etwa die ganze Nacht draußen auf der Bank gewartet? Vermutlich konnten die Hüterinnen es kaum erwarten, bis Rey wieder verschwand – genau wie letztes Mal.

Von dem TIE-Jäger war nur noch ein rauchendes Wrack übrig. Ein paar Porgs hatten sich näher herangewagt, um die Wärme der letzten Glut zu genießen.

Etwas berührte ihr Innerstes, rief nach ihr, und Rey machte sich auf den Weg. Der nächtliche Nieselregen hatte das Wrack abgekühlt, und aus einem Instinkt heraus beugte sie sich ins Innere des Cockpits und öffnete ein kleines Staufach.

Ein Wegfinder leuchtete ihr entgegen, makellos, nicht mal versengt. *Vaders* Wegfinder.

Rey wisperte: »Zwei wurden gefertigt …«

Das Rauschen des Meeres war auf Ahch-To allgegenwärtig, aber verglichen mit dem Tosen, das sie auf Kef Bir erlebt hatte, wirkte es geradezu friedlich – ein leiser Rhythmus, das Kommen und Gehen der Wellen an den Klippen, untermalt von den Geräuschen der tauchenden Porgs und krächzenden Möwen. Mit anderen Worten: Wenn hier etwas Ungewöhnliches geschah, dann hörte man es.

Und jetzt geschah etwas. Das Meer hinter Rey begann wild zu gurgeln, und Gischt spritzte gegen ihren Rücken. Langsam drehte sie sich herum und spähte über den Rand der Felsen.

Das Wasser in der Bucht unter ihr brodelte, als würde es kochen. Dann stieg plötzlich Lukes versunkener X-Flügler über den Wellen empor – zuerst die Laserkanonen an den Flügelspitzen, von denen lange Stränge Seegras herabhingen; dann die zylindrischen Triebwerksdüsen; das Cockpit; der lang gezogene Bug. Zu guter Letzt tauchten auch die Landebeine aus dem Wasser auf. Rey beobachtete fasziniert, wie der Sternjäger mit perfekter Präzision zu einer ebenen Stelle zwischen den Klippen hinüberschwebte und sanft aufsetzte.

Dann zog eine nahe Gestalt ihren Blick an. Es war Luke, seine Augen geschlossen, eine blau leuchtende Erscheinung vor dem Hintergrund der Felsen. Seine Hand war ausgestreckt.

Einen Moment später öffnete er die Augen und lächelte.

Rey lächelte zurück. Er hatte recht. Sie hatte wirklich alles, was sie brauchte.

15. Kapitel

D-O war an eine Konsole angeschlossen, und Finn stand bei Poe und Rose, während die Informationen aus seinem Speicher ausgewertet wurden. D-O piepste verunsichert, und BB-8 trillerte ihm aufmunternd zu – sicher versicherte er dem kleinen Droiden, dass er nichts zu befürchten hatte, dass dies seine *Mission* war.

Finn verlagerte ungeduldig das Gewicht von einem Bein auf das andere. Ein paar Schritte entfernt stand C-3PO, der seinerseits an R2-D2 angeschlossen war.

»Erzwo, hast du es schon gehört?«, sagte C-3PO plötzlich. »Ich gehe mit Mistress Rey auf Mission, zum ersten Mal.«

R2-D2 stieß einen frustrierten Pfiff aus.

»Das war ich bereits?«

»Da!« Poe deutete auf die Konsole, deren Monitor sich mit Daten füllte: Diagramme, Karten, Navigationscodes, atmosphärische Werte, Truppenverteilung, logistische Analysen …

Finn wechselte einen aufgeregten Blick mit seinen Freunden. »Alle Informationen, die man für einen Luftangriff auf Exegol braucht.«

»Außer der, wie wir dorthin kommen«, brummte Poe zerknirscht. »Seht ihr die atmosphärischen Werte?«

Finn nickte. »Ja, absolut chaotisch. Magnetische Kreuzfelder …«

Rose beugte sich vor. »Gravitationswirbel? Sonnenstürme?«, sagte sie in ungläubigem Tonfall. Das machte Finn Sorgen. Falls ihre beste Ingenieurin glaubte, dass die Atmosphäre von Exegol ein unüberwindliches Hindernis darstellte, dann war ihre Mission besiegelt, bevor sie überhaupt begonnen hatte.

»Wie kann eine Flotte von da aus überhaupt starten?«, wunderte sich Poe.

Was sie zur nächsten Frage führte: Wie sollte eine Flotte dort *landen*? Es musste doch eine Möglichkeit geben …

»Es tut mir sehr leid«, ertönte C-3POs Stimme hinter ihnen, »aber ich fürchte, Erzwos Speicherbank hat seine Logikrezeptoren überlagert.« Der goldene Droide wedelte dramatisch mit den Armen, während er auf sie zustakste, dicht gefolgt von dem kleinen Astromech.

Finn war froh, dass sie C-3PO zurückhatten, aber dies war nun wirklich nicht der richtige Moment für …

»Er sagt, er empfängt eine Übertragung von … Master Luke!« R2 sang förmlich, während er sich an einer der Datenbuchsen der Konsole einstöpselte. Einen Moment später füllte eine Subraum-Radarkarte den Bildschirm, mit einem kleinen Leuchtpunkt in der Mitte, der mit einer X-Flügler-Signatur gekennzeichnet war.

Poe ließ die Signatur überprüfen. »Das ist eine alte Schiffskennung. AA-589.« Die Schiffsdaten wurden eingeblendet, und der Pilot trat blinzelnd von der Konsole zurück. Dann drehte er sich zu Finn um. »Das *ist* Luke Skywalkers X-Flügler!«

Finn klappte der Kiefer herunter.

»Er sendet Kursmarker-Signale auf dem Weg in die Unbekannten Regionen«, stellte C-3PO fest.

Finn war völlig überwältigt – vor Erleichterung. Vor Freude. Vor Hoffnung. »Es ist Rey«, sagte er mit absoluter Gewissheit. »Sie fliegt nach Exegol.« Er packte Poe an der Schulter. »Sie zeigt es uns. Sie zeigt uns, wie wir dorthin kommen!«

Poe überlegte kurz, und Finn sah, wie er sich zu einer Entscheidung durchrang. »Dann gehen wir gemeinsam.«

Piloten und Bodenmannschaften, Mechaniker und Offiziere – der gesamte Widerstand versammelte sich vor der *Tantive IV*. Poe hatte eine Einsatzbesprechung einberufen, und Rose hatte unter dem massiven Bauch des Blockadebrechers ein improvisiertes Holodisplay aufgebaut. Im Grunde war es kaum mehr als ein Projektor auf einer Frachtkiste, und das Bild flackerte ständig, doch es sollte reichen. Finn hatte darum gebeten, zu den Widerständlern zu sprechen. Ein Wunsch, den Poe ihm nur zu gern erfüllte. Eine Gruppe anzuführen war immer leichter, wenn man die Verantwortung teilen konnte.

»Solange diese Sternzerstörer auf Exegol sind, können wir sie angreifen«, erklärte Finn, gerade als auch Chewie zu den anderen trat, gemeinsam mit Lando und den Droiden.

»Wie soll das gehen?«, fragte Tyce. Die Pilotin stand neben ihrer Frau, Commander D'Acy. Die beiden zeigten ihre Zuneigung nur ungern in der Öffentlichkeit, aber es war deutlich, dass sie Mut aus der Nähe der jeweils anderen schöpften.

»Sie können ihre Schilde erst aktivieren, wenn sie die Atmosphäre verlassen«, erklärte Rose.

»Und das ist schwierig auf Exegol«, fügte Poe an. »Schiffe dieser Größe brauchen Hilfe beim Start. Ihre Navigationssysteme sind praktisch blind.«

»Und wie starten die Schiffe dann?«, wollte Tyce wissen.

»Sie nutzen ein Signal von einem Navigationsturm wie

dem hier.« Poe rief auf dem Holodisplay ein neues Bild auf: ein obeliskähnlicher Turm, der auf einer Ebene emporragte, gekrönt von einer Phalanx Satellitenschalen; das Ganze sah aus wie eine Blume, deren Blütenblätter sich öffneten.

»Vielleicht auch nicht«, ergriff Finn wieder das Wort. »Unsere Jäger finden den Turm, das Bodenteam pustet ihn weg.«

»Bodenteam?«, wiederholte Vanik. Er war ein A-Flügler-Pilot und einer von Poes eigenen Rekruten.

»Lasst euch überraschen«, grinste Finn.

Poe nickte ihm zu. Finns Plan für ein Bodenteam war ziemlich unkonventionell, aber genau deswegen könnte er klappen. Mit einem solchen Angriff würde der Feind nämlich ganz sicher nicht rechnen. »Ohne den Turm steckt die Flotte in der Atmosphäre fest, jedenfalls für wenige Minuten. Ohne Schilde, ohne Fluchtmöglichkeit. Rose?«

»Mein Team hat diese Sith-Sternzerstörer analysiert«, sagte Rose. »Um mit diesen Kanonen einen Planeten zu knacken, brauchen sie eine gewaltige Energiequelle.«

»Sie speisen sich aus den Hauptreaktoren!«, rief Vanik.

Rose nickte. »Wir denken, wenn wir ihre Geschütze treffen, zerstören wir das gesamte Schiff.«

»Das ist unsere Chance«, pflichtete Lando ihr bei. Er hatte seine Aki-Aki-Kleidung gegen ein grellgelbes Hemd und einen knielangen Umhang eingetauscht. Poe konnte nicht leugnen, dass er gern selbst so einen Umhang hätte. Er nahm sich vor, Lando danach zu fragen, sobald diese Sache vorbei war.

»Schilde hin oder her«, meldete sich Wexley zu Wort. »Sternzerstörer sind stark gepanzert und bewaffnet. Und wir haben nur eine Handvoll Sternjäger.«

»Für die sind wir nicht mehr als Ungeziefer«, stimmte Connix zu.

Da hatten die beiden nicht unrecht.

Beaumont schob sich nach vorne. »Wir sollten es mit einem Holdo-Manöver versuchen«, schlug er vor. »Das würde ihnen ordentlich Schaden zufügen.«

Sie konnten es sich nicht leisten, noch mehr Leute zu opfern, aber bevor Poe diesen Gedanken laut aussprechen konnte, sagte Finn: »Komm schon, das ist doch eine echte Großchance. Die Jäger und Frachter können ihre Schilde ausschalten, wenn genug von uns da sind.«

Was war nur mit dem Widerstand geschehen, dass sie jetzt schon Frachter als Schlachtschiffe einsetzen mussten, überlegte Finn grimmig. Aber daran ließ sich leider nichts ändern. Sie mussten diese Flotte optimal zum Einsatz bringen, und nun, da Leia sie verlassen hatte, fiel ihm diese Aufgabe zu. Also würde er alles Nötige tun, um sie kampfbereit zu machen.

»Wir sind nicht genug!«, protestierte Nien Nunb in seiner Muttersprache Sullustese.

Finn nickte dem Piloten zu. »Und da kommen Lando und Chewie ins Spiel. Sie fliegen mit dem *Falken* zu den Kernwelten und senden dort einen Hilferuf, damit ihn möglichst viele hören.« Unter Leias Führung hatten sie eine solche Operation bereits seit Monaten vorbereitet. Sie *hatten* Verbündete, auf vielen Welten, und wenn irgendjemand sie überzeugen konnte, endlich in Aktion zu treten, dann war es Lando Calrissian, enger Freund von General Leia und Held der Rebellion.

Genau das sprach Poe nun laut an: »Wir haben Freunde da draußen. Wenn es Hoffnung gibt, werden sie kommen.« Mehrere Stimmen begannen zu protestieren. Alle hier erinnerten sich noch schmerzhaft an das Debakel von Crait. Poe dachte an Zoriis Worte und sagte: »Das werden sie! Die Erste Ordnung besiegt uns, indem sie uns glauben lässt, wir wären allein. Aber wir sind nicht allein. Viele werden kämpfen, wenn wir sie anführen.«

»Leia hat niemals aufgegeben«, schob Finn nach. »Und wir werden es auch nicht tun. Wir werden ihnen zeigen, dass wir keine Angst haben.«

»Das, wofür unsere Mütter und Väter gekämpft haben, darf nicht sterben«, fuhr Poe fort. Er musste an seine eigenen Eltern denken, Shara Bey und Kes Dameron, die so viel geopfert hatten, um der Rebellenallianz zum Sieg zu verhelfen. »Nicht heute. *Heute* stellen wir uns ihnen entgegen. Für die Galaxis. Für Leia. Für alle, die wir verloren haben.«

»Die haben sich genug von uns geholt«, schloss Finn. »Jetzt bringen wir den Krieg zu ihnen.«

Rings um Poe und Finn begannen Köpfe zu nicken. Rose' Gesicht war aufgewühlt, als sie voller Emotion rief: »Möge die Macht mit uns sein.«

»Möge die Macht mit uns sein«, wiederholte Connix.

Und dann rief ein ganzer Chor von Stimmen: »Möge die Macht mit uns sein!«

Lando Calrissian beobachtete, wie sich alle für die Schlacht bereit machten. Der Anblick rief wehmütige Erinnerungen in ihm wach. Bodenmannschaften, die mit Treibstoffschläuchen von Schiff zu Schiff eilten. *Genau wie damals.* Astromechs, die in die Droidensockel von Sternjägern gehoben wurden. *Genau wie damals.* Komm-Offiziere, die ihre Instrumente überprüften und Frequenzen testeten. *Genau wie damals.* Die Abschiede – Commander D'Acy, wie sie Tyce küsste, Wedges Stiefsohn, Snap Wexley, der seine Frau Karé umarmte … *Genau wie damals.*

Und noch etwas war so wie damals. Die verschwindend geringen Erfolgschancen. Und seine Bereitschaft, für diese Sache zu sterben.

Chewie brüllte ihm zu, dass der *Millennium Falke* startklar war, und Lando musste sich eingestehen, dass er die Vorbereitungen hauptsächlich deshalb verfolgte, weil er das Unvermeidliche noch ein wenig hinauszögern wollte. Wieder an Bord des *Falken* zu steigen – das würde wirklich *wehtun.*

Er atmete tief ein, strich seinen Umhang glatt und ging die Rampe hoch.

Von dort trat er in den gekrümmten Korridor. Unter seinen Füßen befanden sich geheime Schmuggelfächer, ausgekleidet mit einem sensorstörenden Amalgam aus seltenen Metallen und Fasern. Oh, was er nicht schon alles unbemerkt in diesen Fächern transportiert hatte: Juwelen, Waffen, imperiale ID-Chips, sich selbst. Und sein alter Freund Han hatte vermutlich sogar noch viel mehr geschmuggelt.

Rechts von ihm lagen das Cockpit und die Kabine, links der Frachtraum. Sein geliebter Frachtraum. Dort hatte Lando jahrelang seine legale Fracht verstaut, wenn sie auch meistens nur dazu gedient hatte, um von anderen, wertvolleren illegalen Gütern abzulenken. Nicht selten war dieser Frachtraum auch leer geblieben. Oder zumindest hatte es noch genug Platz für eine kleine Soiree gegeben. Ja, er hatte mehr als nur ein paar Privatfeiern in diesem Frachtraum abgehalten.

Lando wandte sich nach rechts und ging zur Kabine. Chewbacca schien zu verstehen, dass er ein wenig Zeit brauchte; er deutete über die Schulter und erklärte, dass er im Cockpit warten würde.

»Danke, Chewie.«

Das Hologrammspielbrett und die Sitzbank sahen noch genauso aus, wie er sie in Erinnerung hatte, auch wenn eine Naht aufgeplatzt war und ein wenig Polsterung herausquoll. Aber das sollte sich ganz leicht wieder in Ordnung bringen lassen.

Er lächelte. Han und Chewie hatten stets zu viele Dinge im Kopf gehabt, um auf solche Kleinigkeiten zu achten. Damals, als der *Falke* noch sein Schiff gewesen war, hätte er einen solchen Makel sofort ausgebessert.

Jenseits der Kabine befand sich die Gästekoje. Zu Zeiten der Neuen Republik hatte er oft dort geschlafen, und als er an der Tür vorbeiging, spürte er einen scharfen Stich in seiner Brust. Leia hatte immer irgendwelche Aufträge für ihn gefunden, und so war er eine Zeit lang der inoffizielle Zweite Offizier auf einem Schiff gewesen, das einmal ihm selbst gehört hatte.

Er vermisste die beiden schrecklich. Natürlich hatte er sie früher schon vermisst, aber während seiner Zeit bei den Aki-Aki auf Pasaana war dieses Gefühl noch erträglich gewesen; schließlich hatte er gewusst, dass sie irgendwo dort draußen waren. Aber jetzt, wo es sie nicht mehr gab …

Lando schritt an der Bordküche vorbei zur Kabine des Captains. Als der *Falke* noch sein Schiff gewesen war, hatten lediglich vier Personen an Bord schlafen können, zwei in der Gästekabine, zwei in der Kapitänskabine. Aber dann hatte ihm dieser Falschspieler Han Solo den Frachter während einer schicksalhaften Sabacc-Partie abgenommen, und das Erste, was er getan hatte, war, seinen begehbaren Kleiderschrank in eine Kabine für seinen Ersten Offizier Chewbacca umzuwandeln. Und da Landos begehbarer Kleiderschrank ziemlich *groß* gewesen war, hatte Han sogar noch genug Platz für ein verborgenes Abteil gehabt.

Lando war außer sich gewesen, als er davon erfahren hatte. Jetzt kam es ihm nur noch lächerlich vor.

Er riskierte einen Blick in die Kapitänskabine. Der *Falke* hatte während der letzten Monate keine feste Mannschaft mehr gehabt, und Lando hatte keine Ahnung, wer hier geschlafen hatte – falls überhaupt. Die Kabine enthielt inzwischen drei Kojen; das war eine weitere von Hans Änderungen. Er hatte möglichst viele Personen an Bord unterbringen wollen. Zu der Zeit hatte er vorgehabt, seine neue Familie hin und wieder auf seinen Ausflügen mitzunehmen.

Lando konnte ihn verstehen. Er hätte selbst alles gegeben, um sein kleines Mädchen bei sich zu haben, während er mit der *Lady Luck* durch die Galaxis gereist war. Aber leider war es ihm nicht vergönnt gewesen.

Er machte einen Schritt auf Chewies Kabine und das darin verborgene Geheimabteil zu, aber dann hielt er inne. Der Wookiee wartete im Cockpit auf ihn, aber sicher würde er es einem alten Freund nicht verübeln, wenn er einen Blick in seine Kabine warf. Immerhin war es mal sein Kleiderschrank gewesen.

Lando griff nach einer Niete, die tatsächlich ein Knopf war, und ein Teil der Wand glitt zur Seite. Das Erste, was Lando auffiel, war der Geruch von Wookiee-Fell. Er war nicht unangenehm, wenn man sich erst daran gewöhnt hatte, aber doch ein wenig überwältigend. Das Abteil selbst war klein und mit einem Ventilationsgitter versehen; Han musste dieses Versteck benutzt haben, um lebende Fracht zu schmuggeln. Nichts kündete mehr von Landos Kleiderschrank.

Stattdessen entdeckte er ein kleines Metallregal. Und auf diesem Regal lag eine Holodisc mit abgenutzten Rändern. Was immer darauf gespeichert war, es ging Lando nichts an. Vermutlich waren es Bilder von Chewies geliebter Heimatwelt Kashyyyk. Der Wookiee war inzwischen mehr als zweihundert Jahre alt – mehr als genug Zeit für Erinnerungen an Familie und Freunde, von denen Lando nicht einmal wusste.

Er wollte sich schon abwenden, aber dann hielt er inne. Die Versuchung war einfach zu groß. Außerdem nannte man ihn nicht umsonst einen Gauner.

Lando streckte die Hand aus und aktivierte die Holodisc.

Ein Bild von Chewbacca selbst erschien in hellem Blau über der Scheibe. Er hielt einen kleinen Menschen auf dem Arm. Lando beugte sich näher heran.

Es war Ben, dunkelhaarig, seine Händchen in die Höhe gereckt, um an Chewies Fell zu ziehen, und er trat dabei mit den Beinen und quiekte vor Vergnügen. Chewbacca drückte den Knirps an sich und gab einen Laut von sich, den man beinahe ein Schnurren nennen konnte.

Lando deaktivierte das Hologramm. Er konnte es nicht ertragen, noch länger hinzusehen. Die Erste Ordnung hatte ihnen so viel geraubt. Ihnen allen.

Es war höchste Zeit, dass sie zurückschlugen. Lando ging ihren Plan noch einmal im Kopf durch, während er Chewies Kabine verließ. Es war nicht genug Zeit, um ihre Verbündeten einzeln zu kontaktieren, darum hatten Beaumont und Connix eine Route berechnet, die sie an den Störsendern der Ersten Ordnung vorbei durch den Kern tragen sollte. Ein paar Schlüsselfiguren wie der frühere Mon-Calamari-Botschafter würden eine persönliche Nachricht bekommen, vorgebracht mit einem gerüttelten Maß an Calrissian-Charme, aber im Großen und Ganzen bestand ihr Plan darin, mehrere Mikrosprünge zu machen und nach jedem Sprung ihren Hilferuf zu senden, wieder und wieder, bis ihnen die Zeit ausging.

Er duckte sich durch die Tür und betrat das Cockpit. Chewie begrüßte ihn mit einem Brummen, und Lando konnte nicht anders, als seinen Freund einen Moment lang anzustarren. Leia hatte die Hoffnung für Ben bis zuletzt nicht aufgegeben. Chewie empfand offenbar genauso.

Er setzte sich auf den Pilotensessel.

Chewbacca grollte laut.

»So ist es, Chewie«, nickte Lando. »Auf ein letztes Mal.«

Poes X-Flügler war fast startbereit. Er sah zu, wie R2-D2 von einem Kran im Droidensockel des Schiffes verankert wurde. Natürlich würde er BB-8 bei diesem Flug vermissen, aber sein Freund hatte eine andere Mission zu erfüllen. Außerdem hatte R2-D2 mehr Stunden an Bord eines X-Flüglers verbracht als irgendein anderer Droide in der Basis. Er und Poe würden ein gutes Team abgeben.

»Ich finde keine Aufzeichnungen über Droiden, die je aus den Unbekannten Regionen zurückgekehrt sind«, sagte C-3PO mit zitternder Stimme. »Aber du bist auch kein gewöhnlicher Droide.«

Gerade als Poe ins Cockpit steigen wollte, sah er Finn auf eine der Landefähren zurennen. Kurz entschlossen joggte er hinüber, um ihn abzufangen. Finn blieb stehen, als er ihn bemerkte, und die beiden klopften einander auf die Schulter.

Poe war nicht sicher, wer den ersten Schritt machte, aber einen Moment später umarmten sie einander wie die Brüder, die sie waren.

Schließlich lösten sie sich voneinander, und Poe wurde schmerzhaft bewusst, dass die eine Person, die in solchen Situationen normalerweise immer bei ihnen war, fehlte. Er zog die Brauen zusammen. »Was sie wohl dort draußen erwartet?«, fragte er.

Finns Miene war grimmig, aber er sagte: »Wir werden sie wiedersehen. Das weiß ich einfach.«

»Ja, ich auch.«

Finn zögerte. »Du bist jetzt ein General ... *der* General. Bist du sicher, dass du, äh, einen Sternjäger fliegen solltest?«

Poe atmete tief ein. Er hatte bereits geahnt, dass jemand diesen Punkt ansprechen würde, er hatte nur nicht gewusst, wer. Und er war erleichtert, dass es Finn war. »Ich bin ein ganz brauchbarer Pilot«, erinnerte er seinen Freund.

»Ganz brauchbar«, nickte Finn.

»Falls wir auf Exegol eine Chance haben wollen, dann muss jeder brauchbare Pilot in einem Jäger sitzen. Das ist die Entscheidung, die ich als General getroffen habe. Falls du ein Problem damit hast, können wir nach der Schlacht gerne drüber reden.«

Finn grinste schief. »In Ordnung.«

Poe drückte noch einmal Finns Schulter, dann eilten sie in unterschiedliche Richtungen davon.

Der Weg zurück zu seinem Sternjäger führte Poe an C-3PO vorbei. Eigentlich war der goldene Protokolldroide gar nicht so übel, dachte er. Es war jetzt schon mehrere Stunden her, vielleicht sogar einen ganzen Tag, seit er Poe auf die Nerven gegangen war. Und war C-3PO nicht auf eine seltsame Art und Weise ebenfalls wie ein Bruder für ihn? Poe schüttelte den Kopf und klopfte dem Droiden im Vorbeigehen auf die Schulter.

Dann griff er nach der Leiter. Sein Arm schmerzte noch immer von dem Streifschuss, den er an Bord der *Steadfast* abbekommen hatte. Aber er war Poe Dameron, Fliegerass und General des Widerstands, und er konnte jede Maschine fliegen, zur Not auch einhändig.

Entschlossen kletterte er die Leiter zum Cockpit hoch.

Ehrengeneral Pryde blickte durch das Aussichtsfenster, die Hände hinter dem Rücken verschränkt. Sie hatten es ohne Zwischenfälle durch den Roten Raum geschafft und waren inzwischen in den normalen Hyperraum eingetreten. Lang gezogene Sternlinien wirbelten an ihnen vorbei, erhellten die perfekte Ordnung seiner Brücke und die Gesichter seiner Offiziere.

Pryde liebte dieses Schiff. Offiziell mochte die *Steadfast* die mobile Kommandozentrale des Obersten Anführers Kylo Ren sein, aber Ren kannte den Zerstörer nicht halb so gut wie Pryde. Er hatte keine Ahnung von den speziellen Modifikationen, die die *Steadfast* wahrlich einzigartig machten.

Admiral Griss trat neben ihn. »Wir haben die Unbekannten Regionen erreicht, Sir.« Eine simple Meldung. Früher war es Hux gewesen, der Pryde über solche Dinge informiert hatte, nur dass Hux es immer für nötig gehalten hatte, noch eine kriecherische Bemerkung anzuhängen. *Soll ich Ihren persönlichen Shuttle startklar machen lassen? Soll ich eine Bodenmannschaft losschicken? Möchten Sie vielleicht ein heißes Getränk?* Pryde lächelte humorlos. Er war ja so froh gewesen, dass er endlich einen Grund gehabt hatte, diesen kleinen Speichellecker zu töten.

Das Schiff fiel aus dem Hyperraum zurück. Vor ihnen prangte Exegol, dunkel und dunstverhangen, eingehüllt in eine knisternde Atmosphäre aus Energie und Wildheit.

Prydes Hände begannen zu zittern, und er schloss sie zu Fäusten. Dies war die Erfüllung seines Lebenswerkes. Er atmete tief durch und sagte dann mit ruhiger Stimme: »Schon bald werden weitere Welten brennen. Und unser Imperator wird wieder herrschen.«

Rey sprang aus dem Hyperraum. Endlich sah sie den Planeten Exegol vor sich. Er war in dunkle Wolken gehüllt, die aus dem Inneren heraus von Blitzen erhellt wurden. Die Instrumente auf ihrer Konsole piepsten Warnungen über die gefährliche Atmosphäre, der sie sich näherte.

Sie ignorierte die Signale und neigte den Sternjäger nach unten, den Wolken entgegen. Lukes X-Flügler war ein uraltes Modell, und es hatte einer schnellen Auffassungsgabe und noch schnellerer Finger bedurft, um ihn wieder flugfähig zu machen. Rey hatte die Tür von Lukes Hütte benutzt, um den defekten Flügel zu reparieren; die Panzerung hatte sie durch Platten aus den Trümmern des TIE-Flüglers verstärkt; und dann hatte sie noch zahlreiche defekte Schaltkreise überbrücken müssen. Für einen Kampfeinsatz taugte die Maschine natürlich trotzdem nicht mehr – dafür bräuchte man schon eine geniale Technikerin wie Rose und einen ganzen Haufen Ersatzteile –, aber für einen einfachen Flug reichte es. Der Übergang vom Vakuum zur Atmosphäre war beinahe unmerklich, und die leistungsstarken Stabilisatoren erlaubten es ihr, durch den unheimlichen Himmel von Exegol zu navigieren.

Schließlich brach ihr Schiff durch die Wolken, und sie sog den Atem ein. Die Sith-Flotte erstreckte sich vor ihr, so weit ihr Auge sehen konnte. Sie war noch gewaltiger als in ihrer Vision: Reihe um Reihe schwarzer Umrisse, die sich scharf vom Hintergrund des ewigen Sturms abhoben. Die Schiffe basierten auf einem älteren Sternzerstörermodell aus Zeiten des Galaktischen Imperiums, aber sie waren ungleich größer, und ihre zusätzlichen Geschütze und Laserkanonen zeigten an, dass sie auch über deutlich mehr Feuerkraft verfügten, als Reys Freunde vom Widerstand erwarten würden.

Ihr Schiff neigte sich unvermittelt von einer Seite auf die andere – ein Gravitationswirbel! Sie tarierte die Maschine aus und sank auf eine Höhe unterhalb der Sith-Flotte. Exegol war ein Albtraum von einem Planeten, aber vielleicht verwirrten die atmosphärischen Anomalien die Sensoren der Zerstörer ja so weit, dass sie ihren winzigen Sternjäger nicht bemerkten. Tatsächlich war das nicht nur ihre Hoffnung, sondern auch ihre einzige Strategie.

Sekunden später hatte sie die Oberfläche erreicht. Die Luft war heiß, der trockene Boden von Rissen durchzogen. Ein dunkles Bauwerk ragte vor ihr bis zu den Wolken empor, und einen winzigen Moment lang drohte Panik sie zu übermannen. Eine Aura unaussprechlicher Bösartigkeit ging von diesem Gebäude aus, und sie wusste instinktiv, was – wen – sie im Inneren vorfinden würde. Was sie jedoch fast noch mehr entsetzte, war, wie vertraut sich diese Präsenz anfühlte. Es war, als hätte diese Präsenz sie auf die eine oder andere Weise schon ihr ganzes Leben beobachtet.

Sich der Angst zu stellen ist das Schicksal eines Jedi.

Rey ging los, überzeugt, dass Luke und sein Lichtschwert ihr den Weg weisen würden.

Sie schritt unter einem mächtigen Monolithen hindurch, der in der Luft zu schweben schien, dann nahm sie das Lichtschwert von ihrem Gürtel und aktivierte es. Erschrocken stellte sie fest, dass der Abschnitt des Bodens unter ihr nicht mit dem Rest verbunden war, und dann begann sie auch schon auf dieser Platte in die Tiefe zu sinken. Sie blickte sich um, lauschte auf das leiseste Geräusch, aber alles war still. Totenstill.

Nur einmal hörte sie ein Grummeln, aber es war zu weit entfernt, als dass sie es deuten konnte.

Zu guter Letzt kam die Aufzugplattform zum Stillstand, und Rey hob ihre Waffe. Der blaue Schein erhellte gewaltige Steingesichter, die vor unsichtbarer Elektrizität knisterten. Sie konnte nicht sagen, woher, aber sie wusste ganz einfach, dass diese Statuen Sith-Lords aus grauer Vorzeit darstellten. Dieser Ort des Bösen musste schon seit Jahrhunderten, vielleicht sogar Jahrtausenden existieren, und das Gewicht der Zeit und der dunklen Geheimnisse lag schwer in der trockenen Luft.

Schlagartig wurde Rey bewusst, dass sie nicht allein war. Gestalten huschten in den Schatten umher, aber sie spürte keine direkte Bedrohung in der Macht, also ging sie weiter. Ihre Schritte trugen sie vorbei an allerlei bizarren Gerätschaften: Monitore, Röhren, gewaltige Tanks. Ein Labor des Grauens, nunmehr leer und verwaist.

Genau wie an der Planetenoberfläche war der Boden auch hier von tiefen Rissen durchzogen, und von unten flackerte dumpfe Helligkeit nach oben. Rey hatte fast das Gefühl, als hätte sich die gesamte Kruste von Exegol um einen Kern aus purer Elektrizität geformt.

Sie erreichte einen schmalen Steinkorridor, und ihr Blick wurde unweigerlich nach vorne gezogen. Die Härchen an ihren Armen stellten sich auf, als sie eine Plattform entdeckte und darauf einen Thron, hinter dem sich Stacheln nach oben wölbten wie eine riesige Dornenkrone. Genau das hatte sie in ihrer Vision gesehen. Der Thron der Sith.

Rey ging langsam auf die Plattform zu. Das ferne Grummeln wurde lauter.

Der Korridor mündete in eine Art Amphitheater, so groß wie ein ausgehöhlter Berg, und überall saßen robenverhüllte Gestalten. Es waren Tausende, gesichtslos in der schattenverhangenen Ferne, aber ihr verblendeter Fanatismus war deutlich spürbar. Religiöse Jünger, die auf die Rückkehr der Sith warteten. Als Rey das Amphitheater betrat, schwoll das Gemurmel ihrer Stimmen zu einem kollektiven, ehrfürchtigen Willkommen an.

»Lange habe ich darauf gewartet«, ertönte die Stimme aus ihren Albträumen, tief, durchdringend und gedehnt, als würde sie über alle Zeit der Galaxis verfügen.

Rey drehte sich herum. Eine Gestalt in einer schwarzen Robe war hinter ihr materialisiert. Sie hing von einer bizarren Maschine voller Schläuche und Injektoren herab. Reys Finger schlossen sich fester um das Lichtschwert, als sie das Gesicht der Kreatur erblickte. Es war monströs, abstoßend, mit rot umrandeten Augen und fahler Haut, die schlaff von einem skelettartigen Schädel herabhing, überzogen von nässenden Geschwüren. Eine seiner Hände war halb abgefault.

Es war ihr Großvater, sein Geist gefangen in einer künstlichen Form, seine Macht zu groß, um von einem sterblichen Körper gebunden zu werden.

»Mein Enkelkind kommt nach Hause!«, sagte er triumphierend.

Er strahlte das pure Böse aus, trotzdem wollte sie zu ihm hinübergehen; sie war nicht in der Lage, den Blick abzuwenden. Da war etwas seltsam Magnetisches an ihm.

»Ich wollte niemals deinen Tod«, fuhr er fort. »Ich wollte dich hier haben, Imperatorin Palpatine.«

Das will ich nicht, ermahnte Rey sich, während ihre Füße sie zu ihm tragen wollten.

»Du wirst den Thron besteigen«, versicherte er ihr. »Es ist dein Geburtsrecht zu herrschen. Es liegt dir im Blut. Unserem Blut.« Mehrere Gestalten in roten Gewändern traten vor; sie erinnerten Rey an Snokes Gardisten, die sie und Kylo gemeinsam bekämpft hatten. Sie hatte das dumpfe Gefühl, dass diese Wachen ebenso Furcht einflößende Gegner sein würden.

Sie zwang sich, stark zu bleiben und vom Imperator zurückzuweichen. »Ich bin nicht hier, um die Sith anzuführen«, presste sie hervor. »Ich bin hier, um sie zu vernichten.«

»Als eine Jedi?«, fragte der Imperator, seine Stimme vor Verachtung triefend.

»Ja.«

Er lächelte. »Nein. Dein Zorn und dein Hass ... Du willst mich töten. Und ich will das ebenfalls. Töte mich, und mein Geist wird auf dich übergehen. Da alle Sith in mir fortleben, wirst du Imperatorin werden. Wir beide werden eins sein.«

Poes X-Flügler tauchte aus dem Hyperraum auf, und er erhaschte einen ersten Blick auf Exegol.

Was für ein Höllenloch. Dies war der lebloseste, hässlichste Felsklumpen, den er seit langer, langer Zeit gesehen hatte, und er fragte sich, ob es hier wohl schon immer so ausgesehen hatte oder ob die gigantische Flotte von Sternzerstörern den Planeten erwürgt hatte.

Neben ihm fiel sein mickriges Geschwader in den Normalraum zurück: die *Tantive IV*, Finns Landefähre und eine Handvoll weiterer Sternjäger. »Willkommen auf Exegol«, bemerkte Poe trocken.

Sie tauchten in die Deckung der Wolken ab, nur um beinahe mit der Sith-Flotte zusammenzustoßen, die darunter lauerte. Jemand keuchte über das Komm. Die keilförmigen Umrisse der Sternzerstörer waren riesig, aber ihre Reihen reichten so weit, dass die weiter entfernten Schiffe kaum mehr waren als Punkte.

»Bei den dunklen Meeren«, presste Ackbar hervor. »Sieh sich einer das an!« Er lenkte seinen Y-Flügler näher an Poes Sternjäger heran, entschlossen, seinen neuen General um jeden Preis zu beschützen.

»Keine Spur vom *Falken* oder anderen Verbündeten«, meldete Tyce von ihrem Y-Flügler.

»Sucht einfach nach diesem Navigationsturm«, befahl Poe. »Ich bin sicher, unsere Verstärkung wird hier sein, bis wir ihn ausgeschaltet haben.«

Bitte, mach, dass sie hier sind, bis wir den Turm ausgeschaltet haben.

Captain Chesille Sabrond stand auf der Brücke der *Derriphan* und blickte durch das Aussichtsfenster auf den Rest der Sith-Flotte.

Sie hielten ihre Position, da ihr Sternzerstörer bislang als einziger aus den niederen Atmosphärenschichten emporgestiegen war. Ehrengeneral Pryde hatte ihre Mannschaft damit betraut, den Aufstieg der anderen Schiffe zu verfolgen und etwaige Anomalien zu melden.

Die Flotte bot einen wahrlich majestätischen Anblick. Vereint würden sie die gesamte Galaxis erobern, und Sabrond würde ein einflussreicher Posten in der Letzten Ordnung zufallen.

Natürlich musste sie sich weiterhin auszeichnen. Captain eines Sternzerstörers zu sein reichte allein nicht, da machte Sabrond sich keine Illusionen. Es gab Tausende Zerstörer, Tausende Captains. Zehntausende sogar. Nein, sie musste dafür sorgen, dass Ehrengeneral Pryde und der Imperator Notiz von ihren Talenten nahmen.

Und sie würde es schaffen. Irgendwie. Dies war für sie nur der Anfang.

»Wir erhalten eine Meldung auf einer flottenweiten Frequenz«, sagte ihr Komm-Offizier, dann legte er einen Schalter um und öffnete den Kanal.

Ehrengeneral Pryde erschien auf dem Holoschirm der Brücke. »Alle Schiffe, auf Einsatzhöhe aufsteigen«, befahl er. Er war während seiner ganzen Karriere dort draußen in der Galaxis gewesen und hatte nur selten in Kontakt mit Exegol gestanden. Welche Wunder er wohl gesehen hatte? Vielleicht würde sie ja eines Tages Gelegenheit bekommen, ihn danach zu fragen.

»Captain!«, rief einer ihrer Techniker. »Schiffe des Widerstands im Anflug!«

Chesille Sabrond lächelte. Seit Jahren hatte sie auf diesen Moment gewartet. »Ehrengeneral?«, fragte sie, obwohl sie bereits wusste, was er sagen würde.

»Nahverteidigungskanonen einsetzen«, sagte Pryde. »Streufeuer.«

»Ja, General.« Sie drehte sich zu ihrer Mannschaft um. »Kanonen feuerbereit machen!«

16. Kapitel

Pryde zog die Brauen zusammen, als ringsum weitere Schiffe aus dem Hyperraum auftauchten. Es waren inzwischen deutlich mehr, als die *Derriphan* ursprünglich gemeldet hatte. Irgendwie musste der Widerstand eine kleine Flotte zusammengekratzt haben, und Pryde würde ganz sicher nicht den Fehler begehen, sie zu unterschätzen. Ihre Schiffe waren wie blutsaugende Insekten. Klein zwar, kaum mehr als ein Ärgernis, aber auch beharrlich – es sei denn, man zerquetschte sie.

»Wie haben sie uns hier gefunden?«, fragte Admiral Griss.

Pryde brummte nachdenklich. Die Kurzstreckenkanonen würden nicht ausreichen, um einen so großen Schwarm von Mücken zu zerquetschen. Er drehte sich zur Brücke um. »Stellen Sie mich zur gesamten Flotte durch!«

Es dauerte ein paar Sekunden. Flottenweite Kommunikation war in der Atmosphäre von Exegol ein kompliziertes Unterfangen. Und deswegen würden sie auch visuelle Bestätigung brauchen, um die Bedrohung durch den Widerstand effektiv auszumerzen. Was wiederum bedeutete, dass sie ihre Sternjäger einsetzen mussten.

Pryde würde tun, was immer nötig war, jede Ressource einzusetzen, die ihm zur Verfügung stand. Egal wie, dieser hoffnungslose Angriff würde die letzte Schlacht des Widerstands sein.

»Der Kanal ist offen, General«, meldete der Komm-Offizier.

Pryde räusperte sich. »Nichts wird den Aufstieg der Letzten Ordnung aufhalten! Entsenden Sie Ihre Jägergeschwader! Ionenkanonen: Feuerfreigabe!«

Poe riss seine Maschine hart zur Seite, als Tausende Kanonen gleichzeitig den Himmel erhellten wie eine Nova aus Energiestrahlen. Links von ihm verlor ein Sternjäger sein Heck, und Trümmer wirbelten in alle Richtungen davon, bis das Schiff schließlich in einem Feuerball verging.

Ein kurzer Rundumblick zeigte ihm, dass sie mehrere Jäger allein an diese erste Salve verloren hatten. Und so unzuverlässig, wie die Sensoren waren, konnte er nicht mal sagen, wer die Opfer waren. Das war der Preis, den man als Anführer zahlen musste.

Trauer und Bedauern waren ein Luxus, den er sich jetzt nicht leisten konnte. Alles, was zählte, war, die Mission zu Ende zu bringen. »Geht auf ihre Flughöhe!«, rief er in sein Helmkomm. »Da können sie nicht feuern, ohne sich gegenseitig zu treffen.«

Der Rest des Geschwaders folgte seinem Beispiel und ging in einen steilen Sinkflug über, wobei sie weiter Energiestrahlen ausweichen mussten. Wenige Sekunden später hatten sie die Sternzerstörer erreicht und jaulten durch die Korridore zwischen den massiven Schiffen. Die feindlichen Kanonen verstummten.

»TIE-Jäger im Anflug!«, warnte Snap Wexley. Poe war froh, seine Stimme zu hören. Zumindest ein Überlebender war damit bestätigt.

Seine Erleichterung hielt aber nicht lange an, denn eine Hundertschaft von Sith-TIEs mit blutroten und schwarzen

Linien auf ihren rasiermesserscharfen Flügeln raste den Angreifern entgegen, kreischend wie ein Schwarm riesiger Raubvögel.

Finn starrte durch das Quadokular, während sein Team in der Landefähre *Fortitude* zur Oberfläche des Planeten hinabsank. Dieses Schiff hatte er schon bei früheren Missionen benutzt; es war robust, mit soliden Schilden und genügend Platz für einen schnellen Truppentransport – auch wenn die zu transportierenden Truppen diesmal ein wenig unkonventioneller ausfielen als sonst.

Ein TIE-Jäger stieß auf sie herab, und Finn zuckte zusammen, aber die Kanonen der *Fortitude* holten den Sternjäger vom Himmel.

Er sah auf die andere Seite der Kabine zu Rose hinüber, und ihre Blicke trafen sich. »Ich bin wirklich froh, dass jemand sich die Zeit genommen hat, Verteidigungswaffen in dieser Landefähre zu installieren«, sagte er.

»Nur weil ich wusste, dass ich selbst zum Bodenteam gehöre«, erwiderte sie, ohne mit der Wimper zu zucken. »Ich meine, wäre es nur um dich gegangen ...«

Trotz allem musste Finn lachen. »M-hm.«

Rose wandte den Kopf ab, um ihr Lächeln zu verbergen.

Tatsächlich hatte Finn eine *ganze Menge* Freunde an Bord, und Rose hatte ihnen gerade allen das Leben gerettet.

»Direkt voraus!«, sagte der Pilot.

In der Ferne kam ein Bauwerk in Sicht, groß, silbrig, einschüchternd.

»Da ist er!«, entfuhr es Finn. Dann rief er in sein Komm: »Poe, ich sehe ihn. Ich habe Sichtkontakt zum Turm!«

»Landefähre«, erwiderte Poe irgendwo hoch über ihnen. »Macht euch bereit, die Bodenmannschaft am Fuß des Turms abzusetzen.«

Pryde war zufrieden. Sie hatten bereits zahlreiche Jäger des Widerstands zerstört, und die verbliebenen Schiffe waren kaum mehr als ein Rumpfgeschwader; sie waren nicht in der Lage, eine echte Offensive zu starten.

»General«, meldete sein Komm-Offizier, »sie wollen den Navigationsturm ausschalten. Dann ist die Flotte nicht einsatzbereit.«

Admiral Griss sog hörbar den Atem ein. »Wir müssen diese Sternzerstörer von hier fortbringen.«

Zum Glück hatte Pryde immer einen Plan B in petto.

»Dann nutzen wir den Turm eben nicht«, sagte er. »Schalten Sie die Quelle des Navigationssignals auf dieses Schiff um.« Seine geheimen Modifikationen an der *Steadfast* würden sich früher bezahlt machen, als er gedacht hatte. »Wir lotsen die Flotte selbst hinaus.«

Ein Licht an der Turmspitze begann zu blinken, während Finn und seine Mannschaft mit der Landefähre näher kamen, dann erlosch das Licht – und diesmal ging es nicht wieder an. Ein flaues Gefühl breitete sich in Finns Magengrube aus, als er das Ganze durch sein Quadokular beobachtete.

Jannah schob sich neben ihn. »Finn, wir sind bereit.«

»Danke, dass ihr uns helft«, sagte er.

Sie wollte etwas erwidern, aber da plärrte plötzlich ein Alarm durch das Cockpit.

Einen Moment später meldete sich Tyce über das Komm: »Der Navigationsturm wurde deaktiviert!«, rief sie.

»Was?«, entfuhr es Finn.

»Sie senden nicht länger von diesem Turm aus«, verdeutlichte sie.

»Ihre Schiffe brauchen das Signal«, meldete sich Snap zu Wort. »Es muss irgendwo anders herkommen.«

Finn war selbst nicht sicher, warum, aber sein Blick wanderte nach oben, zur Seite … und verharrte auf dem Sternzerstörer der Ersten Ordnung. Die *Steadfast*. Das einzige Schiff, das nicht Teil der Sith-Flotte war.

»Die wissen, was wir vorhaben! Bodenangriff abbrechen!«, befahl Poe. Es war die richtige Entscheidung, denn falls das Signal umgeleitet worden war, hatte ihr Feind offensichtlich durchschaut, was Finn und sein Team planten. Aber …

»Warte«, murmelte Finn. »Das Signal kommt von dem Zerstörer da.«

»Woher weißt du das?«, fragte Jannah.

Ihre Blicke trafen sich, und sie nickte wissend, als er sagte: »Ein Gefühl.«

Anschließend wandte Finn sich wieder dem Komm zu. »Das Navigationssignal kommt von diesem Kommandoschiff. Das ist unsere neue Landezone!«

»Ihr wollt einen Bodenangriff auf einem Sternzerstörer starten?«, fragte Tyce ungläubig.

Soweit es Finn anging, änderte sich nicht viel. Sie hatten trotzdem Luft zum Atmen, sie hatten Schwerkraft, und sie hatten eine tapfere Einheit ehemaliger Sturmtruppen, die bereit waren, den galaktischen Unterdrückern ein blaues Auge zu verpassen. Was mehr konnte er sich wünschen?

Na ja, Glück vielleicht. Oder die Macht. »Ich mache das ja nur ungern, aber wir können sein Kommunikationssystem nicht aus der Luft ausschalten«, erklärte er. »Gebt uns Deckung. Wir müssen die Flotte festhalten, bis Hilfe kommt.« Er beugte sich über die Schulter des Piloten nach vorne und deutete mit dem Finger. »Das Kommandoschiff! Dahin müssen wir!«

Anschließend eilten er und Jannah nach hinten in den Frachtraum, um den Rest ihrer Bodenmannschaft über die

Planänderung zu informieren. Hinter sich konnte Finn noch hören, wie Poes Stimme aus dem Komm hallte: »Ihr habt den General gehört! An alle Flieger, beschützt die Landefähre!«

General Pryde starrte verdutzt durch das Aussichtsfenster, als die klobige Fähre des Widerstands direkt auf sein Schiff zukam. Sollte das ein Selbstmordmanöver werden? Das wäre völlig sinnlos. Sie würden an der *Steadfast* zerschellen, ohne irgendwelchen Schaden anzurichten.

Im letzten Moment zog das Schiff die Nase hoch und landete auf der Hülle. Die Landefüße schlitterten funkensprühend über das Metall, dann prallte es gegen einen Kommunikationsturm und kam abrupt zum Stehen. Die Rampe begann sich zu senken.

»Sir«, rief Admiral Griss. »Sie wollen uns entern! Soeben ist ein Truppentransporter gelandet!«

»Ihre Speeder blockieren!«, befahl Pryde.

Die Finger des Komm-Offiziers huschten über die Konsole, um die feindliche Elektronik zu stören. Nachdem er alles versucht hatte, was ihm einfallen wollte, blickte er ratlos zu Pryde hoch. »Funktioniert nicht, Sir. Sie … benutzen keine Speeder.«

Finn und Jannah galoppierten an der Spitze von beinahe zwei Dutzend Orbak-Reitern die Rampe der Landefähre hinab. Die Tiere waren stundenlang im Frachtraum zusammengedrängt gewesen, und jetzt stürmten sie mit ungebändigter Freude und erstaunlicher Geschwindigkeit auf die Hülle der *Steadfast* hinaus.

BB-8 gab sein Bestes, um mit ihnen mitzuhalten; seine Markierungen verschwammen, so schnell rollte er dahin, den Kopf entschlossen nach vorne geneigt.

»Schlägst dich großartig, Kumpel!«, rief Finn zu ihm hinab.

Er riskierte einen Blick über die Schulter, um nach seinem Team zu sehen. Hinter Jannahs Reiterkompanie kletterte der Rest seiner Freunde zu Fuß aus der Landefähre: Rose, Connix, Beaumont – jeder, der einen Blaster halten konnte. So weit, so gut.

Voraus landete ein Sith-Truppentransporter auf dem Deck, um Dutzende rot gerüsteter Sturmtruppler auszuspeien. Die Soldaten fächerten aus und eröffneten ohne Zögern das Feuer.

Die Mitglieder des Widerstands schossen zurück, um den vorpreschenden Reitern zumindest ein wenig Feuerschutz zu geben. Finn sah, wie einer der Sturmtruppler zu Boden ging – das war sicher Connix gewesen; sie war ihre beste Schützin.

Er griff nach dem Sprengstoffgurt, der von seinem Sattel hing, und nahm eine der selbstgebauten Bomben in die Hand. Sie hatten alles benutzt, was sie auf Kef Bir hatten finden können, um sie zusammenzubasteln, und Jannah war sicher, dass sie effektiv sein würden. Finn holte aus, zielte und warf die Bombe in einem hohen Bogen, wie sie es ihm gezeigt hatte.

Die Bombe explodierte in einer Wolke aus Feuer und schwarzem Rauch und schleuderte mehrere Sturmtruppler nach hinten.

»Nicht übel nach nur einer Übungsstunde!«, jubelte Finn.

»Hattest 'ne gute Lehrerin«, rief Jannah zurück.

Sie hatten ihr Ziel inzwischen beinahe erreicht. Finn und Jannah packten ihre Sprengstofftaschen, sprangen von ihren Orbaks und sprinteten geduckt über die Hülle des Sternzerstörers. BB-8 rollte dicht hinter ihnen her.

Ein weiterer Truppentransporter der Letzten Ordnung

sank vom Himmel herab und landete ganz in der Nähe. Die Rampe klappte herunter, und heraus strömte eine ganze Kompanie blutrot gerüsteter Sturmtruppen mit blitzenden Blastergewehren. Mehrere von ihnen hatten rote Jetpacks auf dem Rücken, welche sie in die Luft katapultierten, um den Feind aus dieser überlegenen Feuerposition unter Beschuss zu nehmen.

Finn hatte wirklich die Nase voll von diesen Jetpack-Truppen. Er feuerte zurück, aber die meisten seiner Schüsse gingen daneben, während er und Jannah weiterhasteten. Wenn ihr Plan funktionieren sollte, dann mussten sie sich beeilen. Noch ein paar Minuten, und der Feind würde sie überwältigen.

Oder schlimmer noch, der Sternzerstörer könnte einfach die Atmosphäre verlassen. Das würde sie alle auf einen Schlag erledigen.

Die Orbak-Reiter verteilten sich und deckten die Jetpack-Truppen mit einer Kanonade aus Blasterfeuer ein. Ein Stück weiter vorne erreichten Finn und Jannah das Navdeck. Über ihnen ragte ein bunkerartiger Aufbau empor. Er sollte verhindern, dass die bordinternen Kommfrequenzen gestört wurden.

»Das ist es«, rief Finn.

»Bebe-Acht, du bist dran!«, sagte Jannah, während sie ihren selbstgebauten Bogen von der Schulter nahm.

Der kleine Droide fuhr einen Werkzeugarm aus und löste eine Platte an der Seite der Kuppel. Sofort machte Finn sich daran, die Sprengladungen zu platzieren, während Jannah ihm mit ihrem Bogen Deckung gab. Sie feuerte Pfeil um Pfeil ab und traf einen der Jetpack-Truppler, der daraufhin wild durch die Luft schlingerte, direkt in die Bahn eines tief fliegenden TIEs hinein. Der Sternjäger explodierte und stürzte auf die metallene Haut des Zerstörers.

Finn versuchte, noch schneller zu arbeiten. »Fast geschafft«, presste er hervor.

Der Imperator sagte: »Die Zeit ist gekommen!«

Wie ein Mann fiel die Tausendschaft seiner Anhänger auf die Knie und stimmte einen Singsang in einer Sprache an, die Rey noch nie gehört hatte.

Palpatines Augen funkelten vor Fanatismus. »Mit deinem Zorn wirst du mir das Leben nehmen, und du wirst aufsteigen. Genauso wie ich, als ich meinen Meister tötete, Darth Plagueis.« Er grinste und entblößte dabei verfaulte graue Zähne und rot tropfendes Zahnfleisch. »Tu es. Erhebe dein Schwert und strecke mich nieder!«

Rey zog die Brauen zusammen. Genau hiervor hatte Luke sie gewarnt. »Alles, was du von mir willst, ist, dass ich hasse. Aber das werde ich nicht. Nicht einmal dich.«

»Schwach – genau wie deine Eltern.«

Sie schüttelte den Kopf. »Meine Eltern waren stark. Sie haben mich vor dir gerettet.«

Als hätte er ihre Gedanken gelesen, neigte der Imperator den Kopf. »Ich habe schon einmal jemandem dieses Angebot unterbreitet. Dein Meister, Luke Skywalker, wurde damals von seinem Vater gerettet. Die einzige Familie, die *du* hast … bin ich.«

Der höhlenartige Saal erzitterte. Licht brach durch die hohe Steindecke, als ein Teil davon sternförmig aufklappte und den Blick auf die Silhouetten der Sternzerstörer vor dem tobenden Himmel Exegols freigab. Sternjäger des Widerstands huschten wie Mücken dazwischen umher, um den monströsen Kanonen der Großkampfschiffe und ihren TIE-Jägern auszuweichen. Explosionen erhellten die Finsternis. Ihre Freunde wurden dort oben aufgerieben!

»Viel Zeit bleibt ihnen nicht mehr. Niemand kommt, um

ihnen zu helfen«, sagte der Imperator. »Und du bist diejenige, die sie hierhergeführt hat.«

Tränen füllten Reys Augen. Die Schiffe des Widerstands hatten keine Chance. Sie wusste, dass der Imperator sie nur manipulieren wollte, aber er tat es, indem er ihr die Wahrheit zeigte. Was dort oben geschah … das war ihre Schuld.

»Strecke mich nieder. Nimm den Thron. Herrsche über das Neue Imperium, und die Flotte wird dir gehören. Nur du besitzt die Macht, sie zu retten. Weigere dich, und deine neue Familie wird sterben.«

Der Gedanke wuchs in ihrem Kopf heran, erfüllte sie mit einer seltsamen Woge der Aufregung. *Imperatorin.* Wäre das denn so schlimm? Vielleicht sollte sie sein Angebot annehmen und den Thron besteigen. Dann könnte sie den Krieg beenden und ihre Freunde retten. Mehr noch, die gesamte Galaxis würde gerettet werden. Aber hätte die Galaxis dabei eine *Wahl*?

Gequält starrte Rey zu der Schlacht über ihr hoch.

»Nun gut.« Palpatine drehte den Kopf. »Vernichtet sie.«

»Warte!«, rief Rey. »Warte!«

Er hielt inne. Sicher glaubte er, dass sie jetzt ihm gehörte. Aber sie spürte eine neue Präsenz, selbst durch die Wolke des Bösen und des Zorns und des Schreckens hindurch. Einen Moment blickte sie noch in die Ferne, ihre Sinne ausgestreckt, während sie gleichzeitig ihre Gedanken abschirmte – dank Kylo Ren war sie darin eine wahre Expertin geworden.

Anschließend drehte sie sich zum Imperator herum und füllte ihren Geist mit Gedanken der Hoffnungslosigkeit. Der Schicksalsergebenheit.

Ihr Großvater lächelte nachsichtig. »Gut«, murmelte er. »Es ist Zeit, dass die Schrottsammlerin zur Imperatorin aufsteigt. Töte mich und nimm deinen Platz in den Reihen der Sith ein.«

Ben Solo war mehrere Stunden durch die Ruinen des Todessterns geklettert, bis er einen Hangar gefunden hatte, und dann noch einige Stunden mehr, um einen alten Aufklärungs-TIE zu finden, der noch flugfähig war. Anschließend war er den Kursmarkern gefolgt, die Rey für ihre Freunde vom Widerstand hinterlassen hatte. Leider hatte der störungsanfällige Navcomputer des TIEs während der letzten Etappe den Geist aufgegeben, und Ben hatte sich orientierungslos in fremdem, unfreundlichem Raum wiedergefunden. Er hatte seine ganze Konzentration aufbringen müssen, um den Kurs zu korrigieren und Exegol zu erreichen.

Doch nun sah es aus, als wäre all das noch der leichte Teil gewesen.

Er landete den TIE neben einem alten X-Flügler der Rebellion. Nachdem er ausgestiegen war, konnte er nicht anders, als die beiden Schiffe einen Moment lang anzustarren: alte Feinde, nun Seite an Seite abgestellt.

Etwas prickelte in seinem Hinterkopf, eine vertraute Präsenz … Rey! Sie spürte ihn ebenfalls. Und sie spürte, dass er wieder Ben war. Er nahm eine Woge der Erleichterung wahr, der Freude, und dann … nichts mehr.

Sie steckte in Schwierigkeiten.

Seinen Helm und seinen Umhang hatte er auf dem Todesstern zurückgelassen, und so behinderte ihn nichts, als er auf den Monolithen zusprintete und sich in den offenen Schacht darunter stürzte. Nichts würde ihn davon abhalten, Rey zu finden.

Rings um die Öffnung hingen gewaltige Ketten von der Decke, und Ben hielt sich an einer davon fest. Der Boden war so tief unter ihm, dass er völlig in den Schatten verborgen lag. Zu tief, um schnell hinabzuklettern, und ganz sicher zu tief, um sicher hinabzuspringen.

Das hieß …?

Rey hatte ihn geheilt, und er hatte die Vergebung seines Vaters akzeptiert – eines Tages würde er vielleicht sogar in der Lage sein, sich selbst zu vergeben.

Aber erst musste er seine Fehler wiedergutmachen. Egal, wie.

Ben Solo griff in die Macht hinaus und ließ sich in die Tiefe fallen.

17. Kapitel

Finn war vollauf damit beschäftigt, den Navbunker mit Sprengsätzen zu präparieren, aber sogar ihm fiel auf, dass die Triebwerksdüsen der Sternzerstörer Schiff um Schiff blau aufglühten.

»Sie zünden ihre Triebwerke!«, rief Poe über das Komm. »Finn, wie läuft's bei euch?«

Fast geschafft … nur noch eine Bombe mehr …

Finn gab Jannah das Signal, und sie kauerten sich beide zusammen, die Hände über die Köpfe erhoben. Dann zündete er die Sprengladungen und …

Bumm! Die Explosion ließ seine Ohren klingeln, die Druckwelle spülte heiß über seinen Rücken hinweg. Überall auf der Oberfläche des Zerstörers gingen die Lichter aus.

»Signal ausgefallen, Sir«, brüllte ein Techniker. »Ich wiederhole, Navigationssignal ausgefallen! Flotte der Letzten Ordnung, Position halten. Aufstieg abbrechen. Wir müssen alle Systeme neu hochfahren.«

Jetzt war Pryde wirklich wütend. Dieses Ungeziefer war ein größeres Ärgernis, als er erwartet hatte.

Überall unter ihm wechselten die Sternzerstörer wieder in den Bereitschaftsmodus. Aber nur für ein paar Minuten, sagte er sich. Die Außenhaut der *Steadfast* war unzerstörbar. Diese Stechmücken würden sich daran die Stacheln zerbrechen.

Sie mussten die Navsysteme erst wieder online bringen, um das Signal erneut zu senden, aber das würde nicht lange dauern. Die Angreifer hatten sich damit nur eine winzige Gnadenfrist erkauft. Ihre Mission war und blieb hoffnungslos. Er war nicht mal sicher, warum sie sich überhaupt die Mühe gemacht hatten.

Ehrengeneral Pryde würde es genießen, den letzten Überrest des Widerstands auszumerzen.

R2-D2 piepte triumphierend, als die Triebwerksdüsen der gesamten Flotte wieder erloschen.

»Signal deaktiviert!«, jubelte auch Poe. »Gut gemacht, Finn!« Er flog dicht über die *Steadfast* hinweg und erhaschte einen Blick auf seinen Freund, der gemeinsam mit Jannah zu den Orbaks zurückrannte, BB-8 dicht auf den Fersen.

»Noch immer keine Spur vom *Falken* oder von Verstärkung«, meldete Snap Wexley.

R2 piepste eine Frage. Er schaltete das Komm ab, bevor er antwortete. »Ich weiß es nicht, Erzwo. Vielleicht haben sie niemanden gefunden. Vielleicht kommt ja doch niemand.«

Er starrte auf die Flotte hinaus, und die Worte hallten hohl in seinem Kopf wider. *Vielleicht kommt ja doch niemand …*

Was würde Leia jetzt tun?

Er schaltete das Komm wieder an.

»Wir müssen die Sache selbst in die Hand nehmen.«

»Was können wir gegen die schon ausrichten?«, fragte Tyce.

»Was immer wir können! Versucht einfach, am Leben zu bleiben. Kann ich auf euch zählen?«

»Wir sind direkt hinter dir«, antwortete Tyce ohne Zögern.

»Und zu allem bereit«, fügte Snap an.

Poe begann, eine Reihe von Schaltern umzulegen. »Alle Staffeln, Torpedos scharfmachen! Angriffsformation!« Er hielt inne und nahm einen tiefen Atemzug. »Möge die Macht mit uns sein.«

Angeführt von Poe raste ihr winziges Geschwader auf den einen Sternzerstörer der Letzten Ordnung zu, der bereits in den höheren Atmosphärenschichten hing. Gemeinsam eröffneten sie das Feuer auf die ungeschützten Kanonen am Bauch des Schiffes. Explosionen ließen die Außenhülle aufglühen.

Finn, Jannah und BB-8 rannten hinter der Orbak-Kompanie her auf die Landefähre zu. Rings um sie schnitt Blasterfeuer durch die Luft, trotzdem hielt Finn unvermittelt inne. Ihm war etwas aufgefallen: Jeder Schuss, der in ihre Richtung zuckte, stammte von den Blastern der Sith-Truppen. Die großen Deckkanonen waren verstummt, seit sie den Navbunker gesprengt hatten.

BB-8 rollte weiter den Orbaks hinterher, aber Jannah blieb stehen. »Finn, lass uns verschwinden!«

»Warte«, rief er. »Die oberen Geschütze feuern nicht mehr. Sie starten ihre Systeme neu.«

»Und?« Sie blickte zur Landefähre hinüber, dann wieder zu Finn zurück.

»Wenn sie fertig sind …« Er starrte die Kanonen an. Das war vermutlich die dümmste Idee, die er in seinem ganzen Leben gehabt hatte, aber … »Ich muss gehen. Irgendwas tun.« Ja, definitiv die dümmste Idee. Er drehte sich zu Jannah herum. »Jannah, geh.«

»Nein, ich werde mitkommen.«

Er hatte gelernt, dass es keinen Sinn hatte, mit einer entschlossenen Frau zu diskutieren, also nickte er nur dankbar. Gemeinsam sprinteten sie auf die nächstgelegene Kanone zu.

Eingerahmt vom Aussichtsfenster der *Steadfast*, verging das Führungsschiff der Sith-Flotte, die *Derriphan*, in einer Kettenreaktion von Feuerbällen. Im Schein der Flammen raste ein Trio A-Flügler von der Explosion fort.

Pryde schnitt eine Grimasse. Nicht dass die Verluste ihn scherten; der Captain der *Derriphan* war bestenfalls durchschnittlich gewesen, ohne echtes Potenzial – darum hatte man ihr Schiff ja ausgewählt, um allein vorauszufliegen: weil es entbehrlich war. Aber er hasste es, diesem Ungeziefer auch nur das kleinste Erfolgserlebnis zuzugestehen.

»Wie lange noch?«, blaffte er.

»Die Systeme sollten in ein paar Sekunden wieder hochgefahren sein«, meldete eine Technikerin.

»Dann aktivieren sie das Navigationssignal wieder!«, befahl Pryde. »Die Flotte soll starten.«

Finn und Jannah erreichten die Kanone und umkreisten sie vorsichtig, als wäre sie ein verwundetes Raubtier, das jeden Moment zuschnappen könnte.

»Das ist das Kommandoschiff«, sagte Jannah. »Wenn wir das außer Gefecht setzen, fällt auch ihr Navigationssystem aus. Und zwar endgültig.«

»Alle Sternzerstörer in dieser Flotte …«, murmelte Finn.

»Genau! Die haben dann alle keine Schilde! Das könnte das Blatt wenden.«

»Finn!«, ertönte Rose' Stimme aus dem Komm, gerade als er begann, an der Kanone hochzuklettern.

»Rose!« Er hatte gehofft, dass sie und der Rest des Bodenteams längst wieder sicher an Bord des Transporters wären.

»Wo steckst du? Die Landefähre startet!« Sie klang alarmiert.

Finn griff nach dem Lauf der mächtigen Kanone. »Ich rette, was ich liebe.«

Eine lange Pause. Jannah hatte wieder ihren Bogen gezückt und schaltete erst einen Jetpack-Truppler aus, der in ihre Richtung flog, dann einen nahen Sturmtruppler, alles in einer einzigen fließenden Bewegung.

»Fliegt ohne uns«, drängte Finn. »Wir werden das ganze Schiff vernichten.«

Endlich fand Rose ihre Stimme wieder. »Was? Und wie?«

»Wir zerstören das Kommandodeck! Rose, *bitte*. Geh. Und … pass auf dich auf.«

»Das Ritual beginnt«, rief der Imperator, und die Masse seiner Anhänger antwortete mit einem zeremoniellen Gesang, so laut und so tief, dass der Boden erzitterte. »Sie wird mich niederstrecken und sich verpflichten – als eine Sith!«

Die Blitze in der höhlenartigen Kathedrale zuckten noch heftiger, und ihr Glühen spiegelte sich in den milchigen, blinden Augen ihres Großvaters. Rey machte einen Schritt auf ihn zu. Dann noch einen.

Sie wusste, dass der Imperator sie abschirmte, trotzdem dehnte sie ihr Bewusstsein aus, suchte … *Da!*

Sie musste nur noch ein wenig länger durchhalten.

Die rot gewandeten Gestalten hatten Ben bei seinem letzten Besuch hier vollkommen ignoriert, aber jetzt stürzten sie sich auf ihn. Er hob seinen Blaster und schickte sie mühelos zu Boden, einen Schuss für jeden Gegner. Vor gar nicht allzu langer Zeit hätte er das Töten noch genossen, aber jetzt hatte er nur einen alles überlagernden Drang: *Rey zu helfen.*

Er erreichte das Ende des Korridors und bog um eine Ecke. Da schälten sich vertraute Umrisse aus der von Blitzen durchzuckten Finsternis. Erst trat Vicrul mit seiner Sense vor, dann Kirku mit seinem Plasmablaster. Und dann standen sie auch schon alle sechs vor ihm. Seine Ritter.

Einen winzigen Moment lang glaubte Ben tatsächlich, dass sie hier waren, um ihm zu helfen.

Doch der Hass umgab sie wie eine stinkende Dunstwolke. Die Ritter von Ren hatten nie ihm gedient. Die ganze Zeit schon hatten sie den Willen des Imperators erfüllt.

Und nun, ihr letzter Verrat.

Snoke war nichts weiter gewesen als eine Marionette. Der Imperator hatte Ben sein ganzes Leben lang Gift ins Ohr geträufelt. Und jetzt erhoben sogar seine Ritter die Waffen gegen ihn. Sie, die er stets für treue Verbündete gehalten hatte, für Brüder.

Langsam umzingelten sie ihn, wie Raubtiere, die ihre Beute gestellt hatten. Zwei oder drei von ihnen könnte er vielleicht überwältigen, aber alle sechs? Sie hatten mit ihm trainiert, kannten ihn in- und auswendig. In geringem Ausmaß konnten sie sogar von der Macht zehren. Er konnte es nicht gleichzeitig mit ihnen allen aufnehmen, nicht wenn ein Blaster seine einzige Waffe war.

Vielleicht hätte er sein Lichtschwert doch nicht so voreilig ins Meer werfen sollen.

Ein Bild tauchte vor seinem geistigen Auge auf. Ein weiteres Lichtschwert, mit blauer Klinge. Es war eine Botschaft von Rey.

»Sie wird ihre Waffe ziehen«, intonierte der Imperator.

Rey verbannte jegliche Emotion aus ihrem Gesicht, während sie Lukes Lichtschwert vom Gürtel nahm und es aktivierte.

»Sie wird zu mir kommen«, sagte er, und die Menge reagierte mit kollektivem Gebrüll.

Rey trat vor. Ihr Großvater roch nach verwesendem Fleisch.

Ben schoss mit dem Blaster auf einen Angreifer, stieß einen zweiten mit der Macht von sich, wirbelte dann zum dritten herum …

Etwas donnerte gegen seinen Hinterkopf und ließ ihn auf die Knie zusammenbrechen.

Dann noch ein Schlag, dieser in seinen Unterleib. Ben wurde die Luft aus der Lunge gepresst, und er klappte keuchend nach vorne.

In ihrer Arroganz ließen die Ritter von ihm ab, damit er wieder aufstehen konnte. Wie erbärmlich und wehrlos er ihnen erscheinen musste. Dass sie jetzt so mit ihm spielten … Vermutlich hatten sie ihn nie wirklich respektiert, und auch nicht seine Fähigkeiten.

Ben sog den Atem ein und wappnete sich für ihren nächsten Angriff.

»Sie wird Rache nehmen«, dröhnte Palpatine.

Rey schritt weiter auf ihn zu. Seine Macht war berauschend, und beinahe gegen ihren Willen hob sie die Klinge. Wäre da nicht noch diese andere Präsenz in ihrem Geist, so hell, so strahlend vor *Licht*, hätte sie dem Imperator unmöglich widerstehen können.

»Und mit einem Hieb ihres Lichtschwertes werden die Sith wiedergeboren, und die Jedi werden tot sein!«

Sein Triumphgefühl strahlte wie in Wellen von ihm aus, und mit sich trug es Wissen, Erinnerungen. Vielleicht lag es daran, dass sie dasselbe Blut teilten, aber Rey konnte seine Gedanken sehen. Sie sah, was er getan hatte, was er wieder tun würde:

Er fiel …

… und fiel …

… und fiel … einen gewaltigen Schacht hinab.

Voll brennender Wut über den Verrat. Hoch über ihm, eine schwarz gewandete Gestalt mit einem Helm, die schnell zusammenschrumpfte. Sein eigener Schüler hatte sich gegen ihn gewandt, wie er einst Plagueis in den Rücken gefallen war … nachdem er ihm das Geheimnis seiner Unsterblichkeit gestohlen hatte.

Plagueis hatte im Moment seines Todes zu langsam reagiert. Aber Sidious hatte das Flackern des Lichts in seinem Schüler schon vor Jahren erkannt. Er war bereit gewesen. Und so rief der Imperator, während er seinem Tod entgegenstürzte, die dunkelsten Kräfte der Macht an, um sein Bewusstsein von seinem Körper zu lösen, es an einen weit, weit entfernten Ort zu transportieren – einen geheimen Ort, den er für diese Eventualität vorbereitet hatte. Sein Körper war ein leeres Gefäß, tot, lange bevor er den Grund des Schachtes erreichte, und sein Geist erwachte in einem neuen Leib zum Leben.

Doch es war zu früh. Sein geheimes Versteck war noch nicht bereit. Es gab Probleme während des Transfers, und der geklonte Körper entpuppte sich als ungenügend. Vielleicht hatte Plagueis den letzten Lacher auf seiner Seite. Vielleicht würde sein Geheimnis doch geheim bleiben. Palpatine saß jedenfalls in einem gebrochenen, sterbenden Leib gefangen.

Die Ketzer des Ewigen Sith Kults begannen Genexperimente durchzuführen. Sie schufen widernatürliche Abscheulichkeiten, in der Hoffnung, dass eine von ihnen überleben und zu einem würdigen Gefäß für das Bewusstsein des Imperators werden könnte. Dabei schreckten die Ketzer vor nichts zurück. Kein Risiko, kein Opfer war zu groß, solange sie nur eine fleischliche Hülle für ihr Gottbewusstsein hervorbrachten.

Sie scheiterten. Doch ihre Versuche waren nicht gänzlich umsonst.

Eine ihrer genetischen Schöpfungen überlebte. Palpatines »Sohn«. Doch er war nutzlos, machtlos. Palpatine konnte den Anblick dieser enttäuschenden Schöpfung nicht ertragen. Ihre Normalität *war eine Beleidigung für ihn.*

Der einzige Wert des Jungen bestand darin, dass er die Blutlinie auf natürliche Weise fortsetzen könnte. Und als dies schließlich geschah, wurde Rey geboren. Der Spross einer unerwarteten Verbindung – das perfekte Gefäß. Stark genug, um all die Macht der Sith in sich zu tragen. Palpatines Enkelin …

Die Vision wechselte zu einem neuen Bild: Luke, der im Schneidersitz auf der Insel Ahch-To saß, zitternd vor Anstrengung, während er sein Selbst auf das Schlachtfeld von Crait projizierte.

Dann noch ein Wechsel. Jetzt sah Rey Leia in ihrem Quartier im Dschungel, wo sie alles aufgab, um ihre letzten Gedanken an Ben zu schicken.

Sie alle waren Manifestationen derselben Kraft. Und jetzt würde Rey diese Kraft auf ihre eigene Weise nutzen.

Sie hob das Lichtschwert, wie um zuzuschlagen …

… und streckte ihre Sinne nach der Verbindung aus, die sie mit Ben teilte. Sie zeigte sich ihm.

Er antwortete ihr, und Rey öffnete überrascht den Mund. Er fühlte sich anders an. Die Verbindung war … rein. Gut. Richtig.

Ben schien ebenso verwundert zu sein, und sie verschwendeten kostbare Augenblicke damit, über dieses neue Band zwischen ihnen zu staunen. So hätte es die ganze Zeit schon sein sollen. Eine wahre Dyade.

»Tu es!«, drängte Palpatine. »Erbringe das Opfer!«

Rey hob das Lichtschwert hinter ihren Kopf, als würde sie zu einem mächtigen Hieb ausholen. Gleichzeitig griff sie in die Macht hinaus. Die Anstrengung trieb ihr Tränen in die Augen.

Der Imperator beugte ihr in freudiger Erwartung den Kopf entgegen.

Rey hob die Hand, aber sie war nun leer … Sie hatte das Lichtschwert fortprojiziert.

Grauen breitete sich auf den Zügen ihres Großvaters aus, als er erkannte, dass es ein Fehler gewesen war, Rey und Ben gleichzeitig hierherkommen zu lassen. Das war die eine Sache, die er nicht vorhergesehen hatte: dass das Feuer ihrer gemeinsamen Suche, ihrer geteilten Trauer, ihres Zorns, aber auch ihres Mitgefühls und ihres Einfühlungsvermögens die Verbindung zwischen ihnen derart vertiefen würde.

Im selben Moment, als Ben den Griff von Lukes Lichtschwert zwischen seinen Fingern spürte, wusste er, dass es von Anfang an für ihn bestimmt gewesen war. Es fühlte sich an wie eine Erweiterung seines eigenen Selbst, und er genoss das Gefühl, während er die Klinge langsam hob.

Die Ritter wichen erschrocken mehrere Schritte zurück.

Überraschung, hätte sein Vater in dieser Situation wohl gesagt.

Ben begnügte sich damit anzugreifen.

Rey griff derweil nach Leias Lichtschwert, das sie hinten an ihrem Gürtel eingehakt hatte, und zündete die Klinge.

Einen Moment später war sie auch schon von rot gekleideten Gardisten umringt. Sie hoben ihre Blaster und feuerten, aber Rey war bereit. Sie hielt einen Schuss mit der Hand auf und lenkte ihn zurück auf den Leib eines Angreifers, während sie den Rest des Beschusses mit dem Lichtschwert abblockte.

Sie zehrte von Bens Stärke und er von ihrer, und genau wie zuvor waren sie gleichzeitig zusammen und doch voneinander getrennt. Rey kämpfte gegen die Gardisten, Ben gegen die Ritter von Ren.

Hinter dir, warnte sie ihn, und er riss sein Lichtschwert hinter dem Rücken hoch, um Trudgens Attacke abzuwehren, dann wirbelte er herum und spießte ihn auf. Einen Moment später war er bereits über die Leiche des Ritters hinweggesprungen und streckte Ushar nieder.

Sekunden später war alles vorbei. Kurz blickte er auf die Leichen seiner ehemaligen Kameraden hinab, dann sprintete er in Richtung Thronsaal los ...

... wo Rey die Macht einsetzte, um einen Gardisten unter seinem eigenen Gewicht zusammenbrechen zu lassen, bevor sie ihn in die Dunkelheit schleuderte. Sie wehrte einen Schuss ab, duckte sich unter einem weiteren weg, und einen wirbelnden Sprung später stand sie vor dem letzten Gardisten. Doch Ben war bereits hier, und er schmetterte den Gegner mit einer Handbewegung quer durch das Amphitheater.

Einen Atemzug lang standen sie einander gegenüber, zuletzt endlich vereint. Ben hatte sich verändert. Er war entspannter. Offener. Wieso fiel Rey erst jetzt auf, dass er das lange Gesicht und die Haltung seines Vaters hatte und die warmen haselnussbraunen Augen seiner Mutter?

In perfektem Einklang drehten sie sich zu Palpatine herum und gingen in Kampfhaltung, ihre Lichtschwerter erhoben.

Der Imperator bleckte die Zähne. »Ihr steht geeint, ihr fallt geeint.« Er hob seine verrottenden Hände und durchbohrte sie mit der Macht.

Reys Rücken krümmte sich gegen ihren Willen, ebenso wie Bens. Der Schmerz war unvorstellbar. Die Lichtschwerter fielen ihnen aus den Händen und landeten klappernd auf dem Boden.

Der Imperator zog sie zu sich nach vorne, und sie rutschten über den Boden, hilflos gegenüber seiner Macht, während er mehr und mehr und mehr von ihrer Energie in sich aufsaugte.

Palpatine keuchte, dann blickte er auf seine Hände hinab; sie hatten begonnen zu heilen. Knochen wuchsen aus den verfaulten Stümpfen seiner Finger, und fahles Fleisch umhüllte sie. »Die Lebenskraft eurer Verbindung …« Nicht einmal er konnte in diesem Moment einen ungläubigen Unterton aus seiner Stimme verbannen. »Eine Dyade der Macht!«

Seine triumphalen Gedanken spülten über Rey hinweg, während sie sich in seinem unsichtbaren Griff wand, unfähig, sich zu befreien. Er hatte gewonnen. Zu guter Letzt hatte er es geschafft. All die Jahre seiner Suche waren nicht umsonst gewesen. Er hatte selbst versucht, mit Anakin eine solche Dyade zu erschaffen, genauso wie sein Meister es zuvor mit ihm versucht hatte. Die Regel der Zwei – die Suche eines Sith-Meisters nach einem Schüler, der noch mächtiger war als er selbst – war nichts als eine farblose Imitation, ein unwürdiger, aber notwendiger Nachfolger dieser älteren, reineren Doktrin: der Dyade.

»Eine Kraft wie das Leben selbst«, krächzte er. »Seit Generationen gab es das nicht mehr. Und nun … regeneriert die Macht von zweien den einzig wahren Imperator!«

Er hob seine vollständig geheilten Hände und beschwor die dunklen Kräfte der Macht, die Kräfte aller Sith, die vor ihm gekommen waren, und er nutzte sie, um die Lebenskraft aus den Körpern seiner Opfer zu saugen. Rey konnte ihre Energie sehen, wie einen Fluss aus Licht, der aus ihr herausströmte, und mit jeder Sekunde wurde sie schwächer.

Der Imperator lachte, während sein Körper sich erneuerte. Der milchige Film auf seinen Augen klärte sich, und darunter kamen goldene Iriden mit nachtschwarzen Pupillen zum Vorschein.

»Genau so muss das laufen!«, jubelte Snap Wexley in seinem X-Flügler, als die bauchseitige Kanone eines Sternzerstörers unter seinem Beschuss in einem Feuerwerk explodierte. Er war gar kein übler Schütze. All die Übungen mit seinem Stiefvater, Wedge Antilles, hatten sich bezahlt gemacht.

Seine Konsole piepste.

»Die Flotte richtet sich auf ein neues Navigationssignal aus«, warnte er jeden, der zuhörte. »Sie wollen starten!«

»Pass auf deine Steuerbordseite auf, Wexley!«, rief Vanik.

Er drehte den Kopf. »Ja, gesehen.«

Aber er sah nicht den anderen TIE-Jäger, der wie aus dem Nichts hinter ihm auftauchte.

»Snap!«, schrie Poe. »Snap, *Snap*!«

Ein Treffer erschütterte sein Schiff, und er hörte Poe brüllen: »Nein!«

Wexley hatte gerade noch genug Zeit, um nach dem kleinen Holo zu greifen, das immer auf seinem Armaturenbrett lag. »Karé«, wisperte er, dann löste sich die Welt in blendendem weißem Licht auf.

Poe sah verzweifelt mit an, wie Wexleys brennendes Schiff an der Hülle eines Sternzerstörers zerschellte.

Aus dem Komm drangen weitere verzweifelte Hilferufe. Sie wurden hier in Stücke gerissen.

»General!«, meldete sich Tyce. »Sollen wir uns zurückziehen?«

»Was jetzt?«, zischte ein anderer Pilot. »Wie geht es weiter?«

Seine Leute – seine Freunde – starben um ihn herum wie die Fliegen. »Meine Freunde«, begann Poe. »Es tut mir so leid. Ich dachte ... wir kriegen das hin ... Es sind einfach zu viele von ihnen.« Crait hatte ihn nichts gelehrt. Einmal mehr hatte er Dutzende Wesen zum Tode ...

Eine vertraute Stimme überlagerte das restliche Kommgeschnatter. »Aber es gibt auch mehr von uns, Poe. Es gibt noch mehr von *uns*.«

Es war Lando. Er war zurück! Aber hatte er Verstärkung mitgebracht?

Poes Herz schlug schneller, während er seinen Sternjäger wendete und unter einem Sternzerstörer hindurchflog, um hochzublicken.

Was er dort sah, verschlug ihm den Atem. Überall über ihnen tauchten Schiffe aus den Wolken auf: Frachter, Sternjäger, Lazarettfregatten und Langstreckentransporter aus allen Winkeln der Galaxis, aus allen Sektoren, aus allen Epochen der Raumfahrt. Hunderte. Nein Tausende. Die Flotte aller Flotten.

»Seht euch das an!«, jubelte Poe. *»Seht euch das an!«* Landos Lachen aus dem Komm begleitete seine Worte.

»Unsere Verbündeten«, schnaufte Aftab Ackbar. »Sie sind gekommen!«

»Die gesamte Galaxis ist hier!«, grinste Poe.

»Lando, du hast es geschafft!«, rief Finn. »Du hast es hingekriegt!«

Ein nicht enden wollender Strom von Bereitschaftsmeldungen dröhnte aus dem Komm. Tausende entschlossener Stimmen, die sich durch nichts zum Schweigen bringen lassen würden.

»*Millennium Falke*, bereit für weitere Befehle«, sagte Lando.

»Mon-Calamari-Flotte in Bereitschaft«, folgte eine weitere Stimme.

»*Phantom*-Staffel ist einsatzbereit.«

»*Geister*-Staffel. Sind einsatzbereit.«

»*Anodyne zwei* hier. Wie können wir helfen?«

Poe war nicht der emotionale Typ, aber als sie sich alle meldeten, einer nach dem anderen, spürte er, wie seine

Augen feucht wurden. Sie hatten es geschafft. Der Funke des Widerstands war zu einem Feuer geworden.

»Alphabet zwei in Kampfbereitschaft.«

»Zay Versio und das Inferno-Kommando sind bereit. Oh … Seht euch all diese Sternzerstörer an!«

»*Fireball*, hier. Wie geht's denn, allerseits?«

»Für Nettigkeiten hast du später noch Zeit, Kaz«, ertönte eine tiefe Stimme.

»Also gut!«, unterbrach Poe das Stimmengewirr. Sie konnten leider nicht warten, bis sich alle tausend Schiffe einzeln gemeldet hatten. »Äh … schießt einfach drauflos! Feuert auf die unteren Geschütze. Mit jedem, das wir zerstören, haben wir eine Welt gerettet.«

Lando stieß einen lauten Jubelschrei aus, als er und Chewie die Führung übernahmen, und tausend Sternjäger, Fregatten und Frachter setzten sich hinter die beiden.

Binnen Sekunden hatte der *Millennium Falke* die Kanone des ersten Sternzerstörers ausgeschaltet. Mit diesem Schiff sah einfach alles wie ein Kinderspiel aus.

»Guter Treffer, Lando«, lobte Wedge Antilles. Es dauerte einen Augenblick, bis Poe erkannte, dass der alte Rebellencaptain – sein ehemaliger Fluglehrer – einen der Vierlingslaser des *Falken* bemannte.

Poe wünschte, Leia könnte hier sein, um das zu sehen.

Finn reckte die Faust in die Luft. »Ich wusste, Lando schafft es. Ich *wusste* es!«

Jannah starrte mit offenem Mund zum Himmel hoch. Sie schien vollkommen vergessen zu haben, dass sie ihm eigentlich Feuerschutz geben sollte.

»Den Finger schön am Feuerknopf lassen, Chewie«, hallte Landos Stimme aus dem Komm.

Von überall her waren sie gekommen, um ihnen zu helfen. Die gesamte Galaxis war hier. Finn beobachtete, wie sie zwischen den Sternzerstörern hin und her rasten und die hilflosen Schiffe der Sith-Flotte zu Klump schossen.

Doch dann verdrängte er diesen Moment des Triumphs, um sich einmal mehr auf seine Aufgabe zu konzentrieren.

Und während er wieder daranging, die Kanone kurzzuschließen, eröffnete auch Jannah wieder das Feuer.

Dafür hatte Pryde keinen Plan B.

»Woher kommen all diese Kampfschiffe?«, schnappte der Ehrengeneral. »Die haben doch gar keine Flotte.«

Admiral Griss stand mit offenem Mund neben ihm. Das Leuchten in seinen Augen war erloschen. »Das ist keine Flotte, Sir«, sagte der Admiral mit unsicherer Stimme. »Das sind nur ... das sind einfach ... Leute.«

Das Blatt wendete sich. Poes zusammengewürfelte Flotte dezimierte die ungeschützte Sith-Flotte. Ein Zerstörer kippte auf die Seite, während Rauch aus seinem Rumpf quoll. Er kollidierte mit dem benachbarten Schiff, und beide stürzten auf die Oberfläche hinab, der Schwerkraft von Exegol hilflos ausgeliefert.

Doch die TIEs setzten ihre Gegenwehr fort, und sie schienen es ganz besonders auf Poe abgesehen zu haben.

Ein Jäger raste frontal auf ihn zu, und er war zwischen zwei Sternzerstörern eingeklemmt. Verzweifelt nahm er Schub weg und eröffnete das Feuer. Aber konnte er den Feind rechtzeitig abschießen, bevor sie kollidierten, oder sollte er besser hochziehen ...?

Ein Y-Flügler ging über ihm in Position – ein makelloses, präzises Manöver –, und gemeinsam ließen sie den TIE-Jäger in einem Feuerball auseinanderplatzen. Ein herrlich befriedigender Anblick.

»Das war's, du Mistkerl!«, sagte eine Frauenstimme. Sie klang seltsam vertraut …

Poe drehte sich in seinem Cockpit herum, als der Y-Flügler neben ihm vorbeibrauste. »Wer ist dieses Fliegerass?«, murmelte er.

»Rate doch mal, Gewürzschmuggler.«

Es war *Zorii*!

Poes Erleichterung war so groß, dass er sich fast verschluckte. »Zorii, du hast es geschafft!«

Eine zweite Stimme brabbelte irgendetwas auf Anzellanisch, gefolgt von: »Ha-heeeey!«

»Babu?« Poe konnte es nicht glauben.

Dieser Tag wurde einfach immer besser.

Rey und Ben lagen reglos auf dem Boden, als Imperator Palpatine sich von dem Ommin-Maschinenarm löste und langsam auf den Boden hinabsank. Dann baute er sich zu seiner vollen Größe auf, erfüllt von unbändiger Kraft. Unbesiegbar.

Mit lauter Stimme wandte er sich an seine Kultisten. »Seht, was ihr geschaffen habt«, sagte er. Ihre gesungene Erwiderung hallte von den Wänden wider, und Palpatine hob die Hände ein wenig, als wollte er auch ihre Verehrung in sich aufsaugen.

Ben zwang seinen kraftlosen Körper auf Hände und Knie hoch. Rey neben ihm blieb schlaff liegen, aber er schaffte es nach ein paar Sekunden, auf die Beine zu kommen und sich taumelnd zu seinem Feind herumzudrehen.

Der Imperator war sichtlich unbeeindruckt. »So wie ich einst fiel, so fällt nun der letzte Skywalker.«

Mit der Kraft seiner Gedanken hob er Ben vom Boden hoch und schleuderte ihn von sich, mit solcher Wucht, dass er nach dem Aufprall weiter über den Boden kullerte und in einem flackernden Abgrund am Rand der Kathedrale verschwand.

Rey hätte geschrien, aber sie hatte kaum genug Kraft, um zu atmen.

»Fürchtet nicht ihren erbärmlichen Angriff, meine Getreuen!«, sprach der Imperator weiter zu seinen Anhängern. Ben schien er bereits wieder vergessen zu haben. Seine Lippen teilten sich zu einem albtraumhaften Grinsen, und er neigte das Gesicht zur offenen Decke hoch, zum lodernden Himmel von Exegol. »Nichts wird die Rückkehr der Sith aufhalten!«

Mit diesen Worten hob er die Arme, wie um nach den fernen Schiffen zu greifen. Selbst durch den Schleier ihrer Erschöpfung konnte Rey spüren, wie er von der Macht zehrte. Die Kraft des Imperators war unglaublich. Nein, korrigierte sie sich. *Ihre* Kraft. Ihre und Bens.

Tränen strömten über ihr Gesicht, als er ihre gestohlene Energie benutzte, um ein Gewitter aus Licht in den Himmel hochzuschleudern. Die zuckenden Machtblitze, die von seinen Fingerspitzen stoben, vereinten sich zu einem mächtigen Strom aus Energie, einer Säule aus Helligkeit, die mit zahllosen Zungen aus knisternder Energie nach der Flotte des Widerstands griff. Die Schiffe erzitterten hilflos unter dem Ansturm und kippten aus ihrer Flugbahn.

18. Kapitel

Poe beobachtete entsetzt, wie ein Geysir aus purer Energie von der Oberfläche des Planeten hochschoss und alles in seinem Pfad verschlang. Mehrere Sternjäger gerieten sofort ins Trudeln, als ihre Kontrollen den Dienst verweigerten. Die *Tantive IV* erzitterte, als wäre sie in den Fängen eines Traktorstrahls gefangen, dann neigte sie sich auf die Seite und begann, in die Tiefe zu sacken.

Am liebsten hätte Poe den Kopf weggedreht. *Leias Schiff*… Er presste die Kiefer zusammen und zwang sich, weiter hinzusehen. Es stand ihm nicht zu, die Augen zu verschließen.

Das Zittern der *Tantive IV* verstärkte sich, als eines der Triebwerke explodierte. Weitere Feuerblumen barsten aus der Hülle hervor, dann stürzte das Schiff plötzlich wie ein Meteor nach unten, um jenseits der Flotte der Ersten Ordnung außer Sicht zu verschwinden.

Poe hatte gerade viele Freunde verloren. Nien Nunb hatte er gekannt, seit er denken konnte.

Plötzlich schlugen Funken aus der Konsole seines eigenen Sternjägers, und Stromschläge ließen seine Finger selbst durch die Pilotenhandschuhe hindurch taub werden. »Erzwo, meine Systeme versagen…«

Aus dem Droidensockel des X-Flüglers ertönte der schrille, elektronische Schrei eines Astromechs.

Poe hämmerte auf den Kommknopf. »Kann mich jemand hören?«

Keine Antwort. Neben ihm wand sich eine schlanke, nubianische Sternenyacht im Griff eines zuckenden Blitzes, nur um anschließend ebenfalls vom Himmel zu stürzen.

Der Imperator wollte nicht aufhören zu lachen, während er noch immer Blitze aus seinen Fingern schießen ließ und zum Sith-Thron hochstieg. Rey hasste das Geräusch – kratzig, selbstgefällig, auf unangenehme Weise vertraut. Sie war dem Tod nahe, das wusste sie ohne jeden Zweifel, und sie wollte nicht, dass dieses Lachen das letzte Geräusch war, das sie in diesem Leben hörte.

Sie konnte sich kaum bewegen, aber sie schaffte es, sich auf den Rücken zu rollen. Die Anstrengung war so groß, dass ihr kurz schwarz vor Augen wurde.

Sie suchte mit ihren Sinnen nach Ben – nichts. Ihre Verbindung war geschwächt, seit der Imperator ihnen ihre Lebenskraft entzogen hatte. Vage hatte sie noch gespürt, dass Ben in die Tiefe gestürzt war, aber nun fühlte es sich an, als wäre er vom Angesicht der Galaxis verschwunden. Und Rey blieb allein zurück, gebrochen und leer.

Ihre Glieder wollten sich nicht weiterbewegen; auf keinen Fall würden sie ihr Gewicht tragen. So blieb ihr nichts übrig, als zur Schlacht über ihr hochzustarren. Nur dass es inzwischen keine Schlacht mehr war. Explosionen erfüllten den Himmel, schwarze Trümmer zogen Linien aus Rauch und Feuer hinter sich her, während sie zu Boden stürzten. Die *Tantive IV* trudelte durch Reys Blickfeld und stürzte ab.

Sie hatte versagt. Voll und ganz versagt.

Die Machtdemonstration des Imperators war ein Ehrfurcht gebietender Anblick: Immer höher leckte die Säule aus Energie in den Himmel, immer mehr Blitze zuckten daraus hervor, eine Blume aus Licht. Auf gewisse Weise war dies ihr Werk – ihres und Bens. Es war ihre Kraft. Nur setzte der Imperator sie für einen Akt unaussprechlicher Bösartigkeit ein. Und sie war vollkommen hilflos. An der Schwelle des Todes.

Was würde Leia tun?

Die Antwort erfüllte ihren Geist wie ein warmer Morgenwind.

Sie musste alles geben. *Alles.*

Rey dachte an ihre Ausbildung, stählte ihren Geist und griff in die Macht hinaus.

»Seid mit mir. Seid mit mir.«

Die Schlacht über ihr verschwand. Stattdessen sah Rey einen makellosen Himmel, erfüllt von Sternen, friedlich und hell. Es war, als hätte sich ein Fenster zu einem anderen Ort geöffnet, einem Ort zwischen den Orten.

»Seid mit mir.«

Ihr Körper entspannte sich, und sie gab sich dem Frieden und der Ruhe hin, wie Leia es ihr beigebracht hatte.

Aus dieser friedlichen Szenerie heraus ertönte eine Stimme. *Das sind deine letzten Schritte, Rey. Steh auf und gehe sie.*

Dann schlossen sich weitere Stimmen an.

Rey.

Rey.

Rey.

Sie erkannte sie nicht alle, aber irgendwie waren sie ihr doch vertraut. Sie wusste, diese Stimmen waren die ganze Zeit schon bei ihr gewesen; sie hatte nur erst lernen müssen, sie zu hören. Genau wie Leia gesagt hatte.

Immer mehr Stimmen flüsterten ihr zu, schnell, aber sanft.

Es war, als würde sie sich an einem Knotenpunkt der Macht befinden, von wo aus Möglichkeiten, Zukünfte und Vergangenheiten in alle Richtungen auseinanderliefen – oder vielleicht verliefen sie auch auf Rey zu. Der Kosmos, Zeit, Energie, *Existenz* – nichts war so, wie sie geglaubt hatte.

Bring die Macht ins Gleichgewicht, Rey, so wie ich es tat.

In der Dunkelheit finde das Licht, Rey.

Ihre Präsenz füllte Reys Bewusstsein aus. Manche von ihnen waren noch nicht lange eins mit der Macht, andere wirkten uralt, und wieder andere waren auf seltsame Weise noch mit den Lebenden verbunden. Rey hatte keine Ahnung, wie all dies möglich war, aber sie akzeptierte es.

Allein bist du nie gewesen, Rey.

Jeder Jedi, der jemals lebte, lebt in dir weiter.

Die Macht umgibt dich.

Sie wird dich leiten.

Wie sie uns geleitet hat.

Palpatine hatte Rey für sich selbst gewollt, für seine Pläne. Aber sie entschied, *ihr* Gefäß zu werden. Das Gefäß der *Jedi*.

Sie bewegte einen Arm. Dann eine Schulter. Die Stimmen umgaben sie, erfüllten sie, stärkten sie. Rey drehte sich herum, stemmte die Handfläche auf den Boden und drückte ihren Körper nach oben.

Wir stehen hinter dir.

Erhebe dich in der Macht, Rey.

Sie schob ein Knie unter ihren Körper, stellte ihren Fuß hoch, sodass ihr Gewicht auf ihren Zehen lastete. Doch sie schaffte es nicht, sich aus dieser geduckten Haltung zu erheben. Ihre Muskeln wollten einfach nicht gehorchen. Jede Bewegung verwandelte ihre Knochen in schmerzhafte Messerklingen. Keuchend hielt sie inne.

Im Herzen eines Jedi liegt seine Stärke.

Die Stimmen wurden lauter, mächtiger.

Steh auf.

Steh auf!

Dann erhob sich eine Stimme über alle anderen, tief und dröhnend, ein Quell der Macht, von dem sie zehren konnte. Es war Luke. »Rey, die Macht wird mit dir sein. Immer.«

Sie stand auf. Lukes Lichtschwert schlitterte über den steinernen Boden und flog in ihre Hand. Die Klinge schoss aus dem Griff, und Rey ging in Kampfhaltung, erfüllt von der Kraft all jener, die vor ihr gekommen waren – der Kraft, die sie ihr *geschenkt* hatten.

Der Imperator erstarrte. Das Blitzgewitter aus seinen Fingerspitzen löste sich auf.

Dann stand er von seinem Thron auf und trat vor, seine Augen noch immer glühend vor Macht. »Lass deinen Tod das Schlusswort in der Geschichte der Rebellion sein.« Palpatine streckte die Arme aus und beschwor einmal mehr seine Machtblitze, nur waren sie diesmal auf Rey gerichtet.

Sie riss ihr Lichtschwert hoch und wehrte die gleißenden Energiezungen ab. Der Aufprall hätte sie um ein Haar von den Beinen geschleudert, aber sie zog die Macht um sich zusammen und wich nicht von der Stelle.

Sein Angriff wurde noch brutaler. »Du bist ein Niemand!«, dröhnte er. »Eine Schrottsammlerin ist der Macht, die ich in mir trage, nicht gewachsen. Ich bin alle Sith!«

Es fühlte sich an, als würde ihr Handgelenk jeden Moment brechen. Aber sie würde nicht nachgeben. Nicht heute.

»Und ich …«, zischte sie, während sie mehr Macht zu sich rief – und auch Leias Lichtschwert, das einen Moment später in ihrer freien Hand landete. »Ich bin alle Jedi!«

Sie hob das zweite Lichtschwert und überkreuzte die Klingen, sodass sie einen undurchdringlichen Schild vor ihr bildeten.

Anschließend machte Rey einen Schritt nach vorne. Dann

noch einen. Jede Bewegung war eine Höllenqual, und dem Angriff des Imperators zu trotzen kostete sie all die Kraft, die die Jedi ihr gegeben hatten.

Die Blitze begannen, in Palpatines Richtung zurückzuzucken. Sie zerfraßen sein Gesicht, und er riss mit einem Schmerzensschrei den Kopf zurück, aber noch immer wollte er nicht akzeptieren, was geschah. Rey kam unerbittlich auf ihn zu, setzte einen Fuß vor den anderen, während die Macht sie durchströmte. Und dann war sie endlich in Reichweite. Sie konzentrierte ihre Kraft, ihren Glauben an die Jedi, ihre Liebe für ihre Freunde … und schleuderte all das dem Imperator entgegen.

Palpatine taumelte nach hinten, nunmehr vollkommen eingehüllt von seinen eigenen Blitzen. Sie verbrannten ihn, rissen ihm das Fleisch von den gerade erst geheilten Fingern und die Haut vom Gesicht. Dann schnitten sie tiefer, durch seine Knochen, bis er sich vollkommen auflöste.

Er zerfiel zu Sternenstaub, der sich an einem einzelnen Punkt sammelte – und dann mit einer gewaltigen Schockwelle explodierte. Rey wurde zu Boden gerissen, der Sith-Thron zerbarst, die Decke ringsum stürzte ein, und Tausende Sith-Kultisten wurden unter Tonnen von Stein begraben …

Poes Navschirm klärte sich plötzlich. Er blickte aus dem Cockpit. Die seltsame Energie, die von der Oberfläche des Planeten hochgeschossen war, hatte sich aufgelöst. Oder vielleicht war dies nur eine kurze Pause. Egal. Sie hatten eine Aufgabe zu erfüllen.

»Bin wieder im Spiel!«, rief er ins Komm. »Das ist unsere letzte Chance! Wir müssen diese Geschütze vernichten!«

Er steuerte seine Maschine auf einen Sternzerstörer zu und nahm die mächtige Kanone an seiner Unterseite ins Visier. Um ihn herum korrigierten tausend Schiffe ihren

Kurs. Manche waren bereits im freien Fall gewesen und zogen jetzt wieder hoch. Und dann richteten sie alle ihre Geschütze auf den Feind.

Sie wussten, dass die unheimlichen Blitze zurückkehren konnten. Womöglich blieben ihnen nur Sekunden, um etwas zu unternehmen.

Die roten Jetpack-Truppen waren unerbittlich. Jannah schaffte es zwar, sie auf Distanz zu halten, aber trotzdem wurde Finn immer wieder von ihren Schüssen abgelenkt. Konzentrier dich. Rey oder Rose hätte diese Kanone schon vor Minuten kurzgeschlossen.

Er zwirbelte zwei weitere Drähte zusammen … das war's! »Es kann losgehen!«, rief er Jannah zu, dann sprang er von der Kanone herab, wobei er eine Handvoll Drähte mit sich nahm. Er war *fast* sicher, dass es die richtigen waren.

Sie kauerten sich in Deckung, und er reichte zwei der Drähte an Jannah weiter. Er würde zielen, sie würde schießen.

Vorsichtig drückte er die Enden der Drähte zusammen, und der mächtige Kanonenlauf schwenkte herum, bis er auf einen Punkt direkt hinter ihnen zielte.

Finn blickte ein letztes Mal zu Jannah hinüber. Jetzt gab es kein Zurück mehr. »Sie werden keine Kinder mehr entführen«, sagte er.

»Nicht ein einziges«, nickte sie.

Mit diesen Worten verband sie die Drähte. Funken schlugen, und einen Sekundenbruchteil später feuerte die Kanone einen gewaltigen Ionenimpuls ab. Finn und Jannah warteten mit angehaltenem Atem. Hatte es funktioniert? Vielleicht hätte er auf ein größeres Ziel anlegen …

Die Schiffshülle unter ihnen barst auseinander.

Die wertvollen Sekunden, die Pryde gebraucht hätte, um eine Rettungskapsel zu erreichen, verschwendete er mit erstarrter Fassungslosigkeit. Der Boden der Brücke bäumte sich auf, als wollte das Schiff selbst ihn zum Fliehen anspornen, und schließlich setzte er sich in Bewegung. Doch nur um festzustellen, dass der Korridor vor der Brücke blockiert und unpassierbar war.

Admiral Griss stand bereits vor der Tür, die nirgendwo mehr hinführte, und sie wechselten einen panischen Blick, während ein Offizier auf sie zugerannt kam. »Die Kommssysteme sind flottenweit ausgefallen!«, meldete er.

»Unsere Zerstörer in allen besetzten Systemen werden ebenfalls angegriffen«, verkündete ein anderer Brückenoffizier. »Von einer erdrückenden Überzahl kleiner Kampfschiffe.«

Das konnte nicht sein. Das durfte nicht sein. Sein Imperator hatte alles genau vorhergesehen.

Der Boden neigte sich zur Seite, und eine Reihe von Explosionen lenkte Prydes Blick zu den Aussichtsfenstern. Er eilte hinüber, als könnte er noch eine Lösung finden, wenn er nur einen besseren Überblick hätte.

Die Hülle der *Steadfast* war aufgebrochen, und die Schiffe des Widerstands hatten sich augenscheinlich von dem seltsamen Energiephänomen erholt, das viele von ihnen erfasst hatte. Alles schien verloren. Zum ersten Mal überhaupt kam Pryde der Gedanke, dass der Imperator den Glanz des alten Imperiums vielleicht *nicht* wiederherstellen würde.

Pryde ließ diesen Gedanken durch seinen Kopf wandern, studierte ihn, sezierte ihn. Und dann gelangte er zu dem Schluss, dass es ihn nicht länger interessierte. Kein bisschen.

Während seiner letzten Augenblicke wurde Ehrengeneral Pryde klar, dass die Rückkehr von Imperator Palpatine bedeutungslos war, wenn er sie nicht mehr miterleben konnte. Alle seine Bemühungen, seine Opfer … das war es nicht wert gewesen.

Die Brücke explodierte. Pryde fiel.

Finn und Jannah klammerten sich gemeinsam an der Hülle fest, während ringsum die flammenden Trümmer der Brücke herabstürzten. Viel länger würden sie nicht durchhalten, das wusste Finn. Sie würden den Halt verlieren und auf die Oberfläche des Planeten hinabstürzen – sofern die *Steadfast* nicht vorher explodierte.

Er blickte Jannah an, froh, dass sie einander gefunden hatten. Zwei ehemalige Sturmtruppler, vereint in ihrem Streben, zu guter Letzt doch das Richtige zu tun. »Weißt du was?«, brüllte er über den Lärm der Zerstörung hinweg.

Ein Lächeln, strahlend wie die Sonne, breitete sich auf ihrem Gesicht aus. »Mir tut es auch nicht leid!«, schrie sie.

Das Schiff kippte jäh nach vorne. Ringsum brachen weitere Teile der Aufbauten ab, und einen Moment später schlitterten die beiden auch schon die gesamte Länge des Sternzerstörers hinab. Aber selbst das längste Schiff endete irgendwann einmal. Sie hatten vielleicht zwei Minuten, bis sie über den Bug hinausschießen und in die Tiefe stürzen würden.

Während er neben ihr nach unten rutschte, Jannahs Hand fest in der seinen, atmete Finn tief ein. Er bedauerte nichts. Was immer geschehen würde, es war es wert gewesen.

Jemand versuchte, Poe zu kontaktieren, und er wechselte die Frequenz, um den Ruf entgegenzunehmen.

»Finn ist nicht an Bord der Fähre«, meldete sich Rose' Stimme.

»Was?«

»Sie sind immer noch auf dem Kommandoschiff!«

Seine Erleichterung darüber, nicht wie ein Stein vom Himmel gefallen zu sein, löste sich in Panik auf. Er durfte Finn nicht verlieren. Und das *würde* er auch nicht. Entschlossen lenkte er seinen X-Flügler von dem Angriff fort und raste zur *Steadfast* hoch. Das Kommandoschiff hatte sich fast senkrecht nach unten geneigt, als wollte es die Oberfläche des Planeten aufspießen.

Das war Finns Werk.

In den oberen Atmosphärenschichten waren die Scanner so gut wie nutzlos, er musste sich also auf seine Augen verlassen. Es war gut möglich, dass die Explosion der Brücke Finn das Leben gekostet hatte, aber Poe hatte nicht vor aufzugeben. Er würde weiter nach ihm suchen – bis er abdrehen *musste*. Sie hatten gerade die *Tantive IV* und alle an Bord verloren. Jetzt wollte er so viele von seinen Verbündeten retten, wie er nur konnte.

Er raste über einem Kommturm vorbei, der inzwischen fast parallel zum Boden vorragte, und um ein Haar hätte er die beiden Gestalten übersehen, die sich an der Seite dieses Turms aneinanderklammerten.

»Ich sehe die beiden!«, rief er. »Ich werde sie holen.«

»Das wirst du nicht schaffen«, warnte Tyce.

»Vertrau mir, ich bin schnell!«, beharrte Poe, während er bereits in einer engen Kurve wendete.

»Nicht so schnell wie dieses Schiff«, erklang Landos Stimme. »Festhalten, Chewie!«

Dann raste der *Falke* auch schon auf den Sternzerstörer zu und neigte sich, sodass er von unten an den Kommturm heranfliegen konnte.

Finn hätte beinahe den Halt verloren, als er den *Falken* unter sich emporsteigen sah.

»Jannah!«, rief er, seine Stimme erfüllt von Hoffnung.

»Ich weiß!«

Sie mussten genau im richtigen Moment abspringen. Der Kommturm verschaffte ihnen ein paar Meter Anlauf, aber jenseits davon ... nichts als leere Luft.

Finn nahm Jannahs Hand. Noch nicht, noch nicht ... jetzt! Sie sprinteten los, als Lando sich näher an die Außenhülle der *Steadfast* heranschob. Dann sprangen sie, so weit sie nur konnten. Hinter ihnen gab der Sternzerstörer der Schwerkraft nach und begann in die Tiefe zu stürzen.

Sie landeten hart auf der Oberseite des *Falken*, und Finn verrenkte sich den Knöchel. Vor ihnen klappte eine Luke auf, und Chewbacca lehnte sich heraus, um sie herüberzuwinken. Hastig krochen sie zu ihm hinüber, wobei Finns Fuß bei jeder Bewegung vor Schmerzen explodierte. Einen Moment später waren sie auch schon im Frachtraum.

»Chewie, hast du die Kinder?«, hallte Landos Stimme aus dem Cockpit.

Der Wookiee brüllte eine Bestätigung, und der *Falke* raste davon.

Finn ließ sich an der Wand entlang auf den Boden sinken. Er konnte nicht glauben, dass sie überlebt hatten.

Der Imperator war tot.

Rey blickte sich zwischen den Trümmern der Kathedrale um. Sie konnte weder ihre Arme noch ihre Beine spüren, und vage hörte sie das Klappern, als die Lichtschwerter auf dem Boden landeten. Warum hatte sie die Waffen losgelassen?

Sie griff ein letztes Mal in die Macht hinaus ... Einige ihrer Freunde waren noch immer da oben. Sie spürte ... Finn! Und ... Jannah?

Sie zögerte nicht, ihre letzten Kräfte zu erschöpfen, solange sie dadurch ihren Freunden helfen konnte.

Ihre Sinne suchten auch nach Ben, aber dann gaben ihre Beine nach, und sie brach auf dem Boden zusammen.

Gefolgt von Jannah humpelte Finn zu den Lasergeschützen des *Falken*.

Da berührte plötzlich etwas seine Seele, und er kippte gegen die Korridorwand. Um ein Haar wäre er gestürzt.

»Rey«, wisperte er.

Sie war fort. Ihm war erst vor Kurzem klar geworden, warum ihre Präsenz so schwer auf seinen Gedanken lastete – und jetzt war sie fort. Er hätte es ihr sagen sollen.

Jetzt würde er keine Gelegenheit mehr dazu bekommen.

»Finn?«, fragte Jannah, als Tränen der Verzweiflung über seine Wangen strömten.

Chewbacca wollte wissen, was los war.

Aber Finns Kehle war wie zugeschnürt, und er brachte kein Wort hervor.

Ein gezackter Felsvorsprung hatte Bens Sturz aufgehalten. Er hatte sich beim Aufprall den Knöchel verdreht, und er war ziemlich sicher, dass zwei seiner Rippen gebrochen waren. Aber irgendwie musste er wieder nach oben in den Thronsaal gelangen. Er *musste* ganz einfach.

Denn er konnte Rey nicht länger spüren.

Nach oben zu klettern war eine Tortur. Jedes Mal wenn er irgendwo Halt suchte, zuckte stechender Schmerz durch seine linke Seite, und mehr als einmal drohte die Benommenheit ihn in den Abgrund zu reißen. Doch er kämpfte weiter, schob eine Hand über die andere, und schließlich krallten sich seine Finger um den Rand des Abgrunds.

Ben hievte sich nach oben und blieb kurz liegen, um wieder zu Atem zu kommen. Doch nur einen Moment, dann stemmte er sich auf die Füße hoch.

Er kam nur ein paar Schritte weit, bevor er zusammenbrach, aber er raffte sich erneut auf und humpelte weiter.

Er konnte sie jetzt sehen, reglos auf dem Boden liegend, und ein neuer Schmerz erfüllte seine Brust, tausendmal stärker als seine gebrochenen Rippen.

Sie wirkte friedlich, fast als würde sie schlafen, aber ihre Augen standen weit offen und starrten blick- und leblos nach oben.

Ben war sich kaum bewusst, was er tat, als er neben ihr auf die Knie ging, die Arme um ihre schlaffe Gestalt schloss und sie auf seinen Schoß hob. Reys Haut begann bereits zu erkalten. Ihre leeren Augen blickten ihn an, und er glaubte, einen anklagenden Ausdruck in ihnen zu sehen. Du *hast das getan. Das ist* deine *Schuld.*

Nein, Rey würde nie so etwas sagen. Diese Gedanken waren die Überreste von Snokes Erziehung. Rey war gütig. Ganz gleich, was zwischen ihnen geschehen sein mochte, ganz gleich, was er getan hatte, sie hatte ihm immer Mitgefühl gezeigt.

Er blickte sich in der zerstörten Kathedrale um, als könnten die Schatten eine Antwort bergen. Aber da war nichts. Nur gähnende Leere und ein Gefühl des Verlusts, so stark und schrecklich, dass sich seine Eingeweide zusammenzogen.

Ben drückte sie gegen seine Brust und hielt sie einen Moment. Er hatte Rey gerade erst verstehen gelernt – *wirklich* verstehen gelernt. Ihm war nun klar, dass er sein ganzes Leben verschwendet hatte. Alle, die ihm den Weg hätten weisen können, die ihm hätten helfen können, wieder Ben zu sein, waren fort. Luke. Seine Eltern. Und nun auch Rey.

Er konnte es einfach nicht glauben. Rey war die stärkste Person, der er je begegnet war. Sie hatte die Dunkelheit auf eine Weise abgewehrt, zu der er nie fähig gewesen wäre. Sie hatte alle gerettet. Und sie hatte etwas Besseres verdient.

Während er sie hielt, spürte er plötzlich etwas. Einen winzigen Funken. Da wurde ihm klar: Die Macht hat sie noch nicht zu sich geholt.

Er wusste genau, was Rey an seiner Stelle tun würde. Es war die leichteste Entscheidung, die er je getroffen hatte.

Sanft bettete er sie auf seinen Schoß und legte die Hand über ihren Bauch, dann schloss er die Augen und beschwor die Macht. Seine Kräfte waren erschöpft, und er war im Begriff, etwas zu tun, was er nie zuvor versucht hatte. Aber zum Glück hatte Rey ihm gezeigt, wie er das tun konnte.

Ben übertrug seine ganze Energie auf sie. Er fand Reserven, von denen er nicht einmal gewusst hatte, dass er noch über sie verfügte, gab sein ganzes Selbst hin.

Ihr Zwerchfell hob sich in einem zittrigen Atemzug, und er spürte ihre warme Hand auf der seinen. Das Leben kehrte in ihre Augen zurück.

Einen Moment lang blickten sie einander an. Ben wartete, bis sie begriff, was geschehen war. Sie sollte wissen, dass es in Ordnung war, zu gehen und ihn zurückzulassen. Mit ihrem Leben weiterzumachen, ohne auch nur einmal zurückzublicken.

Doch stattdessen lächelte sie und wisperte: »Ben.«

Sie war *froh*, ihn zu sehen. Froh, in diesem Moment bei ihm zu sein. Es war das schönste Geschenk, das sie ihm hätte machen können.

Sein Herz war voller Emotionen, als Rey die Hand hob und über seine Wange strich. Und dann das Unglaublichste von allem: Sie hob den Kopf und küsste ihn. Ein Kuss der Dankbarkeit, eine Anerkennung ihrer einzigartigen Verbindung, ein Akt der Freude darüber, dass sie endlich zueinandergefunden hatten.

Doch dann löste sie sich von ihm, und Besorgnis breitete sich auf ihrem Gesicht aus. Sie konnte spüren, dass sein Körper kälter wurde.

Ben lächelte sie an.

Er hatte der Galaxis Rey zurückgegeben. Er konnte nicht all das Böse wiedergutmachen, das er angerichtet hatte, aber es war alles, was er tun konnte.

Ben Solo empfand kein Bedauern, als er auf dem Boden zusammenbrach. Die Macht öffnete sich ihm und hieß ihn willkommen. Das Letzte, was er wahrnahm, war Rey, wie sie seine Hand in die ihre nahm.

Rey stand über der Stelle, wo Ben zusammengebrochen war, und blickte auf seine leere Kleidung hinab. Tränen rannen an ihrem Gesicht hinab.

Er hatte alles für sie geopfert.

Es war nicht so, als würde sie um Kylo Ren trauern; das könnte sie nie tun. Aber sie bedauerte, dass sie nie eine Gelegenheit gehabt hatte, Ben Solo kennenzulernen. Es fühlte sich an, als würde ein Teil von ihr fehlen, und auf gewisse Weise stimmte das sogar. Das Mädchen, das sich so viele Jahre auf Jakku allein gefühlt hatte, war die ganze Zeit über Teil einer Dyade gewesen. Und gerade als sich ihr diese wertvolle Verbindung offenbart hatte, dieses Gefühl tiefer Einheit, war es ihr auch schon wieder entrissen worden.

Eine Stimme drang durch die Macht in ihren Geist, hell und klar: *Ich werde immer bei dir sein*, sagte Ben.

Sie lächelte und ließ sich von der Wahrheit dieser Worte trösten. »Niemand geht je wirklich«, wisperte sie.

Rey hob die Lichtschwerter auf und verließ die zerstörte Kathedrale.

Finn spürte es, als Rey wiedererwachte.

Er sprang aus dem Sitz des Geschützes – sie wurden ohnehin nicht mehr verfolgt –, kletterte die Leiter hinunter und sprintete nach vorne ins Cockpit.

»Chewie, ich habe sie gespürt!«, rief er.

Der Wookiee brummte etwas von wegen falscher Hoffnungen. Und sollte er nicht eigentlich an seinem Geschütz sitzen und ihnen den Rücken freihalten?

»Ich bin ganz sicher«, beharrte Finn. Er suchte den Horizont vor dem Cockpitfenster mit den Augen ab. Überall regneten Trümmer vom Himmel.

Exegol war dabei, sich in einen Schrottplaneten zu verwandeln. Nicht dass es hier vorher viel besser ausgesehen hätte. Aber all diese Sternzerstörer würden noch jahrelang weiterqualmen.

Keine Spur von Rey.

Weder Chewie noch Lando versuchten, ihn aus dem Cockpit zu scheuchen, also blieb er hinter ihnen stehen und suchte. Und suchte. Und ...

»Da!«, rief er und deutete auf einen ramponierten T-65 X-Flügler. Aufgeregt hob er sein Handgelenkkomm an den Mund: »Seht mal! Rot Fünf gesichtet. Rey ist am Leben!«

»Ich sehe sie«, bestätigte Poe.

Finn glaubte nicht, dass dieser Moment noch großartiger werden könnte, aber dann zeigte die Konsole mit einem Piepsen eine eingehende Nachricht an. Chewie gurrte aufgeregt.

»Die Leute erheben sich überall in der Galaxis, Poe«, informierte Finn seinen Freund. »Wir haben es geschafft!«

Er konnte das Grinsen des Piloten förmlich hören, als Poe seine Worte wiederholte: »Wir haben's geschafft.«

C-3PO konnte seine Fotorezeptoren nicht von der Konsole abwenden. Seine Freunde waren dort draußen und kämpften und starben. Die letzte Übertragung, die er von R2-D2 erhalten hatte, war eine Warnung: Ein seltsamer elektromagnetischer Sturm drohte General Poes X-Flügler vom Himmel zu fegen. »Oh, du meine Güte«, jammerte C-3PO seitdem, wieder und immer wieder.

Doch nun gingen plötzlich wieder neue Meldungen ein. Berichte aus allen Teilen der Galaxis, und sie alle verkündeten das Gleiche.

»Die Sternzerstörer sind besiegt!«, rief er für den Fall, dass ihm jemand zuhörte, die Arme freudig in die Luft erhoben. »Sie stürzen ab! Überall!«

Vor einunddreißig Jahren hatte Wicket an genau diesem Platz auf dem Waldmond von Endor gestanden und die Zerstörung des zweiten Todessterns gefeiert. Damals war er noch ein Kind gewesen, mit jugendlich braunem Fell.

Selbst Jahre nach diesem Tag waren noch Trümmer vom Himmel gefallen, aber das Leben auf Endor ließ sich nicht so einfach zerstören, und der Mond hatte mit üppigem Wachstum zurückgeschlagen.

Dann war die Erste Ordnung aufgetaucht.

Wicket deutete nach oben, als Teile eines Sternzerstörers wie feurige Kometen über den Himmel zogen. »Siehst du das?«, wandte er sich auf Ewokese an seinen kleinen Sohn, Pommit. »Unsere Freunde haben das getan.«

»Prinzessin Leia?«, fragte Pommit mit großen Augen. Er kannte all die alten Geschichten in- und auswendig. »Cee-Dreipeo?«

Wicket nickte. »Cee-Dreipeo.« Er zweifelte nicht daran, dass die goldene gottgleiche Maschine sie ein weiteres Mal vor dem Bösen gerettet hatte.

»Komm«, sagte er dann und führte seinen Sohn zurück zum Dorf. »Heute Abend wird es ein Festessen und ein Feuerwerk geben.«

19. Kapitel

Finn rannte über die Einstiegsrampe des *Falken* hinab in den Dschungel von Ajan Kloss. Die meisten ihrer Verbündeten waren zu ihren eigenen Welten und Systemen zurückgekehrt, aber ein paar hatten entschieden, die Schiffe des Widerstands zu begleiten, die die Schlacht überlebt hatten. Die Basis würde heute voller und geschäftiger sein als je zuvor.

Die Landefähre setzte neben ihnen auf, und BB-8 rollte die Rampe hinab, gefolgt von einer strahlenden Rose. Finn grinste von einem Ohr zum anderen, als er sah, dass seine Freundin die Schlacht unversehrt überstanden hatte.

D-O stotterte vor Freude, als er BB-8 erblickte, und er begann sogleich, aufgeregt im Kreis um den größeren Droiden herumzurollen. »G-g-glücklich!«, rief er.

Alle lagen sich in den Armen und jubelten und freuten sich, überlebt zu haben. Finn lief an Beaumont vorbei, der ihm lächelnd auf die Schulter klopfte.

Vor ihm stieg Poe aus seinem X-Flügler, und Finn sah, wie er zu Zorii hinübereilte. Die beiden wechselten einen langen Blick, dann nickten sie einander freundschaftlich zu.

Anschließend zog Poe mit fragendem Blick eine Braue hoch, aber Zorii schüttelte entschieden den Kopf.

Poe grinste schief und ging davon, schicksalsergeben, aber glücklich.

Ringsum feierten viele Freunde ein Wiedersehen: C-3PO begrüßte R2-D2, als der Astromech aus Poes Jäger gehoben wurde; Beaumont und Klaud und Connix lachten miteinander; D'Acy und Tyce umarmten sich und teilten einen langen Kuss; und sogar die Orbaks schüttelten freudig die Mähnen und stampften mit den Hufen, wann immer ein Pilot sie mit etwas Leckerem fütterte.

Chewie umarmte gerade Rose und hob sie vom Boden hoch, als plötzlich Maz vortrat. »Chewie!«, rief sie und bedeutete dem Wookiee, sich zu ihr hinabzubeugen. »Das ist für dich.« Er sank auf ein Knie, damit sie mehr oder weniger auf Augenhöhe waren, und Maz legte Hans Tapferkeitsmedaille in seine Pfote. »Er hätte gewollt, dass du sie bekommst«, fügte sie hinzu.

Während Finn noch zu ihnen hinüberblickte, trat Poe vor ihn. Obwohl der Pilot herzlich mit den anderen gefeiert hatte, spürte Finn, dass er nun zögerte.

»General Leia glaubte, der Imperator wäre bei der Schlacht von Endor gestorben«, sagte Poe. »Aber er kehrte zurück, mächtiger denn je.«

»Du glaubst, er könnte wieder auftauchen?«, fragte Finn.

Poe blickte ihn unsicher an.

»Versteh mich nicht falsch, was General Leia und Solo und Skywalker getan haben, war unglaublich«, erklärte Finn. »Es war heldenhaft und tapfer. Aber damals stand nur eine kleine Gruppe gegen eine unglaubliche Übermacht.«

Poe begann zu lächeln. »Und wir sind nicht nur eine kleine Gruppe«, nickte er. »Der Widerstand ist eine Milliarde Wesen auf eintausend Welten.«

»General Leia hat eine ganze Galaxis vereint. Diesmal ist der Sieg endgültig.« Bei diesen Worten wurde Poes Grinsen noch breiter, und er schloss seinen Freund in eine herzliche Umarmung.

C-3PO und R2-D2 kamen auf sie zu. »Haben Sie das auch gehört?«, fragte C-3PO, den Kopf nach oben gerichtet.

Lando blickte sich in der Basis auf Ajan Kloss um. Jeder hier wusste, wer er war, aber die meisten Leute hatten nur von ihm gehört. Die, die ihn wirklich *gekannt* hatten, seine ältesten und besten Freunde, waren nicht mehr hier. Nur Chewie war noch übrig.

Trotzdem freute er sich natürlich für sie alle. Diese neue Galaxis – die *Neue* Republik? – lag nun in den Händen der nächsten Generation. Er selbst würde schon bald nach Pasaana zurückkehren. Bis dahin begnügte er sich mit dem wohligen Gefühl, einen Beitrag geleistet zu haben.

»Woher kommen Sie, General?«, ertönte eine Stimme hinter ihm, und er drehte sich um.

Es war Jannah, das Mädchen von Kef Bir.

»Aus dem Goldsystem«, antwortete er. »Und woher kommst *du*, Kleine?«

»Oh.« Ihr Blick wurde abwesend. »Ich weiß es nicht.«

Da traf es ihn – wie ein Torpedo direkt in die Magengrube. Er konnte nicht nach Pasaana zurückkehren. Die Erste Ordnung hatte Tausende, womöglich sogar Millionen von Kindern entführt; dasselbe Schicksal, das auch seinem kleinen Mädchen widerfahren war. Und einige von ihnen – nicht viele, aber ein paar – waren etwas ganz Besonderes; Kinder wie Finn und Jannah, die es geschafft hatten, die Gehirnwäsche der Ersten Ordnung abzuschütteln und für das Richtige einzustehen.

Lando beschloss, dass er und seine *Lady Luck* diesen Kindern helfen mussten. Er würde sie zu ihren Familien zurückbringen, falls sie das wollten. Und falls nicht, dann würde er ihnen helfen, ihren Platz in dieser neuen Galaxis zu finden. Und wer weiß, vielleicht würde er sogar seine Tochter wiederfinden. Sicher, es war unwahrscheinlich; er kannte die Chancen. Aber zumindest wäre es eine nützliche Art, seinen Lebensabend zu verbringen, oder?

Er blickte Jannah an. »Nun, dann lass es uns rausfinden.«

Ihr erstauntes Lächeln sagte ihm alles, was er wissen musste.

Rey landete Lukes X-Flügler und sprang aus dem Cockpit. BB-8 war sofort zur Stelle und trillerte aufgeregt ihr entgegen.

»Bebe-Acht! Du hast es geschafft!« Sie bückte sich zu ihm hinab, um seine Antennen und Werkzeugklappen zu überprüfen. Unglaublich – er hatte die Schlacht fast ohne Kratzer überstanden.

Danach streifte sie durch das Lager und zog Kraft und Freude aus dem Jubel und den Umarmungen, trotzdem fühlte sie sich allein. Mehrere Widerständler klopften ihr auf die Schulter, als sie vorbeiging; die Nachricht, dass der Imperator tot war, hatte sich wie ein Lauffeuer verbreitet. Rey fragte sich, ob sie ihr wohl auch so herzlich gratulieren würden, wenn sie wüssten, dass sie Palpatines Enkelin war.

Nun, vielleicht schon. Leia und Luke waren schließlich die Kinder von Darth Vader gewesen. Vielleicht interessierten sich die guten Leute vom Widerstand nicht für solchen Unsinn wie Blutlinien und Familiengeschichten.

Zu guter Letzt entdeckte sie die Personen, nach denen sie gesucht hatte: Finn und Poe, die ihrerseits nach Rey suchten und die Köpfe hin und her drehten, während sie durch die Menge schritten. Nun trafen sich ihre Blicke.

Rey musste sich zusammenreißen, um nicht in Tränen auszubrechen. Ihre Freunde. Ihre Familie. Sie hatten es alle geschafft.

Einen Moment später lagen sich alle drei in den Armen. Rey spürte Finns Tränen an ihrer Wange, und Poe drückte sie so fest, dass sie kaum atmen konnte.

»Rey«, wisperte Finn. »Was ich dir sagen wollte …«

»Ich weiß«, sagte sie. Seine Präsenz war auch in ihren eigenen Gedanken viel heller und strahlender geworden.

»Wir alle wissen es«, sagte Poe.

Ein Gefühl der Wärme schwappte über sie hinweg, eine Verbindung, die nichts mit der Macht zu tun hatte, aber mindestens ebenso stark war. Rey versuchte nicht, einen Namen dafür zu finden. Sie wollte einfach nur diesen Moment genießen und sich daran laben wie an einer frischen Quelle.

Es gab noch so viel zu tun. Sie mussten um die Gefallenen trauern, und dann wollte eine ganze Galaxis auf den richtigen Weg gebracht werden. Aber jetzt, hier, umgeben von Jubel und Heiterkeit, hielten sie einander einfach weiter in den Armen.

Der *Falke* setzte auf einer leeren Wüstenebene auf. Die Zwillingssonnen von Tatooine hatten sich noch nicht hinter dem Horizont hervorgewagt, aber das Licht des frühen Morgens tauchte das Land bereits in Töne von Rosa und Weiß. Rey stieg begleitet von BB-8 die Rampe hinab und kniff die Augen gegen die reflektierte Helligkeit zusammen. Dieser Ort war so kahl, so ausgebleicht, dass sie sich unwillkürlich an die Salzebenen des Hiila-Beckens auf Jakku erinnert fühlte.

Sie trat auf die kuppelförmige Behausung zu, die vor ihnen aus dem Sand emporragte. Nur BB-8 war bei ihr. Ihre Freunde hatten natürlich angeboten, sie zu begleiten, aber Finn hatte darauf bestanden, dass sie zurückblieben. Er wusste, dass dies etwas war, was Rey allein tun musste.

Rey trug drei Lichtschwerter bei sich: Ihr eigenes, das sie vor Kurzem fertiggestellt hatte, hing an ihrem Gürtel.

Die beiden anderen lagen in ihrer Tasche.

Den Eingang zu dem Gebäude hatte der Wind vieler Jahre fast völlig hinter einer Sandverwehung begraben. Auf diesem Weg würde sie die Heimstatt der Familie Lars nicht betreten können.

Ringsum ragten Feuchtigkeitsevaporatoren in unregelmäßigen Abständen in den Himmel, spindeldürre Türme, ähnlich den Getreideröhren auf Pasaana. Ein genauerer Blick verriet Rey, dass sie so unregelmäßig standen, weil einige von ihnen umgefallen waren.

Sie ging um das Gebäude herum und entdeckte ein Loch im Boden, halb mit Sand gefüllt, das auf den ersten Blick wie eine Sinkhöhle aussah. Am Fuß der Vertiefung waren ein Fenster und eine Tür zu erkennen.

Vor Reys Füßen lag eine Verschlussplatte von einem der umgekippten Evaporatoren, leicht gewölbt und groß genug, dass eine Person darauf sitzen konnte. Sie zog die Platte aus dem Sand, drehte sie um und richtete sie auf die Tür am Fuß des Loches aus. Ein paar Stunden später, und das Metall wäre zu heiß gewesen, um es anzufassen. Jetzt hingegen gab es einen perfekten Sandschlitten ab.

Rey setzte sich auf die Platte, zog die Knie an die Brust und stieß sich ab, dann glitt sie die Sandverwehung hinab in den alten Hof, wo sie vom Sockel eines zerstörten Kondensationsturms abgebremst wurde. Nachdem sie aufgestanden war, sah sie sich neugierig um.

So viele Erinnerungen hafteten diesem Ort an. Rey konnte sie *spüren*: Sehnsucht, Verlust, Sorge, Verzweiflung, Liebe – und nicht nur von Luke. Zwei Generationen von Skywalkers hatten diesen Ort besucht.

Ein höhlenartiger Eingang in der Wand lockte sie weiter.

Es dauerte ein paar Sekunden, bis ihre Augen sich an die Schatten im Inneren gewöhnt hatten, dann erkannte sie vor sich einen langen, staubbedeckten Esstisch. Rey strich über die Tischplatte, und ihr Finger ließ eine hellblaue Linie im Staub zurück. Hier hatte Luke gegessen. Und auch – sie dehnte ihre Sinne aus – Anakin?

In einer Nische stand ein Getränkezubereiter, aber die meisten Knöpfe und Anzeigen an dem Gerät fehlten; vermutlich hatten die einheimischen Jawas alles mitgenommen, was einen Wiederverkaufswert hatte. Ein einzelner großer Becher aus Plastex lag neben dem Zubereiter. Verglichen mit allem anderen wirkte er gespenstisch sauber.

Rey wanderte noch ein paar Sekunden weiter durch das Gebäude und entdeckte dabei eine Speedergarage, Lukes Zimmer und die Überreste eines elektrostatischen Signalgebers, der vermutlich viele Jahre lang Sand und Staub von dem Gebäude ferngehalten hatte.

Mehrere Räume waren völlig mit Sand gefüllt und konnten nicht mehr betreten werden.

Schließlich blieb Rey im Wohnbereich stehen und ordnete ihre Gedanken. Wäre sie in einem echten Zuhause wie diesem aufgewachsen, mit einer Tante und einem Onkel, die sie liebten, wäre ihr Leben dann anders verlaufen?

Vielleicht nicht. Die Familie, nach der sie gesucht hatte, war die ganze Zeit über direkt vor ihrer Nase gewesen, und sie würde sie durch nichts ersetzen wollen.

Die rissigen Wände, aus denen geborstene Leitungen hervorragten, machten es ihr leicht, wieder nach oben zu klettern. Dort nahm sie Lukes und Leias Lichtschwert aus ihrer Tasche.

Seite an Seite lagen sie in ihren Händen, und Rey starrte einen langen Moment auf sie hinab. Sie hatten ihren beiden Lehrmeistern gehört. Ihrer Familie.

Sie legte die Schwerter auf den Boden, hüllte sie in ein Stück Tuch und benutzte dann ein Stück Leder, um es zu einem Bündel zusammenzuschnüren. Anschließend beschwor sie die Macht und ließ die Lichtschwerter langsam im Sand versinken. Tiefer und tiefer, bis sie einen dunklen, kühlen Ruheort erreicht hatten, wo niemand sie zufällig finden konnte.

Als Rey wieder aufstand, griff sie nach ihrem eigenen Lichtschwert und aktivierte es.

Die Klinge glühte weißgolden; den Griff samt Emitter hatte sie aus den Resten ihres Kampfstabs zusammengebastelt. Das Endresultat war das genaue Gegenteil der Waffe, die die dunkle Rey in ihrer Vision getragen hatte. Vielleicht liebte sie das Schwert deswegen so sehr. Es war wunderschön, und es schmiegte sich perfekt in ihre Hand. Sie würde sich nie davon trennen.

»Hallo?«, krächzte eine fremde Stimme. Als Rey sich umdrehte, sah sie eine ältere Menschenfrau näher kommen, ihre Haut faltig und vom Sand verwittert, eine Kapuze über dem Kopf, um sich vor den Elementen zu schützen. In der Hand hielt sie die Zügel eines großen, langbeinigen Etobi; vermutlich war sie auf dem Weg zu einem nahe gelegenen Handelsposten.

»Hier ist so lange niemand mehr gewesen«, sagte die Frau. »Wer bist du?«

»Ich bin Rey«, stellte sie sich vor.

»Und wie weiter?«, wollte die Frau wissen.

Ein Funkeln in ihren Augenwinkeln ließ Rey den Kopf drehen.

Leia und Luke standen am Rand der Heimstatt, eingehüllt in ein blaues Glühen, beide mit einem Lächeln auf dem Gesicht. Rey vermisste sie so sehr.

Luke nickte aufmunternd. Du hast es dir verdient, Rey.

Sie wandte sich wieder der alten Händlerin zu und straffte die Schultern. »Rey Skywalker.«

»Ah.« Die Frau klang nicht im Geringsten überrascht. »Man sieht sich.« Dann humpelte sie davon, ohne ihren eigenen Namen zu nennen.

Rey Skywalker schritt zum *Falken* hinüber, bereit, zu ihrer Familie zurückzukehren. Zu den Leuten, die ihr alles bedeuteten, die Leben und Licht für sie waren. Ohne die Güte und die Kraft ihrer Freunde – und ohne die Großzügigkeit der alten Jedi – wäre sie nicht in der Lage gewesen, der Verlockung des Imperators zu widerstehen oder seinen Zorn zu überleben. *Ohne sie und ohne Ben*, ermahnte sie sich.

Als sie näher kam, trillerte BB-8, er hätte genug von Wüstenplaneten. Aber er beschwerte sich nicht, als sie stehen blieb, um noch einmal in die endlose morgendliche Wüste hinauszublicken.

Gemeinsam beobachteten Rey und BB-8, wie die Zwillingssonnen von Tatooine den neuen Tag einläuteten.

DANKSAGUNG

Jede anständige Rebellion beginnt mit einem wackeren Team. Mein Team besteht nicht zuletzt aus den Lektoren Tom Hoeler und Jennifer Haddle; meinem Ehemann C.C. Finlay; meiner Agentin Holly Root; der Lucasfilm Story Group und insbesondere Pablo Hidalgo; meinem Autorenkollegen Michael Kogge; J.J. Abrams und Chris Terrio, die mir eine so großartige Vorlage geliefert haben; und natürlich George Lucas, mit dem alles angefangen hat.

Aber bei diesem letzten Filmroman zur Skywalker-Saga möchte ich vor allem euch danken, den Lesern und Fans von *Star Wars*. Danke für euren Enthusiasmus, eure Lichtschwerterduelle, eure makellosen Kostüme, euren unersättlichen Appetit nach mehr Geschichten und euer Auge für Details. Dank an die Fans, die nur hin und wieder in die Galaxis von *Star Wars* eintauchen; danke an die Fans, die die Saga seit vier Jahrzehnten genauestens verfolgen; und danke allen zwischendrin. Danke für eure Kritik und euren Enthusiasmus, für eure leidenschaftlichen Vlogs, Blogs und Podcasts. Das ist die beste Community in dieser und jeder anderen Galaxis, und ich bin unglaublich stolz, Teil davon zu sein.

Der Aufstieg Skywalkers mag der letzte Teil der Saga sein, aber die Macht wird mit uns sein. Immer.